Thomas Enger
TÖDLICH

Buch

Der Journalist Henning Juul steht kurz davor, das Rätsel um den Tod seines Sohnes zu lösen. Doch plötzlich wird sein Kollege Iver, der einer geheimen Spur folgte, ermordet und Henning selbst auf offener Straße angeschossen. Wer versucht mit aller Gewalt, die Wahrheit unter Verschluss zu halten? Dann stößt Henning auf den lange zurückliegenden Mord an einer alten Frau, bei dem die Ermittlungen merkwürdigerweise ins Stocken gerieten. Entsetzt stellt der Reporter fest, dass in den Akten auch eine Aussage seiner Schwester auftaucht. Und als Henning herausfindet, dass Trine Juul sogar bei dem Wohnungsbrand, der zu Jonas Tod führte, eine Rolle spielte, steht er vor dem Scherbenhaufen seines Lebens. Doch dann taucht eine unerwartete Spur auf, die es Henning ermöglicht, alle Fäden zusammenzuknüpfen und den Mördern seines Sohnes endlich in die Augen zu blicken.

Autor

Thomas Enger, Jahrgang 1973, studierte Publizistik, Sport und Geschichte und arbeitete in einer Online-Redaktion. Nebenbei war er an verschiedenen Musical-Produktionen beteiligt. Sein Thrillerdebüt »Sterblich« war hierzulande wie auch international ein sensationeller Erfolg, gefolgt von vier weiteren Fällen des Ermittlers Henning Juul. Er lebt zusammen mit seiner Frau und zwei Kindern in Oslo.

Von Autorenname bereits erschienen *(Auswahl)*
Sterblich · Vergiftet · Verleumdet · Gejagt

Thomas Enger

Tödlich

Thriller

Deutsch von Günther Frauenlob
und Maike Dörries

blanvalet

Die Originalausgabe erschien 2015 unter dem Titel »Banesår«
bei Gyldendal Norsk Forlag, Oslo.

MIX
Papier aus verantwortungsvollen Quellen
FSC® C014496
FSC
www.fsc.org

Verlagsgruppe Random House FSC® N001967

1. Auflage

Redaktion: Leena Flegler
Umschlaggestaltung: © www.buerosued.de
Umschlagmotiv: © Jaroslaw Blaminsky/Arcangel Images;
Umschlaggestaltung: www.buerosued.de
Umschlagmotiv: Arcangel Images/Malgorzata Maj
www.buerosued.de
JaB· Herstellung: wag
Druck und Einband: GGP Media GmbH, Pößneck
Printed in Germany
ISBN: 978-3-7341-0683-5

www.blanvalet.de

PROLOG

Der Leichnam vor Henning Juuls Füßen steckte in zwei schwarzen Müllsäcken, die von oben und unten über den Körper gestreift und in der Mitte mit silbergrauem Panzerband zusammengeklebt worden waren.

Henning versuchte, nicht an den Menschen zu denken, der darin steckte. Stattdessen hob er den Blick und sah über den See. Langsam und gespenstisch trieb Nebel über das dunkle Wasser auf ihn zu. Er hörte nur das Plätschern – die Tropfen, die aufs Wasser fielen, sobald der Mann die Ruder aus dem Wasser hob und nach vorn führte. Der herbe, moorige Geruch weckte in ihm die Vorstellung von etwas Grobem, Altem, das der See verschluckt, aber nicht richtig verdaut hatte. Henning mochte das Wasser, nicht aber diese kleinen, moorigen Seen. Was unter der dunklen Wasseroberfläche verborgen lag, mochte er sich nicht mal vorstellen. Bald würde auch er selbst für immer in dem Wasser liegen.

Henning versuchte, sich mit dem Gedanken zu versöhnen, mit seinem Schicksal. Vielleicht war dies alles ja gar nicht länger wichtig. Er hatte die Antworten bekommen, nach denen er so lange gesucht hatte, und keine davon hatte ihm Jonas zurückgebracht. Was jetzt für ihn noch von Bedeutung war, lag in der Vergangenheit. Die Jahre als Vater.

Die Jahre, in denen er Nora hatte lieben dürfen. Die Jahre, in denen sie ihn geliebt hatte.

Das Boot glitt langsam über das stille Wasser. Henning betrachtete den Mann, der vor ihm saß, dessen kurzes, zerzaustes Haar, das Muskelspiel seiner Arme. Durim Redzepi war lange auf der Jagd nach ihm gewesen und würde endlich seinen Auftrag erfüllen.

Er drehte sich um. Durch den Nebel war der an den Baum gefesselte Mann kaum noch zu erkennen. Was auch geschehen wird, ermahnte sich Henning, tritt anständig ab. Leise. Würdevoll. Zeig diesem Mann nicht deine Angst.

Redzepi machte mit einem Ruder ein paar Züge, während er das andere hochhielt, sodass das Boot sich zu drehen begann. Gleich darauf lag es wieder still auf der Oberfläche. Wasser gluckerte leise an die Bootswand. Dann holte Redzepi die Riemen ein und beugte sich über die Leiche. Hob sie an, als würde sie nichts wiegen, und warf sie über Bord.

Mit einem dicken rostroten Tau hatte er ein schweres Gewicht an dem Toten befestigt. Das Gewicht warf er als Letztes hinaus, und augenblicklich verschwand das schwarze Bündel in der Tiefe.

Redzepi verzog bei alledem keine Miene. Stattdessen nahm er das Seil, das vor seinen Füßen lag, und machte sich daran, eine Schlinge zu knoten. Er lehnte sich nach hinten, griff sich einen grauen Betonklotz, der unter der Persenning gelegen hatte, und setzte ihn vor sich ab. Ein dicker blauer Handgriff war in den Beton eingelassen. Redzepi führte die Schlinge durch den Griff, fädelte das Seil hindurch und befestigte es an Hennings rechtem Knöchel.

Er fragte sich, ob er versuchen sollte, Widerstand zu leisten, aber wie sollte er das anstellen? Seine Schulter schmerzte noch immer, und der Mann vor ihm war mit einem Messer und einer Pistole bewaffnet.

Redzepi hob den Betonklotz übers Wasser und ließ ihn fallen. Das dumpfe Platschen durchbrach die Stille, die sich über den See gelegt hatte. Als würde es von starken Händen nach unten gezogen, verschwand das Tau in der Tiefe. Dann stellte Redzepi einen Fuß auf das Seil und stand auf.

»Jetzt sind Sie dran«, sagte er.

Henning versuchte aufzustehen, doch seine Beine wollten ihm nicht mehr gehorchen. Er spürte weder seine Füße noch den Hosenstoff an seinen Beinen.

»Los jetzt, so viel Zeit hab ich nicht.«

Redzepi zückte die Pistole und richtete sie auf ihn. Zuckte mit dem Lauf nach oben, damit Henning endlich aufstand. Henning nickte und stemmte sich hoch. Diesmal gelang es ihm, doch unter der plötzlichen Gewichtsverlagerung schwankte das Boot. Er machte einen Schritt zur Seite, um sein Gleichgewicht wiederzuerlangen, holte noch einmal tief Luft und hob den Blick.

Es war kaum noch etwas zu erkennen. Der Nebel lag jetzt über dem gesamten See. Bis zum Ufer waren es bestimmt dreißig Meter.

Er neigte den Kopf zur Seite, glaubte, etwas gehört zu haben. Aber da war nichts. Kein Motorengeräusch, das sich näherte. Keine knackenden Zweige. Kein Ruf, der einen anderen Ausgang als den unausweichlichen einforderte.

Henning stellte einen Fuß auf den Bootsrand, und das Boot neigte sich leicht zur Seite.

Das Wasser sah ölig aus, zähflüssig, schwarz, kalt. Das

Seil verlief wie eine Angelschnur, an der ein dicker Fang hing, straff nach unten.

Dann stieß er sich ab.

Er hielt die Luft an und spürte, wie das Wasser durch seine Kleidung drang. Es war beißend kalt. Er begann, mit den Beinen zu treten und sich gegen den Zug nach unten zu wehren. Er mobilisierte alle Kräfte, trat und strampelte wild um sich, und irgendwie schaffte er es, nicht weiter hinabzusinken und sich mit dem Arm, den er noch bewegen konnte, Zentimeter für Zentimeter wieder nach oben zu kämpfen. Keuchend brach er durch die Wasseroberfläche.

Er blinzelte, prustete, versuchte, sich zu orientieren, während er weiter mit den Beinen und dem gesunden Arm arbeitete. Trotzdem war er überzeugt davon, dass es ihm nicht gelingen würde, dem Gewicht des Betonklotzes, der ihn nach unten zog, irgendetwas entgegenzusetzen.

Henning reckte den Hals, versuchte zu atmen und sah, wie Redzepi die Waffe hob und sich bereitmachte zu schießen. Hier brauchte dieser Mann sich keine Sorgen mehr um Blutflecke zu machen. Henning blieben vielleicht noch ein, zwei Sekunden, ehe er die Mündungsflamme sähe und sein Schädel explodierte.

Er dachte an Noras Lächeln, an ihr hübsches Gesicht, den Glanz ihrer kurz geschnittenen Haare, an die Stimme, bei deren Klang es in seinem ganzen Körper kribbelte, an die Wärme ihrer schlanken Hände.

Er dachte an Iver und an Trine und daran, wie sie am Strand bei der Hütte in Stavern miteinander im Wasser gespielt hatten, wer länger die Luft anhalten konnte. Er hörte auf zu strampeln und spürte, wie das Wasser über ihm zusammenschlug.

Er wusste, dass ihm kein Rekord der Welt helfen würde, dass nichts und niemand ihm mehr Beistand würde leisten können und er nur noch die Wahl hatte, nach seiner eigenen Vorstellung zu sterben.

Er schloss die Augen und ließ sich langsam hinab in das kalte schwarze Wasser sinken.

1

Januar 1996

Ohne den Schnee wäre es überall dunkel gewesen. Die Autos standen dicht an dicht am Straßenrand, dahinter ragten Häuserfronten in die Höhe. Die Straßenlaternen waren ausgestellt worden oder kaputt.

Wäre diese Straße nicht seit mehr als fünfzig Jahren ihr Zuhause gewesen, hätte Bodil Svenkerud es vielleicht mit der Angst zu tun bekommen – nach Einbruch der Dunkelheit geschah so einiges auf Oslos Straßen.

Aber nicht in der Eckersbergs gate.

Hier hatte sie noch nie vor etwas Angst gehabt. Trotzdem wollte sie schleunigst nach Hause, um sich einen warmen Tee zu machen. Es war ein langer Tag gewesen.

Svenkerud bahnte sich einen Weg durch den weichen Schnee. Es war eine Schande, dass die Straße und die Bürgersteige nicht häufiger und schneller geräumt wurden. Sie hatte fast den Eindruck, als kämen sie zu ihnen in die Straße immer erst zuallerletzt.

Sie blieb stehen, sah eine Lücke zwischen zwei geparkten Wagen, blickte kurz nach links und rechts und trat auf die Straße. Aus einiger Entfernung näherte sich ein Auto, war aber noch ein ganzes Stück entfernt. Genug Zeit, dachte sie und stapfte in die Spur der Handvoll Autos, die hier zuvor entlanggefahren waren. Obwohl der Boden eisig war, kam sie in der Fahrspur deutlich besser voran.

Svenkerud schlug den Pelzkragen ihrer Jacke hoch und sah hinauf zu dem Haus, in dem sie jetzt schon so lange wohnte. Dort hatten sie 1957 ihre Hochzeit gefeiert – etwas anderes hatten sie sich gar nicht leisten können. Dort hatte sie ihre Kinder zur Welt gebracht, von der Geburt ihrer Enkel erfahren, während das restliche Leben wie eine Lokomotive in voller Fahrt weitergerast war. Dort hatte sich der Krebs in ihren Olav Sebastian geschlichen und ihn zu einem Schatten seiner selbst werden lassen. Was war er nur für ein fantastischer Mann gewesen – engagiert in der Lokalpolitik, sportlich. Noch mit siebzig war er dreimal in der Woche acht Kilometer gejoggt. Und wie gern er sonntags in den Frognerpark gegangen war – am liebsten mit dem kleinen Sofus vor sich im Kinderwagen. Bis er sich dort in diesem Haus dann an einem schönen Spätsommertag 1992 für immer verabschiedet hatte.

Hinter ein paar Fenstern brannte Licht. Dort schienen die Bauarbeiten schon begonnen zu haben. Trotzdem – sie würde sich nicht erpressen lassen. Sie würden sie nicht aus diesem Haus bekommen – für kein Geld der Welt.

Das hatte sie auch der jungen Sachbearbeiterin im Rathaus gesagt, die erst keine Zeit für sie gehabt hatte, dann aber gegen Ende ihres Arbeitstags doch noch eine Viertelstunde erübrigen konnte. Die hübsche junge Frau mit den dunklen Haaren – wie hatte sie noch mal geheißen? – hatte ihr versprochen, ihren Fall gleich am nächsten Morgen zur Sprache zu bringen. Damit sollte die Sache dann auch erledigt sein. Die Frechheit mancher Menschen kannte wirklich keine Grenzen.

Svenkerud beschleunigte ihre Schritte, holte ein wenig mit den Armen Schwung. Ihr wurde warm, und ihre Brille beschlug. Die Kreuzung vor ihr war keine dreißig Meter mehr entfernt.

Sie drehte sich um. Das Auto war ein gutes Stück näher gekommen. Svenkerud versuchte, schneller zu gehen und sich kräftiger abzustoßen, doch der Schnee war so locker und weich, dass sie kaum Halt fand. Sie rutschte weg, konnte sich dann aber doch wieder auf den Beinen halten.

Sie drehte sich noch einmal um. Das Auto schien schneller geworden zu sein. Der Fahrer musste sie doch gesehen haben – so viele Reflektoren, wie sie sich an die Jacke gehängt hatte?

Sie versuchte, ihm ein Zeichen zu geben, aber der Fahrer bremste nicht, eher im Gegenteil. Im selben Moment begriff Bodil Svenkerud, dass er sie überfahren würde.

Sie unternahm einen letzten Versuch, zur Seite zu springen, doch das Eis lag glatt und verräterisch unter ihren Winterschuhen und hielt sie regelrecht fest – bis der Wagen sie seitlich erfasste und über die Motorhaube schleuderte. Mit dem Rücken zur Windschutzscheibe wurde sie in Richtung Dach hinaufgedrückt, wo sie für einen Moment liegen zu bleiben schien, ehe die Spikes an den Reifen sich ins Eis bohrten, Bodil nach vorn schleuderte, erneut auf der Motorhaube landete und von dort auf die Straße stürzte, wo sie mit dem Gesicht im weichen Schnee liegen blieb.

Sie konnte sich nicht mehr bewegen, hatte seltsamerweise aber keine Schmerzen, als wäre sie am ganzen Körper betäubt. Sie blutete aus einem Cut in der Stirn, und eine Gesichtshälfte fühlte sich ganz plötzlich feucht und warm an. Bei dem Unfall musste auch ihr Hörgerät kaputtgegangen sein. Es pfiff laut und schrill.

Irgendwann gelang es ihr, sich im Schnee hochzustemmen. Sie spürte die eisige Nässe durch Hosenstoff und Strumpfhose. Sie hob den Blick, rückte die Brille zurecht, drehte sich zur Seite und blinzelte in Richtung des Autos. Der Motor lief noch, und im Licht der Scheinwerfer tanzten Schneeflocken.

Warum stieg der Fahrer denn nicht aus, um ihr zu helfen?

Dann setzte der Wagen ein paar Meter zurück, bevor er wieder auf sie zufuhr. Sie war wie gelähmt, wusste, dass sie es nicht schaffen würde, selbst wenn die Spikes auf dem Eis durchdrehten. Es würde ihr auch nichts nützen, um Hilfe zu rufen. Sie wappnete sich gegen den Schmerz, und als er kam, war er gewaltig, überwältigend. Der Wagen schob sie ein Stück vor sich her, bis sie an der Bordsteinkante liegen blieb.

Schnee fiel auf ihre glühend heißen Wangen. Die Brillengläser waren kaputtgegangen, und sie sah so gut wie nichts. Zum Glück hatte das Pfeifen in ihrem Ohr aufgehört, und als die Stille kam, war ihr mit einem Mal alles vollkommen klar.

Endlich verstand sie, worum es hier ging.

Es gab keinen Zweifel mehr.

Sie hoffte nur, dass die nette, hilfsbereite junge Frau im Rathaus – wie hatte sie noch mal geheißen? – es ebenfalls verstand. Dass sie hiervon erfuhr und sie eins und eins zusammenzählte und dann irgendetwas unternahm.

Trine, dachte Svenkerud noch, als der Wagen erneut auf sie zurollte.

Trine hatte die Frau im Rathaus geheißen.

Trine Juul.

2

Oktober 2009

Die weißen Gardinen filterten das Tageslicht. Die Frau neben Charlie Høisæther drehte sich zur Seite und atmete tief durch die Nase ein.

»Schon wach?«, murmelte sie verschlafen und drückte das Gesicht ins Kissen.

»Mhm«, antwortete er.

Das Licht färbte ihre Wangen weiß, als sie die Knie anzog, eine warme Hand unter der dünnen Decke hervorschob und nach Charlies weichem Bauch tastete.

»Du wirst immer so früh wach«, murmelte sie.

»Mhm. Schlaf einfach weiter.«

Die Gardinen vor dem offenen Fenster bauschten sich in der steten Atlantikbrise. Sechzehn Etagen tiefer rauschte der Verkehr vorbei, verströmte ein Gefühl permanenter Betriebsamkeit. Isabel schlug die dunkelbraunen Augen auf. Charlie spürte ihren inzwischen etwas wacheren Blick auf sich.

»Du hast unruhig geschlafen heute Nacht«, sagte sie. »Hast du schlecht geträumt?«

Er schüttelte den Kopf.

»Was war denn dann?«

»Nichts. Schlaf einfach weiter, Isabel.«

In Wahrheit hatte er so gut wie gar nicht geschlafen. Zurzeit passierte einfach viel zu viel. Tores Tod – und dann dieser Journalist, der ständig anrief und irgendwelche Nachrichten hinterließ. *Ich würde gern mit Ihnen über Tore Pulli reden. Ich würde gern einen Telefontermin mit*

Ihnen vereinbaren. Könnten wir vielleicht ein, zwei Worte über Rasmus Bjelland wechseln?

Nein, konnten sie nicht.

Bloß nicht.

Und dann war da auch noch die Halle, die sie bauen wollten, wenn sie nur endlich den passenden Bauplatz fänden.

»Jetzt bin ich aber wach«, sagte Isabel und streckte die Hand weiter aus. »Und ich finde, das solltest du wiedergutmachen.«

Sie drückte ihm die Hand fest auf den Bauch, direkt über dem Nabel, dann glitt sie tiefer, und er wandte sich ab. Isabel zog die Hand wieder zurück, drehte sich auf den Bauch und schob beide Hände unters Kinn.

»Kaputt?«, fragte sie mitfühlend.

»Bloß müde«, erwiderte Charlie und war dankbar, dass sie kein Drama daraus machte. Dann schob sie ihre Hand erneut unter die Decke, diesmal über seine Brust, streifte durch sein Brusthaar hinauf zu Hals und Kinn, zupfte an seinem Bart und strich neugierig an seiner Narbe entlang.

»Nicht«, sagte er und zog den Kopf weg.

»Entschuldige.«

Er schlug die Decke zur Seite und setzte die Füße auf die nackten, kalten Bodenfliesen, stand auf und trat ans Fenster. Er neigte den Kopf zur linken Schulter, dann zur rechten. Es knackste.

»Entschuldige«, wiederholte sie.

»Schon okay. Schlaf weiter.«

Er zündete sich eine Zigarette an und trat hinaus auf die Dachterrasse. Über ihm blauer Himmel. Die Fliesen hatten sich schon in der Sonne aufgeheizt und brannten unter seinen Füßen. Er lehnte sich ans Geländer. Die kurzen nächtlichen Regenschauer waren längt verdunstet. Der Geruch von Teer und Müll wehte aus der engen Gasse zu ihm herauf.

Charlie zog an der Zigarette und blickte hinaus auf das silbrig glitzernde Meer, das glatt wie ein Spiegel vor ihm lag. Bald würden sich die breiten, schönen Strände füllen, auf denen die Jungs aus dem Ort kickten und davon träumten, ein neuer Neymar oder Pelé zu werden. Andere kauften eisgekühlte Kokosnüsse, Schokolade und Zigaretten und dösten in der Sonne, bis die wieder hinter dem Horizont verschwand.

Das war Natal.

Die Sonnenstadt.

Mit einer Durchschnittstemperatur von 28 Grad und 300 Sonnentagen im Jahr. Die Stadt, die ursprünglich Indios und französische Piraten beherbergt und die er selbst in Teilen mit aufgebaut hatte – zumindest in den Teilen, für die sonnenhungrige Norweger bezahlt hatten.

Es war ein Abenteuer gewesen – schön, aber riskant. Sie hatten hoch gepokert, besonders in den letzten Jahren. Einige waren im Knast gelandet. Andere hatten mit ihrem Leben bezahlt, sodass der Rest von ihnen jetzt wieder dort war, wo sie Ende der Neunziger begonnen hatten. Genau wie Tore es gewollt hatte.

Charlie sah hinüber zu der angrenzenden Terrasse. Die Wohnung stand leer. Ein paar Blätter waren bis hinauf in den sechzehnten Stock hochgeweht. Er würde daran denken müssen, vor der nächsten Besichtigung jemanden zum Putzen vorbeizuschicken. Es versetzte ihm immer einen leichten Stich und bescherte ihm ein schlechtes Gewissen, wenn er daran dachte, dass Tore und er Nachbarn hätten sein können, dass sie mit einem kalten Bier in der Hand an der schulterhohen Trennwand stehen und den Blick übers Meer hätten schweifen lassen können, während sie sich an die gute alte Zeit erinnerten, als ihre Konten angefangen hatten, sich zu füllen, und sie so gut wie jeden Tag etwas gefeiert hatten.

Aber es war einfach zu viel Porzellan zerschlagen worden. Sie beide hatten Dinge gesagt und getan, die nicht mehr rückgängig zu machen waren. Trotzdem hätte Tore die Wohnung kriegen sollen. Alles in allem hätte er es verdient gehabt.

Charlie hob die Hand ans Kinn und tastete über die Narbe, die Tore ihm verpasst hatte. Dann schaute er hinab auf die Straße und zog wieder an seiner Zigarette. Ein Mann joggte vorbei. Sein nackter Oberkörper glänzte in der Morgensonne. In die Jahre gekommene Autos, sand- und rostfleckig, rasten vorüber.

Charlies Blick blieb an einem dunklen Audi hängen, der im Schatten einer Palme parkte. Das Auto hatte die letzten Tage immer an exakt derselben Stelle gestanden, Morgen für Morgen. Vom Balkon aus war unmöglich zu erkennen, ob jemand darin saß. Doch jedes Mal, wenn er nach unten gegangen war und seinen Tag in Angriff genommen hatte, war der Wagen wieder weg gewesen. Freddy sollte das mal überprüfen.

Charlie drückte die Kippe an der Wand aus, schnippte sie übers Geländer und sah sie langsam abwärtstrudeln, bis sie von einem Windstoß erfasst und auf eine andere Terrasse geweht wurde. Er kehrte zurück in seine 187 Quadratmeter große Wohnung mit den nackten Wänden – ebenso nackt wie die Frau in seinem Bett, die sich jetzt auf einen Ellenbogen hochstemmte. Ihr Bauch und ihre schlanken Hüften waren unter der Decke verborgen.

»Hi«, sagte sie und schob sich eine schwarze, gelockte Haarsträhne aus der Stirn.

»Hi«, sagte er.

Charlie schlüpfte in Shorts und Flipflops.

»Ist irgendwas passiert?«, fragte sie.

»Nein, nichts.«

»Sicher? Du wirkst so... abwesend, so weit weg.«

»Ich mach Kaffee«, sagte er. »Willst du auch einen?«

Sie schlug die Decke zurück und präsentierte ihm ihren sonnengebräunten Körper. Charlie sah sie nicht mal an, bekam aber auch keine Antwort.

»Ich hätte gern eine Tasse Tee«, rief sie ihm nach, als er schon in der Küche war.

Charlie hatte Isabel in einer Bar an der Praia dos Artistas getroffen. Sie hatte ihm den ganzen Abend verstohlene Blicke zugeworfen, und als sie schließlich auf ihn zugekommen war und ihm in brasilianisch gebrochenem Englisch erzählt hatte, sie sei Tänzerin und würde ihm gern zeigen, was sie draufhabe – »und zwar am liebsten irgendwo anders« –, war er davon ausgegangen, dass sie eine Prostituierte wäre.

Tatsächlich war sie nur auf Jobsuche gewesen, und als sie ihren Namen genannt hatte – Cláudia Isabel Ypiranga –, hatte er sich zu ihr umgedreht und ihren dunklen Teint gemustert, ihre indigenen Züge, den langen, schlanken Körper. Er hatte die Not in ihren Augen gesehen und sich gefragt, in welch ärmlichen Verhältnissen sie ihre knapp fünfundzwanzig Lebensjahre verbracht haben musste. Vor allem aber hatte er die Ähnlichkeit gesehen und mit einem Mal das merkwürdige Bedürfnis verspürt, ihr etwas Gutes zu tun und sie nicht nur als Objekt seiner Lust zu betrachten.

Das war jetzt fünf Monate her.

Inzwischen tanzte sie an sechs Abenden die Woche im Senzuela und kam anschließend zu ihm nach Hause.

Anfangs hatte ihm das gefallen. Er hatte geglaubt, sich in sie verlieben zu können. Bis er sich eines Tages eingestanden hatte, dass sie Mariana niemals würde ersetzen können. Seit einiger Zeit spielte er mit dem Gedanken, das Verhältnis zu beenden, konnte sich aber nicht recht überwinden. Sie gefiel ihm ja. Er fühlte sich wohl in ihrer Nähe, er mochte ihren Körper – solange sie nicht so dumm wäre und schwanger würde. Wahrscheinlich würde sie ihm fehlen, wenn sie nicht mehr da wäre. Außerdem gefiel ihm der Gedanke, dass er sie… wovor auch immer… gerettet hatte. Er hatte nie gefragt, was sie getan hatte, bevor sie sich kennengelernt hatten. Womöglich sollte er das mal tun.

Mit einer Tasse Chai Latte, den sie so gern trank, kehrte er ins Schlafzimmer zurück.

»Danke«, sagte sie mit einem Lächeln. »Du bist süß.«

Wenn du wüsstest, dachte Charlie und zog ein weißes T-Shirt an, das über dem Bauch spannte.

Er spürte ihren Blick über dem Tassenrand.

»Und, was steht heute an?«, fragte sie mit heller, erwartungsvoller Stimme.

Charlie atmete tief ein und stieß die Luft in einem langen Seufzer wieder aus.

»Das Gleiche wie gestern«, antwortete er.

Als er hinaus auf den Bürgersteig trat, war der dunkle Audi weg. Dafür wartete Freddy auf ihn, wie gewohnt in Jeans, T-Shirt und beigefarbenem Leinenblazer. Freddy hieß eigentlich Fred Are, stammte aus Oslo und war lediglich mit seiner schieren Muskelkraft und einer Knarre im Gepäck nach Natal gekommen. Die Leute in der Stadt wussten, dass er auf Charlies Gehaltsliste stand und dass er zu dem Menschenschlag gehörte, mit dem man sich besser nicht anlegte. Was bisher auch nie jemand probiert hatte – nicht zuletzt wegen der Waffe, die er grundsätzlich in einem Schulterholster unter seiner Jacke trug.

»Ich will, dass du einen Mann an der Palme dort drüben postierst«, sagte Charlie. »Auf dem Parkplatz steht jetzt schon drei Nächte in Folge ein schwarzer Audi.«

»Okay, Chef.«

»Finde den Namen des Fahrers heraus und für wen er arbeitet.«

»Okay, Chef.«

Charlie sah sich um. Dann setzte er sich in Freddys Wagen, einen Mercedes CLS Grand Edition, und sie rauschten los. Freddy hielt sich grundsätzlich an kein Tempolimit – das widerstrebte seiner Natur –, was aber auch nicht weiter problematisch war, weil kein Polizist je auf die Idee käme, sie anzuhalten.

»Wohin?«, fragte er.

»Erst in den Club«, sagte Charlie. »Und dreh eine Extrarunde um den Block, wenn wir dort sind.«

Freddy warf ihm einen flüchtigen Blick zu, sagte aber nichts.

Sie fuhren durch die Stadt, die allmählich erwachte, vorbei an Juans Laden, den gerade ein Kunde mit Obst, einem Baguette und etwas zu trinken verließ. Sie überholten Pepe, den Fischhändler, der auf seinem uralten Moped, das dicke schwarze Qualmwolken ausstieß, auf dem Weg zum Hafen war, um dort den Fang der Nacht abzuholen.

Charlie liebte den Morgen, wenn alles noch leicht verschlafen und die Temperaturen noch erträglich waren. Dies war die einzige Zeit, zu der man in Natal noch etwas erledigen konnte.

In den vergangenen Monaten war Charlie damit beschäftigt gewesen, Gelder für den Bau einer Art Vergnügungshalle zu beschaffen, in der man Rollschuh laufen, bowlen und Minigolf würde spielen können – alles unter einem Dach. Es würde Restaurants und Läden geben – anders als alles, was die Leute aus Natal bislang kannten. Eine Art Erholungs- und Freizeitoase. Diverse Investoren hatten bereits zugesagt, das Projekt zu unterstützen, doch Charlie hatte bis jetzt keinen geeigneten Ort gefunden. Er hatte in den letzten Wochen zwar einige gute Grundstücke aufgetan, aber bislang war keiner der Eigentümer bereit gewesen zu verkaufen.

Er würde auch in Zukunft weiter Wohnkomplexe hochziehen – das lukrativste Business in der Gegend –, aber es würde nicht schaden, noch ein anderes Standbein zu haben.

Nach zehn Minuten hielten sie vor dem Fitnessclub. Freddy stieg zuerst aus und sah sich um. Dann nickte er Charlie zu.

Zwei Frauen Mitte dreißig schlenderten an ihm vorbei. Eine von ihnen drehte sich flüchtig zu Charlie um und raunte ihrer Freundin etwas zu. Fast schon automatisch folgte er ihr mit dem Blick, musterte ihre Schuhe, Fesseln, Beine, den Po – und war sich nicht ganz sicher, ob sie ihre Fuckability erkauft hatte oder ob sie angeboren war.

Auf der anderen Straßenseite bewegte sich eine Gardine. Freddy trat hinaus auf die Straße und drückte die Brust raus. Ein Auto, das auf ihn zuraste, bremste ab. Charlie würdigte den Fahrer keines Blickes, ging einfach weiter und betrat das Fitnessstudio, wo er von wummernden Rhythmen, blank geputzten Spiegeln und klirrenden Gewichten empfangen wurde. Er durchquerte den vorderen Bereich, ohne auch nur einen der Trainierenden anzusehen, und steuerte das Büro an – eine acht Quadratmeter kleine Abstellkammer, die dringend renoviert werden musste, worin Charlie aber wenig Sinn sah. Ihm gefiel das Chaos, die herumliegenden Papiere, die Risse in den Wänden – das alles erinnerte ihn an seine erste Zeit in Norwegen, als er ständig Schwierigkeiten gehabt hatte, seine Rechnungen zu bezahlen, bis Høisæther Immobilien endlich auf die Beine gekommen war und er Luft unter die Flügel gekriegt hatte.

Das einzige, das absolute Muss war ein Top-Computer, und mit seiner jüngsten Anschaffung war er wirklich zufrieden – das coolste iMac-Modell, das Apple derzeit auf dem Markt hatte. Charlie gefiel der Kontrast zwischen dem 27-Zoll-Bildschirm und dem abgewrackten Raum.

»Heute Abend um 19.35 Uhr landet ein Flieger aus Amsterdam«, sagte er, als Freddy die Tür hinter sich zugemacht hatte. »Du müsstest einen Passagier für mich abholen.«

Freddy lächelte. Er wusste, dass nicht der Passagier an sich problematisch war oder die Frage, wie man ihn unbemerkt aus dem Flughafen bekäme – sondern das Geld, das an dem Körper klebte.

»Soll ich Hansemann mitnehmen?«

»Nein.«

»Aber er kümmert sich doch sonst immer um die Zollbeamten. Ich …«

Charlie drehte sich zu Freddy um.

»Für Hansemann hab ich einen anderen Job. Das hier erledigst du allein.«

Freddy zögerte, dann nickte er.

»Sonst noch was, Chef?«

Charlie seufzte.

»Der Audi.«

»Okay. Ich mach mich sofort an die Arbeit.«

Charlie blieb allein im Büro zurück. Er sah auf die Uhr. Vier Uhr morgens in Norwegen. Er starrte auf den immer noch schwarzen Bildschirm, sah sein eigenes Spiegelbild, das helle Haar, die blauen Augen, den Kinnbart.

Genauso hatte er dagesessen, als Mariana erstmals hier aufgetaucht war.

»Hi«, hatte sie gesagt. »Ich heiße Mariana de la Rosa. Sie brauchen eine Assistentin.«

»Ach ja?«

Charlie hatte zu dem Zeitpunkt keine Stelle ausgeschrieben, wie eigentlich nie.

»Doch, brauchen Sie«, hatte sie geantwortet. »Ein kurzer Blick in Ihr Büro reicht, um vier Dinge zu sehen, die Sie umgehend ändern sollten.«

»Aha?«

Er setzte sich auf.

»Erstens: Ihre Termine in dem Buch da.«

Sie zeigte auf den aufgeschlagenen Kalender.

»So ein Ding benutzt heute niemand mehr.«

»Ist das wahr?«

»Ich übertrage Ihnen sämtliche Termine in den PC und sorge dafür, dass Ihr Mobiltelefon Sie zehn Minuten vor jedem Termin daran erinnert, wo Sie hinmüssen.«

»Hm.«

»Dann brauchen Sie noch ein Ablagesystem für Quittungen und Rechnungen. Hier fliegt doch alles unsortiert herum. Ich kann das für Sie wieder in Ordnung bringen.«

Zunehmend neugierig betrachtete Charlie die große, schlanke Frau mit den rabenschwarzen Haaren und dem spitzen Kinn – und das nicht nur wegen der braunen Augen und dem verführerischen Charme, sondern vor allem aufgrund ihrer Entschlossenheit und der klaren Meinung, die sie sich auch nicht zu äußern scheute.

»Sie sind einer dieser Männer, die nicht hinter sich aufräumen«, fuhr sie fort.

»Ah ja?«

Sie zeigte auf zwei Kaffeetassen mit schwarzen, angetrockneten Kaffeerändern und einen Teller neben der Computermaus. Zusammengeknüllte Baguetteverpackungen, eine leere Zigarettenschachtel. Ein bis zum Rand mit Kippen vollgestopfter Aschenbecher.

»Und ich kann gut aufräumen.«

Ohne ein weiteres Wort starrte sie ihn an.

»Aber zählen können Sie nicht«, erwiderte er nach einer Weile.

»Bitte?«

»Sie haben von *vier* Dingen gesprochen, die Sie ändern würden.«

»Oh.«

An der Stelle lächelte sie zum ersten Mal, und dabei war es, als öffnete sich ihr ganzes Gesicht. Die Frau, die er auf den ersten Blick als kühl und kantig eingeschätzt hatte, zeigte mit einem Mal eine verspielte Seite.

»Ich vergaß – das T-Shirt«, sagte sie und zeigte auf Charlies Bauch. »Sie sollten ein paar davon auf Lager haben, für den Fall, dass …«

Sie brach mitten im Satz ab und schlug den Blick nieder.

»Tut mir leid«, sagte sie. »Das geht mich natürlich überhaupt nichts an …«

»Wie auch immer«, sagte Charlie. »Sie haben recht. Soßenflecken machen sich nicht sonderlich gut bei einem Kundentermin.«

Sie hob den Blick und lächelte verschämt.

Schon am nächsten Tag fing Mariana de la Rosa bei ihm an, und sie blieb gute drei Jahre. Bis sie sich verliebte. Und ermordet wurde. Und obwohl sich Charlie immer wieder einzureden versuchte, dass nicht er den Sprengstoff an dem Wagen angebracht hatte, den sie hatte fahren wollen, hätte er ahnen müssen, dass so etwas passieren könnte.

Und genau das raubte ihm den Schlaf.

3

Henning Juul starrte auf den Bildschirm. Er war sich sicher, dass das, was er vor sich sah, nicht stimmen konnte. Aber als er Datum und Uhrzeit noch einmal überprüfte, gab es keinen Zweifel mehr. Seine eigene Schwester, Trine, war nur zehn Minuten vor Jonas' Tod direkt vor seinem Haus gewesen.

Sie hatte Durim Redzepi irgendwas überreicht – demselben Mann, der bereits zweimal versucht hatte, Henning umzubringen, und der vermutlich auch den Brand gelegt hatte. Dann war sie wieder weggefahren.

Endlich verstand Henning, warum Veronica Nansen darauf bestanden hatte, dass er sich setzte, ehe er sich durch die 213 Fotos scrollte, die ihr verstorbener Mann, Tore Pulli, in den drei Tagen vor Jonas' Tod geschossen hatte.

Henning blieb die Luft weg, und ihm wurde heiß.

Er lehnte sich zurück und versuchte, einen klaren Gedanken zu fassen.

Was zum Henker hatte Trine mit einem Mann wie Redzepi zu schaffen? Immerhin wurde der Typ in seinem Heimatland wegen Doppelmordes gesucht. Und was hatte sie ihm übergeben?

»Alles in Ordnung?«, fragte Veronica Nansen vorsichtig. »Dumme Frage«, korrigierte sie sich selbst. »Kann ich irgendetwas tun?«

Henning beugte sich vor und nahm einen Schluck Wasser. Das Glas hatte sie ihm gebracht.

»Nein«, antwortete Henning, »ehrlich gesagt ist hier gar nichts in Ordnung.«

Er warf noch einen Blick auf Trines Bild.

»Und was wollen Sie jetzt machen?«, fragte Veronica und legte ihm die Hand auf die Schulter. Henning wischte sich mit dem Hemdsärmel den Schweiß von der Stirn.

»Ich weiß es nicht«, antwortete er. Im selben Moment schoss ihm durch den Kopf, dass Trine zurzeit auf den Bahamas war, wo sie sich nach jenem Skandal erholte, der zu ihrem Rücktritt als Justizministerin geführt hatte.

»Ich habe einen Vorschlag«, sagte Veronica und richtete sich gerade auf. »Gehen wir noch mal alles durch, was Sie wissen oder zu wissen glauben. Und all Ihre Fragen.«

Sie klappte den Laptop zu.

»Sie haben das bestimmt schon hundertmal gemacht. Für sich allein – aber jetzt lassen Sie es uns zusammen versuchen. Manches ist leichter zu verstehen, wenn man es nur laut ausspricht und formuliert.«

Henning hatte sich bisher nur zwei anderen Menschen anvertraut: Bjarne Brogeland und Iver Gundersen. Der eine war Polizist, der andere Noras Lebensgefährte und Hennings Kollege in der Redaktion von *123nyheter*. Besonders Iver hatte sich sehr für ihn eingesetzt. In letzter Zeit hatte Henning sogar diverse Nächte auf dessen Sofa zugebracht.

Anfänglich hatte er niemanden in die Angelegenheit mit hineinziehen wollen, aber Veronica hatte in Tores Sachen Hinweise und Spuren gefunden, die Henning weitergeholfen hatten. Und jetzt hatte sie auch noch die Fotos entdeckt, die bewiesen, dass Trine in irgendeiner Weise in das ganze Drama verstrickt war. Überdies hatte sich Veronica als intelligente Gesprächspartnerin erwiesen.

Henning drehte sich ein Stück zur Seite.

»Ich glaube, das Ganze fing mit Rasmus Bjelland an.«

Bjelland hatte jahrelang als Schreiner für Charlie Høisæther gearbeitet – einem von Tores alten Freunden und Geschäftspartnern erst in Norwegen, dann im brasilianischen Natal, wohin Charlie 1996 gezogen war. Gemeinsam hatten sie dort gut von Immobilien gelebt, die sie für sonnenhungrige Norweger gebaut hatten. Viele ihrer Kunden waren bekannte Kriminelle gewesen, die sich auf diese Art einen luxuriösen Unterschlupf beschafft hatten.

Doch 2007 hatte eine koordiniert norwegisch-brasilianische Polizeiaktion zu mehreren Festnahmen wegen Geldwäsche und Betrugs geführt. Danach hatten Gerüchte die Runde gemacht, Bjelland wäre ein Polizeispitzel gewesen und hätte die Festnahmen überhaupt erst möglich gemacht. Auf seinen Kopf war eine Prämie ausgesetzt worden, und Bjelland war geflohen.

Als Kriminalreporter hatte Henning irgendwann von dem Konflikt erfahren, und nach einigem Hin und Her war es ihm tatsächlich gelungen, ein Interview mit Bjelland zu führen. In diesem Gespräch hatte Bjelland beteuert, kein Verräter zu sein. Gleichzeitig hatte er Henning den Tipp gegeben, dass sich auch Tore Pulli, einst einer der berüchtigtsten Geldeintreiber des Landes, mittlerweile in der Immobilienbranche eine goldene Nase verdiente – und noch immer gute Kontakte zur kriminellen Unterwelt unterhielt. Tores Existenz als gesetzestreuer Geschäftsmann sei lediglich Fassade. Bjelland hatte sogar behauptet, dass mehrere Morde auf Pullis Konto gingen. Henning hatte versucht, Bjelland weitere Informationen zu entlocken – allerdings vergebens.

»Darf ich Sie hier schon kurz unterbrechen?«, fragte Veronica.

Henning, der beim Reden die ganze Zeit auf einen unbestimmten Punkt auf der Tischplatte gestarrt hatte, sah zu ihr auf. Ihre Haut hatte einen rosigen Ton angenommen.

»Sie wollen damit also andeuten, dass Tore immer noch kriminell gewesen wäre, nachdem er die Geldeintreiberei an den Nagel gehängt hatte? Und dass er Menschen umgebracht hätte?«

Henning hob die Hände.

»Hat Bjelland zumindest behauptet«, sagte er.

»Ich hab fünf Jahre lang mit ihm zusammengelebt«, wandte Veronica ein. »Das hätte ich doch gewusst oder gespürt – wenn er in der Zeit immer noch in irgendwelche krummen Geschäfte verstrickt gewesen wäre.«

»Vielleicht, aber wenn Sie sich die Leute ansehen, mit denen er verkehrt und trainiert hat, dann sind das nun mal nicht gerade Leute, die als Schwiegermutters Liebling durchgehen würden. Und können Sie sich wirklich nicht vorstellen, dass Tore hier und da den Verlockungen erlegen sein könnte, unter der Hand doch noch ein bisschen dazuzuverdienen? Wir wissen doch beide, dass er in den letzten Jahren diverse Probleme hatte – nicht zuletzt wegen seiner Spielsucht.«

Veronica antwortete nicht, sondern lehnte sich bloß mit verschränkten Armen zurück. Henning verstand natürlich, warum sie in den Defensivmodus schaltete. Tore hatte die Schlagringe weggelegt, lange bevor sie ihn kennengelernt hatte, und in den Neunzigern und bis ins neue Jahrtausend hinein hatte er mit seinen Immobiliengeschäften gutes Geld gemacht. Gleichzeitig hatte er ihr gegenüber sein Spielproblem geheim gehalten, und was seine Vergangenheit als Geldeintreiber anging, hatte er ihr auch nicht die Wahrheit erzählt. Es war nur eine Frage der Zeit, ehe die Polizei bei ihr anklopfte, um Tores Hinterlassenschaften zu durchsuchen, und die Zeitungen würden über Tores Rolle im Mordfall Ellen Hellberg ebenfalls nur zu gern berichten. Auch wenn das Verbrechen in den Neunzigern verübt worden war.

»Ich meine doch nur, dass es Bjellands Tipps waren, denen ich nachgegangen bin – bis es dann eines Tages bei mir brannte.«

Sie sah ihn abwartend an.

»Und Sie glauben, Tore hätte auch was mit dem Brand in Ihrer Wohnung zu tun?«

Sie klang jetzt fast beleidigt. Henning war sich nicht ganz sicher, ob sie auf ihn oder auf ihren verstorbenen Ehemann wütend war.

Er schüttelte den Kopf und zeigte auf den Bildschirm.

»Warum sollte er sonst nur ein paar Meter entfernt in einem Wagen gesessen und Bilder gemacht haben?«, fragte er und fügte dann hinzu: »Vielleicht hatte Tore irgendetwas vor – nur dass ihm dann jemand zuvorgekommen ist.«

»Und wer sollte das gewesen sein?«

Henning atmete ein wenig schneller.

»Vielleicht Charlie Høisæther? Bjelland hat erwähnt, ich müsste zurück in die Neunziger und mir ansehen, was Tore da alles gekauft hätte. Wenn ich nur tief genug graben würde, wäre da eine ganze Menge zu finden. Ich hab aber nicht viel gefunden. Erst im Nachhinein hab ich erfahren, dass Tore damals eine Reihe von Geschäften mit Charlie Høisæther gemacht hat und dass vieles davon an den norwegischen Behörden vorbeigegangen ist. Laut meiner Quelle haben die beiden in dieser Zeit Unsummen verdient, und sie sollen dabei wirklich skrupellos vorgegangen sein.«

Veronicas Blick war wachsam geworden.

»Skrupellos genug, um Leute umzubringen, meinen Sie?«

Henning hob erneut beide Hände.

»Keine Ahnung. Ich weiß nur, dass Tore und Høisæther in den letzten Jahren nicht mehr miteinander gesprochen haben. Das könnte erklären, weshalb jeder seinen eigenen Stiefel gefahren hat, um mich zum Schweigen zu bringen. Tore hatte einen Plan – er hat mich überwachen lassen, um herauszufinden, wann er am besten zuschlagen könnte –, während Charlie Durim Redzepi beauftragt hat, damit der die Drecksarbeit für ihn erledigte.«

»Mir schwirrt der Kopf, Henning. Glauben Sie, dass Tore oder Charlie oder vielleicht beide Angst davor hatten, dass Sie etwas Schwerwiegendes ausgraben könnten? Einen unaufgeklärten Mord? Unterschlagung, Geldwäsche?«

»Ich weiß es nicht«, sagte Henning. »Bis jetzt denke ich nur laut.«

»Aber warum waren und sind Sie für die zwei so gefährlich?«

Diese Frage hatte Henning sich in letzter Zeit mehr als einmal gestellt.

»Jeder weiß doch«, fuhr sie fort, ehe er reagieren konnte, »dass ein Mord an einem Journalisten in der Öffentlichkeit zu einem Aufschrei führen würde. Die Polizei gerät dadurch unter enormen Druck und mobilisiert sämtliche Kräfte. Ich verstehe nicht, warum sie ein derartiges Risiko hätten eingehen sollen – und erst recht nicht, wenn nicht einmal Sie selbst wissen, warum.«

»*Noch* nicht, nein. Aber ich werde es herausfinden.«

Veronica seufzte.

Das Beste wäre, dachte Henning, noch mal mit Rasmus Bjelland zu sprechen. Aber von dem fehlte seit zwei Jahren jede Spur. Gut möglich, dass das Todesurteil, das im Raum gestanden hatte, als Henning ihn getroffen hatte, in der Zwischenzeit vollstreckt worden war.

»Bjelland hat über Jahre hinweg eng mit Charlie zusammengearbeitet«, sagte er. »Das erklärt, wieso er etwas wusste.«

»Aber das erklärt noch lang nicht, warum er Tore verraten hat.«

»Nein«, sagte Henning und griff erneut nach seinem Wasserglas. »Aber was das angeht, hab ich eine Theorie.«

Er nahm einen Schluck Wasser und rutschte herum, sodass er ihr jetzt frontal gegenübersaß.

»Ich glaube, Bjelland wollte Rache.«

Tiefe Falten gruben sich in Veronicas Stirn.

»Rache?«

Henning nickte.

Er ließ die Behauptung nachklingen, während Veronica nachdachte.

»Warum in aller Welt sollte Bjelland sich an Tore rächen wollen?«

»Das hab ich noch nicht rausgefunden«, sagte Henning. »Aber denken Sie mal nach«, fuhr er fort, »warum sollte er sonst mit so einer Behauptung zu mir kommen? Er hatte keine Veranlassung, mir einen Gefallen zu tun oder mir irgendeinen Scoop rüberzuschieben.«

In Veronicas Blick war keine Antwort zu finden.

»Bjelland und ich hatten nie etwas miteinander zu tun gehabt – es gab also keinen Grund, mir irgendeinen Tipp zu geben, jedenfalls nicht in dieser Größenordnung. Außer er hatte dabei irgendeinen Hintergedanken. Außer er wollte Tore das Leben schwer machen. Warum, weiß ich, wie gesagt, noch nicht. Aber können Sie sich irgendein anderes Motiv als Rache vorstellen?« Als sie nicht antwortete, fuhr Henning fort: »Seine Behauptung, nicht der Verräter gewesen zu sein, wird nicht wahrer, indem sie in der Zeitung steht, und dessen war sich Bjelland sicher auch bewusst. Und er wusste auch, was das für Leute waren, die es auf ihn abgesehen hatten. Immerhin war er gut zehn Jahre lang mit ihnen in Brasilien.«

Henning nahm noch einen Schluck.

»Ich glaube daher, dass er einem eigenen Plan folgte. Er wollte mich dazu bringen, Ermittlungen gegen Ihren Mann anzustellen und ihn vielleicht sogar vor Gericht zu bringen, damit Tore im Gefängnis landete.«

Veronica schüttelte den Kopf.

»Für mich hört sich das alles seltsam an«, wandte sie ein. »Soweit ich weiß, kannten die zwei sich kaum.«

»Für mich klingt noch viel unglaubwürdiger, dass sie sich nicht gekannt haben sollen. Bjelland hat über Jahre eng mit einem von Tores besten Freunden zusammengearbeitet. Sogar in derselben Branche.«

Veronica sah ihn skeptisch an, als könnte sie wirklich nicht glauben, was ihr da gerade eröffnet wurde.

Irgendwo in der Wohnung klingelte ein Telefon. Sie ignorierte es und sagte stattdessen: »Dann bleibt uns also nur noch eins…«

Henning sah sie an.

»Wir müssen herausfinden, was nicht ans Tageslicht kommen durfte und wovor Tore und Charlie eine solche Angst hatten. Und warum Bjelland einen Grund gehabt haben könnte, sich an Tore zu rächen.«

Henning nickte.

»Wissen Sie noch irgendetwas, was uns weiterhelfen könnte?«, fragte sie.

Er atmete tief durch.

»Ich weiß, dass Tore tot ist – vermutlich weil er mir erzählen wollte, was er über den Brand…« Henning sah wieder zum Laptop, »…in meiner Wohnung wusste.«

Er schob den Stuhl näher an den Tisch heran und schob den Bildschirm ein Stück höher. Wieder tauchte Trines Bild vor seinen Augen auf.

»Was?«, fragte Veronica.

Henning versuchte, seine widerstreitenden Gedanken zu sortieren. Trine war womöglich irgendwie in die Sache verwickelt. Das würde auch die Warnung erklären, die an seiner Tür gehangen hatte; sie hatte nicht gewollt, dass er – ihr eigener Bruder – ums Leben kam. Andererseits hatte Tore ganz in der Nähe in seinem Auto gesessen und Fotos von ihrer Begegnung mit Durim Redzepi geschossen. Fotos, die nahelegten, dass eine Ministerin mit einem Fall von Brandstiftung mit Todesfolge in Verbindung gebracht werden konnte. Dass sie Kontakt zu Kriminellen gehabt hatte.

Henning teilte seine Gedanken mit Veronica.

»Stellen Sie sich doch die Situation mal vor«, murmelte er konzentriert. »Tore versucht verzweifelt, aus dem Gefängnis zu kommen. Er nimmt Kontakt zu mir auf und erzählt, er könnte mir Informationen über den Brand in meiner Wohnung liefern, wenn ich ihm im Gegenzug helfen würde, aus dem Knast zu kommen. Würde er noch leben, hätte er mir nie was von einem Mord erzählt, in den er und Charlie irgendwie verstrickt waren. Sonst wäre er Gefahr gelaufen, erneut im Knast zu landen. Das wäre wirklich absoluter Blödsinn gewesen …«

Veronica nickte, munterte ihn auf, mit seinen Schlussfolgerungen fortzufahren.

»Aber das hier«, sagte er und zeigte auf den Laptop, »ist etwas anderes. Potenziell kompromittierendes Material über Trine – in meinen Augen sind das überaus relevante Informationen. Genau das ist es, was Tore mit mir teilen wollte.«

Henning frage sich für einen Moment, ob Tore genau deshalb ermordet worden war. Aber die Fotos bewiesen erst mal nichts – nur dass Trine auf offener Straße mit einem Kriminellen gesprochen und ihm irgendetwas … überreicht hatte. Trine würde mit Leichtigkeit eine Erklärung dafür finden, sollte eine Zeitung in den Besitz der Fotos kommen. Und dass sie an einem derart ausgeklügelten Mord wie dem an Tore im Gefängnis beteiligt gewesen sein sollte, war schlichtweg undenkbar.

Andererseits bewiesen die Bilder, dass Trine nur zehn

Minuten vor dem Brand am Tatort gewesen war – und es war mehr als verdächtig, dass sie in diesem Zusammenhang mit einer Person wie Durim Redzepi zu tun gehabt hatte. Die Frage war jetzt nur, ob sie auch etwas mit Charlie Høisæther zu tun gehabt hatte.

Henning zog um aufs Sofa.

»Wann kommt sie wieder nach Hause?«, fragte Veronica.

»In drei Tagen«, antwortete Henning leise.

»Dann hab ich eine Idee, was Sie an diesem Tag tun könnten«, sagte sie.

Henning ballte die Hände zu Fäusten.

»Ich auch, das können Sie mir glauben.«

4

Drei Tage später

Es gab nichts, was diesem Gefühl auch nur nahe kam, dachte Iver Gundersen. Die Gewissheit, vor dem Durchbruch zu stehen, der zuvor niemandem gelungen war. Licht ins Dunkel eines überaus bemerkenswerten Falls zu bringen.

Deshalb machte er sich auch auf den Weg, sowie er in Noras Wohnung aufgewacht war. Er freute sich darauf, seine Ergebnisse mit Henning zu besprechen, und erkundigte sich per SMS, ob er direkt zu ihm kommen könne oder ob Henning noch im Bett liege. Iver bot ihm sogar an, ihn abzuholen.

Die Antwort kam postwendend:

Bin auf dem Weg zum Flughafen. Geht es auch später?

Flughafen?, dachte Iver. Was will er denn da?

Er tippte *OK*, spürte aber im selben Moment, wie enttäuscht er war.

Kurz darauf piepte es wieder.

Worum geht es denn?

Iver fragte sich, was er antworten sollte.

Das kann ich in einer SMS nicht erklären. Lass uns das später besprechen.

Diesmal antwortete Henning mit *Okay*.

In der Zwischenzeit, dachte Iver, würde er alles noch mal durchgehen und einfach selbst des Teufels Advokaten spielen: eine herausfordernde, aber notwendige Übung für jeden, der jemanden eines Verbrechens überführen wollte. Er musste sich hundertprozentig sicher sein.

Iver scherte hinter einem Bus ein und bemerkte erst jetzt, dass er bald würde tanken müssen. Kein Wunder. Die letzten Tage hatte er förmlich im Auto gewohnt.

Er versuchte, sich ein wenig zu beruhigen und langsamer zu atmen. An Henning und an Nora zu denken.

Die letzten Monate waren schon seltsam gewesen. Er hatte nie vorgehabt, sich in sie zu verlieben, aber Nora war bei all ihrer Verletzlichkeit nach Jonas' Tod so unglaublich attraktiv gewesen, dass es ihm wie vorherbestimmt vorgekommen war, sie wieder zum Lächeln zu bringen. Und obwohl er wusste, dass Nora Hennings Lebensgefährtin gewesen war und der vielleicht zu *123nyheter* zurückkehren würde, hatte er sich nicht gegen die Liebe wehren können.

Insgeheim hatte Iver gehofft, dass Henning nie wieder zu arbeiten beginnen würde, aber im Frühling war er wieder aufgetaucht. Iver wusste wirklich nicht, wem von ihnen beiden die ganze Situation unangenehmer gewesen war. Ihr erster gemeinsamer Auftrag – die Recherche hinsichtlich der Steinigung einer Filmstudentin namens Henriette Hagerup in einem Zelt am Ekeberg – war entsprechend nicht gerade ideal verlaufen. Henning hatte den Täter entlarvt, dann aber Iver seine kompletten Rechercheergebnisse überlassen. Anfangs hatte er gar nicht verstehen können, warum, doch dann war ihm klar geworden, dass Henning nur sich selbst hatte schonen wollen. Er hatte gewusst, dass seine Schlussfolgerungen speziell waren und zu einem enormen Interesse unter ihren Pressekollegen geführt hätten, woran Henning wiederum nicht das geringste Interesse gehabt hatte. Weder damals noch heute.

Anfänglich hatte Iver den Rummel genossen, aber es hatte nicht lang gedauert, bis ihm klar geworden war, dass der Ruhm zwei Seiten hatte. Immer wenn Henriette Hagerups Name gefallen war, hatte er wieder daran denken müssen, wer die Lorbeeren in Wahrheit verdient gehabt hätte. Dass Henning der Einzige war, der darüber Bescheid wusste, machte die Sache nicht leichter. Deshalb hatte Iver versucht, auch etwas für ihn zu tun. Er hatte sich auf die zentrale Frage in Hennings Leben gestürzt, das Rätsel um den Tod seines Sohnes Jonas, und versucht, den entscheidenden Hinweis zu finden, um das Geheimnis zu lüften.

Und jetzt glaubte er, es endlich geschafft zu haben.

Iver parkte ein paar Straßen von seiner Wohnung entfernt und lief eilig nach Hause. Um kurz nach halb zehn schloss er die Tür auf und warf den Schlüsselbund auf die Hutablage.

Und spürte augenblicklich, dass etwas nicht stimmte.

Es dauerte ein paar Sekunden, ehe es ihm dämmerte.

Es war überall dunkel.

Dabei zog er die Vorhänge nie zu. Zumindest nicht ganz.

Außerdem waren aus dem Wohnzimmer Geräusche zu hören. Der Fernseher lief. Er hatte doch nicht vergessen, ihn auszustellen, ehe er am späten Vorabend zu Nora gefahren war?

Iver marschierte in die Küche und spähte ins Wohnzimmer. Der Fernsehschirm warf helles Licht über Decke und Wände. Auch dort waren die Vorhänge zugezogen worden. Was war hier los?

Mit einem Mal hatte er das Gefühl, ein Riesenproblem zu haben.

Im nächsten Augenblick ging im Wohnzimmer das Licht an.

Iver blieb wie angewurzelt stehen.

Auf dem Stressless-Sessel saß jemand.

»Da ist er ja«, sagte ein Mann in gebrochenem Schwedisch.

Iver klappte der Unterkiefer runter. Dann sah er sich rasch um. Auch auf dem Sofa saß jemand. Und dieser zweite Mann hielt eine Waffe in der Hand.

»Wer …«, stieß Iver hervor, doch die Worte blieben ihm im Hals stecken. »Wer sind Sie?«, fragte er schließlich und räusperte sich. »Und was machen Sie hier?«

»Das hat ganz schön gedauert«, sagte der Mann im Sessel. »Wir waren das Warten schon leid, nicht wahr, Jeton?«

Der Mann, der mit Iver sprach, blickte noch einen Moment auf den Fernseher und schaltete ihn dann aus. Die Fernbedienung legte er auf den Tisch. Bei dem harten Geräusch zuckte Iver zusammen. Im selben Moment sah er, dass der Mann Handschuhe trug und dass auf dem Couchtisch ein Strick lag.

Iver schluckte. Fragte sich, ob er sich umdrehen und nach draußen spurten sollte, aber die Art, wie der Mann auf dem Sofa jetzt die Waffe umklammerte, hielt ihn davon ab.

»Was wollen Sie?«

Beide Männer standen gleichzeitig auf. Iver spürte, wie sich sein Bauch verkrampfte.

»Wir wollen wissen, wie viel Sie wissen und mit wem Sie geredet haben.«

Der Mann machte einen Schritt näher. Er war klein, hatte schütteres, ungekämmtes Haar und trug einen schwarzen Kapuzenpulli. Er wirkte gedrungen, aber muskulös. Iver konnte das leichte Zucken seiner Brustmuskeln erahnen. Keiner der beiden machte sich auch nur die Mühe, sein Gesicht zu verbergen. Wie waren sie hereingekommen, und was wollten sie mit dem Strick?

»Wovon reden Sie?«

Iver versuchte, entspannt zu wirken, doch seine Stimme zitterte. Er sah zum Fenster. War eins davon offen? Würde er nach draußen hechten können? Allerdings war es zu weit bis nach unten, und dort wartete nur der Asphalt.

Der zweite Mann nahm den Strick zur Hand, der auf dem Tisch gelegen hatte.

»Sehen Sie, was ich hier drin gemacht habe?«, fragte der Mann, der auch zuvor schon mit ihm geredet hatte, und sah demonstrativ hinauf zur Decke. Iver legte den Kopf in den Nacken. Erst konnte er nichts Ungewöhnliches entdecken.

Doch dann fiel sein Blick auf den Haken.

Der Mann zückte ein Messer.

»Ich hab das mal in einem Film gesehen«, erklärte er. »Ich mag Filme. Mögen Sie Filme, Gundersen?«

Er sah Iver neugierig an, bekam aber keine Antwort.

»Ich hab es noch nie selbst probiert, aber wissen Sie, was passiert, wenn man blutet, zum Beispiel aus dem Hals, und dann verkehrt herum aufgehängt wird?«

Der Mann legte sich mit einem Grinsen im Gesicht die Klinge an den Hals.

Iver schluckte schwer. Überlegte fieberhaft, wie er davonkommen könnte.

»Es hängt vom Schnitt ab, von der Tiefe. Aber wenn man diese Ader hier nur ein klein bisschen anritzt« – er zeigte auf eine Ader an seinem eigenen Hals –, »sodass nur etwas Blut heraussickert« – er machte erneut eine Pause –, »dann dauert es bloß eine halbe Stunde, bis der Betreffende stirbt.«

Erst jetzt sah Iver, dass auch dieser Mann eine Waffe bei sich trug. In der Innentasche seiner Jacke.

Lass dir was einfallen, sagte er zu sich, sonst war's das.

»Ich hab keine Ahnung, was Sie von mir wollen«, stammelte er. »Ich weiß nichts, ich hab keine …«

»Schh«, unterbrach ihn der Mann. »Nicht.«

Er schüttelte den Kopf und trat dann langsam einen Schritt vor.

»Wir werden schon noch herausfinden, was Sie wissen, ob Sie es nun wollen oder nicht. Die Frage ist nur, wie lange es dauern wird.« Dann grinste er – ein kurzes, teuflisches Grinsen – und zog eine Uhr aus seiner Tasche.

Dann wandte es sich an seinen Kameraden: »Was meinst du, Jeton, wie lange wird es dauern?«

5

Die Flugbegleiterin schob den Getränkewagen vor sich her und fragte die Fluggäste, ob sie Kaffee oder Tsee wollten.

Tsee.

Nicht Tee.

Trine Juul-Osmundsen hatte immer schon geargwöhnt, dass sie diese Überartikulation während der Ausbildung lernten – diese Verhunzung der Sprache. Oder aber sie hörten es sich von anderen ab. Äfften ihre Flugbegleiterkollegen nach.

Unsere Sprache, dachte sie, unser Werkzeug und Instrument, andere Menschen zu verstehen und uns verständlich zu machen, befindet sich in permanenter Veränderung. Leider zum Schlechteren.

Jugendliche sprachen heutzutage unbegreiflicherweise mehr Englisch als Norwegisch, und was sich hinsichtlich der nächsten Generation abzeichnete, machte Trine wenig Hoffnung.

»Kaffee? Tsee?«

Die Flugbegleiterin sah auf sie herab.

Entschuldigen Sie … haben Sie Tsee gesagt?

Trine grinste in sich hinein. Irgendwann würde sie es sagen – nur um die Reaktion der Flugbegleiterin zu sehen. Hätte niemand sie gekannt, hätte sie es sicher längst getan. Aber inzwischen war so was unmöglich – sie wäre wieder einmal auf der Titelseite gelandet, wo die gekränkte und gedemütigte Flugbegleiterin ihre Geschichte erzählte und eine Entschuldigung einforderte.

»Nein danke«, antwortete sie und schüttelte den Kopf, und die Flugbegleiterin schob den Wagen weiter.

Die Luft in der Kabine war trocken und kalt, als wäre die Klimaanlage an Bord der Norwegian-Maschine von Frankfurt nach Oslo auf Frost eingestellt worden. Vielleicht lag es auch daran, dass Trine die vergangenen zwei Wochen auf den Bahamas verbracht hatte, weit weg von der herbstkalten norwegischen Hauptstadt.

Die zwei Wochen waren fantastisch gewesen. Nur sie allein mit sich selbst, einem Haufen digitaler Bücher und einer privaten Sonnenliege, für die sie nicht um fünf Uhr morgens aufstehen musste, um sich den Platz zu sichern. Sie hatte Zeit für sich gebraucht, um nicht in einem fort darüber nachzudenken, was sie zum Rücktritt von ihrem Amt als Justizministerin gezwungen hatte. Die falsche Anschuldigung eines jüngeren männlichen Politikerkollegen wegen vermeintlicher sexueller Belästigung hatte sie alle Kraft gekostet. Auf den Bahamas, wo niemand sie gekannt hatte, hatte sie immer wieder für kurze Momente vergessen können, wie furchtbar und schmerzlich das alles gewesen war – insbesondere das Gespräch mit Pål Fredrik, nachdem sie der TV2-Reporterin Guri Palme gegenüber ihren Rücktritt bekannt gegeben hatte.

Trine hoffte inständig, dass in Gardermoen nicht wieder irgendwelche Journalisten warteten. Nach zwei Wochen Abwesenheit mussten sie sich doch anderen Themen zugewandt haben. Dass die Medien sie bereits vergessen hätten, glaubte sie allerdings nicht.

Trine sah auf die Armbanduhr, die Pål Fredrik ihr am

Morgen ihres ersten Arbeitstags als Ministerin geschenkt hatte. Noch eine halbe Stunde bis zur Landung. Ihr Herz begann, schneller zu schlagen.

Zu welchem Entschluss Pål Fredrik wohl gekommen war, nachdem er jetzt zwei Wochen Zeit gehabt hatte, um zu verdauen, dass sie eine Abtreibung vorgenommen hatte, ohne mit ihm darüber zu sprechen? Und das, obwohl sie zuvor in aller Öffentlichkeit beteuert hatten, wie gern sie Kinder hätten. Würde er mit dem Verrat leben können, den sie an ihm begangen hatte?

Sie hatten einander zwar täglich geschrieben, dabei aber immer nur Belanglosigkeiten ausgetauscht. Sie wusste nicht einmal, ob er sie am Flughafen abholen würde. Wahrscheinlich, dachte Trine, macht er gerade eine lange Fahrradtour. Und wird ihr nie vergeben können.

Es knisterte in der Lautsprecheranlage. Der Pilot verkündete, dass sie den Landeanflug auf Oslos Flughafen einleiten würden. Er bat die Fluggäste, ihre Plätze wieder einzunehmen und sich anzuschnallen. Trine überlegte, was sie machen wollte, wenn sie wieder zu Hause wäre. Vielleicht gäbe es ja die eine oder andere PR-Agentur, die gern eine Frau mit ihrem Netzwerk beschäftigen würde. Andererseits hätte sie auch nichts gegen ein paar Monate ohne Arbeit einzuwenden. Um wieder vollends auf die Beine zu kommen und dann richtig Lust aufs Arbeitsleben zu haben.

Als sie ihr Handy nach der knapp halbstündig verspäteten Landung anschaltete, kam keine SMS für sie. Enttäuscht stieg sie aus dem Flugzeug. Ihre Beine waren geschwollen, die Schuhe eng. Sie hielt den Blick fest auf den Boden vor ihr gerichtet.

Im Taxfree-Laden kaufte sie vier Flaschen Amarone und

eine große Tüte Süßigkeiten. Zum Glück war ihr Koffer schnell da, und sie marschierte durch die Zollkontrolle.

In der Ankunftshalle stellte sie zu ihrer großen Erleichterung fest, dass sie weder von Kameras noch Mikrofonen erwartet wurde.

Allerdings auch nicht von Pål Fredrik.

War es aus zwischen ihnen?, fragte sie sich. War der Umstand, dass er sie nicht am Flughafen abholte, der Beweis…

Abrupt blieb Trine stehen.

Sie hatte ein Gesicht in der Menge entdeckt, das sie hier niemals erwartet hätte.

Aber er war da.

Henning.

Und er starrte sie unverwandt an.

6

Henning musste sich beherrschen, um nicht auf sie zuzustürzen.

Sie schien schockiert zu sein. Genauso hatte sie ihn angesehen, als er sie in der Hütte in Stavern aufgesucht hatte, wo sie sich vor den Medien versteckt hatte. Damals hatte sie ihn mehr oder weniger vom Grundstück gejagt. Diesmal jedoch standen die Dinge anders. Heute kannte er den Grund ihrer Panik.

In den vergangenen Tagen hatte Henning sich einzig und allein der Frage gewidmet, was Trine mit einem Auftragsmörder zu tun und welche Motive sie dafür gehabt haben könnte. Ihm war nur eine mögliche Antwort eingefallen.

Geld.

Der Immobilienmarkt war lange Zeit sehr lukrativ gewesen. Trine hatte seit den Neunzigern Erfahrung in juristischen Fragen rund um Immobilienübereignungen gesammelt und war für jeden, der in dem Bereich Geschäfte machte, sicher eine gute Alliierte. Henning hatte zwar nicht herausfinden können, wie gut sie tatsächlich war, aber wenn sie finanzielle Gegenleistungen für ihre Dienste angenommen hatte, war sie vermutlich clever genug gewesen, das Geld beiseitezuschaffen.

Henning schob seine Tasche auf der Schulter zurecht und trat dann beherzt auf seine Schwester zu, mit der er in der Kindheit so viel gespielt und nach dem Tod ihres Vaters kaum noch ein Wort gewechselt hatte. Um sie herum wurden Namen gerufen, und es wurde gewunken. Einer der Wartenden stand mit der norwegischen Flagge und Blumen im Arm vor der Absperrung.

Henning blieb einen Meter vor Trine stehen, ohne etwas zu sagen.

»Henning«, stammelte sie. »Was machst du denn hier?«

In seinem Kopf rauschte es. Am liebsten hätte er ihr die Hände um die Gurgel gelegt und zugedrückt. Stattdessen bedeutete er ihr, ihm aus dem Gewimmel hinaus zu folgen. Zögerlich ging sie ihm nach.

Sobald es etwas ruhiger um sie herum wurde, blieb er stehen, drehte sich zu ihr um und starrte sie wieder an. Dann zog er ein Bild aus der Innentasche und hielt es ihr vor die Nase.

»Das hier wurde am 11. September 2007 aufgenommen«, sagte er mit zitternder Stimme. »Zehn Minuten, bevor mein Sohn gestorben ist.«

Henning sah Jonas' stilles, totes Gesicht auf den Pflastersteinen im Hinterhof vor sich, nachdem sie vom Balkon im dritten Stock gesprungen waren. Das Geländer war glatt gewesen, und Henning hatte nichts sehen können, weil er durch eine Flammenwand gelaufen war, die den Eingang zu Jonas' Zimmer versperrt hatte. Die Flammen hatten seine Haare versengt und über seine Gesichtshaut geleckt.

Trine kniff die Augen zusammen, um das Foto besser sehen zu können. Es zeigte sie nur wenige Meter hinter Durim Redzepi. Sie sagte etwas zu ihm oder rief ihm etwas nach.

»Was hat dieser Mann, der das Feuer in meiner Wohnung gelegt hat, von dir bekommen?«, fragte Henning.

Erst sah er es an ihren Händen, die den Koffer fallen ließen, die Tasche, die Taxfree-Tüte. Dann an ihren Augen – an dem Schleier, der sich darüberlegte, ehe sie die Augen verdrehte.

Sie kippte ihm entgegen.

Henning fing sie gerade noch rechtzeitig auf, bevor sie auf dem Boden aufschlug. Es war der reine Reflex – hätte er Zeit gehabt, darüber nachzudenken, hätte er sie wohl fallen gelassen.

Ein Stück entfernt stand eine Bank. Dort schleppte er sie hin. Erst bugsierte er sie auf den Sitz, dann ließ er sich neben ihr nieder und stellte seine Schultertasche ab. Sie konnte nicht mal mehr aus eigener Kraft aufrecht sitzen. Missmutig stützte er ihren Kopf mit seiner Schulter.

Widersprüchliche Gefühle kämpften in Henning; er war sich nicht sicher, ob er seinen brodelnden Zorn noch lange im Zaum halten konnte.

Er legte den Arm um Trines Schulter und schirmte das Gesicht der Schwester so gut wie möglich mit der Jacke ab, als wollte er eine betrunkene Freundin vor abfälligen

Blicken vorbeilaufender Passanten schützen. Ein Servicemitarbeiter brachte Trines Gepäck und fragte Henning, ob alles in Ordnung sei.

»Ja, alles gut«, sagte Henning. »Anscheinend gab es im Flieger ein bisschen zu wenig zu essen.«

»Soll ich ihr ein Glas Wasser holen?«

»Das wäre toll.«

Der Mann stellte Trines Gepäck ab und marschierte eilig davon. Kurz darauf kam er mit einem randvoll gefüllten Pappbecher zurück.

Henning bedankte sich.

»Es gibt hier einen Ruheraum, wenn sie sich einen Moment hinlegen möchte …«

»Alles in Ordnung, aber danke«, sagte Henning. »Das passiert ihr öfter mal«, fügte er sicherheitshalber hinzu.

Der Mann lächelte verständnisvoll und zog sich zurück.

Henning tauchte die Finger ins Wasser und schnipste Trine ein paar Tropfen ins Gesicht. Er musste es mehrfach wiederholen, ehe ihr Atem wieder ein wenig schneller ging und sie den Kopf bewegte.

Als Trine die Augen aufschlug und ihn erneut ansah, zuckte sie heftig zusammen und rutschte erst mal hektisch von ihm weg. Sie blinzelte, ihr Blick flackerte, als hätte sie gerade noch tief geschlafen. Doch Henning wollte nicht warten, bis sie für seine Fragen bereit war.

»Antworte mir.«

Trine sah sich hilfesuchend um.

»Was hast du unmittelbar vor dem Feuer vor meinem Haus zu suchen gehabt?«

Trine wollte etwas sagen, brachte aber keinen Ton heraus. Ihre Lippen begannen zu zittern. Die Augen füllten sich mit Tränen, und sie wandte den Blick ab. Für einen kurzen Augenblick fürchtete Henning, dass sie sich übergeben oder wieder die Besinnung verlieren könnte.

Es vergingen lange Sekunden, ehe sie sich wieder halbwegs gefasst hatte.

»Sie … Sie haben gesagt, sie würden nichts tun … Ich wusste nicht, dass sie … dass es so kommen würde.«

Henning sah sie wortlos an, während Bilder von Jonas vor seinem inneren Auge vorbeizogen.

»Was redest du denn da?«, fauchte er sie an.

»Sie haben mich erpresst«, schluchzte sie. »Haben mir gedroht, öffentlich zu machen, dass …«

Die Schluchzer wurden wieder stärker. Immer wieder liefen Leute an ihnen vorbei, aber Henning fühlte sich wie in einer Blase, in der außer ihnen nichts mehr existierte. Trine weinte jetzt so heftig, dass ihr ganzer Körper bebte, und es dauerte eine Weile, ehe sie sich wieder einigermaßen beruhigt hatte.

»Sie haben mir versprochen, dass dir nichts passiert«, stieß sie abgehackt hervor. »Dass sie dir nur einen Schrecken einjagen. Ich hatte keine Ahnung, dass sie …«

Sie schaute wieder weg. Weinte leise.

»Ich hatte keine Ahnung, dass sie ein Feuer in deiner Wohnung legen wollten, Henning«, fuhr sie fort. »Und auch nicht, dass … Jonas bei dir war.«

»War er aber«, sagte Henning verbissen.

Wieder flossen Tränen.

»Lass mich wenigstens versuchen, dir zu erklären …«

Zum ersten Mal, seit sie wieder zu sich gekommen war, schaffte sie es, ihn anzusehen. Ihre Augen waren verquollen, gerötet, verweint.

»Können wir irgendwo anders hingehen und …«

»Nein«, fiel Henning ihr barsch ins Wort.

Sie nickte und senkte den Blick, zog die Nase hoch und wischte sich mit der Hand die Tränen weg. Dann zog sie ein Taschentuch aus ihrer Handtasche.

»Ich erzähl dir alles«, sagte sie. »Alles, was passiert ist. Aber du darfst mich nicht mehr unterbrechen, okay?«

7

Egal, was sie am Tag zuvor gemacht hatte oder welche Jahreszeit es war – Nora Klemetsen wachte jeden Morgen um sieben Uhr auf. Dieser Sonntag war da keine Ausnahme, und der Tag begann schön – ein Morgen, der ihr Hoffnung machte, dass sie vielleicht doch allmählich auf dem Weg sein könnte, wieder ein ganzer Mensch zu werden.

Heute hatte sie beim Aufwachen nicht wie sonst als Erstes an Jonas gedacht. War nicht durch die Wohnung gelaufen, um seine Schneekugel zu holen, und hatte auch keine Magenschmerzen gehabt und gedacht, dass die neuerliche Schwangerschaft ein Fehler gewesen sein könnte.

Stattdessen war sie in die Küche gegangen, hatte den Backofen eingeschaltet, Brötchen aus der Tüte genommen und sich gefragt, ob sie Iver mit Rührei und knusprig gebratenen Baconstreifen aus dem Bett locken sollte. Dann hatte sie sich einen Kaffee aufgebrüht, die Morgenzeitung reingeholt und am Küchentisch darüber nachgedacht, wie sehr Sonntage doch guttaten, an denen man nichts anderes vorhatte, als sie in aller Ruhe anzugehen, irgendetwas Gutes zu essen und sich unaufgeregte Filme anzusehen.

Dann war Iver gekommen, viel früher als üblich und nur

mit einer Unterhose bekleidet. Seine halblangen Haare hatten in alle Richtungen abgestanden, während er mit dem Daumen hektisch über das Display seines Handys gewischt hatte.

»Ich muss los«, hatte er gesagt.

Nora hatte ihn fragend angesehen.

»Los?«

»Ja, ich … muss Henning erreichen, und …«

»Henning? Was willst du denn so früh am Morgen von Henning? Noch dazu an einem Sonntag?«

Er antwortete, ohne sie anzusehen: »Ein paar Sachen klären …«

Nora hätte es schon am Vorabend merken müssen. Als er endlich gekommen war – viel später als verabredet –, hatte er diesen fernen Blick gehabt, den er immer bekam, wenn er etwas ausbrütete, sich in eine Sache verbissen hatte und nur noch darüber nachdachte, wie er dieser Sache auf den Grund kommen konnte. Welche Informanten er kontaktieren und aus welchem Blickwinkel er an die Story herangehen sollte. Als sie ihn direkt darauf angesprochen hatte, was er gerade am Laufen hatte, hatte er lediglich geantwortet: »Nichts Besonderes.«

Das war *Iversch* und hieß übersetzt: »Dazu will und kann ich dir nichts sagen.«

Sie hatte sich wie ein Ballon gefühlt, aus dem langsam die Luft entwich, bis er ganz schrumpelig und schlaff war, und mit einem Mal hatte sie glasklar vor sich gesehen, wie die Sonntage der kommenden Jahre aussehen würden: kein Stück anders als die meisten Sonntage, die sie mit Henning verbracht hatte, als sie noch verheiratet gewesen waren.

Iver hatte sich umgedreht und die Sachen angezogen, die er am Vorabend einfach auf die Sofalehne geworfen hatte. Er hatte nicht mal einen Kaffee getrunken oder ihr einen Kuss auf die Wange gegeben, bevor er mit einem »Ich meld mich später bei dir!« aus ihrer Wohnung verschwunden war.

Danach war es still geworden.

Nach Jonas' Tod hatte Nora alles nur Erdenkliche gegen die Stille unternommen, denn in der Stille kamen immer die Gedanken, die Bilder des kleinen Jungen mit dem blonden Flaumhaar. Iver hatte sie mit seiner überschäumenden Energie und seinem Humor mitgerissen, raus aus ihren vier Wänden, die mit Jonas' Bildern tapeziert gewesen waren, auch wenn sie sich dazu hatte überwinden müssen und nicht immer Lust darauf gehabt hatte.

Dann war sie schwanger geworden – ungeplant und unsicher, wie tief ihre Gefühle für Iver wirklich waren. Sie wusste, dass sie in vielerlei Hinsicht meilenweit voneinander entfernt waren: Iver war das personifizierte Chaos. Er schaffte es nicht mal, eine Schranktür hinter sich zuzumachen. Seine persönlichen Interessen und Bedürfnisse standen über allem anderen, dafür waren die letzten Tage der beste Beweis gewesen. Außerdem hatte Nora den Verdacht, dass Iver sich nicht sonderlich als Familienvater eignete.

Trotzdem hatte sie sich entschieden, ihnen eine Chance zu geben. Das war sie dem Kind schuldig, das sie erwartete. Und nicht zuletzt sich selbst. Sie musste nur eine Form finden, in der sie mit ihm leben konnte. Darum zog sie Schuhe und Jacke, Schal und Mütze an und ging nach draußen. Wenn sie den Sonntag schon nicht zusammen mit Iver verbringen konnte, wollte sie wenigstens versuchen, ihn allein oder mit anderen zu genießen.

Sie versuchte, Lise zu erreichen, doch Lise war mit Mann

und Kindern auf der Hütte. Cecilie war mit ihren Kindern nach Asker ins Badeland gefahren. Zum Schluss rief sie ihre Mutter an, aber die machte gerade einen Spaziergang mit einer Freundin. Also bestellte Nora sich einen Salat in der Lunchbar Sagene, aber allein zu essen war langweilig und trist, und schon nach der halben Portion eilte sie wieder in den Oktobertag hinaus, obwohl sie noch gar nicht satt war.

Der Oktober war ein schöner Monat, um draußen Dinge zu unternehmen. Im Übergang vom Herbst zum Winter passierte unendlich viel. Die verblassenden Farben, die zwischendurch, wenn die Sonne mal durch die Wolkendecke brach, zum Leben erwachten und förmlich übersprühten – und wie sich die kühle Herbstluft wie ein dünner Schleier auf die Haut legte. Sie mochte es, wenn die Enten unermüdlich nach Futter suchten und Hunde auf der Jagd nach Stöckchen und Kastanien durch den Park tobten. Und dann diese Momente, wenn der Blick eines alten Ehepaares sie zu Tränen rührte und ihr unerwartet Ideen für eine gute Story kamen.

Nach etwa einer Stunde ziellosen Herumlaufens fiel Nora auf, dass sie gar nicht mehr weit von Fagerborg entfernt war. Sie beschloss, einen vielleicht zehnminütigen Umweg einzuschlagen und nachzusehen, ob Iver mittlerweile zu Hause war.

Vor seinem Wohnblock roch es nach nassem Asphalt und welkem Gras. Das Haus war sechs Stockwerke hoch, und im Grau der Wolken, die sich über Oslo aufgetürmt hatten, wirkte es trist und hässlich. An einem Balkon hing ein einsamer, ursprünglich vermutlich roter, inzwischen nur noch blassrosafarbener Blumenkasten mit vertrockneten Stängeln, die Schlagseite hatten.

Nora hatte einen eigenen Schlüssel, den sie allerdings

nicht brauchte, weil die Tür zum Hinterhof offen stand. Irgendjemand zog gerade um. Im Treppenhaus wurden Lampen, Tüten, Taschen und Koffer an ihr vorbeigetragen. Nora sah die Umzugshelfer mitfühlend an – offenbar eine Gruppe Freunde, denen der Schweiß auf der Stirn stand.

Bei ihrer letzten Schwangerschaft hatte Nora ziemlich früh einen Beckenprolaps gehabt, und als sie jetzt zu Iver hochging, spürte sie, dass es vermutlich auch diesmal so sein würde. Sie verfluchte ihren Körper mit seinen zunehmenden Wehwehchen. Insgeheim graute ihr gewaltig vor den bevorstehenden Monaten.

Vor der Tür zu Ivers Wohnung blieb sie stehen und lauschte. Es war nichts zu hören. Sie steckte den Schlüssel ins Schloss und wollte ihn schon herumdrehen …

Aber die Tür war bereits offen.

Sie schob sie auf.

Küche und Flur waren dunkler als sonst, die Gardinen zugezogen. Sie hörte nichts, niemanden, der schuldbewusst aus seinem Sessel aufgesprungen wäre, die Fernbedienung auf den Tisch geworfen hätte und durch den Raum auf sie zugelaufen käme.

Sie betrat die Küche. Der unverkennbare Geruch von kaltem Zigarettenqualm schlug ihr entgegen, aber es roch auch noch nach etwas anderem. Etwas, was sie nicht zuordnen konnte.

»Iver?«, rief sie.

Als keine Antwort kam, ging sie zum Wohnzimmer, machte die Schiebetür auf – und erstarrte.

Ließ den Schlüssel fallen.

Die Handtasche.

Und stieß einen markerschütternden Schrei aus.

8

In der Einsatzzentrale setzte Bjarne Brogeland sich an einen der zwei Monitore, um zu sehen, was im Vernehmungsraum vor sich ging. Es war Sonntag, und die Chancen standen gut, dass er allein bleiben würde.

Der Mann massierte sich allem Anschein nach vollkommen unbeeindruckt von allem, was ihm bevorstand, die Unterarme. Allerdings kannte er das Prozedere mittlerweile auch: Ørjan Mjønes hatte in den zurückliegenden Vernehmungen kein Wort darüber verloren, wer ihn für den Mord an Tore Pulli bezahlt oder welches Motiv er dafür gehabt hatte.

Nur zu ebenso grundlegenden wie unwichtigen Dingen hatte er sich geäußert: wie er hieß, woher er kam, wie seine Mutter und sein Vater hießen, Bruder, Onkel, Tanten und zu welchem Fußballverein er hielt. Auch ein eigens auf ihn angesetzter Verhörspezialist hatte nichts Wesentliches aus ihm herausgebracht.

Doch jetzt hatte Henning ihnen ein paar neue Informationen zugespielt, mit denen Ella Sandland, die Femme fatale des Dezernats, Mjønes konfrontieren wollte. Bjarne war neugierig, wie der Mann darauf reagieren würde.

Sandland schob die Tür auf und trat ein. Jedes Mal, wenn Bjarne sie sah, ging eine warme Brise durch seinen Körper. Ihre kurzen blonden Haare waren akkurat zur Seite gekämmt, ihr dezentes Make-up betonte die hohen Wangenknochen, und der durchtrainierte Körper wirkte für sich. Wenn Bjarne vor ihr stand, musste er sich stets darauf konzentrieren, ihr nicht allzu sichtbar zu zeigen, wie attraktiv er sie fand – und es gelang ihm beileibe nicht immer.

Sandland nickte Mjønes und dessen Anwalt kurz zu. Lars Indrehaug seufzte theatralisch.

»Haben Sie uns also doch noch gefunden«, pöbelte er.

Indrehaug hatte lange, dünne, fettige Haare, ein Doppelkinn und zwei auffällige Warzen auf der Wange. Bjarne war mit Indrehaug nie gut zurechtgekommen, aber das war ja auch nicht seine Aufgabe.

»Tut mir leid«, antwortete Sandland. »Ich hab noch einen Anruf bekommen.«

»An einem Sonntag?«

Sandland zog eine Augenbraue hoch, ließ sich aber nicht verunsichern.

»Tut's Ihr Telefon sonntags nicht?«, fragte sie stattdessen, und Bjarne schmunzelte in sich hinein.

»Nicht, wenn ich andere Verpflichtungen habe«, antwortete der Anwalt säuerlich.

Sandland ging nicht weiter darauf ein, nahm auf ihrem Stuhl Platz und legte die Papiere, die sie bei sich hatte, auf ihren Schoß. Mjønes starrte noch immer auf seine Arme, als wäre nichts auf der Welt von größerem Interesse. Er war etwa eins neunzig groß, und sein dunkler Teint verriet, dass ein Elternteil aus Südeuropa stammte. Die hellen Haare hatte er zu einem Pferdeschwanz zusammengebunden. Sein Körper war wohlproportioniert. Bjarne argwöhnte, dass der Kerl bei Frauen sicher gut ankäme. Er trug eine Jeans und ein T-Shirt, das so weiß war, als käme es direkt aus einem Laden.

»Und worüber reden wir heute?«, fragte Indrehaug. »Ob mein Mandant grüne oder schwarze Bananen mag?«

»Wir reden über Goofy«, sagte Sandland und schlug die Beine übereinander. Ihre Hände lagen noch immer auf den Unterlagen in ihrem Schoß.

Bjarne ließ Mjønes nicht aus den Augen, als der Name erwähnt wurde. Der Mann versuchte, sich nichts anmerken zu lassen. Trotzdem ging ein Zucken über sein Gesicht.

»Ach?«, sagte Indrehaug.

»Wissen Sie, wer Goofy ist?«, fragte Sandland sowohl den Anwalt als auch Mjønes.

Indrehaug lachte.

»Ja, wie die meisten, nehm ich an. Ehrlich gesagt, Sandland – Sie glauben doch nicht, dass wir ...«

»Goofy gibt Aufträge an Leute wie Ihren Mandanten – Auftragsmörder und Geldeintreiber. Goofy ist natürlich nur der Deckname, und seine wahre Identität kennen die wenigsten. Doch einer dieser wenigen ist Ihr Mandant.«

Es wurde still.

»Was bringt Sie zu der Annahme?«, fragte der Anwalt nach einer Weile.

Sandland antwortete nicht sofort.

Bjarne hatte schon die ganze Zeit darauf gewartet, dass Mjønes den Blick hob. Als er es schließlich tat, schien er lediglich signalisieren zu wollen: *Ich weiß nicht, wovon Sie reden.*

Mjønes war dünner geworden, schoss es Bjarne durch den Kopf. Er saß schon eine ganze Zeit lang in Untersuchungshaft, und niemandem fiel es leicht, sich an die Isolation, die Abläufe und die Abwesenheit von allem, was einem lieb und vertraut war, zu gewöhnen. Selbst harte Kerls machte das irgendwann mürbe – die Frage war nur, wann. Die Indizien und Beweise, die sie gegen Mjønes in der Hand hatten, reichten voll und ganz aus. Er würde verurteilt werden, und ihm drohten mindestens vierzehn, fünfzehn Jahre Haft. Bei guter Führung würde er frühestens nach acht bis zehn Jahren auf vorzeitige Entlassung hoffen dürfen – aber auch das war eine gefühlte Ewigkeit.

»Wenn ich Ihnen jetzt den Namen Preben Mørck nennen würde«, sagte Sandland langsam und ließ ihr Gegenüber dabei nicht aus dem Blick. »Was würden Sie sagen?«

Mjønes hörte für ein paar Sekunden auf, seine Muskeln zu massieren. Dann machte er weiter. Bjarne ging näher an den Monitor heran. Sah, wie Sandland ein Foto zur Hand nahm, das ganz zuoberst auf den Unterlagen gelegen hatte.

»So sieht er aus«, sagte sie und hielt ihnen das Foto hin.

Es dauerte eine Weile, bis Mjønes überhaupt einen Blick darauf warf.

»Er ist seit Jahren Anwalt der Tønsberger Hellberg-Familie, um nur einen bekannten Namen zu nennen. Seine Kanzlei liegt aber in Oslo.«

»Nie gesehen«, antwortete Mjønes und lehnte sich zurück.

Bjarne musterte ihn genau.

»Ørjan, was glauben Sie: Was wird passieren, wenn wir ihn gleich mit den Beweisen konfrontieren, die wir zusammengestellt haben? Wenn wir ihm gewisse Fragen über Tore Pulli stellen? Glauben Sie, dass er dann genauso wenig bereit dazu ist wie Sie, den Mund aufzumachen?«

Mjønes antwortete nicht.

»Anwälte reden gern«, sagte Sandland und sah zu Indrehaug, der ihr einen beleidigten Blick zuwarf.

»Er wird reden, Ørjan. Und ich weiß, dass Sie beide sich kennen.«

Mjønes sah kurz auf. Fast wäre ihm ein sarkastisches »Ach!« entschlüpft, aber er behielt es für sich.

»Einen Mann wie Tore Pulli umzubringen, noch dazu im Osloer Gefängnis – so einen Auftrag gibt man niemandem, mit dem man nicht schon mal zusammengearbeitet hat und von dem man nicht genau weiß, wie gut er arbeitet.«

Bjarne forschte in Mjønes' Gesicht nach irgendeiner Reaktion.

»Sie haben Aufträge von ihm erhalten, nicht wahr?«

Mjønes antwortete nicht.

»Wenn Goofy klug ist«, fuhr Sandland fort, »arbeitet er mit uns zusammen und erzählt uns, was er weiß und was er und seine Leute getan haben. Und dann wären wir wieder genau an dem Punkt, an dem wir jetzt gerade sind, Ørjan: Sie, ich und Ihr Anwalt. In diesem Raum.« Sandland wartete einen Moment, ehe sie fortfuhr: »Sie machen sich das Leben deutlich leichter, wenn Sie mit uns zusammenarbeiten.«

Mjønes schnaubte leise.

»Sagen Sie uns, für wen Goofy arbeitet«, fuhr Sandland fort. »Wer war sonst noch in den Mord an Tore Pulli verwickelt?«

Sandland hatte die Fingerspitzen aufeinandergelegt. Indrehaug sah zu seinem Mandanten hinüber, der den Blick des Anwalts jedoch nicht erwiderte.

»Sie haben früher eine Reihe von Kontakten zum kosovoalbanischen Milieu hier in der Stadt gehabt«, fuhr sie fort. »Waren die auch daran beteiligt?«

Mjønes legte sich die Hände über Kreuz auf die Schultern.

Bjarne wartete gespannt auf eine Antwort, als plötzlich hinter ihm die Tür aufging. Als er sich umdrehte, trat Martin Furuseth, der diensthabende Staatsanwalt, herein, und

Brogeland stand auf. Das schwammige Gesicht mit dem dunklen Teint, den ernsten Augen und den schräg abfallenden Augenbrauen machte immer wieder Eindruck auf ihn.

»Ich brauche Sie in Fagerborg«, teilte Furuseth ihm mit. »Sofort.«

9

Trine wischte sich die Tränen aus dem Gesicht und putzte sich die Nase. Dann knüllte sie das Taschentuch zusammen und hielt nach einem Mülleimer Ausschau. Sie entdeckte einen an der Wand und machte sich auf den Weg. Ihre Beine trugen sie wieder, aber ihr war noch immer schwindlig.

Auf dem Rückweg musterte sie ihren Bruder.

Er muss durch die Hölle gegangen sein, dachte sie. Muss jeden Tag damit leben, dass es ihm nicht gelungen ist, das Leben seines Sohns zu retten. Sie hatte gewusst, dass er auf der Suche nach Antworten war, aber nicht damit gerechnet, dass er herausfinden würde, welche Rolle sie in dieser Sache gespielt hatte … und dann auch noch Bilder in die Finger bekommen würde, die als Beweise dienten.

Trine nahm mit einer Armlänge Abstand wieder neben ihm Platz. Sie wollte etwas sagen, fand aber nicht die richtigen Worte. Es wäre wohl besser, ihn nicht anzusehen. Sie würde jetzt alles erzählen müssen, als wäre er überhaupt nicht da.

»In den Neunzigern«, begann sie und räusperte sich,

»hab ich im Osloer Rathaus gearbeitet. Als juristische Beirätin in der Stadtteilverwaltung.«

Sie sprach leise, hörte sich selbst kaum. Stockte. Es war nicht leicht, die Erinnerungen, die sie mit aller Macht zu verdrängen versucht hatte, wieder in eine sinnvolle Reihenfolge zu bringen.

»Ich war jung und frisch im Amt«, fuhr sie fort. »Den Job hatte ich eigentlich nur angenommen, weil ich dachte, dass ...«

»Komm zur Sache.«

Angesichts der Härte in seiner Stimme zuckte sie zusammen.

»Ich werd's versuchen«, sagte Trine, zog die Schultern hoch und atmete langsam aus. »Irgendwann im Winter kam nachmittags eine alte Frau in mein Büro. Ich glaube, das war Anfang 1996. Sie hieß Bodil Svenkerud.«

Trine sprach ihren Namen langsam und betont aus und schüttelte dann den Kopf.

»Sie wollte bei uns Klage einreichen. Sie wohnte schon eine Ewigkeit in einer städtischen Wohnung, und in ihrem Mietvertrag war, wenn ich mich recht erinnere, bis 2020 die Miete festgeschrieben. Ganz genau weiß ich es nicht mehr.«

Trine legte die Hände aufeinander.

»Nun hatte die Gemeinde in den Neunzigern eine ganze Reihe von Immobilien an private Investoren verkauft, darunter auch das Haus, in dem Bodil Svenkerud wohnte. Der neue Besitzer übernahm auch die Verantwortung für die Mieter, und obwohl Svenkerud einen alten, immer noch wirksamen Vertrag hatte, wollte der neue Besitzer sie aus dem Haus haben und hat ihre Miete deshalb um ein Vielfaches erhöht.«

Trine holte tief Luft.

»Sie sollte ausziehen, damit sie ihre Wohnung renovieren und gewinnbringend verkaufen konnten. Aber Svenkerud wollte sich damit nicht abfinden. Also kam sie zu mir und drohte damit, an die Öffentlichkeit zu gehen, wenn ich ihr nicht helfen würde.«

Trine hatte einen trockenen Mund bekommen und bat um den Becher, den Henning noch immer in der Hand hielt. Widerwillig reichte er ihn ihr.

Als sie einen Schluck genommen hatte, erzählte sie weiter: »Sie war ziemlich spät gekommen, also versprach ich ihr, mir ihren Fall gleich am folgenden Morgen anzusehen. Das wollte ich auch wirklich tun, aber …«

Trine sah sich um. Niemand schien von ihr Notiz zu nehmen.

»Früh am nächsten Morgen«, fuhr sie etwas leiser fort, »klingelte in meinem Büro das Telefon.«

Sie sah sich noch einmal um.

»Ein Mann wollte wissen, ob ich am Vortag Besuch von einer alten Dame bekommen hätte.«

Trine sah jetzt doch zu Henning auf.

»Ich zögerte, sagte aber schließlich Ja. Dann bat der Mann mich, die *Aftenposten* auf Seite vier aufzuschlagen.«

Sie schüttelte den Kopf.

»Mein Gott, ich weiß sogar noch, auf welcher Seite es stand …«

Trine schlug den Blick nieder und stellte den Plastikbecher neben sich ab. Sie brauchte ein paar Augenblicke, um sich zu sammeln.

»Und dort stand, dass am Vorabend eine alte Frau überfahren worden und an ihren Verletzungen gestorben sei.«

Trine suchte wieder Hennings Blick, der immer eindringlicher wurde. Sie zupfte ein neues Taschentuch hervor und putzte sich noch mal die Nase.

»Der Mann fragte mich, ob ich etwas von Bodil Svenkerud bekommen hätte. Er kannte sogar meinen Namen – und es kam mir vor, als wüsste er noch eine ganze Menge anderer Dinge über mich. Wo ich wohnte, in welchem Stock, wie mein damaliger Lebensgefährte hieß ...«

Trine ließ ihren Blick schweifen.

»Da hab ich Angst bekommen. Hielt den Hörer zitternd in der Hand. Der Mann wollte wissen, ob noch andere die Klage gesehen hätten, aber bis zu diesem Zeitpunkt wusste nur ich davon. Dann meinte er, ich solle ihr Geschmiere zum Altpapier werfen. Dann würde weiter nichts geschehen.«

Trine zerknüllte das Taschentuch in ihrer Hand.

»Ich wünschte mir, ich wäre damals tougher gewesen«, sagte sie, »aber ich brachte in dem Moment nur ein Ja hervor. Also ...«

Trine sah erneut zu ihrem Bruder.

»Nachdem der Mann aufgelegt hatte, hab ich getan, worum er mich gebeten hatte – ich hab die Klage geschreddert und versucht, nicht mehr daran zu denken.« Es dauerte ein paar Augenblicke, bis sie fortfuhr: »Die Polizei hat den Fall natürlich ziemlich ernst genommen. Ein tödlicher Unfall mit Fahrerflucht mitten in Frogner ist immerhin nichts Alltägliches – und als sie die letzten Aktivitäten der Frau nachvollzogen, tauchten sie nach einer Weile auch bei mir im Büro auf.«

Sie senkte den Blick.

»Ich war mir sicher, dass sie mir die Lüge ansehen würden. Ich erzählte ihnen, Bodil Svenkerud hätte sich über die städtischen Dienste in ihrem Stadtteil beschwert, wäre aber in Wahrheit sicher nur gekommen, weil sie mal wieder mit jemandem reden wollte. Ihr Mann war schließlich schon eine ganze Weile tot …«

Sie schüttelte den Kopf.

»Ich hatte keine Ahnung, dass ich so gut lügen konnte. Aber es ging wirklich alles glatt, die Polizei hat mir die Geschichte abgekauft, und damit war die Sache aus der Welt.«

Sie wischte sich die Nase ab.

»Kurz darauf hab ich im Rathaus aufgehört. Die Jahre vergingen, und ich hab versucht, nicht mehr an dieses Ereignis zu denken.«

Sie seufzte schwer.

»Ich weiß noch genau, wie ich später zur Justizministerin ernannt wurde. Ich hab immer befürchtet, irgendwann von der Vergangenheit eingeholt zu werden. Und so war es dann natürlich auch. Ich war gerade frisch im Amt, als ich daran erinnert wurde, was mit Bodil Svenkerud passiert war.«

»Inwiefern?«, hakte Henning nun erstmals nach.

Trine holte tief Luft. Wartete noch kurz.

»Wieder kam ein Anruf. Diesmal wollte der Mann wissen, ob ich mich noch daran erinnern könnte, was mit einer alten Dame passiert sei, die mich damals im Rathausbüro besucht habe.«

Trine kämpfte erneut mit den Tränen.

»Ich hab gefragt, wer überhaupt am Telefon sei, aber der Mann wollte seinen Namen natürlich nicht nennen.«

Sie sah zu Henning.

»Stattdessen meinte er, ich hätte einen lästigen Bruder.«

Henning zog eine Augenbraue hoch. Trine schüttelte wieder den Kopf und wischte sich eine Träne weg.

»Ich hab versucht, dem Mann zu erklären, dass ich daran ja wohl nichts ändern könne, aber er spielte daraufhin nur eine Tonaufnahme ab, auf der jener allererste Anruf zu hören war, den ich am Tag nach Bodil Svenkeruds Tod bekommen hatte. Wort für Wort. Ich hatte im Lauf des Telefonats tatsächlich meinen Namen genannt.« Sie hielt inne und seufzte tief, bevor sie umso leiser fortfuhr: »Ich wusste sofort, dass die Sache zum Problem werden könnte. Der Mann drohte damit, sich mit der Aufnahme an eine Zeitung zu wenden, wenn ich nicht bereit wäre, ihm zu helfen. Hätte er das wirklich getan, wäre ich in einen Mord verwickelt worden. Also habe ich den Drohungen nachgegeben und gefragt, was er denn wolle. Meine Karriere, mein ganzes Leben stand auf dem Spiel.«

Sie schüttelte den Kopf.

»Ich sollte ihm einen Gefallen tun«, fuhr sie fort. »Er meinte, sie müssten sich Zutritt zu deiner Wohnung verschaffen.«

Henning sah sie mit weit aufgerissenen Augen an.

»Und ich wusste ja, dass Mama einen Schlüssel hatte …«

Henning schüttelte stumm den Kopf.

»Ich hatte keine Ahnung, was ich sonst tun sollte, Henning«, jaulte sie. »Der Mann hat mir versprochen, dass dir nichts passieren würde. Sie wollten dir nur Angst einjagen, meinte er, damit du endlich deine Nachforschungen einstellen würdest. Was immer du damals gemacht hast.«

Henning stand auf.

»Deshalb bin ich noch am selben Tag zu Mama gefahren, hab den Schlüssel zu deiner Wohnung geholt und ihn dem Typen von dem Foto gegeben. Das war alles, ich schwöre es dir.«

Henning sagte immer noch nichts, schüttelte aber weiter den Kopf.

»Wenn du dir das Bild genauer ansiehst, siehst du doch, dass ich ihn anschreie. Er sollte mir versichern, dass dir wirklich nichts passiert …«

Henning begann, auf und ab zu laufen, und rieb sich in einem fort mit der Handfläche über den Schädel.

»Ich schwöre es dir, Henning«, schluchzte Trine. »Was mit Jonas passiert ist, hätte nie passieren sollen, das schwöre ich …«

Wieder und immer wieder fuhr sich Henning mit der Hand übers Gesicht. Als er schließlich auf sie zutrat, hatte Trine einen Augenblick lang Angst, er könnte sie angreifen, und wich instinktiv zurück. Er blieb direkt vor ihr stehen und fragte dann mit zitternder Stimme: »Die Firma, die das Haus gekauft hat, in dem Svenkerud wohnte – welche war das?«

Trine sah zu Boden.

»Ich …«

»Welche Firma war das?«, wiederholte er, beugte sich vor und packte sie am Arm.

»Ich weiß es nicht«, flüsterte sie. »Ich kann mich nicht erinnern.«

»Wie hieß die Straße?«

Trine dachte lange nach. Dann sah sie ihn an.

»Auch daran kann ich mich nicht mehr erinnern, Henning, tut mir leid!«

Henning ließ sie los.

Und ging.

10

Henning verfiel immer wieder in einen Laufschritt. Er hatte Schmerzen in der Hüfte, in der nach seinem Sturz aus dem dritten Stock mehrere Schrauben saßen, aber er trieb sich weiter an, zog sich am Automaten ein Ticket für den Flughafenexpress und lief die lange Rolltreppe zum Bahnsteig hinunter. Der Zug stand schon am Gleis bereit. Keine Minute, nachdem er eingestiegen war, glitt die silbergraue Metallschlange mit 160 Stundenkilometern auf Oslo zu.

Während er an Straßen, Feldern und Wäldern vorbeirauschte, musste er an Trine denken und all das, was sie ihm erzählt hatte. Ihre Geschichte erschien ihm glaubwürdig. Sie war nur ein Spielstein im Spiel anderer Strippenzieher gewesen – in einem Spiel, in das auch Tore Pulli und Charlie Høisæther verstrickt gewesen waren. Sobald er wieder daheim wäre, würde er alles ausgraben, was er über den Svenkerud-Mord finden konnte.

Aber vorher musste er noch etwas anderes erledigen.

Die Polizeichefin, Pia Nøkleby, wohnte in einer Seitenstraße zur Uelands gate, ausgerechnet in dem Abschnitt, wo sich auf Höhe des Alexander Kiellands plass Drogenabhängige und Alkoholiker trafen. Henning war nie in ihrer Wohnung gewesen, sie hatten sich immer auf neutralem Boden getroffen, das letzte Mal in einem Café ganz in der Nähe ihrer Wohnung. Damals hatte er gerade erfahren, dass eins der Berichtsprotokolle aus der Datenbank der Polizei, Indicia, über ihr Nutzerprofil manipuliert worden war.

In dem Bericht hatte etwas über Tore Pullis Anwesenheit im Markveien an jenem Abend gestanden, an dem Jonas gestorben war. Henning glaubte nicht, dass Nøkleby den Bericht selbst manipuliert hatte, dafür war ihre Reaktion zu überzeugend gewesen, als er sie mit seinem Verdacht konfrontiert hatte. Sie hatte schlicht und ergreifend nicht gewusst, wovon er geredet hatte.

Also musste jemand anders den Account gehackt haben.

Henning bat den Taxifahrer, ihn einen Steinwurf von ihrer Wohnung entfernt in der Elias Blix' gate rauszulassen. Ob Nøkleby überhaupt zu Hause war, wusste er nicht – manche Leute bei der Polizei arbeiteten gern auch am Wochenende –, aber wenn sie nicht daheim wäre, würde er eben ins Polizeipräsidium fahren.

Hennings Puls war deutlich beschleunigt, als er den Klingelknopf drückte. Auf der anderen Straßenseite schob eine Frau einen Rollator vor sich her. Autos sah er keine, aber von der Uelands gate war Verkehrslärm zu hören. Über ihm dröhnte ein Hubschrauber, der auf der Stelle zu schweben schien. Eine Bö fuhr raschelnd durchs Laub.

Es verging etwa eine halbe Minute, bis sich eine kratzig verschlafene Stimme in der Gegensprechanlage meldete.

»Hallo?«

»Hallo, Henning hier«, sagte er. »Henning Juul. Ich muss mit Ihnen sprechen.«

Es wurde still.

»Kann ich hochkommen?«

»Jetzt?«

»Ja.«

Lange Pause.

»Warten Sie zwei Sekunden. Ich komm zu Ihnen runter.«

Der Herbst hatte einen schweren grauen Deckel auf die Stadt gelegt. Der Asphalt war nass. Ein Taxi bog in die Straße ein. Henning wandte den Blick ab und hörte, wie es anhielt. Die Beifahrertür ging auf, und eine Frau stieg aus. Sie bedankte sich beim Fahrer und verabschiedete sich. Das Taxi fuhr rückwärts aus der Straße und verschwand.

Dann hörte Henning Schritte im Treppenhaus und spähte durch den Glaseinsatz in der Tür. Pia Nøkleby kam auf ihn zu – aber er erkannte sie kaum wieder. Ihr normalerweise makellos frisiertes, kurzes Haar war zerzaust, und sie war ungeschminkt. Sie wickelte sich fest in eine etwas zu große Jacke ein.

»Hallo, Henning«, sagte sie. »Wie geht es Ihnen?«

Die Fürsorge in ihrer Stimme überraschte ihn. Er zog die Schultern hoch.

»Es ging mir schon mal besser«, sagte er und schob seine Tasche auf der Schulter zurecht. »Und selbst?«

»Warum sind Sie hier?«, fragte sie. »Um diese Zeit?«

Henning sah sie an.

»Schlechtes Timing?«, fragte er.

»Ein wenig«, antwortete sie. »Ich muss gleich zur Arbeit. Was wollen Sie von mir?«

»Indicia«, sagte er kurz.

Sie riss die Augen auf.

»Sie wollen mit mir über Indicia reden? Jetzt?«

»Ich hab mit Bjarne gesprochen«, fuhr Henning fort. »Er meinte, Sie wüssten, dass sich jemand mit Ihrem Nutzernamen und Passwort in Indicia eingeloggt hat, um Informationen über Tore Pulli zu entfernen. Informationen hinsichtlich seiner Aktivitäten am 11. September 2007 vor meinem Haus – am selben Abend, als ich meinen Sohn verloren habe.«

Nøkleby klappte den Mund auf, um etwas zu sagen, aber es kam kein Wort über ihre Lippen.

»Bjarne meinte schon, Sie würden sich bestimmt fragen, woher ich das weiß«, redete Henning weiter und hob rasch die Hände, um ihr zu signalisieren, dass er noch nicht fertig war. »Keine Sorge. Ich bin nicht als Journalist hier, sondern privat, weil ich Ihre Hilfe brauche.«

Sie zog die Jacke enger.

»Wobei?«

»Ich muss wissen, was ursprünglich in dem Bericht stand und wer ihn bearbeitet hat. Ich bin mir sicher, dass Sie es nicht gewesen sind. Folglich kann es nur jemand gewesen sein, der irgendwie an Ihren Nutzernamen und an Ihr Passwort gekommen ist.«

Henning war fest davon überzeugt, dass in dem Bericht etwas gestanden hatte, was Licht auf Tore Pullis Ermordung geworfen hätte – und auf den potenziellen Täter.

Nøkleby seufzte.

»Henning, ich habe keine Ahnung, wer …«

»Oh doch, Sie haben eine Ahnung.« Er wartete kurz, ehe er fortfuhr: »Es muss jemand gewesen sein, den Sie gut kennen, wobei ich nicht unbedingt an Ihre Kollegen denke, sondern eher an jemanden außerhalb der Arbeit. Zum Beispiel jemand bei Ihnen zu Hause. Sie haben doch sicher einen Privat-PC, den Sie auch beruflich nutzen, oder?«

Er nickte in Richtung ihres Hauses.

»Denken Sie nach«, bat Henning. »Vielleicht eine Freundin, der Sie vertrauen, oder ein Freund … Ich weiß nichts über Ihr Privatleben, aber vielleicht hatten oder haben Sie ja einen Partner, der …«

»Mein Privatleben geht Sie nichts an, ganz richtig.«

Sie reckte das Kinn nach vorn und sah ihn streng an.

»Nein, natürlich nicht. Aber ich bitte Sie, Pia, versuchen Sie, mir zu helfen. Ich muss herausfinden, was passiert ist, und ehrlich gesagt glaube ich, dass Sie ebenfalls Klarheit darüber haben möchten, wer da Ihren Namen missbraucht hat.«

Neben Ihnen ging eine Garagentür auf. Henning zuckte bei dem plötzlichen Geräusch zusammen. Gleich darauf rollte ein Auto heraus. Henning drehte ihm den Rücken zu.

»Ich weiß nicht, wie viel Bjarne Ihnen erzählt hat«, sagte er, als das Auto weg war. »Aber ich hab ein paar Typen im Nacken, die sich offensichtlich große Sorgen machen, was ich über sie herausfinden könnte. Die Frage ist nur, ob ich so lange überlebe.«

Nøkleby starrte ihn an. Da war etwas in ihrem Blick, was er noch nie gesehen hatte. Kein Mitgefühl für ihn – wie es womöglich zu erwarten gewesen wäre. Eher Erstaunen – und noch etwas anderes.

»Was?«, fragte er.

»Sie reden, als hätten Sie es noch nicht mitbekommen«, sagte sie leise.

Er machte einen Schritt auf sie zu.

»Was hab ich nicht mitbekommen?«

11

Durim Redzepi fuhr gern Auto, und diese Strecke liebte er besonders. Wenig Verkehr und viele Kurven. Am besten waren die G-Kräfte in den Kurven, wenn er sich nicht sicher sein konnte, ob er den Wagen auf der Straße würde halten können. Aber da im Augenblick einiges an Polizei unterwegs war, ging er es besser ruhig an.

Redzepi hatte Goofy nie persönlich getroffen, und er war ein wenig unsicher, was er von der Sache halten sollte. Sowohl von dem Mann selbst als auch von ihrem bevorstehenden Treffen. Bis jetzt hatten sie ausschließlich über Telefonzelle zu Prepaidhandy miteinander kommuniziert, doch dann urplötzlich war Goofy daran gelegen gewesen, dass sie sich von Angesicht zu Angesicht trafen. Warum, hatte er nicht sagen wollen.

Redzepi hatte die Hütte als Treffpunkt vorgeschlagen, die Goofy für ihn organisiert hatte und in der er seit dem Frühsommer wohnte. Dort kannte er die Umgebung und hatte alles unter Kontrolle. Sie hatten am Vormittag einen Auftrag erledigt, und es bestand natürlich die Möglichkeit, dass Goofy ihn jetzt, da er bekommen hatte, was er wollte, aus dem Weg räumen wollte. Was dann aber auch für Jeton Pocoli gelten würde, den Redzepi eine halbe Stunde zuvor vor dem Colosseum-Kino abgesetzt hatte. Von dort aus hatte sein Kollege aus dem Kosovo sich in seine Wohnung in Tøyen begeben wollen, um dort auf den nächsten Anruf zu warten.

Redzepi bog von der Hauptstraße auf einen Waldweg ab. Schotter knirschte unter den Reifen. Auf diesem Wegabschnitt fuhr er grundsätzlich langsam und überließ den tiefen Spurrillen die Führung, bis er an einer Gabelung links abbog und an einem schmalen Bach entlang weiterfuhr. Er liebte diese gemächliche Fahrt durch den Wald, das Plätschern des Bachs.

Redzepi fuhr über die alte, schmale Steinbrücke und den Hügel hinauf zu der kleinen roten Holzhütte mit dem herrlichen Ausblick über den Wald.

Für ihn allein war sie mehr als ausreichend: zwei Schlafzimmer, Wohnzimmer, Küche. Warmes Wasser gab es nicht, auch keine Toilette im Haus, aber ärmliche Verhältnisse war er aus dem Kosovo gewöhnt. Es reichte ihm völlig, sich in dem kleinen Waldsee einen Zapfenwurf entfernt zu waschen. Dort lag sogar ein Ruderboot, mit dem er hinausfahren und Hechte und Barsche angeln konnte.

Das Beste an der Hütte im Wald war jedoch die traumhafte Stille. Und die Tage, an denen er die Muße hatte, sich morgens mit einer Tasse Kaffee in einen grauweißen Plastikstuhl zu setzen, sich zwei, drei Zigaretten zu drehen und zu rauchen, während er allmählich wach wurde. In diesen Momenten dachte er an Izbica, wo er das Gleiche getan hatte, wann immer das Wetter es zugelassen hatte. Wenn er die Ohren spitzte und sich konzentrierte, glaubte er sogar, Jarosławs Traktor zu hören, Mikas Schweine, die Kühe auf der Weide jenseits der Straße, die den Ort zerteilte und auf der man nur mit halber Geschwindigkeit fahren konnte, weil das ganze Jahr über immer irgendetwas geflickt wurde.

Nach seiner Flucht aus dem Kosovo irgendwo zur Ruhe zu kommen war nicht einfach gewesen. Stockholm war zu groß, Oslo zu eng und verstaubt.

Doch hier im Wald konnte er frei atmen.

Er parkte und stieg aus, füllte seine Lunge mit der frischen Luft. Das hier war etwas völlig anderes als die bleiverpesteten Schwaden, die von den Trepca-Gruben über Mitrovica hinweggeweht waren. Die Luft dort war ein Grund gewesen, weshalb er mit Svetlana und Doruntina hatte wegziehen wollen – sein Kind sollte nicht in dieser kontaminierten Gegend aufwachsen.

Izbica hingegen war der ideale Ort für ein Kind gewesen. Ordentliche, freundliche, hilfsbereite Nachbarn, frische, saubere Luft, genug Arbeit auf den Höfen und Feldern. Die angebauten Kartoffeln verkauften sie im Umland, ab und zu konnten sie sogar Freunden etwas schenken, die es dringender brauchten als sie selbst. Eines Tages würden sie dafür etwas zurückbekommen. Dort war es ihnen gut gegangen.

Bis zu jener Nacht im März 1999.

Sie trugen dunkle Uniformen, die Soldaten, die das Dorf überfielen, manche von ihnen hatten Sturmhauben auf dem Kopf, andere hatten sich Tarnschminke ins Gesicht geschmiert. Redzepi und die meisten Männer aus der UÇK flohen in die Berge. Sie wussten, dass die Soldaten keine Gnade zeigen würden. Doch sie hatten nicht damit gerechnet, dass die Soldaten kurzen Prozess mit denen machen würden, die geblieben waren. Selbst Frauen und Kinder wurden mit Maschinengewehren niedergemetzelt, regelrecht hingerichtet.

Als Redzepi drei Tage später aus den Bergen wiederkam, konnte er seine Mädchen nirgends finden. Er machte sich auf die Suche, allein, im Gepäck nur das Allernötigste zu essen und zu trinken, eine Schusswaffe und Munition. Er suchte überall nach ihnen, versuchte, sich in sie hineinzuversetzen und zu überlegen, wohin sie gelaufen sein und sich versteckt haben könnten.

Er fand sie nicht.

Erschöpft und ausgehungert erreichte er eine gute Woche später Velika Hoča. Er stolperte mehr oder weniger über zwei serbische Soldaten, die dort gerade Wache schoben. Redzepi hatte keine Ahnung, ob sie an dem Massaker in Izbica beteiligt gewesen waren, aber das spielte im Grunde keine Rolle. Er stellte sich vor sie und erschoss sie. Auge um Auge, Zahn um Zahn.

Allerdings hatte ihn jemand dabei beobachtet, darum floh er in den Wald, immer weiter weg von Izbica und von Svetlana und Doruntina. Im Wald verbrachte er den Winter. Schlaf bekam er nur wenig. Essen auch. Als er sich irgendwann bis nach Pristina durchgeschlagen hatte, war nicht mehr viel von ihm übrig, aber er schaffte es bis zu dem Haus, in dem sein Bruder Jetmir wohnte.

Jetmir und er hatten sich nie sonderlich nahegestanden. Erst wollte sein Bruder ihn nicht mal aufnehmen oder ihm helfen. Aber zu guter Letzt ließ er sich überreden, ihm zumindest so viel Geld zu leihen, dass er das Land verlassen konnte. Flurim Ahmetaj, ein Freund aus Mitrovica, war nach Stockholm geflüchtet, und jetzt nahm Redzepi die gleiche Route und wohnte in den ersten Wochen bei ihm.

Ahmetaj war Spezialist auf allen Gebieten, die mit IT zu tun hatten, und hatte Kontakte zur Stockholmer Unterwelt, die ihn gut für seine Dienste bezahlte. Er führte Redzepi in die entsprechenden Kreise ein. Redzepi tat, was er konnte – erst als Gegenleistung für Ahmetajs Gastfreundschaft, wenn dessen Freunde mal einen Fahrer für einen Überfall brauchten, später dann – als sie festgestellt hatten, dass Verlass auf ihn war und er keine Scheu hatte, sich die Hände schmutzig zu machen –, wurde er auch für ganz andere, gefährlichere Aufträge rekrutiert. Schnell verdientes, gutes Geld.

Nach Norwegen war es von dort aus sozusagen nicht mehr weit – und dort lernte er dann Ørjan Mjønes kennen, einen Mann, der ihn und seine Kameraden mit Jobs versorgen konnte. Wenn sie einen Auftrag ausgeführt hatten, fuhren sie zurück nach Schweden und tauchten für eine Weile unter. Oder umgekehrt – wenn sie in Schweden einen Job erledigt hatten. Einen Teil des Geldes, das Redzepi verdiente, schickte er an seinen Bruder, der wiederum Leute bezahlte, die weiter nach seinen Mädchen suchten.

Auf eine Antwort wartete er noch immer.

Natürlich war nicht auszuschließen, dass sie in einem der zahlreichen noch unentdeckten Massengräber verscharrt worden waren. Aber solange er keine Gewissheit hätte, würde er nicht aufgeben. Jeden Abend vor dem Einschlafen dachte er an sie, wo sie wohl waren und was sie gerade taten. Wie sie aussehen würden, wenn er sie wiedersähe.

Fünfundvierzig Minuten später hörte Redzepi einen Wagen vorfahren und neben seinem anhalten. Er trat ans Küchenfenster und sah einen großen Mann aus einem Auto steigen, das sicher ein Vermögen gekostet hatte. Der Mann trug einen Anzug und einen dunklen Mantel und hielt eine Aktentasche in der Hand. Das spärliche Nachmittagslicht schien direkt auf seine glänzenden Schuhe gerichtet zu sein.

Redzepi lief auf die Treppe hinaus und hieß Goofy willkommen.

»Sie sind spät dran«, stellte Redzepi in gebrochenem Schwedisch fest.

»Tut mir leid«, erwiderte Goofy. »Es war ein ereignisreicher Tag, nicht zuletzt dank Ihnen.«

Er lächelte.

»Hat Sie jemand gesehen?«

»Schwer zu sagen.«

Redzepi bedeutete ihm mit einem knappen Nicken einzutreten. Goofy rieb sich die Hände, als er über die Schwelle trat, und sah sich bedächtig um. Aus Goofys tadelloser Erscheinung schloss Redzepi, dass er einen anderen Standard gewöhnt war als vertäfelte Holzwände und rot-weiß karierte Gardinen. Der große Mann marschierte auf die Küchenanrichte zu und griff nach einem Glas, das auf einem Geschirrtuch zum Trocknen gestanden hatte, hielt es ins Licht und füllte es dann unter dem Wasserhahn. Er leerte das Glas in einem Zug und stellte es dann einfach in die Spüle.

»Haben Sie aus Gundersen etwas herausgekriegt?«, fragte er.

Redzepi schüttelte den Kopf.

»Und ich glaub auch nicht, dass er Juul was erzählt hat. Sie waren erst für später am Tag verabredet.«

Goofy nickte bedächtig und legte den Aktenkoffer auf die Anrichte, ließ ihn mit einem Klicken aufschnappen und reichte Redzepi ein paar Blätter sowie ein Foto.

Redzepi betrachtete den Mann mit dem breiten Kiefer, dem Stiernacken und den kurz geschorenen Haaren. Rosarote Gesichtshaut. Im Hintergrund Palmen.

»Ist das der Schreiner?«, fragte er, und Goofy nickte.

»Das Foto ist nicht mehr ganz aktuell. Kann gut sein, dass er inzwischen etwas anders aussieht.«

Redzepi prägte sich das Gesicht ein und versuchte dann, sich vorzustellen, wie der Mann heute aussehen mochte.

Leute, die untertauchten, veränderten ihr Aussehen. Wer kurzes Haar gehabt hatte, ließ es wachsen, und Langhaarige legten sich eine Kurzhaarfrisur zu. Färben war nur eine von vielen Möglichkeiten, sein Äußeres zu verändern, zunehmen oder abnehmen eine weitere. Redzepi ging sämtliche Varianten im Kopf durch und studierte die Augenpartie besonders gründlich. Die veränderte sich selten.

»Alles vorbereitet für die Beerdigung?«, fragte Goofy.

»Ja, alles klar.«

»Gut. Wenn alles nach Plan läuft, winkt ein Extrabonus. Sie brauchen Geld, oder? Es ist schon eine Weile her, dass Sie etwas an Ihren Bruder geschickt haben, nicht wahr?«

Redzepi hob den Blick und sah den Mann vor sich verwirrt an. Es dauerte einen Augenblick, ehe ihm dämmerte, was Goofy gerade gesagt hatte.

»Tja, Redzepi. Ich weiß über Ihre Mädels Bescheid«, sagte er. »Svetlana und Doruntina, so heißen sie doch, oder?«

Redzepi stand wie vom Donner gerührt da. Dann warf er die Blätter von sich, packte Goofy am Mantelrevers und drückte ihn gegen den Küchenschrank.

»Was wissen Sie über meine Familie?«

»Ich weiß, warum Sie das hier machen«, antwortete Goofy ungerührt. »Sie suchen immer noch nach ihnen.«

»Was wissen Sie über meine Mädchen?«

»Ich weiß, was ich wissen muss.«

Redzepi drückte ihn fester gegen den Schrank. Goofy verdrehte die Augen, als würde ihn das Spielchen langweilen.

»Ich mach grundsätzlich mit niemandem Geschäfte, ohne erst so viel wie möglich über ihn in Erfahrung zu bringen«, sagte er. »Das kann Sie doch nicht überraschen.«

»Sagen Sie mir, was Sie über Svetlana und Doruntina wissen! Sofort!«

Redzepis Stimme bebte.

Goofy schnalzte mit der Zunge.

»So funktioniert das hier nicht, Redzepi. Würden Sie …«

Er bedeutete ihm, dass er hinuntergelassen werden wollte, doch Redzepi presste ihn erneut gegen den Schrank.

Goofy seufzte theatralisch.

»Ich sitze auf Informationen, die Sie interessieren könnten – und ja, die betreffen Ihre Familie. Aber ehe ich diese Informationen ausplaudere, müssen Sie mir zuerst geben, was ich haben will. Es gibt keinen Grund, weshalb wir das hier nicht zum Vorteil für uns beide machen sollten.«

Redzepi machte keinen Anstalten, den sichtlich gelangweilten Goofy loszulassen.

Dann nahm er unvermittelt die Hände weg.

Goofys Sohlen klatschten auf den Holzboden. Er schnaubte und rückte seinen Mantel zurecht. Dann zeigte er lächelnd auf die Blätter am Boden und forderte Redzepi wortlos auf, sie aufzuheben. Redzepi tat wie geheißen, und Goofy füllte erneut das Glas aus der Spüle und angelte dann eine Pillendose aus der Innentasche seines Mantels. Er drückte zwei Tabletten aus einer Blisterpackung und spülte sie hinunter.

»Angina Pectoris«, sagte er und leckte sich einen Wassertropfen von der Unterlippe. »Eine Tante von mir dachte, das hieße Vagina Pectoris. Wirklich wahr.« Er lachte. »Hört sich aber ja auch wie eine Geschlechtskrankheit an.«

»Das sind zu viele Aufgaben auf einmal«, stellte Redzepi fest. »Und da wäre ja auch noch Juul.«

Goofy hörte auf zu lachen.

»Ja, Sie haben gut zu tun«, erwiderte er ernst. »Aber

das schaffen Sie. Konzentration auf das Wesentliche in den kommenden Tagen, Redzepi. Wenn Sie das alles tun, erzähl ich Ihnen, was ich über Ihre Mädchen weiß.«

12

Obwohl sie dringend ins Präsidium musste, brauchte Pia Nøkleby eine gefühlte Ewigkeit bis hoch in die fünfte Etage, wo ihre Wohnung lag. Sie hatte immer noch Henning vor Augen, seinen zusehends leeren Blick und wie er sich schließlich auf den nassen Asphalt gekauert hatte.

Nøkleby hatte mit Hennings Handy ein Taxi gerufen, aber als der Wagen losfuhr, war sie sich nicht sicher gewesen, ob er den Fahrer wirklich gebeten hatte, zum Präsidium zu fahren, wie sie es ihm geraten hatte. Ihr hatte die Wut in seinen Augen nicht behagt.

Trotzdem hatte Henning einen Verdacht in ihr aufkeimen lassen, und als sie endlich in ihrer Wohnung war, knallte sie die Tür hinter sich zu. Sie zog langsam die Schuhe aus, als wollte sie das Unvermeidliche noch etwas vor sich her schieben, stellte sie neben die Joggingschuhe, die ihren vorübergehenden Platz im Flur gefunden hatten. Dann hängte sie die Jacke auf und ging ins Wohnzimmer.

»Du warst lange weg«, sagte er. »Wer war das?«

Wie immer, wenn sie Sex gehabt hatten, saß er rauchend auf dem Sofa. Als wäre er hier zu Hause. Manchmal trank er auch eine Tasse Kaffee, aber in der Regel duschte er nur kurz und fuhr dann wieder zur Arbeit oder nach Hause. In diesen Momenten hatte sie dann immer das Gefühl, ein

Hafen für ihn zu sein, den er nur dann ansteuerte, wenn ihm danach war. Vermutlich war sie das auch.

Pia Nøkleby kannte Andreas Kjær jetzt seit vier Jahren. Damals hatten sie bei einer Weihnachtsfeier zufällig nebeneinandergesessen. Ihr Gespräch war so unbeschwert gewesen, so spontan, er hatte sie zum Lachen gebracht. Damals hatte sie schon Ewigkeiten nicht mehr darüber lachen können, was irgendein Mann zu ihr sagte.

An dem Abend selbst war nichts passiert, gar nichts, aber nachdem er Teamleiter der Einsatzzentrale geworden war, hatte es im Alltag immer wieder Berührungspunkte gegeben. Der nette Ton zwischen ihnen hatte angehalten, und in der Kantine hatten sich über die folgenden Wochen immer häufiger verstohlene Blicke dazugesellt. Manchmal hatte sie sogar von ihm geträumt, und an einem Freitagabend, an dem sie sich in der Stadt getroffen hatten, hatte sie ihn für ihre Verhältnisse überraschend direkt gefragt, ob sie nicht denselben Heimweg hätten. Die Antwort hatte sie zuvor bereits in seinen hungrigen Augen gelesen. Dass er verheiratet war und zwei Kinder hatte, spielte dabei keine Rolle. Und dann kam es, wie es kommen musste.

Nøklebys vorherige Beziehung hatte im Streit geendet, weshalb sie nicht bereit gewesen war für irgendwelche neuerlichen Verpflichtungen. Sie brauchte einfach nur ein bisschen Wärme. Anfangs verdrängte sie jeden Gedanken an Moral und ließ sich einfach mitreißen. Und natürlich war es schön, er war ein aufmerksamer, zärtlicher Liebhaber, hart und direkt, wenn sie es wollte, nur dass er nie bei ihr übernachten konnte. Und was anfangs wohltuend und spannend gewesen war, war mit der Zeit zusehends mechanisch geworden.

Irgendwann hatte sie begonnen, darüber nachzudenken,

die Beziehung zu beenden. Früher oder später würde es doch ohnehin so kommen. Sie hatte längst erkannt, dass Andreas nicht der Mann war, der Frau und Kinder verließ, aber jedes Mal, wenn sie sich vornahm, einen Schlussstrich zu ziehen, landeten sie doch wieder im Bett.

Ihr war in ihrer Haut zunehmend unwohl. Nøkleby hatte nie damit gerechnet, mal einen Liebhaber zu haben – noch dazu einen verheirateten.

»Das war Henning«, sagte sie und sah ihn an. »Henning Juul.«

Andreas Kjær setzte sich gerade auf. Sein Blick hatte mit einem Mal etwas Wachsames. Er drückte seine Zigarette aus, und das Gefühl von Beklemmung, das sie auf dem Weg nach oben überkommen hatte, wurde stärker.

»Du kennst ihn, oder?«

»Ich hab von ihm gehört, ja«, sagte Kjær und griff nach dem Feuerzeug, das auf dem Tisch gelegen hatte. »Was wollte er von dir?«

Nøkleby musterte ihn.

»Er wollte mit mir über etwas reden«, sagte sie.

Kjær zündete sich eine neue Zigarette an und warf das Feuerzeug zurück auf den Tisch.

»Über was denn?«

»Warum willst du das wissen?«

»Egal«, sagte er und blies den Rauch aus. »Ich meine ja nur, es ist doch wohl ein bisschen merkwürdig, so einfach aufzutauchen.«

Nøkleby antwortete ihm nicht, und für einen Moment war es still zwischen ihnen.

»Er ist gekommen, weil jemand sich mit meinem Passwort in Indicia eingeloggt hat, um einen Bericht zu manipulieren.«

»Wirklich?«

Er hob den Blick, sah sie kurz an, drehte dann den Kopf weg und nahm zwei schnelle Züge von seiner Zigarette.

»Was denn für einen Bericht?«

»Über gewisse Vorkommnisse am Markveien. Am 11. September 2007«, sagte Nøkleby. »An dem Abend hat Juul seinen Sohn verloren.«

Sie sah ihn direkt an.

Lange. Ohne mehr zu sagen.

»Und da ich den Bericht nicht manipuliert habe«, fuhr sie schließlich fort, »hab ich mir natürlich Gedanken darüber gemacht, wer das gewesen sein könnte.«

Kjær sah zu ihr auf.

»Was willst du damit sagen?«

»Was ich damit sagen will, Andreas? Ich frage mich, ob es bei dem hier« – sie zeigte auf sich, dann auf ihn und wieder auf sich selbst – »vielleicht um mehr als nur um Sex geht.«

Er stand auf.

»Wovon zum Teufel redest du, Pia?«

Er war einen guten Kopf größer als sie, stark, und sein Temperament kannte sie nur zu gut – er zeigte es vor allem, wenn er über ihr lag oder sie unvermittelt herumzerrte, um sie von hinten zu nehmen. Trotzdem trat sie einen Schritt auf ihn zu.

»Du bist der Einzige, der gesehen hat, wie ich mich von hier aus in das Programm eingeloggt habe.«

Er schnaubte.

»Du willst damit doch wohl nicht sagen, dass *ich*…«

Er verstummte und verdrehte die Augen.

Nøkleby hatte oft mit Lügnern zu tun – und sie erkannte eine Überreaktion. Deshalb lächelte sie nur, als er von einem Bein aufs andere trat und noch einen Zug von seiner Zigarette nahm, während er versuchte, sie betont beleidigt anzustarren. Er schien selbst zu merken, dass es ihm nicht gut gelang, drehte sich um und trat ans Wohnzimmerfenster. Dort blieb er stehen, rauchte und tat so, als ließe er den Blick über die Stadt schweifen.

»Aus welchem Grund hast du mein Passwort gestohlen?«, fragte sie.

Er schnellte herum, hielt dann aber inne.

»Wolltest du *mich* damit in Schwierigkeiten bringen?«, fragte sie.

»Dich? Nein, ich…«

Es vergingen ein paar Sekunden. Dann drehte er sich wieder um und drückte seine Zigarette im Aschenbecher auf dem Couchtisch aus. Anschließend verschwand er im Schlafzimmer und kam gleich darauf mit seinem Handy zurück. Nahm den Akku und die SIM-Karte heraus und legte beides ins Regal. Dann nahm er ihr Telefon und machte damit das Gleiche.

Als er fertig war, blieb er ans Regal gestützt stehen, als müsste er sich daran festhalten.

»Sie haben mir gedroht«, sagte er leise, sah sie dabei aber nicht an.

Seine Stimme war kaum zu hören.

»Wer, *sie*?«

»Keine Ahnung, wer das war«, erwiderte er.

»Und womit haben sie dir gedroht?«

Er wartete kurz, ehe er weitersprach.

»Erst kam ein Anruf. Ich sollte ihnen Zugang zu Indicia verschaffen. Sie wollten mich dafür bezahlen, aber ich hab natürlich abgelehnt. Dann meinten sie, sie wüssten, wo ich wohne und wie meine Kinder heißen. Behaupteten, sogar den Namen unseres Hundes zu kennen.«

Er schüttelte den Kopf und sah sie immer wieder kurz an, als wollte er sich vergewissern, dass sie noch da war. Als er fortfuhr, war seine Stimme noch leiser.

»Eines Tages haben sie unserem Hund die Kehle durchgeschnitten und ihn zu Hause bei uns auf der Veranda liegen gelassen, sodass die Kinder ihn gefunden haben. Und dann haben sie gesagt, dass sie es noch familiärer gestalten könnten, sollte ich mich immer noch nicht bereit erklären, ihnen zu helfen. Also hab ich … getan, was sie von mir gewollt haben. Ich wusste, dass du einen Indicia-Zugang hattest, und …«

»Und warum brauchten sie den Zugang?«

Nøkleby hörte selbst, wie hart ihre Stimme klang. Kalt. Wie bei der Arbeit. Sie konnte sehen, dass er Schwierigkeiten hatte, über die Sache zu sprechen, aber das war ihr egal.

»Andreas, hör mir zu. Ich hab soeben von deiner Beteiligung in dieser Sache erfahren. Ich sollte jetzt zu meinen Vorgesetzten gehen und ihnen alles über dich und diese Leute erzählen, die dich bedroht haben. Aber dann müsste ich auch eingestehen, dass ich schon seit einer ganzen Weile von dem Sicherheitsverstoß wusste, ohne dass ich etwas unternommen hätte. Bestenfalls verlierst nur du deinen Job – schlimmstenfalls wir beide. Auf jeden Fall würde es reichlich Aufsehen erregen, und auch wenn niemandem damit gedient wäre, ist die Wahrscheinlichkeit, dass deine Frau erfährt, was hier in den letzten Monaten gelaufen ist, verhältnismäßig hoch. Und ich geh mal davon aus, dass du daran nicht interessiert bist.«

Kjærs Kopf schien fast zwischen seinen Schultern zu verschwinden.

»Ich für meinen Teil würde meinen Job gerne behalten«,

fuhr Nøkleby fort, »und glaub es oder nicht, ich habe kein Interesse daran, dass die Sache auf Kosten deiner Familie geht. So wie ich es sehe, haben wir… hast du nur eine Chance.«

Sie wartete, bis er sie ansah.

»Rede mit Henning.«

Kjær wollte schon protestieren, aber sie kam ihm zuvor.

»Sag ihm, was du über diese Leute weißt. Wenn wir Glück haben, wird er in seiner Zeitung nicht darüber schreiben.«

Kjær schlug die Augen nieder, als hoffte er darauf, dass dieser Albtraum vorbei wäre, wenn er sie wieder öffnete.

»Ich muss jetzt zur Arbeit«, sagte Nøkleby mit einem Seufzen. »Und weißt du, warum?«

Diesmal wartete sie nicht darauf, dass er sie ansah.

»Weil Hennings engster Kollege vor ein paar Stunden ermordet wurde.«

Kjær riss die Augen auf und starrte sie an.

»Wir wissen noch nicht, ob der Mord etwas mit Henning zu tun hat, aber es wäre durchaus möglich. Henning hat in letzter Zeit nicht mehr bei sich daheim übernachtet, weil sie nach ihm gesucht haben.«

»Und du meinst, es ist sicher für mich, mit ihm zu reden?«

»Ich meine, dass es an der Zeit ist, dich nicht mehr zu verstecken, Andreas. Es ist an der Zeit, deinen Beitrag zu leisten. Die Sache ist ernst. Es sterben Menschen.«

»Ja, und ich versuche, meiner Familie eben dieses Schicksal zu ersparen. Oder mir selbst…«

Nøkleby sah ihn zunehmend verächtlich an. Vollkommen verständlich, dass er an seine Kinder dachte – aber auch sie hatte er in eine verdammt missliche Lage gebracht. Und diesen Verrat würde sie ihm nicht verzeihen. Eigentlich war es ihr nur recht, dass sie jetzt an diesem Punkt angelangt waren.

»Ich geh jetzt duschen«, sagte sie. »Und wenn ich zurückkomme, Andreas, will ich endlich sehen, dass du Eier in der Hose hast.«

13

Trine schloss die Augen.

Nachdem Henning sie am Flughafen stehen gelassen hatte, war sie zum Zug in Richtung Oslo gelaufen. Jetzt spürte sie das rhythmische Poltern der Räder über den Schwellen. Müde und erschöpft lehnte sie den Kopf ans Fenster und versuchte, sich vorzustellen, dass die Welt anders aussähe, wenn sie die Augen wieder öffnete. Aber auch noch eine halbe Minute später zogen bloß kahle, nasse Äcker draußen am Fenster vorbei. Auch der Höhenzug weit hinten am Horizont war immer noch derselbe. Alles war wie immer – mal abgesehen davon, dass plötzlich alles anders war.

Um sich selbst machte sie sich keine Sorgen. Sie dachte an Henning und daran, was mit ihm passieren würde, wenn er seine Suche fortsetzte.

Du solltest ihm helfen, sagte Trine zu sich selbst, und sie wäre es ihm weiß Gott schuldig. Nur wie? Was sollte sie denn gegen Menschen ausrichten, die nicht einmal vor Mord zurückschreckten?

Der Zug rauschte an Kløfta vorbei, wo Trine und Henning aufgewachsen waren. Bei der Erinnerung an die Geschehnisse im Haus am Gjerdrumsveien, in Hennings Schlafzimmer, schlug sie erneut die Augen nieder und versuchte, die Bilder zu verdrängen, die sie manchmal – vor allem nachts – heimsuchten. Doch der entsetzte Blick des Vaters ließ sich einfach nicht wegblinzeln, und auch nicht das Klatschen seiner nackten Füße, als er wieder gegangen war, nachdem er seine Hose hochgezogen hatte. Oder das leise Klopfen – damit niemand wach würde, als er zu ihr gekommen war. Die Stille, die anschließend im Haus geherrscht hatte.

Oder das, was später passiert war.

Trine hatte mit Pål Fredrik über ihren Vater gesprochen. Vielleicht hätte sie ihm auch von Jonas erzählen sollen, im selben Atemzug, und von Bodil Svenkerud, doch den Mut hatte sie nicht aufgebracht. Das war auch jetzt nicht anders, da sie in Skøyen aus dem Schnellzug stieg und mit dem Taxi weiter in Richtung Ullern fuhr. Als sie daheim über die Schwelle trat und ihr Gepäck abstellte, kam Pål Fredrik ihr entgegen und zog sie an sich.

»Hallo, mein Mädchen«, sagte er leise.

»Hallo«, sagte auch sie und begann wieder zu weinen.

»Wie geht es dir?«

Sie drückte sich an ihn, wollte nicht, dass er ihre Tränen sah, und murmelte, es sei alles okay, sie habe ein paar schöne Tage gehabt, sei jetzt aber froh, wieder zu Hause zu sein.

»Und du?«

»Alles gut«, sagte er, und in seiner Stimme lag all das, was er ihr gab: Sicherheit. Ein Zuhause. Sie kniff die Augen fest zu.

»Hast du Henning getroffen?«, fragte er unvermittelt, und sie wich abrupt einen Schritt von ihm zurück und sah ihn an. Dann dämmerte ihr, warum nicht er sie abgeholt hatte.

»Ja«, sagte sie und sank wieder in seine Arme.

»Und wie ist es gelaufen?«

Sie antwortete nicht, sondern drückte sich nur noch fester an ihn.

Unmittelbar nach Jonas' Tod hatte Trine Selbstmordgedanken gehabt. Damals hatte sie nur noch weggewollt, sie hatte sich gewünscht, dass alles sich in Luft auflöste – was sie getan hatte, die Schmerzen, die sie anderen zugefügt hatte. Erst Pål Fredrik war es gelungen, sie wieder ins Leben zurückzuholen, und diese Kraft spürte sie auch jetzt.

»Was willst du machen, jetzt da du Justizministerin bist?«, hatte er sie damals gefragt. »Für welche Themen brennst du?«

Trine hatte an Jonas gedacht, und spontan hatte sie beschlossen, dafür kämpfen zu wollen, dass Kinder eine Zukunft hätten, ein sicheres Heim.

»Ich werde mich für die Rechte der Kinder einsetzen«, hatte sie geantwortet, und allein der Gedanke, dass sie – Trine Juul – wirklich den Unterschied ausmachen könnte, hatte sie vor dem Abgrund bewahrt. Und sie hatte ja auch wirklich einiges erreicht, im ganzen Land Kinderhäuser eröffnet, jeden Tag war sie mit dem Bedürfnis zur Arbeit gegangen, etwas zu bewirken. Den Gedanken an Henning und an die Vergangenheit hatte sie dabei verdrängt.

Anfangs war es gut gegangen; Henning war lange krankgeschrieben, und es war mehr als unsicher gewesen, ob er je wieder zur Arbeit zurückkehren würde. Als er dann doch wieder dort angefangen hatte, hatte sie einen Bogen um *123nyheter* gemacht. Sie hatte genau gewusst, dass sie sein

Bild in der Autorenzeile nicht ertragen würde. Die Narben. Aber natürlich war es unmöglich, ihm komplett aus dem Weg zu gehen. Es dauerte nicht lange, bis er wieder ein Teil der Nachrichtenszene war, sowohl als Zeuge im Fall Henriette Hagerup als auch als tonangebender Journalist im Zusammenhang mit der Ermordung von Tore Pulli. Als Trine schließlich selbst ins Kreuzfeuer der Presse geriet, war er der einzige Journalist, der versuchte, ihr zu helfen.

Es gab so vieles, was sie anders hätte machen können, dachte sie. Doch vielleicht war es dafür jetzt zu spät. Sie hatte die Befürchtung, sie würde ihn möglicherweise nie mehr wiedersehen. Und sie hatte nie etwas für ihn getan.

Aber jetzt kannte er wenigstens die Wahrheit.

Auch wenn sie es nicht übers Herz gebracht hatte, ihm wirklich *alles* zu erzählen.

14

Draußen glitt die Stadt vorüber. Farben und Menschen, Regen, Schirme, Straßenlaternen, die gegen den sich verfinsternden Himmel anleuchteten. Das Radio lief, aber Henning hörte nicht mal hin.

Die Schultertasche lag auf seinem Schoß, und er hielt das Handy in der Hand, das er kurz vor seinem Treffen mit Trine abgeschaltet hatte. Widerstrebend schaltete er es wieder ein. Dann rief er Bjarne Brogeland an.

Brogeland nahm Hennings Anruf nach dem ersten Freizeichen entgegen, sagte aber nichts, atmete nur schwer.

»Mein Beileid«, sagte er schließlich. »Ich weiß, dass ihr eng zusammengearbeitet habt.«

»Bist du dort?«, fragte Henning. »Am Tatort?«

»Ja, ich …«

»Ich muss in seine Wohnung«, sagte Henning. »Muss mir den Tatort ansehen.«

»Henning, du kannst nicht …«

»Können wir uns vor dem Haus treffen? Ich bin schon auf dem Weg dorthin.«

Bjarne seufzte laut.

»Die Spurensicherung ist noch nicht fertig, Henning, ich kann nicht einfach einen Außenstehenden dort reinlassen, das verstehst du hoffentlich.«

Henning nahm das Telefon in die andere Hand.

»Ich seh doch garantiert schneller als ihr, ob dort drinnen irgendwas verändert wurde oder nicht«, wandte er ein. »Ich hab Ivers Wohnung in letzter Zeit vermutlich am ausgiebigsten genutzt.«

»Kann schon sein. Aber unabhängig davon, ob ich dich mit reinnehme oder nicht, müssen wir warten, bis die Techniker mit ihrer Arbeit fertig sind.«

Henning sah wieder aus dem Fenster.

»Die Techniker könnten etwas verändern, entfernen …«

»Tun sie nicht«, entgegnete Bjarne.

»Woher willst du das wissen? Garantieren kannst du das wohl kaum.«

Für ein paar Sekunden sagte keiner etwas.

Henning spürte, dass der Taxifahrer ihn im Rückspiegel anstarrte, reagierte aber nicht.

»Iver hat mir heute Vormittag geschrieben«, sagte er schließlich. »Er wollte mir irgendwas mitteilen.«

»Und was?«

»Woher soll ich das wissen? Wir wollten uns am Abend treffen, wenn ich …«

Erneut kurzes Schweigen.

»Glaubst du, dass es … etwas mit deinem Fall zu tun hat?«

»Ich weiß es nicht.«

Bjarne bat Henning, zwei Sekunden zu warten. Im Hintergrund war eine Stimme zu hören, die den Polizisten etwas fragte.

Iver war am helllichten Tag ermordet worden, an einem Sonntag. Das damit verbundene Risiko hatten die Täter in Kauf genommen. Anscheinend hatte Iver etwas herausgefunden, was in irgendeiner Form mit Hennings Suche zu tun gehabt hatte, da war er sich ganz sicher.

Doch was zum Teufel sollte das gewesen sein?

Henning wusste, dass Iver sich in letzter Zeit mit Rasmus Bjelland befasst hatte. Möglicherweise hatte es damit zusammengehangen. Vielleicht hatte Iver ihn aufgespürt und Informationen von ihm erhalten. Henning musste versuchen, Bjelland zu finden, und aus ihm rauskriegen, welche Verbindung er zu Tore Pulli gehabt hatte und wieso er sich an ihm hatte rächen wollen.

»Wäre es nicht besser, wir treffen uns im Polizeipräsidium?«, schlug Bjarne vor, als er sich zurückmeldete. »Damit wir ausführlich reden können?«

Henning schüttelte den Kopf.

»Ich will jetzt nicht ins Polizeipräsidium, Bjarne. Arild Gjerstad und die anderen ertrag ich gerade nicht.«

»Um die können wir einen Bogen machen«, sagte Bjarne. »Du musst mit niemand anderem sprechen als mit mir.«

»Treffen wir uns bei Iver.«

Bjarne seufzte.

»Ich bin dir in Ivers Wohnung nützlicher als im Polizeipräsidium, Bjarne, das weißt du genau. Bring mich in die Wohnung, dann schauen wir uns gemeinsam um. Ich muss herausfinden, was er mir zeigen wollte.«

Das Taxi hielt an einer Ampel. Der Motor ging automatisch aus, und es war schlagartig still im Wagen. Henning hörte Bjarnes Atem am anderen Ende der Leitung.

»Okay«, sagte er schließlich. »Unten vor dem Haus.«

Henning bat den Taxifahrer, ihn einen Wohnblock vor Ivers Mietshaus rauszulassen. Er brauchte frische Luft, wollte ein paar Schritte gehen, um seine Gedanken zu sortieren. Er hielt das Gesicht in den Regen, der sanft die Salzspuren von seinen Wangen wusch.

Iver war tot.

Und er selbst auch.

Am liebsten hätte Henning Nora angerufen, aber sie würde kaum mit ihm sprechen wollen, nicht in diesem Augenblick, vielleicht nie wieder. Er hatte ihr Leben zerstört, erst weil er nicht der Mann für sie gewesen war, der er hätte sein sollen, dann weil er nicht rechtzeitig zur Stelle gewesen war, um Jonas zu retten. Es war seine Schuld, dass er die falschen Leute im Nacken hatte, seine Schuld, dass Iver im Kreuzfeuer gelandet war, und ganz egal, ob Henning die Täter finden und ausliefern würde – Nora würde nie wiederbekommen, was sie verloren hatte. Jede Begegnung, jedes Wort zwischen ihnen würde sie daran erinnern.

Sein Telefon klingelte. Es war wieder Bjarne.

»Ich seh dich«, sagte er. »Warte auf mich.«

Henning legte auf und blieb stehen. Bjarne schob sich an einem Dutzend Journalisten vorbei, die ihn mit Fragen bombardierten. Er wies sie mit einer flüchtigen Geste und einem energischen Kopfschütteln ab und kam raschen Schrittes auf Henning zumarschiert.

»Es ist einfach furchtbar«, sagte er und reichte Henning die Hand.

Wortlos erwiderte er den Händedruck. Schweigend standen sie ein paar Sekunden voreinander, ohne sich um die kalten Tropfen zu scheren.

»Ziemlich chaotisch da drüben«, sagte Bjarne und nickte in Richtung der Journalisten. »Halt dich dicht hinter mir und sag kein Wort.«

Ganz bestimmt nicht, dachte Henning und signalisierte Bjarne, dass er bereit zum Aufbruch war.

Vor der Absperrung stand eine Reihe Streifenwagen. Außer den Journalisten hatten sich dort inzwischen auch etliche Schaulustige versammelt. Henning starrte zu Boden, als sie sich näherten, und hoffte, dass niemand ihn bemerken oder erkennen würde – vergebens. Er hörte, wie jemand seinen Namen rief, erkannte die Stimme von Hege Marthinsen von *news.no*. Sie kondolierte ihm und erkundigte sich, ob er zwei Minuten Zeit für sie erübrigen könne. Henning sagte nichts. Bjarne führte ihn an den Beamten vorbei, die die Absperrung bewachten.

»Wieso geht Juul mit Ihnen da rein?«, rief Marthinsen ihnen nach, doch auch diese Frage blieb unbeantwortet. Bjarne redete leise mit einem der Polizisten. Henning konzentrierte sich auf seine und auf Bjarnes Schuhspitzen, registrierte die scharfen, unangenehmen Geräusche und Stimmen nur am Rande.

Dann liefen sie durch die Toreinfahrt in den Hinterhof. Ein Techniker kam ihnen entgegen. Bjarne grüßte ihn.

Mit schweren Schritten ging Henning die Treppe hoch,

wich sämtlichen Blicken aus. Ehe sie Ivers Wohnung betraten, drehte sich Bjarne noch mal zu ihm um.

»Iver selbst ist nicht mehr hier«, sagte er, »aber es gibt natürlich noch Spuren. Warte hier und lass mich erst mal schauen …«

»Geht schon«, sagte Henning.

»Ich weiß nicht, ob es gut ist, wenn du …«

»Es geht schon«, wiederholte Henning nachdrücklich.

Bjarne musterte ihn ein paar Sekunden.

»Okay.«

Dann schob er die Tür auf.

Hennings Herz raste. Sowie er Ivers Wohnung betreten hatte, ließ er den Blick schweifen. Schuhe, Jacken, Flaschen neben dem Schrank. Die Badezimmertür stand offen. Licht brannte. Vor ihnen die Küche, eine Bratpfanne auf dem Herd, der Duft von Eiern und Speck in der Luft. Teller auf der Arbeitsplatte, ein Glas in der Spüle.

Sie standen immer noch am Eingang, als sich eine Stimme aus dem Wohnzimmer meldete: »Whoah, whoah, whoah, was fällt Ihnen ein?«

Die brüske Stimme gehörte einer kleinen, kompakten Frau, die mit hoch erhobenen Händen auf sie zukam. Henning sah sie an. Das war keine typische Kriminaltechnikerin.

»Sie können doch nicht einfach so Zivilpersonen hier reinlassen!«

»Er kann uns vielleicht helfen«, erklärte Bjarne. »Er war häufiger zu Gast in dieser Wohnung, besonders in letzter Zeit.«

»Mag sein, aber …«

»Er kann besser als wir beurteilen, ob sich hier irgendwas verändert hat«, fiel Bjarne ihr ins Wort. »Versprochen, Ann-Mari, in zwei Minuten sind wir wieder weg.«

Sie antwortete nicht, sah sie nur misstrauisch an.

»Danke«, sagte Bjarne, als sie schließlich einlenkte. »Ich stehe in Ihrer Schuld.«

Henning drehte sich zur Wohnungstür um, sah die Schuhe in Reih und Glied stehen, die Kleiderhaken, einen leeren Bügel. Er drehte sich langsam um die eigene Achse und nahm das Wohnzimmer ins Visier, machte einen Schritt nach vorn, sah Klamotten am Boden, Kabel, eine Bierdose, Zeitungen, Kohle- und Aschereste neben dem Kamin in der Ecke.

Auf dem Boden war Blut. Dunkelrot. Henning hatte sich vorgenommen, nicht hinzusehen, aber die Farbe war so intensiv, da war so viel von Iver, dass er wie paralysiert stehen blieb und hinstarrte, bis salzige Tränen seinen Blick verschleierten. Das Dunkelrot war wie ein Magnet, der seine Aufmerksamkeit anzog.

Er riss den Blick los und sah den Haken an der Decke.

»Hing er da dran?«

Bjarne schaute kurz zu der Kriminaltechnikerin rüber, und Henning sah sie abwechselnd an.

»Da oben kleben Reste eines Seils«, sagte er. »Und so viel Blut an einer Stelle …«

Weder Bjarne noch die Technikerin antwortete, aber eine Bestätigung war auch nicht nötig. Es hatte also mindestens zwei Täter gegeben. Eine Person allein hätte es niemals geschafft, Iver dort hochzuheben.

»Fällt dir irgendetwas Ungewöhnliches auf?«, wollte Bjarne wissen.

Henning drehte sich langsam im Kreis. Sah einen Kerzenständer auf dem Fensterbrett. Eine Blumenvase mit trockenen Zweigen. Ein mit dem Titel nach unten liegendes Buch. Zwei Fernbedienungen, eine weitere gleich neben dem Fernseher. Das kleine Schränkchen, auf dem der Fernsehapparat stand, war zugeschoben. Irgendwer hatte eine Wolldecke aufs Sofa geworfen. Eine Lampe brannte.

Beim Wohnzimmertisch hielt er inne.

»Iver«, sagte er und war erstaunt, wie schwer es ihm fiel, den Namen laut auszusprechen, »Iver hat seine Unterlagen immer auf dem Tisch dort ausgebreitet, wenn er an irgendwas gearbeitet hat.«

Er zeigte auf den Wohnzimmertisch.

»Aber da liegt nichts. Keine Unterlagen, keine Ausdrucke.«

»Glaubst du, der Täter hat sie mitgenommen?«

Henning nickte.

»Das wäre jedenfalls eine Möglichkeit«, sagte er leise.

»Ann-Mari, wissen Sie, ob jemand irgendwas von diesem Tisch genommen hat?«

Sie blickte kurz zur Seite und schüttelte dann den Kopf.

Eine Weile blieben sie noch wortlos beieinanderstehen und sahen sich um.

»Ich hab genug«, murmelte Henning schließlich. »Bring mich bitte raus.«

Doch vor der Küche drehte Henning sich noch einmal um. Sah zurück zu Ivers Blut am Boden. Die Polizei war bereits dabei, seine letzten Aktivitäten nachzuvollziehen, und er dachte fieberhaft darüber nach, wie er all das selbst würde herausfinden können, ohne damit Bjarne zu nerven.

Henning hob den Blick und sah zur Hutablage hinauf, wo Iver immer seinen Autoschlüssel ablegte. Im selben Moment klingelte Bjarnes Telefon. Noch während er den Anruf entgegennahm, zog er die Wohnungstür auf.

Verstohlen sah Henning sich um. Dann streckte er die

Hand aus und griff nach Ivers Schlüssel, ehe Bjarne sich wieder zu ihm umdrehte, um ihm die Tür aufzuhalten.

»Kommst du?«, fragte er.

Henning nickte und verließ die Wohnung.

15

»Stopp«, rief Charlie Høisæther, »sofort anhalten!«

Freddy stieg auf die Bremse und blieb an der Bordsteinkante stehen.

»Was denn?«

»Du wartest hier.«

»Soll ich nicht …«

»Warte einfach hier«, wiederholte Charlie und stieg aus. Er sah sich in beide Richtungen um, überquerte die Straße und steuerte die Galerie an. Ein Glöckchen über seinem Kopf läutete, als er den klimatisierten Raum betrat. Bei dem kurzen Sprint über die Straße war er ins Schwitzen geraten. Die kühle Luft drinnen war erfrischend.

»Hello«, sagte der Inhaber, ein kleiner Mann mit nach vorn gekämmtem dunklem Haar, und kam mit gefalteten Händen auf Charlie zu. »A pleasure to see you, Mister. How can I help you?«

»Das Bild da«, sagte Charlie und zeigte auf das große Gemälde im Ausstellungsfenster. »Wer hat das gemalt?«

»Ah, *A mulher da minha vida*«, sagte er begeistert. »Roberto Souza aus Castelo Branco.«

Charlie machte einen Schritt auf ihn zu.

»Das ist in Portugal«, sagte der Inhaber eifrig.

»Könnten Sie das rausnehmen?«, sagte Charlie.

Der Mann sah ihn fragend an.

»Sie meinen … jetzt?«

»Ja, jetzt. Und stellen Sie es dorthin.«

Charlie zeigte auf die Wand vor ihnen.

»Ich möchte das Bild vielleicht kaufen«, fuhr er fort.

»Ähm, ja, selbstverständlich. Ich hole nur kurz meinen Mitarbeiter, einen Augenblick.«

Der Galerist rief einen Namen und ein paar Anweisungen in seiner Sprache, worauf ein weiterer kleiner Mann aus einem Hinterzimmer in den Verkaufsraum trat. Die beiden sahen aus wie Zwillinge, gleich groß oder vielmehr klein, ähnliche Gesichtszüge, beide mit schmalem, spitzem Kinn. Nicht ohne eine gewisse Mühe stiegen sie in die Auslage und nahmen das Gemälde herunter, um es dann, wie Charlie es sich erbeten hatte, an die Wand zu lehnen.

Auf dem Gemälde war eine Frau im Profil abgebildet, langes rabenschwarzes Haar im Schein einer abendlichen rotgoldenen Sonne. Sie stand am Strand und sah sehnsüchtig aufs Meer hinaus. Das Haar reichte bis an den unteren Bildrand, wo zwischen den langen schwarzen Strähnen zwei Hände angedeutet waren. Sie trug ein weißes Kleid.

»Das Bild misst 77 mal 53 Zentimeter«, erklärte der Inhaber. »Genau wie die Mona Lisa.«

»Wie viel soll es kosten?«, fragte Charlie.

»34 500 Real.«

»Können Sie es zu mir nach Hause liefern?«

Die Männer wechselten einen kurzen Blick und sahen dann beide Charlie an.

»Ich bezahle auch einen Aufschlag, wenn Sie es noch heute liefern können.«

»Selbstverständlich, Mister«, sagte der Galerist diensteifrig. »Wir kümmern uns darum.«

Charlie folgte dem Inhaber zur Kasse und legte seine goldene Kreditkarte auf den Tresen. Der Inhaber hatte Schweißperlen auf der Stirn.

»Roberto Souza ist ein wahres Talent«, sagte er. »Er ist bekannt für seine Frauenmotive.«

»Daran habe ich keinen Zweifel. Ich will aber nur dieses Porträt.«

»Selbstverständlich. Einen Augenblick bitte.«

Charlie drehte sich wieder zu dem Bild um.

Es war perfekt.

Sie war perfekt.

Als es gute zwei Stunden später an der Tür klingelte, saß Charlie auf einem Barhocker in der Küche und scrollte durch ein paar norwegische Online-Zeitschriften.

»Wer ist das?«, rief Isabel aus dem Wohnzimmer.

Ohne zu antworten, steuerte Charlie die Gegensprechanlage neben der Tür an.

»Ja?«

»Eine Lieferung für Mister … ähm … Mister äh …«

»Sechzehnter Stock.«

Charlie erwartete sie schon an der Tür, als der Fahrstuhl hielt. Er begrüßte die beiden Männer, die das Bild lieferten. Ihre Schuhe hinterließen Spuren auf den weißen Bodenfliesen.

»Wo soll es denn hin?«

»Wohnzimmer«, sagte Charlie knapp und forderte die Männer auf, ihm zu folgen.

Isabel blätterte in einem Modemagazin, als sie eintraten. Sie stand auf und sah den Männern neugierig entgegen.

»Da drüben«, sagte Charlie und zeigte auf die weiße, kahle Wand hinter dem Esstisch.

»Was hast du denn gekauft?«, fragte Isabel.

Charlie sah sie lange an.

»Ein Gemälde?«, hakte sie nach.

»Mhm.«

Das große Rechteck war in Papier und Luftpolsterfolie verpackt.

»Sollen wir es auch gleich aufhängen?«, fragte einer der Männer.

»Stellen sie es einfach dorthin«, sagte Charlie und zeigte auf den Boden.

»Okay.«

Charlie drückte jedem von ihnen hundert Real in die Hand. Die Männer bedankten sich mit einem artigen Nicken und traten den Rückzug an. Charlie schloss hinter ihnen ab und lief zurück ins Wohnzimmer.

»Wie spannend«, sagte Isabel.

Behutsam entfernte Charlie Papier und Folie.

Und da war sie.

A mulher da minha vida.

»Oh«, flötete Isabel, »wie ...«

Sie schlang von hinten die Arme um ihn. Zog ihn an sich.

»Wie ...«

Charlie stand einfach nur da, betrachtete die Haare, den Strand, den Sand, den Sonnenuntergang.

»Wer ...«

Charlie hörte nicht mal hin.

»Ich meine ... Sie hat nicht meine Locken, aber ...«

Sollte er etwas sagen?

Nein, das wäre ungerecht.

Als Isabel ihn im Nacken am Haaransatz küsste und ihre Hände über seine Brustmuskeln gleiten ließ, über seinen Bauch, sich Sekunden später vor ihn kniete, sah er sie an – *a mulher da minha vida,* »Die Frau meines Lebens«. Er hätte schwören können, dass er ihren Duft in der Nase hatte.

16

Den ganzen Weg nach unten hatte Bjarne das Handy am Ohr. Erst als sie in Ivers Innenhof standen, legte er auf. Der Regen war stärker geworden und rauschte jetzt ordentlich auf die Pflastersteine.

»Kannst du mich in die Redaktion fahren?«, fragte Henning.

Bjarne sah ihn lange an, dann wanderte sein Blick zu Hennings Schultertasche.

»Du willst jetzt doch wohl nicht arbeiten?«, fragte Bjarne durch den Regen.

»Nein«, sagte Henning. »Ich will einfach nur dort sein.«

Bjarne nickte verständnisvoll.

»Natürlich.«

Sie gingen durch das Tor auf das Chaos zu, das hinter der Absperrung wartete. Unter ihren aufgespannten Schirmen hatten sich die Journalisten zum Angriff bereitgemacht. Henning sah das alles nicht, er hörte nicht, wie sie ihm und Bjarne nachriefen, und konzentrierte sich stattdessen auf das Licht der Straßenlaternen, das vom nassen dunklen Asphalt reflektiert wurde.

»Habt ihr denn irgendwelche Spuren gefunden?«, wollte Henning wissen, als sie sich ins Auto gesetzt hatten. Bjarne drehte die Heizung voll auf. Die Scheibenwischer peitschten hin und her.

Er sah Henning eine Weile wortlos an.

»Darüber darf ich noch nicht reden«, erwiderte er schließlich. »Nicht mit dir. Und bitte stell jetzt keine eigenen Ermittlungen an, das geht dieses Mal nicht – nicht in diesem Fall.«

»Und du glaubst, dass ich das einfach akzeptieren kann?«

»Henning, ich …«

Bjarne rang nach den richtigen Worten, und Henning seufzte.

»Okay«, sagte er. »Ich krieg es anders raus.«

Er wusste, dass Bjarne nur versuchte, ihn zu schützen. Gleichzeitig würde Henning das Drama um Iver nicht einfach der Polizei überlassen. Aber wie sollte er an Informationen kommen, wenn Bjarne sie ihm nicht gab? Hennings geheime Chatquelle bei der Polizei, *6tiermes7*, hatte schon lang nichts mehr von sich hören lassen.

Bedächtig und vorausschauend steuerte Bjarne durch den Stadtverkehr. Hin und wieder meldete sich der Polizeifunk, doch das Gerät war leise gestellt. Henning lehnte den Kopf ans Fenster und spürte, wie sein Schädel immer wieder sanft gegen das Glas ratterte. Draußen glitten ganze Stadtviertel vorbei. Dunkle Straßen. Autos und Busse spritzten Wasser über Bürgersteige, und die wenigen Passanten machten sich unter ihren Schirmen so klein wie nur möglich.

»Wo schläfst du heute Nacht?«, fragte Bjarne nach einer Weile.

Henning musste an Veronica Nansen denken. Vermutlich würde sie ihn bei sich aufnehmen, wenn er sie darum bäte. Allerdings wurde es immer riskanter, sich mit ihm abzugeben, und er wollte sie nicht zusätzlich in Gefahr bringen.

»Keine Ahnung«, antwortete er schließlich.

Bjarne sah ihn so lang an, dass er fast von der Straße abgekommen wäre, bemerkte gerade noch rechtzeitig seine Unachtsamkeit und lenkte den Wagen wieder auf die Mitte der Fahrbahn. Henning legte die Hand um den Griff über der Beifahrertür.

Kurz darauf bog der Wagen in die Urtegata ein, wo die *123nyheter*-Redaktion ihren Sitz hatte. Bjarne hielt vor dem breiten, gusseisernen Tor an, ließ den Motor aber laufen.

»Komm morgen ins Präsidium«, sagte er. »Zur offiziellen Befragung. Wenn Gundersens Tod etwas mit dir zu tun hat, dürfen nicht nur Sandland und ich darüber Bescheid wissen. Dann müssen wir alle wissen, woran ihr in letzter Zeit gearbeitet habt.«

Henning graute schon jetzt davor.

»Nora«, sagte Henning noch und schob die Beifahrertür auf. »Ihr passt doch auf sie auf, oder?«

»Natürlich«, sagte Bjarne.

»Okay.« Er stieg aus. »Danke fürs Herbringen.«

Henning hatte seine Chipkarte nicht dabei, sodass er klingeln und warten musste, bis ihm jemand öffnete. Er erkannte die junge Frau nicht wieder, die nach unten kam, aber sie schien ihn zu kennen.

»Komm rein, Henning«, sagte sie. »Wir haben uns gerade alle im dritten Stock versammelt.«

Er lief ihr nach ins Treppenhaus, obwohl seine Hüfte

schmerzte. Henning war in den vergangenen zwei Wochen nicht mehr in der Redaktion gewesen, nachdem die Innenressortchefin Heidi Kjus ihm kurzfristig – und trotz großer Bedenken – einen unbezahlten Urlaub genehmigt hatte. Auf dem Weg nach oben fragte er sich, wie die Kollegen auf ihn reagieren würden. Sie wussten alle über das komplizierte Dreiecksverhältnis zwischen Henning, Iver und Nora Bescheid.

Die junge Frau drückte die Tür auf und ging vor ihm her in Richtung des großen Redaktionsraums. Es war mucksmäuschenstill. Nicht eine Menschenseele war auf dem Flur unterwegs, als er um die Ecke mit der Kaffeemaschine bog. Selbst am Desk saß nur ein vereinzelter Redakteur.

»Wir sind im Besprechungsraum«, erklärte die junge Frau.

Endlich hörte Henning leise Stimmen, dann wurde ein Glas oder eine Tasse auf einem Tisch abgestellt. Er hatte nicht die geringste Lust, sich zu den anderen zu gesellen, und wollte schon wieder kehrtmachen, als Heidi Kjus ihn durch die offene Tür entdeckte, aufsprang und ihm entgegeneilte.

Kjus sah noch dünner aus als sonst, sofern das überhaupt möglich war. Sie trug wie immer eins ihrer kurzen, eng anliegenden, nüchtern dunkelblauen Kostüme und war auffällig geschminkt, doch die übliche Abteilungsleiterstrenge war heute einem milderen Ausdruck gewichen. Immerhin – auch sie hatte menschliche Züge, dachte Henning. Aber geweint hatte sie nicht, im Gegensatz zu ein paar anderen Kollegen.

»Hallo, Henning«, sagte sie und blieb vor ihm stehen. Dann trat sie noch einen Schritt vor und umarmte ihn.

Es fühlte sich seltsam an, einen Menschen zu umarmen, mit dem man sich so häufig stritt. Trotzdem erwiderte er die Umarmung, und umso mehr überraschte es ihn, dass ihm im selben Moment die Tränen kamen.

»Ich hab eben versucht, dich anzurufen«, flüsterte sie ihm leise ins Ohr.

Er machte einen Schritt zurück.

»Ich … Ich war am Tatort«, erwiderte er.

»Hab ich gehört. Wie …«

Sie hielt inne und sah einen Augenblick weg.

»Ihr berichtet darüber … oder nicht?«, fragte Henning.

»Ja, aber vorläufig noch sehr zurückhaltend. Die meisten hier sind schlichtweg nicht dazu imstande. Es wird einiges von *NTB* kommen.«

Henning nickte.

»Wir haben eben erst eine Gedenkstunde abgehalten«, fuhr sie fort. »Sture hat ein paar Worte gesagt. Er hat auch den Nachruf geschrieben. Lies ihn, er hat es wirklich schön formuliert.«

Henning nickte.

»War die Polizei schon hier?«, fragte er.

»Ja. Sie haben seine Harddisk mitgenommen und all seine Papiere und Notizen.«

Henning hatte mit nichts anderem gerechnet, trotzdem hatte er gehofft, erst noch einen Blick auf die Aufzeichnungen seines Kollegen werfen zu können. Er folgte ihr zu dem leeren Schreibtisch, auf dem eine Kerze brannte und gelbes Licht auf den schwarzen Bildschirm warf.

Heidi atmete tief durch.

»Das ist so …«

Sie schüttelte den Kopf und wandte das Gesicht ab.

»Was haben sie für Fragen gestellt, die Polizisten?«

Heidi drehte sich wieder zu ihm um.

»Das Übliche, könnte man sagen. Woran er gearbeitet

hat, ob er vor dem Wochenende irgendwelche außergewöhnlichen Orte aufgesucht hat, ob er in letzter Zeit Artikel geschrieben hat, die irgendwen gegen ihn aufgebracht haben könnten.«

Sie breitete die Arme aus.

»Und – hat er?«, fragte Henning.

Heidi schüttelte den Kopf.

»Letzte Woche war er mit dir in Tønsberg und in den Tagen danach im Krankenhaus bei …«

Sie hielt inne.

Nora – wie ging es ihr jetzt?

Sie blieben eine Weile stehen und starrten auf die Kerze hinab. Dann wurde die Stille vom Klingeln eines Telefons durchbrochen. Es dauerte mehrere Sekunden, bis Henning begriff, dass es sein Telefon war.

Er fischte das Handy aus der Jackentasche.

»Da muss ich rangehen«, sagte er und machte ein paar Schritte zur Seite.

»Okay, dann geh ich wieder zu den anderen. Wär schön, wenn du auch kommen würdest, Henning.«

Er antwortete nicht, nickte ihr aber zu und wartete, bis sie gegangen war. Dann hob er das Handy ans Ohr und meldete sich.

»Da sind Sie ja«, sagte Pia Nøkleby. »Ich habe mir schon Sorgen gemacht.«

»Worum geht es?«, fragte Henning.

»Ich hab etwas für Sie«, sagte sie.

»Ach ja?«

Nøkleby brauchte nicht lang, um ihn von ihrer Beziehung zu Andreas Kjær in Kenntnis zu setzen und davon, was dieser ihr gestanden hatte, kurz nachdem Henning gegangen war.

»Er ist damit einverstanden, Sie morgen Vormittag zu treffen«, sagte sie. »Kennen Sie den Skar?«

»Ganz hinten im Maridalen, nicht wahr?«, antwortete er.

»Richtig. Gehen Sie von dort aus Richtung Øyungen. Er trifft Sie auf dem Weg. Er geht morgen früh joggen, so gegen zehn.«

»Okay, gut. Danke.«

»Ich will, dass Sie mich anschließend anrufen, damit wir besprechen können, wie wir weiter vorgehen.«

Henning dachte kurz nach.

»Okay«, sagte er dann wieder.

»Und ich hoffe, dass Sie nichts darüber schreiben, Henning. Ich versuche nur, mich selbst zu schützen, mich und ihn natürlich auch. Ganz zu schweigen von der Polizei. Die Bevölkerung darf ihr Vertrauen in uns nicht verlieren.«

Henning war bereits weit über den Punkt hinaus, an dem er das Ganze noch als Journalist betrachtet hätte.

»Machen Sie sich keine Sorgen«, sagte er, »wir reden morgen.«

17

Es tat weh, die Hände ans Gesicht zu führen, um sich die Tränen wegzuwischen. Es tat weh, die Decke enger um sich zu schlagen. Es tat weh, den eigenen Atem zu hören.

Alles tat weh.

Blinzeln, schlucken, den Kopf drehen.

Am wenigsten schmerzte es noch, Jonas' Schneekugel

zu schütteln. Zu sehen, wie die Kristalle wild herumwirbelten, bevor sie langsam zu Boden sanken.

Nora graute vor der Nacht, wenn alles um sie herum still würde. Sie wusste, dass Iver sie in der Dunkelheit heimsuchen würde und dass sie dann alles nur Erdenkliche tun müsste, um ihn zu verdrängen und nicht an sein blutüberströmtes Gesicht zu denken, an die Blutlache direkt unter seinem Kopf. Sie wusste aber auch, dass ihr das nicht gelingen würde.

Sie fragte sich, ob er ihr oder dem Kind vor seinem Tod noch einen Gedanken gewidmet hatte oder ob es ihm nur noch darum gegangen war zu verstehen, was mit ihm passierte. Und um die Angst, die Schmerzen.

Der Wasserkocher in der Küche fauchte immer lauter. Schubladen wurden aufgezogen und wieder geschlossen, Schranktüren geöffnet und zugemacht. Agnes Klemetsen, Noras Mutter, war sofort gekommen, nachdem sie von der schrecklichen Tat gehört hatte. Sie hatte sich durch die Menschenmenge vor der Absperrung gedrängelt und Nora auf einer Bank in Ivers Innenhof vorgefunden. In Begleitung einer Krisentherapeutin. Die Frau in Agnes' Alter hatte auf den ersten Blick erkannt, dass sie Noras Mutter war, und zugelassen, dass sie sich neben sie setzte, sie in die Arme nahm und ihrer Tochter den Kopf streichelte.

Erneut schüttelte Nora die Schneekugel und hielt sie sich vors Gesicht.

Sie hatte mal nach Jonas gerochen.

Dann legte sie den Kopf auf die Sofalehne und kniff die Augen fest zusammen. Dachte darüber nach, wie gut sie mal darin gewesen war, ein Heim zu bauen – etwas von Bestand. Wie sehr sie sich angestrengt und wie wenig sie letztlich erreicht hatte.

Wie wenig wirklich von Bedeutung war.

Gardinen und glänzendes Silber, Kissen, die nicht am richtigen Ort lagen, Spielzeug, das am Ende des Tages weggeräumt werden musste, Jacken, die an die Garderobe gehörten, Schranktüren, die nicht offen stehen durften, Schuhe, die im Winter ordentlich ausgeklopft werden sollten…

Nora wusste, dass sie das von ihrer Mutter hatte, und noch mehr, aber wozu war es noch gut? Wohin hatte es sie gebracht?

Henning. Jonas.

Iver.

Verlust. Trauer. Entbehrung. Die Freude war immer nur von kurzer Dauer gewesen. Und wie sollte sie jetzt weitermachen, wie nach alldem jemals wieder Glück empfinden…

Sie hörte ein Klicken aus der Küche, und das Fauchen des Wasserkochers verstummte. Ihre Mutter summte leise vor sich hin, während sie das heiße Wasser in die Kanne goss.

»So was…«

Nora schlug die Augen auf, sah in Richtung Küche und hörte, wie einer der Magneten mit einem Klacken wieder an den Kühlschrank geheftet wurde.

»Das hast du mir nie gezeigt.«

Mit einem kleinen Bild in der Hand kam ihre Mutter ins Wohnzimmer. Nora sah sie verwirrt an.

»Du warst nicht mehr hier, seit ich schwanger geworden bin, Mama.«

Ein weiches Lächeln breitete sich auf den Lippen ihrer Mutter aus, und sie neigte den Kopf leicht zur Seite.

»Wie süß – Junge oder Mädchen? Ich hab nie verstanden, wie man das auf solchen Bildern erkennen kann.«

»Keine Ahnung, Mama.«

»Willst du es denn gar nicht wissen?«

»Mama …«

Die Mutter studierte das Bild noch eine Weile, ehe sie wieder zurück in die Küche ging. Gleich darauf kam sie mit einem Tablett in den Händen zurück. Tassen und eine dampfende Teekanne. Sie stellte das Tablett ab und schob eine Tasse vor Nora.

»Hier«, sagte sie.

Nora stemmte sich auf dem Sofa hoch. Allein bei dem Gedanken, jetzt etwas zu sich zu nehmen, revoltierte ihr Magen. Ihr Mund war trocken, ihre Zunge fühlte sich an wie ein Fremdkörper in ihrem Mund.

»Trink«, sagte ihre Mutter. »Du brauchst Flüssigkeit.«

Lächelnd rührte sie Zucker in ihren Tee. Der Löffel klirrte gegen den Rand der Tasse. Dann legte sie den Löffel weg, nahm einen Ritz-Keks, lehnte sich zurück und ließ den Blick durch den Raum schweifen.

Nora wusste, was ihrer Mutter durch den Kopf ging. Sie fragte sich, was fehlte. Überlegte, ob sie irgendetwas nähen oder malen, entfernen oder verbessern konnte. Agnes Klemetsen war kein Mensch, der still sitzen konnte. Sie konnte den herrlichsten warmen Ostertag draußen vor der Hütte nicht genießen, weil immer irgendwas zu tun war. Und jetzt würde Nora zum Projekt ihrer Mutter werden, das wusste sie, nur dass sie sich nicht sicher war, ob sie das ertragen konnte.

Sie hat irgendetwas mit ihren Haaren gemacht, schoss es Nora durch den Kopf. Sie wirkten eine Nuance brauner. Schulterlang, mit luftigen Locken. Im Gesicht waren ein paar Fältchen hinzugekommen.

Im selben Moment dämmerte ihr, dass sie über ihre

Mutter nicht viel wusste. Seit Jahren redeten sie eigentlich kaum noch miteinander. Dafür hatte ganz einfach die Zeit gefehlt. Oder … sie waren nicht willens gewesen, sich die Zeit zu nehmen.

Nach Jonas' Tod war nicht viel Raum für andere Gedanken gewesen, außer vielleicht bei der Arbeit. Aber ihre Eltern hatten sich auch nicht gerade aufgedrängt, sie hatten Abstand gehalten und gesagt, dass sie jederzeit zur Stelle wären, wenn Nora Hilfe bräuchte. Sie hatten sie ganz einfach nicht bedrängen wollen.

»Wie geht's eigentlich Papa?«, fragte Nora jetzt.

»Gut«, antwortete die Mutter leicht zögerlich. »Deinem Vater geht es gut. Er hat angefangen, Golf zu spielen.«

»Golf?«

»Ja, er ist ja jetzt Rentner, weißt du, und da muss er doch irgendwas zu tun haben.«

»Hm.«

Draußen vor dem Fenster bellte ein Hund. Ein Wagen fuhr vorüber. In der Stadt ging das Leben weiter.

»Hat dich sonst noch jemand angerufen?«

Die Stimme der Mutter war jetzt wieder weich und warm.

»Cecilie«, sagte Nora. »Und Lise.«

»Ach.« Ein Lächeln legte sich auf ihr Gesicht. »Wie geht's den beiden denn? Die hab ich ja schon Ewigkeiten nicht mehr gesehen.«

»Tja, es geht …«

Ihre Freundinnen saßen gerade bestimmt in eine Decke gewickelt auf dem Sofa und waren umringt von ihren Familien. Für sie war das Leben auch weiterhin so, wie es sein sollte.

Unwillkürlich wurde Nora von einem Schluchzer geschüttelt, und dann überkam sie von Neuem die Trauer – und die Wut. Sie war so wütend, so unglaublich wütend auf Iver, auf Henning, auf sich selbst und auf das Leben.

Ihre Mutter eilte in die Küche. Sekunden später war sie mit einer Rolle Küchenpapier zurück, von der sie einzelne Blätter abriss. Sie setzte sich neben sie und wischte ihrer Tochter die Tränen aus dem Gesicht.

18

Sowie Henning den Sitzungsraum betrat, wurde es schlagartig still.

Alle Augen waren auf ihn gerichtet.

Er hätte gern etwas gesagt, um die Stille zu durchbrechen, bekam aber kein Wort heraus. Stattdessen trat Rikke Ringheim auf ihn zu, die Leiterin der Klatsch-und-Tratsch-Redaktion, und umarmte ihn. Knut Hammerstad vom Auslandsressort war der Nächste. Die anderen männlichen Kollegen drückten ihm lediglich die Hand.

Betreten sah er sich nach einem freien Platz um. Auf dem Tisch standen Kaffee und Wasser, Becher und Gläser. Sämtliche Papiere, die sich hier sonst stapelten, waren weggeräumt worden. Die Kollegen ließen ausnahmslos die Köpfe hängen. Einige versuchten gar nicht erst, ihre Tränen zu verbergen.

Henning hätte nicht gedacht, dass die Tatsache, in diesem Moment mit den Kollegen zusammen zu sein, eine solche Dankbarkeit und Ruhe in ihm auslösen würde. Es ist schon eine tolle Truppe, schoss es ihm durch den Kopf.

Es tat ihm gut, Leute um sich zu wissen, mit denen man wortlos und in Stille beisammensitzen konnte.

Später am Abend setzte Henning sich an seinen Schreibtisch direkt neben dem von Iver und blickte hinüber zu der Kerze. Noch vor gar nicht langer Zeit hatte er ein regelrecht neurotisches Verhältnis zu Feuer gehabt. Jetzt schaute er in aller Seelenruhe in die gelb-orangefarbene, breite, fast reglose Flamme, bis der Raum um ihn herum verschwamm. Er kniff die Augen zusammen und überlegte, auf welches brisante Material Iver gestoßen sein mochte, für das er hatte sterben müssen.

Henning zog seinen Laptop aus der Schultertasche und klickte sich zur Titelseite von *123nyheter*. Sage und schreibe acht Beiträge auf der Startseite handelten von Ivers Ermordung, die meisten stammten allerdings von Kollegen aus der *NTB*-Redaktion. Ein Beitrag war mit einem Trauerrand markiert. »In der eigenen Wohnung ermordet«, lautete eine andere Schlagzeile. Im Nachruf lobte der Chefredakteur von *123nyheter*, Sture Skipsrud, Ivers Charisma, seine Herzlichkeit, die positive, übersprudelnde Energie, die er um sich herum verbreitet hatte. Als einer von zahlreichen Höhepunkten seiner Karriere war der Henriette-Hagerup-Fall aus dem vergangenen Frühjahr genannt.

Mehrere Meinungsmacher aus der Nachrichtenbranche hatten den Mord aufs Äußerste verurteilt. Henning sah Link um Link zu Artikeln über andere bekannte Journalisten, denen ein ähnliches Schicksal beschert gewesen war. In den Beiträgen über die aktuellen Ermittlungen stand indes nicht viel Neues, und Henning wusste auch genau, warum. Aus ermittlungstechnischen und taktischen Gründen hielt sich die Polizei vorläufig noch mit detaillierten Informationen zurück.

Henning checkte seinen Maileingang. Insgeheim hatte er gehofft, dass Iver ihm noch etwas geschickt hätte, ehe er ermordet worden war. Doch wie befürchtet erwarteten ihn zwar unzählige Mails, aber keine einzige von Iver.

Ich muss herausfinden, was er ausgegraben hat, dachte Henning. Und ob es etwas mit Rasmus Bjelland zu tun hatte.

Aber zuallererst einmal musste er sämtliche Informationen zusammensuchen, die er rund um Bodil Svenkeruds Tod finden konnte. Trines Geschichte hatte den ganzen Tag in ihm geschwelt – unter dem Schock, unter dem Zorn. Die alte Dame war im Januar 1996 auf der Eckersbergs gate in Frogner angefahren und getötet worden. Der Fall war nie aufgeklärt worden. Trotzdem brauchte Henning nicht lange, um seinen Verdacht gegen Tore Pulli und Charlie Høisæther bestätigt zu bekommen.

Das Mietshaus, in dem Bodil Svenkerud gelebt hatte, war im Herbst 1995 von Høisæther Immobilien gekauft worden, und kurz nach Svenkeruds Tod hatte Pulli Immobilien das Haus für eine erheblich höhere Summe übernommen. Henning wusste, dass Maklerkollegen untereinander für derlei An- und Verkäufe hinter vorgehaltener Hand oft einen ganz anderen Preis aushandelten, als später im Grundbuch eingetragen wurde. Der Käufer – in diesem Fall Pulli – hatte in zahlreichen Fällen die Banken davon überzeugen können, wesentlich mehr Kapital zur Verfügung zu stellen, als er eigentlich gebraucht hätte – Kapital, das er anderweitig investieren konnte und mit dem er seine immens hohen persönlichen Ausgaben finanziert hatte.

Und Svenkerud hatte ihm dabei im Weg gestanden.

Sie hatten das Problem buchstäblich aus dem Weg geräumt.

Das konnte eine Erklärung dafür sein, weshalb die Zusammenarbeit zwischen Bjelland und Charlie zumindest auf norwegischem Boden im Jahr 1996 aufgehört hatte. Bjelland hatte möglicherweise von dem Mord gewusst.

Henning loggte sich bei FireCracker 2.0 ein, einem Chat-Programm, das *6tiermes7*, sein geheimer Informant bei der Osloer Polizei, speziell für ihre streng vertrauliche Kommunikation eingerichtet hatte. Henning kannte die wahre Identität seiner Quelle nicht, aber nach mehrjährigem regelmäßigem Austausch war er zu dem Schluss gekommen, dass er oder sie allerhöchstens Anfang, Mitte vierzig sein konnte – zum einen aufgrund der Computerkompetenz, aber auch wegen der teils immer noch recht jugendlichen Sprache. Weiter hatte Henning seine Recherchen nie betrieben. Und das war auch Teil der ungeschriebenen Abmachung zwischen ihnen beiden: Er würde niemals nach der wahren Identität von *6tiermes7* fragen, und sie würden einander im echten Leben nie begegnen. *6tiermes7* versorgte Henning mit Insiderinfos über diverse Ermittlungen, und Henning setzte diese Infos strategisch vernünftig ein. Die Zusammenarbeit hatte im Lauf der letzten Jahre in etlichen Scoops geendet.

Inzwischen war es schon eine ganze Weile her, seit Henning seine Quelle zuletzt kontaktiert hatte. Er beschloss, für den Rest des Abends bei FireCracker eingeloggt zu bleiben, um zu schauen, ob eine Reaktion käme.

Fast all seine Kollegen waren mittlerweile heimgefahren, als sein Rechner plötzlich einen Signalton von sich gab.

Henning schloss sämtliche offenen Fenster bis auf FireCracker.

6tiermes7:
Hab fast damit gerechnet, heute Abend von dir zu hören. Mein Beileid.

MakkaPakka:
Danke. Long time no read.

6tiermes7:
Extrem viel los in letzter Zeit. Wie geht's dir?

Mit jeder Nachricht von *6tiermes7* ertönte das Signal-Klingeln, und Henning regelte die Lautstärke runter.

MakkaPakka:
Ich hab diverse Dinge auf dem Tisch.

6tiermes7:
Das meinte ich nicht.

Henning atmete tief durch und streifte Ivers Arbeitsplatz mit einem Seitenblick.

MakkaPakka:
Es fällt mir schwer zu akzeptieren, dass er tot ist. Und dass ich nicht schuld an seinem Tod sein soll.

Dann berichtete Henning, wie Iver ihn in letzter Zeit in mehrfacher Hinsicht unterstützt und ihm sogar das Leben gerettet hatte, als jemand versucht hatte, ihn in der Seilduksgaten zu überfahren.

MakkaPakka:
Womöglich haben sie ja rausgefunden, dass Iver mir bei der Recherche geholfen hat – oder sie haben es zumindest vermutet.

6tiermes7:
Vielleicht, das wirst du vermutlich nie erfahren. Vergeude deine Zeit jetzt nicht mit Selbstvorwürfen. Gundersen war ein erwachsener Mann, niemand hat ihn gezwungen zu tun, was er für dich getan hat.

MakkaPakka:
Aber er war unvorsichtig. Ist immer direkt auf die Sache los. Und genau wegen dieser Direktheit ist er vor gar nicht allzu langer Zeit fast totgeschlagen worden.

6tiermes7:
Denk, was du willst. Ich sag ja nur, dass es nichts bringt.

Ein Mann betrat den Redaktionsraum – der Kollege, der in dieser Nacht Chef vom Dienst war.

6tiermes7:
Ich hätte die eine oder andere Information aus den Ermittlungen für dich, wenn du interessiert bist?

MakkaPakka:
Sehr.

6tiermes7:
Gundersens PC und Handy sind verschwunden.

Henning zog die Augenbrauen hoch.

6tiermes7:
Entweder wollten die Täter den Inhalt checken – Mails, Logfiles, Dateiordner usw. –, oder sie wollten schlicht und ergreifend sämtliche Inhalte löschen. Vermutlich beides. Wir arbeiten hier extrem gegen die Zeit.

MakkaPakka:
Inwiefern?

6tiermes7:
Apple und Google überschlagen sich nicht gerade, uns Zugang zum Privatkonto eines ihrer Kunden zu gewähren – nicht mal, wenn es sich dabei um einen Verstorbenen handelt. Das wird noch etwas Zeit in Anspruch nehmen.

Henning fluchte in sich hinein.

6tiermes7:
Und sollten wir seine Geräte je in die Finger kriegen, sind die Daten mit Sicherheit vernichtet. Es ist kein großer Akt, Dateien von sämtlichen Servern zu löschen.

Henning hob den Kopf und sah den Nachtchef vom Dienst mit der jungen Frau sprechen, die vorn am Desk saß. Sie umarmten einander.

Wieder klingelte der Signalton.

6tiermes7:
Ich hab gehört, du hast auch jemanden im Nacken. Eine Idee, wer das sein könnte? Oder warum?

MakkaPakka:
Ja und nein. Aber ich bin mir ziemlich sicher, dass der versuchte Mordanschlag auf mich, Ivers Ermordung und möglicherweise auch der Mord an Tore Pulli irgendwas mit Rasmus Bjelland zu tun haben. Wo der allerdings steckt, weiß kein Mensch. Entweder ist er tot oder lebt unter falscher Identität weiß der Himmel wo.

6tiermes7:
Das wäre natürlich eine Möglichkeit.

Henning nahm einen Schluck Wasser.

6tiermes7:
Und was machst du jetzt? Du schreibst, du hättest ein paar Dinge auf dem Tisch?

MakkaPakka:
Ich hab morgen eine Verabredung, nach der hoffentlich einiges klarer ist. Und dann plane ich einen Besuch bei William Hellberg in Tønsberg. Er hat mir erzählt, dass Charlie Høisæther und Tore Pulli sich zerstritten hätten. Vielleicht weiß er ja Genaueres. Irgendetwas, was mich auf die Spur von Bjelland bringt, wer weiß.

6tiermes7:
Ich versuche, mich morgen Abend wieder einzuloggen, etwa um die gleiche Zeit. Vielleicht kann ich dir dann mehr zu den Ermittlungen sagen.

MakkaPakka:
Danke schön.

6tiermes7:
Okay. Ich bin dann mal weg. Stay healthy.

MakkaPakka:
Ebenso.

19

»Ach!«

Die Stimme übertönte den Lärm im Laden.

Nicht hingucken, ermahnte sich Roger Blystad. Der meint bestimmt nicht dich – so spät an einem Sonntagabend im Discounter!

Er suchte weiter die Regale nach dem Filterkaffee ab, den er für den nächsten Morgen brauchte. Ein Tag, der ohne Koffein startete, war kein guter Tag.

»Na so was – hallo!«

Die Stimme war näher gekommen. Blystad wandte den Kopf ein Stück zur Seite und sah, wie sich jemand eilig näherte.

Scheiße.

»Die Fresse erkenn ich doch überall wieder!«

Was sollte er denn jetzt sagen? Was sollte er verdammt noch mal tun?

»Lang nicht gesehen!«

Blystad reckte das Kinn und drehte sich dann zu dem Mann um, der breit grinsend vielleicht einen halben Meter vor ihm stehen geblieben war.

Alfred.

Oder Dusche, wie sie ihn in der Mittelstufe genannt hatten, weil er sich immer direkt vor denjenigen gestellt hatte, mit dem er reden wollte, und dann einen Spuckeregen auf sein Gegenüber hatte niedergehen lassen.

Was zum Teufel hatte der hier in Brandbu zu suchen?

»Verdammt, Mann, wie geht's?«

Alfred streckte die Hand vor.

»Hi, Alfred«, sagte Blystad. »Och, ja, gut geht's.«

Sie gaben einander die Hand.

Alfred hatte eng beieinanderstehende Augen, ein kugelrundes Mondgesicht und wild zerzaustes Haar. Er hatte mindestens dreißig Kilo mehr auf den Rippen als bei ihrer letzten Begegnung vor mehr als zwanzig Jahren.

»Was machst du hier?«, fragte Blystad, obwohl die Antwort offensichtlich war. Alfred trug die Uniform eines Taxiunternehmens.

»Ich hatte eine Langstrecke aus Oslo. Wollte mir nur ein paar Brötchen für die Rückfahrt kaufen. Und du? Wohnst du hier draußen?«

Er hatte schon oft darüber nachgedacht, was er antworten sollte, falls ihm einmal jemand aus der Vergangenheit begegnete, und war zu dem Schluss gekommen, dass es am besten wäre, so wenig wie möglich von sich zu erzählen. Er würde sich damit herausreden, dass er keine Zeit hätte.

Aber wenn Alfred auch nur ansatzweise so nervig wäre wie früher, würde das schwierig werden. Er kam den Leuten, mit denen er redete, nicht nur unerträglich nah, er redete auch wie ein Wasserfall und fragte einem Löcher in den Bauch. Ein echtes Tratschweib.

»Ausgerechnet Brandbu, da kann man mal sehen – mit Frau und Kindern und allem Drum und Dran?«

Blystad musste wieder an die Fotos denken, die von dem Wagen, in dem sie gesessen hatte. Was davon übrig geblieben war. Was von ihr übrig geblieben war.

Er blinzelte nervös.

»Nein, ich lebe allein«, antwortete er.

»Was treibst du so?«

»Zwischen zwei Jobs, wenn du so willst.«

Alfred klopfte ihm unsanft auf die Schulter.

»Hast dich gut gehalten, Alter. Warst in der Schule ganz schön moppelig, aber jetzt siehst du richtig *fit* aus.«

»Na ja, ich … ich trainiere ziemlich viel.«

Das stimmte sogar. Er hätte nicht sagen können, wie viele Kilometer er auf seinem Laufband im Keller schon zurückgelegt hatte.

»Schön, dich mal wiederzusehen«, sagte Alfred.

Blystad musste sich beherrschen, um nicht angeekelt die Spucketropfen wegzuwischen, die in seinem Gesicht gelandet waren.

»Hast du dich für das Ehemaligentreffen angemeldet?«

Blystad starrte in das Mondgesicht des Mannes.

»Ehemaligentreffen?«

»Ja, ich dachte, die Einladungen wären an alle rausgegangen. Nächsten Monat. Oder übernächsten, weiß ich gerade nicht mehr so genau. Wär doch cool, wenn du auch kämst. Verdammt, zwanzig Jahre!«

Blystad versuchte zu lächeln, was ihm aber nicht gelingen wollte.

»Im Ernst, hast du echt keine Einladung gekriegt?«

Blystad wusste nicht, was er darauf erwidern sollte. Eine Frau mit zwei Windelpaketen in der Hand schob sich an ihnen vorbei. Er folgte ihr mit dem Blick. Ihm war grässlich warm.

»Es gibt so eine Facebook-Gruppe für alle, die auf unsere Schule gegangen sind«, fuhr Alfred fort. »Bist du bei Facebook?«

Blystad schüttelte den Kopf.

Alfred schnipste mit dem Finger.

»Gib mir deine Adresse, dann sorg ich dafür, dass du die Einladung kriegst.«

Blystad sagte noch immer nichts. Das Atmen fiel ihm zusehends schwerer.

»Ich bin ein bisschen in Eile«, sagte er unvermittelt. »Es ist schon spät. Ich muss zusehen, dass ich nach Hause komme.«

Blystad machte einen Schritt nach hinten, blieb stehen und musterte Alfred noch einmal von Kopf bis Fuß.

»War jedenfalls nett, dich mal wiederzusehen.«

Blystad lächelte angestrengt. Er war sich sicher, dass Alfred ihn durchschaut hatte und ahnte, dass er nur noch von hier wegwollte, und zwar so schnell wie möglich.

»Wir hören voneinander.«

Er hob die Hand, drehte sich um und ging ein paar Schritte, wurde schneller, spürte aber immer noch Alfreds Blick im Nacken, der sich anfühlte wie glühende Pfeile. Sobald er hinter dem nächstbesten Regal abgebogen war, blieb er stehen, lehnte sich gegen die Wand und kniff die Augen fest zusammen.

Was zum Teufel sollte er tun?

Sollte er umkehren und Alfred bitten, die Klappe zu halten, dass sie sich gerade getroffen hatten?

Dann wieder war er überhaupt nicht sicher, ob Alfred überhaupt mit jemandem über ihre Begegnung reden würde. Und warum sollte er auch? Andererseits war da dieses verdammte Fest. Hunderte Ehemalige, die sich trafen und in Erinnerungen schwelgten – und dann Dusche, das alte Tratschweib. Der ausposaunen würde, wen er ausgerechnet in Brandbu getroffen hatte …

Blystad wusste, was das bedeutete.

Er müsste das Weite suchen.

Wieder einmal.

Er hatte einen gepackten Rucksack in seinem Schlafzimmer stehen mit allem, was er brauchte. Geld, Pass, Kleider, leichtes, handliches Werkzeug, kalorienreiche Trockennahrung, die wenig Platz einnahm, etwas zu trinken, ein kleines Erste-Hilfe-Mäppchen. Er nahm den Rucksack aus dem Schrank, stellte sicher, dass alles an seinem Platz war und die Lebensmittel nicht das Verfallsdatum überschritten hatten. Es war alles okay.

Arschloch Alfred, dachte er.

Verfluchtes Facebook und verfluchtes Ehemaligenfest. Er hatte keine Lust, schon wieder umzuziehen, hatte sich gerade halbwegs in Brandbu eingelebt, auch wenn sein Leben hier eintönig und langweilig war. Er tat nicht viel anderes außer schlafen, fernsehen, ab und zu Playstation spielen und in den Laden gehen. Und trainieren natürlich.

Hin und wieder nahm er noch ein, zwei Aufträge an, einfach um etwas zu tun zu haben und ein bisschen Schwarzgeld dazuzuverdienen. Aber wesentlich häufiger lehnte er Jobs ab, weil mit jedem Job das mikroskopisch kleine Risiko bestand, Bekannte zu treffen.

Norwegen war einfach zu klein. Er hätte in die USA gehen und in einer Großstadt untertauchen müssen – aber das war eben doch noch mal eine andere Nummer: im Ausland ganz neu anzufangen. Zu Hause kannte er zumindest die alltäglichen Mechanismen, das Regelwerk, die Kultur. Außerdem hatte ihm Norwegen immer gefallen – von der Milch bis hin zum Fernsehprogramm. Und er hatte in der Nähe seiner Mutter bleiben wollen, die mit ihrer Katze allein lebte und sich um die anspruchsvollsten Patienten in der Majorstua-Klinik in Oslo kümmerte.

Blystad lief nach unten in den Keller, schaltete das Laufband ein und lief trotz vorgerückter Stunde fünfundvierzig Minuten, hörte dabei AC/DC und dachte über sein weiteres Vorgehen nach. Als er fertig war, hatte er beschlossen, dass er nichts überstürzen und erst mal nicht umziehen würde. Bis zum Ehemaligentreffen war es immerhin noch eine Weile hin. Die Wahrscheinlichkeit, dass Alfred vorher jemanden traf, mit dem er über ihre Begegnung sprach, war nicht sehr groß.

Er duschte ausgiebig und bereitete sich ein Abendbrot vor, setzte sich dann an den Küchentisch und klappte den Laptop auf. Seit Tore Pullis Tod hatte er sich angewöhnt, diverse Online-Zeitungen auf neue Meldungen zu checken, ehe er sich schlafen legte. Er fing immer mit *VG* an, und dort sprang ihn jetzt als Erstes die Nachricht von einem in den eigenen vier Wänden ermordeten Journalisten an.

Blystad klickte den Artikel an und biss in sein Brot. Abrupt stellte er das Kauen ein, als er ein Stück weiter unten das Bild des Journalisten sah.

Aber … das war doch …

Iver Gundersen.

Blystad schnappte nach Luft. Nirgends stand, wie Gundersen ermordet worden war. Blystad öffnete sein E-Mail-Programm. Er war am frühen Morgen das letzte Mal am Computer gewesen, hatte danach den ganzen Tag nur *Call of Duty* gespielt. Jetzt sah er nach, ob neue E-Mails eingegangen waren.

Nichts.

Gundersen war tot.

Ebenfalls.

Blystad lehnte sich zurück und fragte sich, was das bedeuten mochte. Sollte er sich bei der Polizei melden? Aber was sollte er denen erzählen?

Gundersen hatte die strikte Anweisung gehabt, die komplette Korrespondenz zwischen ihnen zu löschen, nichts auszudrucken und dafür zu sorgen, dass die E-Mails von sämtlichen Servern und Festplatten getilgt wurden.

Aber hatte er sich wirklich daran gehalten?

Auf der Suche nach mehr Details klickte Blystad alle Online-Zeitungen an, die ihm noch einfielen. Die Spurensuche in Gundersens Wohnung und die Befragung der Nachbarn und der potenziellen Zeugen waren immer noch nicht abgeschlossen. Für den morgigen Vormittag war eine Pressekonferenz anberaumt worden. Vorläufig hatte offenbar niemand mehr sagen wollen.

Unwillkürlich wanderten Blystads Gedanken zu seiner Frau, zu der Flucht, die er für sie geplant hatte, zu der es aber nie gekommen war. Sie hatte ihm vertraut, und das hatte sie mit dem Leben bezahlt. Und auch Henning Juul hatte ihn beim Wort genommen, was fatale Folgen für ihn gehabt hatte.

Und jetzt Iver Gundersen.

Blystad atmete tief ein und langsam wieder aus.

Was zum Teufel sollte er tun?

20

Isabel trug bloß einen Schal und einen winzigen Bikini. Den Schal wickelte sie sich für gewöhnlich um Hals, Oberkörper und Brüste. Manchmal nahm sie ihn zur großen Freude der Zuschauer auch zwischen die Beine und zog ihn demonstrativ vor und zurück. Ihre dunklen Locken waren feucht, als wäre sie gerade erst aus dem Meer gestiegen.

Sie hatte wirklich Talent, dachte Charlie Høisæther. Sie hatte das Publikum mit ihrem verführerischen Blick und den sinnlichen Bewegungen komplett in der Hand, war elegant und sexy, nutzte die ganze Bühne und schwang sich unbeschwert und doch kontrolliert um die Stange, wobei ihre Bauch- und Armmuskeln zum Vorschein kamen. Sie schien sich dabei nicht im Geringsten anstrengen zu müssen.

Die dröhnenden Rhythmen erinnerten Charlie an das Osloer Odeon.

An Tore.

In den letzten Wochen hatte Charlie versucht, darauf zu kommen, wie sie sich kennengelernt hatten und Freunde geworden waren. Es war ihm nicht gelungen, alles in die richtige Reihenfolge zu bringen, er wusste nur noch, dass seine Kindheit und Jugend und das Leben, das er heute lebte, von Tore geprägt waren.

Die vielleicht intensivste Erinnerung, die Charlie an ihn

hatte, war der Abend, an dem Tores Eltern tödlich verunglückt waren und er spät in der Nacht noch an Charlies Fenster geklopft hatte. Sie hatten die ganze Nacht in seinem Zimmer gesessen, geredet und Musik gehört. Tore hatte immer wieder geweint, und es war das erste und letzte Mal gewesen, dass Charlie ihn hatte weinen sehen. Möglicherweise hatte sich das Bild deshalb so in seine Erinnerung eingebrannt. Und weil Tore zu ihm gekommen war. Nicht zu William oder einem seiner anderen Freunde. Tore und er waren sich sehr ähnlich gewesen, hatten sich wirklich gut verstanden.

Bis er plötzlich einen Schal um seinen Nacken spürte, hatte Charlie die Musik und die Show für einen Moment vollkommen vergessen. Doch jetzt kam Isabel näher an ihn heran, beugte sich zu ihm herunter, drückte ihre Brüste zusammen und umspielte seinen Nacken mit dem Schal, sodass ihm ganz warm wurde. Dann küsste sie ihn auf die Wange. Charlie wusste, dass das Publikum im Senzuela – das zu fünfundneunzig Prozent aus Männern bestand – ihn jetzt beneidete.

Er leerte seinen Drink und drehte sich sichtlich stolz zum Publikum um, das ihm zujohlte. Dann zog sie den Schal wieder zu sich heran und beendete ihren Tanz auf der Bühne. Als sie diesmal fertig war, floss das Trinkgeld nicht ganz so üppig wie sonst, wenn Charlie nicht da war. Deshalb zückte er zweihundert Real und schob sie ihr unter den Bund ihres Slips. Als sie sich mit einem neuerlichen Kuss bei ihm bedanken wollte, hielt er sie mit einem Griff um den Nacken zurück.

»Tu das nie wieder«, raunte er ihr tonlos zu.

Dann ließ er sie los und ging in den hinteren Teil des Lokals, wo Freddy bereits auf ihn wartete.

»Ist am Flughafen alles gut gegangen?«, fragte Charlie ihn über die Schulter hinweg und marschierte auf den Ausgang zu.

»Ja«, antwortete Freddy. »Der Flieger hatte ein bisschen Verspätung, aber es ist alles glatt durch den Zoll gegangen.«

»Wie viel hatte er dabei?«

»Etwas mehr als 20 000 Euro.«

Eine Viertelwohnung, dachte Charlie. Nicht viel. Nur gut, dass die Lieferungen so regelmäßig kamen.

»Hat Goofy angerufen?«

»Nein«, antwortete Freddy.

Charlie fluchte in sich hinein. Er hatte mitbekommen, was in Oslo passiert war, aber die norwegischen Internetseiten hatten nicht allzu viele Details geliefert.

Sekunden später waren sie draußen auf der Straße. Charlie zündete sich eine Zigarette an. Ein Auto fuhr halb über den Bürgersteig an ihnen vorbei. Charlie hob den Blick und sah zur anderen Straßenseite hinüber, wo ein schwarzer Audi mit laufendem Motor wartete. Zwei Männer saßen im Wagen. Charlie nickte Freddy zu, der Charlies Aufforderung sofort verstand.

Er lief zwischen den parkenden Autos hindurch zur anderen Straßenseite und schob die Hand zur Innentasche seiner Jacke. Er war schon drauf und dran, an die Scheibe zu klopfen, als der Audi mit quietschenden Reifen davonfuhr. Freddy blieb in einer Abgaswolke stehen.

Dann war der Wagen verschwunden.

Freddy lief zurück zu Charlie.

»Ich hab das Kennzeichen.«

Charlie zog an seiner Zigarette und sah sich um. Tauchte der Wagen irgendwo wieder auf?

»Glaubst du, es ist derselbe Wagen, der in der letzten Zeit bei dir gestanden hat?«

»Keine Ahnung«, sagte er. »Aber gut möglich. Die gleiche Farbe, und auch das Modell stimmt.«

Ihm gefiel das jedenfalls gar nicht. Er hatte ohnehin schon genug Feinde in der Gegend. Und nach allem, was in Oslo passiert war, musste er mit dem Schlimmsten rechnen.

»Ich finde heraus, wer das war«, sagte Freddy.

Charlie hatte den Blick noch immer auf die Straße gerichtet. Der Wagen war nirgends mehr zu sehen.

»Später ist noch eine Party bei Hassan im B-Block«, sagte Freddy. »Willst du hin?«

Charlie schüttelte den Kopf.

»Wieder rein?«

Freddy nickte in Richtung des Striplokals.

»Nein«, antwortete Charlie und schnippte die Zigarette weg. »Fahr mich nach Hause. Für heute hab ich genug von Huren.«

21

Sie haben Iver einfach aufgehängt und verbluten lassen, dachte Henning.

Das sah nach Folter aus. Jemand hatte versucht, Informationen aus ihm rauszuholen. Auch die Durchsuchung seiner Wohnung deutete darauf hin, dass die Täter nach etwas Konkretem gesucht hatten. Notizen, Ausdrucke – vermutlich hatten sie deshalb auch sein Handy und seinen Laptop mitgenommen.

Henning musste wieder an die Aufgabe denken, die er Iver vor einer knappen Woche übertragen hatte: Er hatte mehr über Rasmus Bjelland und dessen Beziehung zu Tore Pulli und Charlie Høisæther herausfinden sollen. Henning selbst hatte damals vor ihrem Treffen 2007 erste Nachforschungen angestellt und erinnerte sich noch gut daran, dass Charlies früherer Schreiner irgendwann ebenfalls in die Immobilienbranche eingestiegen war. In Natal, gemeinsam mit seiner brasilianischen Frau. Und dass einer von Bjellands Geschäftspartnern bei der Begehung eines potenziellen Baugrundstücks erschossen worden war. Der Mann hatte Bargeld bei sich gehabt, als er gefunden wurde, trotzdem hatte die örtliche Polizei das Verbrechen als Raubmord deklariert.

In Brasilien blühten Korruption und Kriminalität – durchaus denkbar, dass es dem einen oder anderen in der Immobilienbranche missfallen hatte, dass Bjelland und seine Frau ihr eigenes Geschäft aufgezogen hatten –, insbesondere nachdem man ihn im Verdacht gehabt hatte, der Spitzel gewesen zu sein, der Informationen an die Polizei weitergegeben hatte, in deren Folge es zu einer Razzia und zu mehreren Festnahmen gekommen war.

Aber auch Bjellands Frau Mariana an sich war interessant.

Bjelland hatte nie viel über sie erzählt, nur dass er gezwungen gewesen war, sie zu verlassen, oder besser gesagt: sie an einer unbekannten Adresse unterzubringen und zu verstecken. Vermutlich wäre sie mindestens so schwer zu finden wie Bjelland selbst. Trotzdem beschloss Henning, einen Versuch zu unternehmen.

Er ging ins Internet und suchte nach »Mariana+Bjelland+Natal«. Ihm wurden ein Hotel in Hordaland angezeigt, eine italienische Sprachschule und ein Horoskop, das mit Promis illustriert war, die allesamt angeblich den Saturn im Wassermann hatten. Er fand auch eine Handvoll brasilianischer Seiten, von denen aber keine relevant zu sein schien. Google fragte ihn, ob er nicht vielmehr »Marianne« meinte.

Er versuchte es nun mit »Mariana« und »Natal« und fand das Facebookprofil einer Frau, die Mariana Natal hieß, Bilder einer Stadt, die überbordend für ein Fest geschmückt worden war, und eine Seite mit der angeblich exakten Distanz zwischen KwaZulu-Natal und Ilha Mariana.

Henning seufzte.

Und was wäre mit Charlie Høisæther, für den Bjelland gearbeitet hatte? Er googelte auch Høisæther, benutzte dabei dessen richtigen Vornamen Charles und ergänzte mit »Natal« und »Mariana«. Und gleich der erste Treffer schien interessant zu sein.

Es war ein Artikel aus einer Lokalzeitung aus dem Umland von Natal. Henning verstand den Text nicht, aber nach den Bildern zu schließen, handelte es sich um die Erschließung von Baugrund für einen neuen Wohnkomplex. Charlie stand lächelnd vor einem Bagger. Um ihn herum standen mehrere Menschen, darunter anscheinend auch eine Mariana de la Rosa. Sie stand im Hintergrund, hielt einen Ordner in der Hand und hatte einen Bauhelm auf dem Kopf. Natürlich war dem Bild nicht zu entnehmen, dass sie für Charlie arbeitete. Aber sie mussten einander zumindest entfernt kennen.

Das muss die Frau sein, die Bjelland geheiratet hat, schloss Henning und googelte ihren Namen. Ihm wurden ein Twitter-Profil unter dem Namen und ein Facebook-Profil aus Monterrey angezeigt. Der Name war also halbwegs verbreitet, und Henning sank der Mut. Wenn Mariana de la Rosa nicht gefunden werden wollte oder Rasmus Bjelland sie irgendwo versteckt hatte, verhielt sie sich bestimmt entsprechend unauffällig. Genau wie ihr Mann.

Henning klickte sich durch die ersten dreißig Treffer, fand aber nirgends Ähnlichkeiten mit der Frau, die auf dem Baustellenbild hinter Charlie gestanden hatte – bis er auf einer Nachrichtenseite auf einen Artikel über eine Frau stieß, die am 16. Juni unweit von Alto do Rodrigues ums Leben gekommen war. Die Frau hatte Mariana de la Rosa geheißen, und auf dem kleinen Foto, mit dem der Artikel illustriert war, erkannte er sie sofort wieder.

Mariana de la Rosa war also tot.

Henning kopierte den Text ins Google-Übersetzungsprogramm, und obwohl in der Übersetzung vieles keinen Sinn ergab, bestanden an der wesentlichen Aussage kaum Zweifel: Marianas Wagen war explodiert, die Polizei ging von einer Bombe aus.

Unwillkürlich musste Henning an die Trauer in Bjellands Augen denken, als er von ihr gesprochen hatte. Henning hatte es für Sehnsucht gehalten, weil sie sich auf der anderen Seite der Erdkugel befand und sie sich vermutlich erst nach einer ganzen Weile wiedersehen würden. Jetzt wusste er es besser.

Kurz bevor Bjelland aus Brasilien geflohen war, war Mariana de la Rosa ermordet worden. Jedwede Drohung gegen Bjelland hatte ebenso gut seiner Frau gegolten haben können – oder beiden. Der Anschlag hatte Bjelland einen umso triftigeren Grund zur Flucht gegeben.

Henning schwirrte der Kopf. Er lehnte sich zurück und versuchte, seine Gedanken zu ordnen. Was für ein Motiv mochte Bjelland gehabt haben – was hatte ihn veranlasst, Henning den Tipp zu Tores Verstrickungen in einen Mordfall aus den Neunzigern zu geben? Oder hatte er den Grund bereits gefunden?

Was, wenn Tore schuld daran wäre, dass Mariana ums Leben gekommen war? Wenn Tore das Gerücht in Umlauf gebracht hätte, dass Bjelland ein Polizeispitzel war?

Dann hätte er ein konkretes Motiv gehabt, dachte Henning. Andererseits musste schon lange vor der Operation irgendwer wertvolle Hinweise an die Polizei weitergegeben haben, sonst wären nicht so viele Menschen festgenommen worden. Und das konnte Bjelland nicht gewesen sein. In diesem Punkt hatte Henning ihm geglaubt.

Was, wenn es Tore gewesen wäre, der dann anschließend versucht hatte, Bjelland die Schuld in die Schuhe zu schieben?

Henning sah auf die Uhr. Es war spät, aber wenn er Veronica Nansen richtig einschätzte, war sie immer noch wach. Er beschloss, sie anzurufen.

»Hallo?«, meldete sie sich und räusperte sich. Henning entnahm dem leisen Knarzen im Hintergrund, dass sie auf dem weißen Ledersofa saß. »Gut, dass Sie anrufen. Ich habe mir schon Sorgen gemacht. Ich hab gehört, was mit Ihrem Kollegen passiert ist. Mein Beileid.«

»Danke«, sagte Henning.

»Wie geht es Ihnen?«, fragte sie, noch ehe er seine erste Frage stellen konnte.

»Es …«

Er musste sich zusammenreißen.

»Es geht schon«, sagte er schließlich. »Ich muss mit Ihnen über etwas reden – aber es passt gerade wahrscheinlich nicht, oder? Sind Sie schon im Bett?«

»Nein, nein… Ich gucke mir gerade einen ziemlich schlechten Film an. Um was geht es denn? Brauchen Sie eine Übernachtungsmöglichkeit?«

»Nein, ich…«

Henning rang nach den richtigen Worten.

»Ich hab etwas herausgefunden«, stieß er hervor und erzählte ihr dann in den folgenden zehn Minuten von Bjellands Frau und teilte seine jüngsten Theorien und Spekulationen mit Veronica.

Dass Tore ein falsches Gerücht über einen anderen in Umlauf gebracht haben könnte und dass dadurch aller Wahrscheinlichkeit nach eine Frau zu Tode gekommen war, schien Veronica Nansen nicht sonderlich zu entsetzen. Vielleicht hatte sie inzwischen akzeptiert, dass Tore selbst während ihrer Ehe kriminell gewesen war.

»Sollte er das getan haben, hat er sicher ein ureigenes Interesse daran gehabt«, sagte Henning. »Und das lässt darauf schließen, dass er in Natal eine aktivere Rolle gespielt hat, als wir es bislang angenommen haben. Auf irgendeine Weise muss er auch weiterhin mit Charlie zusammengearbeitet haben.«

Die Vorstellung bereitete Henning keinerlei Schwierigkeiten: Tore hatte Veronica schon bei anderen Gelegenheiten angelogen. Dass die einst engen Freunde noch immer eine Art kriminelle Partnerschaft gepflegt hatten – nur eben über eine größere Distanz –, war durchaus denkbar.

Auch diese Gedanken teilte er mit ihr.

»Tore könnte die Polizei mit Informationen versorgt haben«, fuhr Henning fort, »sodass Charlies Konkurrenten – von denen es in Natal mit der Zeit ja eine ganze Reihe gegeben haben muss – Probleme bekamen oder untertauchen mussten.«

Das passte auch zu der Tatsache, dass Tore in der entsprechenden Zeit Geldprobleme gehabt hatte. Und wer hatte sich als Sündenbock angeboten?

Rasmus Bjelland.

Ein Mann, der in der Zwischenzeit sein eigenes Geschäft aufgezogen hatte, der von der Polizeiaktion 2007 nicht betroffen gewesen war und nach den Jahren in Brasilien viel über Charlies und womöglich auch über Tores Geschäftstätigkeiten wusste. Er war ihnen gefährlich geworden.

»Auch Charlies Büros sind von der Polizei durchsucht worden«, erzählte Henning, »aber das mag für die Galerie gewesen sein. Da war Charlie schon Jahre in Natal – vielleicht hatte er die Beamten bei der Polizei geschmiert. Angeklagt wurde er jedenfalls nie.«

»Hört sich ziemlich gewagt an«, wandte Veronica ein.

»Was?«

»Bjelland auf diese Art zu belasten. Das hätte auf alle beide zurückfallen können.«

»Stimmt. Und genau das könnte Charlie jetzt befürchten.«

»Gleichzeitig …«

Offensichtlich war ihr ein Gedanke gekommen.

»Was?«

Henning warf dem Chef vom Dienst einen langen Blick zu, doch der schien keine Notiz von ihm zu nehmen.

»Gleichzeitig wäre das … gar nicht dumm gewesen. Charlie hatte anschließend ja ziemlich freie Bahn in Natal. Wäre auch noch Bjelland getötet worden, wie es womöglich geplant gewesen war, wären sämtliche Probleme beseitigt gewesen. Dann wäre der Sündenbock weg gewesen …«

Henning nickte. Es stimmte, was sie sagte.

»Das Problem ist nur, dass das schwer zu beweisen sein wird«, sagte sie.

»Richtig«, erwiderte Henning. »Charlie wird das niemals zugeben, außerdem weiß immer noch kein Mensch, wo Bjelland sich aufhält.«

Andererseits, dachte Henning, musste Iver etwas herausgefunden haben. Seine Mörder hatten nach etwas gesucht und neben Handy und Laptop womöglich noch etwas anderes aus seiner Wohnung mitgenommen, irgendwas Handfestes, was auch Henning würde aufspüren können, wenn er nur an der richtigen Stelle suchte.

Es wurde eine Weile still, ohne dass ihr Schweigen peinlich oder beklemmend gewirkt hätte. Henning sprach gern mit Veronica. Ihre Stimme und die Stille, die manchmal zwischen ihnen aufkam, beruhigten ihn.

»Aber wenn Bjelland sich wirklich hätte rächen wollen«, fuhr Veronica nach einer Weile fort, »warum hat er Ihnen dann nicht ganz konkret gesagt, dass er nicht der Verräter war, sondern Tore?«

»Vielleicht hatte er keine Beweise«, erwiderte Henning. »Aber wenn er wusste ... Wenn er sich zu hundert Prozent sicher war, dass Tore in den Mordfall Bodil Svenkerud aus dem Jahr 1996 verwickelt war, dann hat er ja vielleicht die Chance gesehen, ihn dafür dranzukriegen. Nicht direkt als Blutrache, sondern als eine andere Art Gerechtigkeit – nur dass dafür auch ich meinen Teil hätte beitragen müssen.«

Henning konnte förmlich hören, wie sie darüber nachdachte.

Gleichzeitig kamen ihm Zweifel. Er glaubte nicht daran, dass Tore und Charlie derart drastisch vorgegangen wären, nur um ihn daran zu hindern, in einem alten Mordfall herumzustochern, in dem Henning – jedenfalls zum damaligen Zeitpunkt – nicht mal das Opfer gekannt hätte. Er selbst hatte nach dem Sprung vom Balkon sein Gedächtnis verloren, glaubte aber nicht daran, dass er in der kurzen Zeit zwischen dem Bjelland-Interview und dem Brand sonderlich viel herausgefunden hatte. Immobilienan- und -verkäufe zu durchleuchten dauerte eine Ewigkeit, und bei *123nyheter* hatte er parallel auch noch andere Sachen bearbeiten müssen.

Also mussten Tores und Charlies Aktivitäten vor dem 11. September mit etwas anderem als mit Bodil Svenkeruds Ermordung zu tun gehabt haben.

Abrupt stand Henning auf.

Natürlich.

Wenn Tore und Charlie dafür gesorgt hätten, Konkurrenten in Natal auszuschalten … wenn sie der Polizei Tipps gegeben und die Schuld dann Bjelland zugeschoben hätten … gegen wen würde sich die Rache richten, wenn die Wahrheit je ans Licht käme?

Jetzt stürzten die Gedanken von allen Seiten auf ihn ein. Er war so aufgebracht, dass er nicht mal mehr still sitzen konnte, und weihte Veronica sofort in seine Überlegungen ein.

»Es geht gar nicht um diesen alten Mordfall«, sagte er. »Zumindest nicht in erster Linie. Es geht um die Gegenwart – um die Angst vor der Rache all der Gangs und Organisationen, die durch die damalige Polizeiaktion ins Hintertreffen geraten sind.«

Was für eine bizarre Art der Rettungsaktion – Tore und Charlie hatten befürchtet, dass ihr Spiel aufgedeckt würde, dachte Henning. Sie hatten befürchtet, dass Bjelland eins und eins zusammengezählt und Henning in seinen Verdacht eingeweiht hätte. Deshalb waren sie nervös geworden, als Henning begonnen hatte, Fragen zu stellen, und deshalb hatte Tore Henning überwacht, während Charlie etwas tatkräftiger zu Werke gegangen war.

Und wer war noch übrig, jetzt da Tore tot war?

Henning hatte schon lange einen Verdacht gegen Charlie gehabt, er war nur von den falschen Prämissen ausgegangen.

Aber so ergab das alles einen Sinn.

Charlie befand sich noch immer in Brasilien, wo er versuchte, diverse Probleme aus der Welt zu schaffen. Im Lauf der knapp fünfzehn Jahre, die er mittlerweile dort lebte, hatte er ein Bauprojekt nach dem anderen hochgezogen und Millionenprojekte geleitet. An Charlies Finanzkraft brauchte Henning also nicht zu zweifeln. Er konnte sicher mit Leichtigkeit Leute bezahlen, die auch seine Probleme in Norwegen lösten. Nach all den Festnahmen war er in Natal so gut wie allein gewesen, also sollten seine Geschäfte eigentlich gut laufen.

»Natürlich würden sich diverse Leute an ihnen rächen wollen, wenn die Wahrheit je ans Licht käme«, sagte Henning. »Und genau das versucht Charlie zu verhindern. Bestimmt war das auch der Grund für Ivers Ermordung.«

Trotzdem war dies alles nur Theorie und Spekulation, und er würde all das irgendwie verifizieren oder entkräften müssen. Und dafür musste er Bjelland finden. Sollte der dann noch am Leben sein.

»Ich finde, das hört sich an, als wären Sie auf der richtigen Spur«, murmelte Veronica.

»Das glaube ich auch«, sagte Henning.

»Seien Sie bei Ihren nächsten Schritten bloß vorsichtig.«

Henning lächelte.

»Ich werd's versuchen.«

Sie beendeten das Gespräch, und er drehte sich noch mal zu Ivers Schreibtisch um. Die Polizei hatte bestimmt auch den Datenverkehr seines Handys untersucht, aber Iver war nicht gerade bekannt dafür gewesen, viel zu telefonieren; er hatte Menschen lieber von Angesicht zu Angesicht getroffen und ihnen Fragen gestellt, auf die sie nicht vorbereitet waren.

Dabei musste er mit jemandem geredet haben, der erkannt hatte, dass er einer heißen Spur gefolgt war. Sofern Iver nicht längst alles entlarvt hatte.

Ich muss Nora erreichen, dachte Henning. Ob sie nun will oder nicht. Iver könnte ihr etwas erzählt haben, oder sie könnte irgendetwas mitbekommen haben, ohne sich über die Relevanz bewusst zu sein.

Da es schon spät war, beschloss er, sie erst am nächsten Morgen anzurufen. Auch die Polizei würde sie vernehmen, was Henning wieder daran erinnerte, dass auch er tags darauf im Präsidium erscheinen sollte.

Er würde versuchen müssen, die Befragung so lange wie möglich hinauszuzögern.

Er lief zurück zu seinem Schreibtisch. Wie sollte er vorgehen, um Charlie zu entlarven – sofern seine Schlussfolgerungen denn stimmten? Es würde nicht ausreichen, nach Brasilien zu fliegen, auch wenn das irgendwann womöglich nötig würde.

Einen Schritt nach dem anderen, rief er sich zur Räson.

Am kommenden Vormittag würde er erst einmal Anders Kjær treffen und hoffentlich erfahren, welche Informationen über Tore im Indicia-Bericht gelöscht worden waren. Unter Umständen würde sich das als wichtig erweisen.

Henning warf einen Blick hinüber zu der Kerze auf Ivers Schreibtisch. Inzwischen war sie heruntergebrannt. Wie eine Sanduhr, dachte er, die langsam abgelaufen war.

22

Robert Blystad war sich nicht sicher, ob er überhaupt geschlafen hatte, als er viel zu früh wach wurde, weil sich das Tageslicht in sein Schlafzimmer gemogelt und eine Vogelfamilie direkt vor seinem Fenster ihr Nest gebaut hatte.

Er blieb liegen und dachte eine Weile nach.

Über Iver Gundersen.

Darüber, was er jetzt tun sollte.

Das Vernünftigste wäre abzuhauen, auf der Stelle, und irgendwo anders noch mal neu anzufangen. Sich unsichtbar zu machen. Aber so eine Flucht brachte logistische Mühen mit sich, wofür er gerade keinen Nerv hatte. Ganz abgesehen davon brauchte er erst einmal einen Kaffee, bevor er so große Entscheidungen fällte.

Als er in die Küche kam, fiel ihm ein, dass er nach seinem Zusammenstoß mit Alfred ganz vergessen hatte, weshalb er überhaupt in den Laden gegangen war. Aber Kaffee brauchte er, so viel stand fest. Er sah aus dem Küchenfenster. Niemand zu sehen. Draußen auf der Treppe blickte er sich noch mal um, ehe er zum Auto lief.

Alles war wie immer.

Das große Gebäude auf der anderen Straßenseite – eine alte Volkshochschule – stand leer, genau wie das Nachbarhaus. Das war einer der Gründe, wieso er sich hier niedergelassen hatte. Es war der perfekte Ort zum Untertauchen. Brandbu war kein Touristenort – an Brandbu fuhr man nur vorbei, und es war auch keine der größeren Autobahnen in der Nähe. Blystad hatte das Haus möbliert von einem älteren Herrn angemietet, der sich nicht mehr darum kümmern konnte, es aber auch noch nicht verkaufen wollte, weil er immer noch die Hoffnung hegte, dass eins seiner Kinder oder Enkel es eines Tages übernehmen wollte.

Für Blystad was es der perfekte Unterschlupf. Der alte Mann war nach wie vor als Eigentümer eingetragen, während Blystad in keinem Register auftauchte, weil sie ihren Vertrag nur per Handschlag besiegelt hatten.

Blystad fuhr ins Zentrum und kaufte Filterkaffee und eine druckfrische Ausgabe der *Aftenposten*.

Während daheim der Kaffee durchlief, setzte er sich mit der Zeitung an den Küchentisch.

Wie erwartet wurde Iver Gundersens Ermordung jede Menge Platz eingeräumt. Er blätterte um, aber weder auf Seite drei noch auf den folgenden Seiten stand irgendwas, was er nicht schon am Vorabend in den Online-Zeitungen gelesen hätte.

Als der Kaffee fertig war, schenkte er sich einen großen Becher ein. Um sich abzulenken und nicht an all die Dinge denken zu müssen, die vor seinem Aufbruch noch erledigt werden wollten, las er auch den Rest der Zeitung gründlicher denn je. Als er bei den Todesanzeigen angekommen war, erstarrte er mit dem Kaffeebecher an den Lippen.

Unsere geliebte Schwester,
Schwägerin und Tante

Vanja Kvalheim

geb. 31. Dezember 1951
ist heute, am 9. Oktober 2009,
unerwartet von uns gegangen.

Über alles geliebt, zutiefst vermisst.
Anne-Marit, Lars, Helmer, Beate, Brith, Olav
sowie die übrige Familie

Die Beisetzung findet am 16. Oktober 2009
in der Kirche von Grorud statt.

Die Trauerandacht wird am Grab beendet.

Blystad starrte auf die Worte, auf die Namen hinab.

Dann setzte er den Becher ab.

Nein, sagte er zu sich selbst, das kann nicht wahr sein, das ist verdammt noch mal nicht wahr. Nicht sie auch noch.

Aber es bestand kein Zweifel, dass sie es war. Da standen sie allesamt: Anne-Marit, Lars, Helmer und Beate, Brith und Olav.

Was zum Teufel war passiert?

Er loggte sich auf *180.no* ein und gab den Namen seines Onkels Lars ein. Noch während er auf das Ergebnis wartete, schoss ihm kurz durch den Kopf, dass er besser nicht sein eigenes Telefon benutzen sollte. Dann fiel sein Blick wieder auf die Todesanzeige. Er hatte keine Zeit, um irgendwo nach einer Telefonzelle zu suchen.

Das kann einfach nicht wahr sein, zog es in einer Endlosschleife durch seinen Kopf, dass sie jetzt auch gestorben war.

»Ja, Lars?«

Blystad zögerte kurz, ehe er Hallo sagte.

»Ich bin's …«

Er brachte nicht mal seinen Namen über die Lippen. Sein Hals war staubtrocken. Er unternahm einen neuerlichen Anlauf, kam aber auch diesmal nicht weit.

Am anderen Ende der Verbindung war ein Seufzer zu hören.

»Meldest du dich also endlich.«

Blystad war noch immer unfähig, etwas zu sagen, konnte nur an seine Mutter denken, die jetzt ebenfalls tot war, und daran, dass er nicht bei ihr gewesen war. In ihrer letzten E-Mail hatte sie mit keiner Silbe erwähnt, dass sie krank gewesen war. Sie hatte nur von dem ermordeten Journalisten berichtet.

»Ja«, sagte er, nachdem er sich einigermaßen gesammelt hatte. »Ich hab gerade Mamas Todesanzeige in der Zeitung entdeckt.«

Es tat weh, es auszusprechen. Er musste sich zusammenreißen, um nicht in Tränen auszubrechen.

»Wie … ist sie gestorben?«, fragte er.

Onkel Lars seufzte.

»Das wissen wir noch nicht«, sagte er. »Aber es deutet alles auf einen Herzinfarkt hin. Völlig unerwartet am Nachmittag, nachdem sie von der Arbeit heimgekommen ist.«

Blystad unterdrückte einen Schluchzer.

»Kein Verdacht auf ein Verbrechen?«, fragte er, als er wieder Kontrolle über seine Stimme hatte.

»Ein Verbrechen? Wie kommst du denn darauf?«

»Ach, weiß nicht«, flüsterte Blystad. »Ich dachte nur …«

Er beendete den Satz nicht.

»Vergiss es«, sagte er stattdessen.

Danach lauschten beide ein paar Augenblicke lang dem Atem des anderen.

»Wo steckst du gerade?«, fragte Onkel Lars. »Kommst du zur Beerdigung?«

Er dachte kurz darüber nach. Er sollte, aber er konnte nicht.

»Nein«, antwortete er. »Das werd ich leider nicht schaffen.«

Ein Schnauben, und Onkel Lars legte auf.

Blystad saß mit dem Telefon in der Hand da. Herzinfarkt. Völlig unerwartet am Nachmittag, nachdem sie von der Arbeit nach Hause gekommen war.

Seine Mutter war gerade einmal siebenundfünfzig Jahre alt gewesen. Sie hätte noch mindestens zwanzig, fünfundzwanzig Jahre leben können. Ihr Tod war nie ein Thema gewesen. Und er hatte sich fest vorgenommen, in der ihnen verbleibenden Zeit Ordnung in sein Leben zu bringen.

Jetzt war sie nicht mehr da.

Blystad legte das Telefon auf den Küchentisch und schlug die Hände vors Gesicht.

23

Henning schreckte aus dem Schlaf hoch und sprang panisch auf. Er brauchte ein paar Sekunden, ehe er begriff, dass er sich in den Redaktionsräumen von *123nyheter* befand und dass es bereits Morgen war. Am Desk lief ein Fernseher, aber nach wie vor war außer ihm selbst lediglich der Nachtchef vom Dienst an seinem Platz.

Er konnte sich nicht daran erinnern, dass er sich hingelegt hätte, und sein Kopf fühlte sich an, als hätte er über Nacht in einem Schraubstock gesteckt. Henning gähnte, zwang die Augen weit auf und dehnte die Nackenmuskeln. Unwillkürlich wanderte sein Blick zu der heruntergebrannten Kerze auf Ivers Tisch.

Auf einem anderen Schreibtisch stand ein geöffneter Kerzenkarton. Er steuerte darauf zu, um eine frische Kerze zu holen, steckte sie in den Kerzenhalter und zündete sie an. Er blieb ein paar Minuten davor stehen, ehe er zur Kaffeemaschine ging und einen Becher darunter stellte. Bis der Kaffee fertig war, schaute er verschlafen zum Desk, wo der Nachtchef mindestens so zerschlagen aussah, wie Henning sich fühlte.

»Guten Morgen.«

Mit dem Becher Kaffee schlenderte er auf den Desk zu.

»Irgendwas Spezielles vorgefallen in der Nacht?«

Der Mann, an dessen Namen Henning sich nicht mehr erinnern konnte, wandte den Blick vom Bildschirm ab.

»Die Polizei hat gerade eine Fahndung nach zwei Männern rausgegeben, die gestern Vormittag in der Nähe von Ivers Wohnung gesehen wurden«, sagte er.

Schlagartig war Henning hellwach.

»Personenbeschreibung oder besondere Kennzeichen?«

»Ja.«

Der Mann tippte auf den Bildschirm, ehe er vorlas, was dort stand. Bläuliches Licht spiegelte sich in seinen Brillengläsern.

»Beide etwa einen Meter siebzig groß, dunkel gekleidet und möglicherweise osteuropäischer Herkunft. Einer der beiden hatte einen Kapuzenpulli an. Die Polizei fordert sie auf, sich zu melden.«

Der Mann las weiter, doch Hennings Gedanken wanderten bereits zu Durim Redzepi. Die Beschreibung passte. Dass er Verstärkung dabeigehabt hatte, war ebenfalls plausibel, so was hätte er niemals allein geschafft: Iver an den Haken unter der Decke zu hängen …

Hennings Gedanken schweiften zu dem versuchten Anschlag auf sein Leben und daran, dass Iver ihn buchstäblich in letzter Sekunde vor dem weißen Wagen weggerissen hatte, der direkt auf ihn zugerast war.

In dem Wagen hatten ebenfalls zwei Personen gesessen.

Er musste herausfinden, womit Iver zuletzt beschäftigt gewesen war, dachte Henning. Mit wem der Kollege Kontakt gehabt hatte.

Henning bedankte sich für die Information. Er würde Ivers Auto finden müssen. Falls die Polizei ihm nicht zuvorgekommen war und es bereits beschlagnahmt hatte.

Auf der Wanduhr war es 06.48 Uhr. Pia Nøkleby hatte gesagt, dass Andreas Kjær gegen zehn Uhr joggen gehen würde. Henning sollte sich allmählich in Bewegung setzen, am besten auf der Stelle, ehe die Redaktion sich füllte.

Er trank seinen Kaffee aus, winkte draußen auf der Straße ein Taxi heran und bat den Fahrer darum, zur Gørbitz gate 3 gefahren zu werden. Die Polizeiabsperrung war entfernt worden, aber vor dem Haus parkte noch immer eine Streife.

Iver hatte ein spezielles Verhältnis zu seinem Schrotthaufen von Toyota gehabt, dem er seit gut fünfzehn Jahren die Treue gehalten hatte. Henning fand das auffällig rostrot lackierte Auto nach einer kurzen Suche in einer Nebenstraße.

Er schloss auf, zog die Fahrertür auf und setzt sich hinters Steuer, doch ehe er den Zündschlüssel ins Schloss schob, blieb er noch einen Moment lang andächtig sitzen und atmete den Duft ein, hauptsächlich Tabak, aber auch ein schwacher Hauch von Rasierwasser.

Es roch nach Iver.

Es fühlte sich verkehrt an, in dem Auto zu sitzen, in dem Iver gesessen und Jagd auf dieselben Antworten gemacht hatte, denen auch Henning nachjagte. Doch mittlerweile suchte Henning nicht mehr nur für sich nach Antworten – sondern auch für seinen toten Freund und Kollegen. Er hatte eine neue Motivation.

Er steckte den Schlüssel ins Zündschloss und startete den Wagen. Bis zehn Uhr war noch etwas Zeit. Er beschloss, in ein Café zu gehen und eine Kleinigkeit zu frühstücken. Es würde ein langer Tag werden.

Das lang gezogene Maridalen war reich bewaldet, farbintensiv und an diesem Herbstmorgen ganz einfach wunderschön. Henning war mit Nora und Jonas oft hierhergefahren – mit Butterbroten und Saft und mit der vagen Idee im Kopf, etwas von dem weiterzugeben, was er selbst als Kind erlebt hatte: Ausflüge in die Natur, Trine und er zusammen auf Entdeckertour, neugierig, wissbegierig.

Doch Jonas hatte immer schnell das Interesse verloren

und Schmerzen in Bein oder Arm vorgeschützt. Wirklich Spaß hatte es ihm nie gemacht, draußen zu sein. Was wohl der Hauptgrund war, dachte Henning, warum sie nicht viel öfter etwas unternommen hatten. Obwohl er selbst, wenn er ganz ehrlich zu sich war, mindestens genauso oft seine Arbeit vorgeschoben und Nora am Wochenende mit Jonas allein gelassen hatte.

Henning fuhr so weit ins Maridalen hinein, bis die asphaltierte Straße endete, und parkte auf dem großen, offenen Platz vor dem Skar. Der Himmel war hellgrau, stellenweise fast weiß, doch über den Baumkronen zogen Regenwolken auf. Henning schloss den Reißverschluss seiner Jacke und sah auf die Uhr. Es war jetzt kurz vor zehn.

Es standen noch vier weitere Fahrzeuge auf dem Parkplatz. Henning hatte keine Ahnung, ob eins davon Andreas Kjær gehörte. Er setzte sich in Bewegung.

Zuerst ging es ein Stück über einen breiten, geschotterten Fahrradweg bergauf, bis rechter Hand der Fluss auftauchte. Henning hätte erwartet, Jogger und Radfahrer zu sehen oder den einen oder anderen einsamen Camper am Ufer des Øyungen, aber dort war weit und breit niemand zu sehen, und das einzige Geräusch war das allmählich lauter werdende Rauschen des Flusses.

Henning sah sich in alle Richtungen um, drehte sich um die eigene Achse und stellte nach einer Weile fest, dass er die zweieinhalb Kilometer vom Skar nach Øyungen gelaufen war, ohne Kjær irgendwo anzutreffen. Vor ihm lag der weit verzweigte See mit all den Schutzhütten und Zeltplätzen am Ufer und mit seinem Staudamm, der dafür sorgte, dass nicht zu viel Wasser in Richtung Oslo rauschte.

Weit und breit keine Spur von Andreas Kjær.

Er wollte sich schon darüber ärgern, dass er umsonst

hier rausgefahren war, als er plötzlich Schritte hinter sich hörte und sich umdrehte.

Andreas Kjær sah anders aus als bei ihrer letzten Begegnung. Der Mann, der Henning an jenem Abend in der Toreinfahrt im Fossveien aggressiv gegen die Wand gedrückt und ihn aufgefordert hatte, sich von ihm und seiner Familie fernzuhalten, sah sich jetzt nervös und übernächtigt um.

»Da rüber?«, schlug Kjær vor und zeigte in Richtung des Damms.

»Gerne«, antwortete Henning.

Kjær trug Sportkleidung: eine schwarze Hose und eine himmelblaue Jacke, die bei jeder Bewegung raschelte.

»Haben Sie Ihr Telefon dabei?«, fragte er.

»Liegt im Auto«, erwiderte Henning.

Sie gingen das kurze Gefälle hinunter. Je näher sie der Schleuse kamen, umso lauter wurde das Rauschen.

In der Mitte der Holzbrücke blieben sie stehen. Das Wasser schoss in hohem Bogen über die Staumauer und nur wenige Meter unter der Brücke hindurch. Kjær zog eine Schachtel Zigaretten aus der Tasche, angelte eine Zigarette heraus und zündete sie an. Das Feuerzeug verschwand wieder in seiner Hosentasche. Dann suchte er mit dem Blick die nähere Umgebung ab, ehe er ans Brückengeländer trat und sich dagegenlehnte.

»Was haben Sie mit Pia abgesprochen?«, fragte er.

Henning sah auf das Wasser hinab, das unter ihnen in Richtung Stadt rauschte. Er stellte sich neben Kjær.

»Mir ist durchaus klar, was für Sie beide auf dem Spiel steht«, sagte er. »Darum hab ich versprochen, nichts darüber zu schreiben, was Sie mir gleich erzählen – was allerdings voraussetzt, dass Sie mir alles erzählen.«

Der Polizist musterte ihn skeptisch.

»Ich kann Ihnen im Grunde gar nicht viel sagen.«

»Sie haben den Indicia-Bericht über Tore Pulli vom 11. September 2007 manipuliert. Den des entscheidenden Abends – an dem ich meinen Sohn verloren habe.«

Kjær schüttelte den Kopf.

»Das stimmt nicht«, sagte er.

Henning drehte sich überrascht zu ihm um.

»Wie meinen Sie das?«

»Ich hab nichts manipuliert.«

Kjærs Gesichtsmuskeln zuckten.

Henning wartete auf die Fortsetzung.

»Sie wissen, dass mir gedroht wurde. Mir und meiner Familie. Sie haben von mir einen Zugang zu Indicia verlangt.«

»Ja?«

Kjær seufzte.

»Ein schwedisch sprechender Mann mit osteuropäischem Akzent hat mich angerufen. Seinen Namen kenne ich nicht. Nachdem sie unseren Hund getötet hatten, habe ich mich bereit erklärt, mich mit dem Mann zu treffen. Ich sollte einen Laptop aus dem Polizeipräsidium mitbringen, auf dem Indicia installiert war.«

Kjær zog ein letztes Mal an seiner Zigarette und schnippte die Kippe ins Wasser. Sein Blick schweifte zum Waldrand, als befürchtete er, dort jemand Unliebsamen zu entdecken.

»Dann sollte ich mir im Scandic in Asker ein Hotelzimmer nehmen und warten. Als es schließlich klopfte, hab ich zwei fast identisch aussehenden Typen mit gedrungener, kräftiger Statur die Tür aufgemacht. Beide hatten Handfeuerwaffen dabei und trugen Hoodies.«

Henning musste an die beiden Männer denken, nach

denen die Polizei jetzt nach dem Mord an Iver fahndete. Kjærs Beschreibung klang so gut wie deckungsgleich.

»Ich hatte mir Pias Usernamen und Passwort besorgt und mich bei Indicia eingeloggt, ehe die beiden kamen. Der schwedisch sprechende Mann setzte sich an den Laptop, während der andere sicherstellte, dass ich nicht sehen konnte, was auf dem Bildschirm passierte.«

Henning hörte Kjær aufmerksam zu.

»Ich hab trotzdem gesehen, dass er sich in einen relativ kurzen Bericht eingeloggt hat – das waren höchstens fünf, sechs Zeilen. Den Inhalt konnte ich tatsächlich nicht erkennen.«

Wieder ließ Kjær den Blick über die Landschaft schweifen. Es war niemand in der Nähe.

»Darum kann ich Ihnen auch nicht sagen, was genau er gelöscht hat.«

Henning dachte nach.

»Würden Sie die beiden wiedererkennen, wenn Sie ein Bild von ihnen sähen?«

Kjær dachte eine Weile nach.

»Möglich«, sagte er. »Ich weiß es nicht. Ich hab jeden Blickkontakt vermieden, soweit das möglich war.«

In dem Bericht über das Feuer in seiner Wohnung war die Brandursache als »unbekannt« bezeichnet worden. Die spärlichen Routineuntersuchungen der Polizei hatten nichts ergeben, und bis Henning selbst angefangen hatte, Fragen zu stellen, war der Indicia-Bericht – zumindest in Details – abgeändert gewesen.

»Wann genau war das?«

»Wann das Treffen stattfand, meinen Sie?«

»Ja.«

Kjær schaute nach links.

»Wann kann das gewesen sein … Vor ein paar Wochen? Ist schon etwas länger her.«

Ein paar Wochen, mehr nicht?

Was war passiert, dass irgendjemand den Bericht ganze zwei Jahre, nachdem er ursprünglich verfasst worden war, mit einem Mal als gefährlich oder zumindest verdächtig empfand? Und zwar ausgerechnet in dem Augenblick, da Henning angefangen hatte, die Umstände von Jonas' Tod genauer unter die Lupe zu nehmen? Und überdies in etwa zeitgleich mit dem Mord an Tore Pulli und dem ersten Mordversuch an Henning. Anscheinend waren die Informationen als wichtig genug erachtet worden, um sogar einen Polizisten zu erpressen.

Sie standen nebeneinander und schauten sich um. Henning dachte an die Polizeistreife, die Kjær an jenem Abend losgeschickt hatte. Sie hatten Pullis Auto überprüft und hinterher in Indicia einen Bericht eingestellt.

»Gab es irgendeine mündliche Übergabe, ein Briefing dieser Streifenkollegen, die den Pulli-Bericht verfasst haben?«, fragte er.

Kjær schüttelte den Kopf.

»Ich hatte allerdings auch nicht um Rückmeldung gebeten. Wenn da irgendwas Akutes vorgelegen hätte, wäre ich schon informiert worden.«

»Dass zehn Minuten später in meiner Wohnung ein Feuer ausbrach – das war wohl nicht *akut* genug? Ihnen ist nicht in den Sinn gekommen, dass da ein Zusammenhang bestehen könnte?«

Kjær sah Henning an.

»In unserer Stadt brennt es täglich irgendwo, Juul. Sie können sich nicht vorstellen, wie viele Alarme bei uns eingehen, jeden Tag, jede Nacht, in der Regel weil jemand vergessen hat, seinen Herd auszuschalten. Da übersieht man auch mal was – vor allem weil die Hauptverantwortung dafür nicht in unserer Abteilung liegt.«

Trotzdem war da schlampig gearbeitet worden, dachte Henning. Es ärgerte ihn, dass Indicia nicht automatisch von irgendeiner höheren Stelle auf Querverbindungen gecheckt wurde. So was sollte doch Routine sein.

Es wurde still zwischen ihnen.

»Wollten Sie sonst noch etwas wissen?«, fragte Kjær nach einer Weile.

Henning versuchte, sich wieder zu konzentrieren.

»Ja, eine Sache noch«, sagte er. »Sie meinten, er hätte irgendwas gelöscht ...«

Kjær rümpfte die Nase.

»Und Sie meinten auch, sie wüssten nicht, was er gelöscht hat. Wie wissen Sie dann, ob er überhaupt etwas gelöscht und dem Bericht nicht stattdessen Informationen hinzugefügt hat?«

»Also ...«

Der Polizist verlagerte das Gewicht.

»Ich bin davon ausgegangen, dass er etwas gelöscht hat, weil ...«

Er dachte kurz nach.

»Ich hab das Klicken der Tastatur gehört. Je nachdem, ob man schreibt oder etwas markiert und dann löscht, klingt das doch wohl unterschiedlich.«

Henning überlegte kurz, ob er die Behauptung plausibel fand, und musste ihm insgeheim beipflichten.

»Sie haben also danebengesessen. Hat es lange gedauert?«

Kjær schüttelte den Kopf.

»Es ging sogar erstaunlich schnell, wenn ich es mir genau überlege. Er hat kurz nacheinander dieselbe Taste gedrückt – vielleicht die Pfeiltaste – und dann nachdrücklich eine andere. Wie wenn man etwas löscht. Das war's. Danach sind sie aufgestanden und wieder gegangen.«

Henning ließ sich durch den Kopf gehen, was Kjær ihm erzählt hatte. Was war so wichtig und gleichzeitig so schnell zu löschen gewesen?

Die Antwort lag auf der Hand.

Ein Name.

Henning dämmerte, was das bedeutete.

Tore Pulli hatte an jenem Abend nicht allein in seinem Auto gesessen.

24

Fünfundzwanzig Minuten nachdem Andreas Kjær weitergejoggt war, saß Henning verschwitzt und müde in Ivers Auto. Er ließ den Motor nicht gleich an, sondern legte die Hände aufs Lenkrad und atmete erst ein paarmal tief durch. Dann nahm er das Handy aus dem Handschuhfach. Bjarne hatte angerufen und ihm anschließend eine SMS geschickt.

Hab den Vernehmungsraum für 14.00 Uhr reserviert. Wär gut, wenn du ein bisschen früher kommen könntest. BB

Henning sah auf die Uhr. Bald halb zwölf. Die Fahrt nach Tønsberg und zurück würde vermutlich drei, dreieinhalb Stunden dauern, möglicherweise sogar noch länger. Immer noch besser, als die Zeit im Präsidium abzusitzen, dachte er, verzichtete dann aber darauf, Bjarne eine Antwort zu schicken.

Er wollte gerade den Zündschlüssel herumdrehen, als im Augenwinkel etwas sein Interesse weckte. Ivers Auto war voller Müll – alte Zeitungen, halb volle Flaschen, Münzen, leere Zigarettenschachteln. In der Ablage der Mittelkonsole lag auf zerknüllten Parkscheinen obenauf eine Visitenkarte, die Henning neugierig machte.

Sie gehörte dem Anwalt Preben Mørck.

Dem Mann, hinter dem Henning Goofy vermutete.

Wann hatte Iver die bekommen?

Henning warf einen Blick auf die Parkscheine, die direkt unter der Visitenkarte lagen. Und beim Blick auf einen der Parkscheine ließ er sofort den Motor an und raste in Richtung Zentrum. Tønsberg musste warten.

Preben Mørck war nicht da, als Henning in der Kanzlei unweit des Osloer Parlamentsgebäudes ankam. Mørcks Sekretärin, eine Frau mit dunklen, langen Haaren, die korrekt wie eine gestrenge Pastorin dasaß, stellte ihm jedoch in Aussicht, dass Mørck im Lauf der kommenden Viertelstunde von einem Außentermin mit einem Mandanten zurückkommen werde. Er habe gerade angerufen und angekündigt, dass er sich auf den Rückweg mache.

»Okay, dann warte ich solange«, sagte Henning.

»Ich glaube nicht, dass er heute Zeit für Sie haben wird«, wandte sie ein. »Sein Terminkalender …«

»Ist schon in Ordnung«, unterbrach Henning sie, »ich muss ihm nur kurz eine Frage stellen, dann bin ich wieder weg.«

Die Sekretärin sah ihn skeptisch an, und Henning drehte

sich von ihr weg, damit sie ihn nicht noch einmal zum Gehen aufforderte.

Preben Mørck war der Anwalt der prominenten Hellberg-Familie. Henning hatte in Tønsberg bereits mit ihm zu tun gehabt, als die Mater familias – Unni Hellberg – unter Mordverdacht geraten war. Eine Reihe von Indizien hatten darauf schließen lassen, dass sie sechzehn Jahre zuvor den Mord an ihrer Schwägerin Ellen in Auftrag gegeben und dass Tore Pulli diesen Mord verübt hatte.

Henning wusste aus den Zeitungen, dass immer noch nicht Anklage gegen Unni Hellberg erhoben worden war – eben weil es nur Indizien gegeben hatte. Henning hielt es für höchst unwahrscheinlich, dass eine Frau wie Unni, die sich im kriminellen Milieu nicht sonderlich gut auskannte, selbst Kontakt mit Tore Pulli aufgenommen hatte. Vermutlich hatte sie einen Mittelsmann gehabt – jemanden, den sie kannte und dem sie vertraute und der wusste, mit wem er sprechen musste.

Ihr langjähriger Anwalt war dafür ein guter Kandidat.

Überdies waren Tore und Charlie Høisæther Jugendfreunde von Unnis Sohn William gewesen. Es war also nicht unwahrscheinlich, dass Mørck, der eine Menge Zeit auf die Hellberg-Familie verwendete, genau gewusst hatte, wer Tore und Charlie waren.

Henning wandte sich noch einmal zu der Sekretärin um.

»Wie ist das eigentlich«, begann er und blieb vor ihrem Tisch stehen, »werden sämtliche Besuche, die der Anwalt hier empfängt, irgendwo registriert?«

»Sie meinen, ob es eine Art Logfile gibt?«

»Mhm.«

Sie schüttelte den Kopf.

»Die Kanzlei ist ja nicht groß, und Sie sehen ja, dass

es unten keine Rezeption gibt. Aber ich hab natürlich die Übersicht und Einblick in seinen Terminkalender. Die meisten, die hier auftauchen, haben einen Termin.«

Über die unverhohlene Kritik hörte Henning geflissentlich hinweg. Stattdessen heftete er seinen Blick auf den Stapel Visitenkarten, die auf dem Schreibtisch lagen. Er nahm eine davon und studierte die Buchstaben, die in Goldfarbe aufgedruckt worden waren.

»Wenn ich also wissen wollte, wer am Freitag hier war, könnten Sie das für mich herausfinden?«

Er lächelte sie an, so einnehmend er nur konnte.

»Theoretisch schon, aber das geht natürlich nicht.«

»Ach, wie dumm. Vielleicht könnten Sie mir aber sagen, ob am Freitag jemand wie ich hier war? Jemand ohne Termin.«

Die Sekretärin zögerte und sagte dann: »Ich war am Freitag selbst nicht hier.«

»Auch dumm.«

Henning lachte und sah, dass sie etwas auftaute.

Im nächsten Augenblick ging die Tür auf. Henning setzte ein breites Lächeln auf. Preben Mørck blieb wie angewurzelt stehen, als er Henning entdeckte. Er trug einen langen, maßgeschneiderten Mantel und einen blauen Schal. Er hängte erst den Schal an die Garderobe, stellte dann seine Aktentasche ab und zog den Mantel aus.

»Hallo, Herr Mørck«, sagte Henning und fragte sich, ob dieser Mann wirklich Goofy sein konnte und Aufträge an Menschen wie Ørjan Mjønes und Durim Redzepi vergab. Er wirkte so harmlos – eigentlich sah er nicht mal wie ein Anwalt aus, eher wie jemand, der es hasste, Anzüge zu tragen. Das Sakko stand ihm nicht, es war zu groß, sodass die Ärmel um die dünnen Arme des Manns schlackerten.

»Meine Sekretärin hat Ihnen vielleicht schon gesagt, dass ich keine Zeit habe, Sie …«

»Hat sie«, fiel Henning ihm ins Wort. »Ich gehe auch gleich wieder. Ich hab nur eine kurze Frage, wenn das in Ordnung wäre … Vielleicht zwei.«

Er lächelte so entwaffnend, wie er nur konnte. Mørck atmete tief durch.

»Beeilen Sie sich, ich habe gleich eine Telefonkonferenz.«

Er sah auf die Uhr.

»In vier Minuten«, ergänzte die Sekretärin hinter Hennings Rücken.

Mørck nahm seine Aktentasche wieder auf und blieb vor Henning stehen.

»Also, womit kann ich Ihnen helfen?«

Henning musterte ihn kurz. Hat es ihm einen Schrecken eingejagt, mich hier zu sehen? Ist er nervös?

In Mørcks Augen war nichts zu erkennen, und er verhielt sich auch sonst ganz normal und wartete einfach auf seine Frage.

»Sie haben sicher mitbekommen, dass mein Kollege gestern ermordet worden ist«, begann Henning. »Iver Gundersen?«

»Ja, natürlich«, sagte Mørck. »Schreckliche Sache. Mein Beileid.«

»Danke. Ich wollte nur wissen, ob Sie ihn je getroffen haben.«

Mørck antwortete nicht sofort.

»Ob ich Iver Gundersen getroffen habe?«

»Mhm.«

Er dachte nach.

»Das kann gut sein, er ist ja … war ja Journalist. Warum?«

»War er hier?«

Henning deutete vage durch den Raum. Wieder gönnte Mørck sich eine kurze Bedenkzeit.

»Warum fragen Sie?«

»War er oder war er nicht?«

»Nein«, sagte Mørck. »Nicht dass ich wüsste.«

Henning musterte sein Gesicht genau.

»Okay«, sagte er. »Das war auch schon alles, was ich wissen wollte.«

»Wirklich?«

Der Anwalt begann zu lachen.

»Journalisten gehen doch sonst nie die Fragen aus, Juul? Was hat das zu bedeuten? Einen Tag nach dem Tod Ihres Kollegen?«

»Nichts, Mørck, nichts. Ich war einfach nur neugierig. Ich weiß, dass er am Freitag mit jemandem hier in der Gegend geredet und unten auf der Straße geparkt hat, aber das muss natürlich nicht heißen, dass er bei Ihnen war. Danke, dass Sie sich die Zeit genommen haben. Sehen Sie zu, dass Sie rechtzeitig zu Ihrer Telefonkonferenz kommen.«

Henning lächelte, drehte sich um und ging zur Tür.

»Auf Wiedersehen«, sagte er. »Wir laufen uns sicher mal wieder über den Weg.«

Er schloss die Tür hinter sich, ging aber nicht nach unten, sondern suchte stattdessen die Quittung aus der Tasche, die er in Ivers Auto gefunden hatte. Ein Parkschein desselben Parkhauses, in dem er selbst gerade erst eine halbe Stunde zuvor geparkt hatte. Iver war vor drei Tagen dort gewesen. Außerdem hatte Henning Mørcks Visitenkarte ganz oben in der Mittelkonsole von Ivers Auto gefunden. Sie wirkte genauso neu wie die, die er selbst in der Hand hielt.

Iver war am Freitag hier, dachte Henning, aber was hat er hier gemacht?

25

Bjarne rief an, als Henning gerade den Hanekleiv-Tunnel auf der E18 passiert hatte. Er fuhr auf die rechte Spur, reihte sich hinter einem silbergrauen Nissan Primera ein und nahm den Anruf entgegen.

»Wo bist du?«, fragte Bjarne. »Hört sich an, als würdest du in einem Auto sitzen?«

»Ja«, sagte Henning. »Ich … muss noch jemanden treffen.«

»Aha? Und wen?«

»William Hellberg.«

Es wurde still am anderen Ende.

»Aber der wohnt doch in Tønsberg.«

Henning antwortete nicht.

»Hast du die Nachricht nicht bekommen, die ich dir heute früh geschickt habe?«, fuhr Bjarne leicht gereizt fort.

»Doch, aber da war ich schon ein ganzes Stück unterwegs«, flunkerte Henning. »Können wir das nicht heute Nachmittag machen? Gegen vier oder so?«

Bjarne seufzte.

Aus den Hintergrundgeräuschen schloss Henning, dass der Polizist im Präsidium war. Irgendjemand hackte dort auf einen Computer ein.

»Ich schau mal, ob wir die Befragung verschieben können«, sagte er. »Aber sieh zu, dass du schnell wieder nach

Hause kommst, hier warten einige auf dich – nicht nur ich.«

»Ich werd's versuchen«, sagte Henning. »Wie laufen die Ermittlungen? Haben sich die beiden Gesuchten schon gemeldet?«

»Nein.«

»Einer davon könnte Durim Redzepi sein«, sagte Henning. »Du erinnerst dich, dass ich dir von ihm erzählt habe?«

Es wurde still am anderen Ende.

»Natürlich, und das ist auch einer derjenigen, die wir überprüfen«, sagte Bjarne.

Lüge, dachte Henning, konfrontierte ihn aber nicht damit.

»Ich muss jetzt auflegen«, sagte er. »Bin gleich in Tønsberg.«

»Okay. Aber mach dich auf den Rückweg, sobald es geht.«

»Mach ich.«

William Hellberg wohnte in Kalvetangen, einem noblen Viertel in der Gemeinde Nøtterøy, in dem eine Villa prachtvoller war als die nächste. Hellbergs großer schwarzer SUV nahm einen Großteil der Einfahrt seines Hauses ein. Henning parkte vor einer sorgsam gestutzten Hecke und klingelte.

Eine schlanke Frau Ende dreißig machte die Tür auf. Sie war ungeschminkt und hatte trockene Lippen. Ihre Augen waren leicht verquollen.

»Hallo«, sagte Henning und stellte sich vor. »Ist William zu Hause?«

Sie sah ihn skeptisch an.

»Worum geht es denn?«, fragte sie.

»Um einen Fall, an dem ich gerade dran bin«, sagte Henning. »Ich arbeite für *123nyheter.* Ich war erst in Williams Büro in Tønsberg, aber dort haben sie mir gesagt, dass er heute zu Hause wäre.«

»Was denn für ein Fall?«

Henning fragte sich kurz, ob sie Hellbergs persönliche Sekretärin war. Dann fiel sein Blick auf den Diamantring an ihrer Hand, und sie trug auch keine Businesskleidung, sondern Jeans, ein weißes Top und eine aufgeknöpfte Strickjacke.

Sie musste Hellbergs Frau sein.

»Da geht es um verschiedene Sachen«, sagte Henning. »Unter anderem um einen Mord.«

Schlagartig wich alle Farbe aus ihrem Gesicht.

»Mord?«

Sie schlang die Strickjacke enger um den Leib.

»Und was hat William damit zu tun?«

»Nichts«, sagte Henning schnell. »Aber es könnte sein, dass er jemanden kennt, der in den Fall verwickelt ist. Aus alten Zeiten.«

Die Frau nickte langsam, musterte ihn aber weiter.

»Ihr Name war Juul, nicht wahr?«

»Mhm.«

»Warten Sie hier. Ich werde sehen, ob er mit Ihnen sprechen kann.«

Die Frau schob die Tür zu, ohne sie ins Schloss zu drücken, und verschwand im Haus. Henning trat einen Schritt zurück. Der gepflegte Rasen sah noch immer überraschend sommerlich aus. Das Haus strahlte trotz des grauen Tages weiß. Die Auffahrt war blitzblank. Neben der Garage stand ein Moped, das vermutlich dem Sohn des Hauses gehörte.

Es dauerte einige Minuten, bis die Frau zurückkam.

»Kommen Sie schon mal rein«, sagte sie mit leiser Stimme. »Er telefoniert noch.«

»Okay. Danke«, sagte Henning und folgte ihr.

Hellbergs Frau führte ihn ins Wohnzimmer, wo er sich auf einen breiten Chesterfield-Sessel setzte und die Arme auf die dicken, ledernen Armlehnen legte. Doch so fühlte er sich unwohl. Er nahm die Hände von den Lehnen und faltete sie im Schoß.

»Schön hier«, sagte er.

»Danke«, antwortete sie.

»Wohnen Sie hier schon lange?«

Sie zögerte kurz.

»Seit sechs Jahren.«

Sie nahm ein Tablet vom Sofa und legte es auf den kleinen Ecktisch, der neben einem teuer aussehenden, altehrwürdigen Lesesessel stand.

»Möchten Sie vielleicht einen Kaffee, während Sie warten?«, fragte sie, ohne ihn anzusehen.

»Ja, gern, danke.«

Die Frau, deren Namen er noch immer nicht kannte, verschwand mit schnellen Schritten in der Küche. Ein paar Minuten später war sie mit einer Tasse mitsamt Untertasse wieder zurück, die sie vor Henning auf den Tisch stellte. Das Porzellan klirrte leise. Ihre Hände zitterten.

»Ich hab heute schon ein bisschen zu viel Kaffee getrunken«, sagte sie entschuldigend. »Meine Hände werden dann immer so …«

Sie schüttelte sie aus und versuchte zu lächeln. Ihr Gesicht war immer noch kreidebleich. Sie wirkt krank, dachte Henning und hatte für einen Moment ein schlechtes Gewissen, sich derart aufgedrängt zu haben.

Er hob die Tasse an die Lippen und nahm einen Schluck.

»Es fällt aber auch leicht, zu viel Kaffee zu trinken, wenn er so gut ist«, sagte er lächelnd. »Arbeiten Sie heute auch zu Hause?«

»Nein, ich habe frei«, sagte sie. »Ich arbeite nur donnerstags und samstags.«

Henning nickte.

»Darf ich fragen, wo?«

»In einem Kinderbekleidungsgeschäft in Tønsberg. Ich muss … Ich muss schließlich auch etwas zu tun haben.«

Die Frau lächelte schief.

Henning verstand sie gut. Die Familie Hellberg war sehr wohlhabend, und obwohl Williams Frau vermutlich kein eigenes Einkommen zu erwirtschaften brauchte, war es sicher gut für ihr Selbstwertgefühl, ihren eigenen Beitrag zu leisten. Außerdem wurde es mit der Zeit langweilig, immer nur Silber zu putzen.

Als ihr Mann eintrat, drückte sie die Schultern zurück, und Henning wandte sich William Hellberg zu, der mit einem Lächeln im Gesicht und ausgestreckter Hand auf ihn zukam.

»Henning«, sagte er. »Nett, Sie wiederzusehen. Was führt Sie her?«

Es lag weniger als eine Woche zurück, dass sie im Tønsberger Krankenhaus miteinander gesprochen hatten, nachdem Iver und er vor allem dank Nora William Hellbergs vermisste Schwester gefunden hatten. Die Dankbarkeit und Freundlichkeit, die Hellberg Henning da entgegengebracht hatte, schien echt gewesen zu sein.

»Hallo«, sagte Henning und stand auf.

Sie begrüßten einander mit Handschlag.

»Tut mir leid, Sie hier zu Hause stören zu müssen«, sagte er.

»Mir tut es leid, dass Sie so lange warten mussten«, entgegnete Hellberg. »Wie geht es Ihnen?«

Henning dachte für einen Moment an Iver.

»Geht so. Und Ihnen?«

»Doch … mir geht es gut.«

Hellberg sah rasch zu seiner Frau hinüber.

»Es waren ja … recht spezielle Tage mit Mama und … alldem«, fuhr er fort. »Deshalb arbeite ich zurzeit etwas mehr von zu Hause aus. Im Büro ist immer noch die Hölle los. Aber so langsam beruhigt es sich auch dort wieder.«

»Verstehe.«

Sie sahen sich ein paar Sekunden an, dann schob sich Hellberg an ihm vorbei.

»Anne Cecilie, könntest du mir auch einen Kaffee machen?«

Hellberg lächelte sein breitestes Verkäuferlächeln.

Ohne ein Wort zu sagen, verschwand seine Frau in der Küche, und er nahm schräg gegenüber von Henning Platz. Der Lederbezug knarzte.

»So«, sagte Hellberg. »Was führt Sie denn nun wieder her nach Tønsberg, Henning? Sind Sie auf der Suche nach einem Haus?«

Henning schüttelte den Kopf.

»Ich bin wegen Ihres Anwalts hier«, sagte er. »Unter anderem.«

Hellbergs Verkäuferlächeln verschwand, stattdessen zog er die Stirn in Falten.

»Wegen Preben?«

Henning nickte.

Aus der Küche war die Kaffeemaschine zu hören.

»Warum?«, fragte Hellberg.

Henning ging auf die Frage nicht ein und fragte stattdessen: »Wie gut kennen Sie ihn eigentlich?«

Hellberg sah überrascht aus. Dann lachte er.

»Tja, gut, würde ich behaupten. Er war all die Jahre der Anwalt meiner Familie. Warum fragen Sie?«

Auf dem Weg nach Tønsberg hatte Henning überlegt, wie weit er gehen sollte. Er ging durchaus ein gewisses Risiko ein, wenn er seinen Verdacht kundtat, solange der nur auf Spekulationen basierte. Gleichzeitig hatte er keine Zeit mehr zu verlieren, und allzu viele alternative Quellen standen ihm nicht zur Verfügung.

Deshalb weihte er Hellberg ein.

»Ich glaube, dass Mørck Unnis Mittelsmann zu Tore Pulli gewesen sein muss, damals, als es um Ellens Ermordung ging. Und dass er darüber hinaus für andere Kriminelle in der Osloer Unterwelt als Mittelsmann dient.«

Als Henning fertig war, schüttelte Hellberg den Kopf.

»Das ist eine absurde Theorie, Henning. Ich kenne Preben als einen durch und durch anständigen Menschen. Ich kann mir wirklich nicht vorstellen, dass er in so etwas verwickelt ist.«

Im nächsten Augenblick kam Hellbergs Frau mit einer frischen Tasse Kaffee ins Wohnzimmer, die sie mit beiden Händen vor sich her trug. Ohne ihren Mann oder Henning anzusehen, setzte sie die Tasse auf dem Tisch ab. Inzwischen zitterten ihre Hände nicht mehr.

»Danke, Liebes.«

Er lächelte sie an. Anne Cecilie Hellberg verschwand wieder, und William Hellberg sah ihr nach.

»Kennen Sie vielleicht irgendjemanden sonst«, fuhr Hennig fort, als sie wieder allein waren, »dem Ihre Mutter in einem solchen Zusammenhang vertraut hätte?«

Hellberg nahm einen Schluck Kaffee.

»Nein, aber …«

Er schüttelte den Kopf.

»Das hört sich vollkommen verrückt an.«

Hellberg sah zu Henning.

»Sind Sie mit Ihrer Theorie schon zur Polizei gegangen?«

Seine Stimme hatte mit einem Mal etwas Aggressives.

»Nein«, sagte Henning. »Noch nicht.«

Er nahm ebenfalls noch einen Schluck, ließ Hellberg dabei aber nicht aus den Augen. Sogar zu Hause trug der Mann einen Anzug. Jetzt fuhr er sich mit der Hand über den Kopf, als wollte er die halblangen, wassergekämmten Haare noch glatter streichen. Dann stand er auf und lief eine Weile auf und ab.

Henning fragte sich, ob er Ivers potenziellen Besuch bei Preben Mørck erwähnen sollte, ließ es dann aber bleiben. Stattdessen beschloss er, das Gespräch in eine andere Richtung zu lenken.

»Bei unserer letzten Begegnung haben wir auch über Tore und Charlie gesprochen und dass es wegen einer Wohnung in Natal zu einem Streit zwischen den beiden gekommen sein soll.«

Hellberg schien immer noch in Gedanken zu sein.

»Hm?«

Henning wiederholte, was er gesagt hatte.

»Ja, ja, daran erinnere ich mich.«

»Können Sie mir mehr darüber erzählen?«

Hellberg runzelte die Stirn.

»Über Tore und Charlie?«

Er ging langsam auf Henning zu und setzte sich wieder aufs Sofa.

»Ich versuche zu verstehen, was für eine Beziehung die

beiden hatten«, sagte Henning. »Und wie sehr dieser Konflikt sie entzweit hat. Ich weiß, dass die beiden viel miteinander zu tun hatten und eine ganze Reihe von illegalen Geschäften miteinander gemacht haben, aber … Wissen Sie, ob Tore auch etwas mit Charlies Geschäften in Natal zu tun hatte?«

Hellberg hob den Blick.

»Wie sollte das denn abgelaufen sein?«

Henning breitete die Arme aus.

»Keine Ahnung.«

Hellberg schüttelte den Kopf.

»Kann ich mir nicht vorstellen. Tore hat mir gegenüber diesbezüglich nie etwas erwähnt.«

Es wurde still zwischen ihnen. Hellberg nahm noch einen vorsichtigen Schluck Kaffee, und Henning fragte sich, wie er das Gespräch fortsetzen sollte.

»Tore hat Charlie also irgendwann wegen einer dieser Wohnungen zusammengeschlagen, und danach hatten die beiden bis zu Tores Tod keinen Kontakt mehr?«

»Ich glaube, so war es«, sagte Hellberg.

»Ich verstehe das nicht«, fuhr Henning fort. »Nur deshalb?«

Hellberg sah aus, als verstünde er die Frage nicht.

»Also … Ich hab darüber nachgedacht«, sagte Henning, »und ich kann einfach nicht glauben, dass es bei dem Streit zwischen den beiden nur um eine Wohnung gegangen sein soll.«

Hellberg hob demonstrativ beide Hände.

»Wirklich, keine Ahnung. Ich hab mit Charlie lange nicht mehr gesprochen«, sagte er. »Ich weiß es wirklich nicht.«

»Haben die sich früher denn nie wegen irgendwas gestritten? Sind nie die Fäuste geflogen?«

»Nein«, sagte Hellberg bestimmt und musste lächeln. »Ich glaube, ich hab sie nicht ein einziges Mal ein schlechtes Wort übereinander sagen hören. Und obwohl Charlie in jungen Jahren echt ein Teufel war, hätte er Tore niemals am Zeug geflickt.«

Henning stellte seine Tasse ab.

»Erzählen Sie mir mehr«, bat Henning. »Über ihre Jugend.«

Hellberg holte tief Luft und blickte kurz nach links.

Dann lächelte er erneut.

»Tore war immer das Epizentrum«, sagte er. »Wo wir auch waren. Er hatte eine ungeheure Ausstrahlung. Wirkte immer natürlich. Mädchen …«

Hellberg lächelte noch immer, doch jetzt schüttelte er auch leicht den Kopf.

»Tore war die klassische Führungspersönlichkeit, die viel Platz brauchte. Und die Menschen hörten auf ihn. Wenn es Uneinigkeit darüber gab, wohin wir gehen oder was wir tun sollten, hat sich Tore immer durchgesetzt. Dann wurde gemacht, was er wollte.«

Er dachte einen Moment nach.

»Ich will nicht ausschließen, dass es für Charlie manchmal hart war, immer die zweite Geige zu spielen, aber das müssen Sie ihn selbst fragen.«

»Ich hab versucht, ihn zu erreichen«, sagte Henning. »Er geht nicht ans Telefon.«

Hellberg breitete wieder die Arme aus.

Charlie hätte sicher auch gern mal den Ton angegeben, dachte Henning. Später hatte er dann Macht – so was gefällt einem doch. Und während Tore sich ständig mit Geldsorgen herumplagte, hatte Charlie die Taschen voll. Aber das erklärte immer noch nicht, warum Tore ihn niedergeschlagen hatte. Auch Veronica hatte es sich nicht erklären können. Sie hatte Charlie allerdings auch nie getroffen.

Henning fragte Hellberg, ob er ihm noch mehr über seine früheren Freunde erzählen könne.

»Nein, ich wüsste nicht, was«, sagte er.

Henning wartete noch einen Augenblick. Vielleicht fiel Hellberg ja noch etwas ein. Dann leerte er seine Kaffeetasse und stand auf.

»Ich will Ihre Zeit jetzt nicht noch länger in Anspruch nehmen«, sagte er schließlich. »Aber melden Sie sich, sollte Ihnen noch was zu dem Thema einfallen.«

Auch Hellberg stand auf, wirkte jetzt aber mit einem Mal nachdenklich.

»Das mit Preben brauchen Sie nicht weiter zu verfolgen, da bin ich mir ganz sicher. Er ist sauber. Ein feiner Kerl.«

»Vielleicht haben Sie recht«, sagte Henning. »Sollte Ihnen trotzdem noch etwas in den Sinn kommen – egal was –, melden Sie sich. Am besten bin ich per E-Mail zu erreichen.«

Seine neue Telefonnummer wollte er nicht mehr Leuten verraten als unbedingt nötig.

»Okay.«

Hellberg deutete Henning an, dass er vorgehen solle. Im Flur zog Henning sich die Schuhe an und drehte sich noch mal zu Hellberg um.

»Danke für den Kaffee. Und entschuldigen Sie die Störung.«

Sie reichten sich die Hände.

»Gern geschehen«, antwortete Hellberg. »Und eine Störung war das wirklich nicht.«

Henning drehte sich um, zog die Tür auf und trat hinaus. Die Wolken waren dünner geworden, das helle Licht brannte in seinen Augen.

Hellberg begleitete ihn nach draußen.

»Melden Sie sich, sollten Sie doch mal hierherziehen wollen. Ich kann sicher eine schöne Wohnung für Sie finden.«

Henning sah über die Schulter zu Hellberg zurück. Das Lächeln war wieder an seinem Platz.

»Mach ich«, sagte Henning.

26

Auf dem Weg zurück nach Oslo überlegte Henning, was William Hellberg jetzt wohl tat – ob er umgehend seinen Anwalt kontaktiert und ihn von dem Besuch in Kenntnis gesetzt hatte oder eher nicht.

Henning tippte auf Letzteres.

Er hatte Hellberg eine Theorie vorgelegt, die völlig unabhängig von ihrem Wahrheitsgehalt genügend Schlagkraft besaß, um ein langjähriges Vertrauensverhältnis und möglicherweise sogar eine Freundschaft zu zerstören. Und davon abgesehen hatte es in letzter Zeit schon ausreichend Skandale in der Familie Hellberg gegeben. Henning konnte sich nicht vorstellen, dass William Hellberg gesteigerten Wert darauf legte, noch mehr Aufmerksamkeit zu erregen – zumindest nicht ohne konkrete Beweise.

Henning warf einen Blick aufs Handy. Bjarne hatte ihr Gespräch auf 16.00 Uhr verschoben. Damit blieb Henning noch genug Zeit, selbst wenn der Verkehr in Richtung Hauptstadt zäh floss.

Er überlegte, was er tun sollte, wenn er die nächsten Tage oder Wochen überlebte. Ob er weiter in Oslo bleiben sollte, ob er es in Noras Nähe aushalten und es ertragen würde, ihr neues Kind aufwachsen zu sehen. Ob er weiter als Journalist arbeiten sollte. Er überlegte, wo er wohl sein würde, wenn der erste Schnee fiele. Und ob die Männer, die Iver ermordet hatten, es auch bei ihm probieren würden. Es wäre nicht das erste Mal.

Bevor Jonas in sein Leben getreten war, hatte Henning nie über seinen eigenen Tod nachgedacht. Das hatte sich massiv geändert, als er Vater geworden war. Da hatte er urplötzlich jeden Tag daran gedacht – dass er nicht sterben wollte.

Inzwischen fand er den Tod nicht mehr bedrohlich. Manchmal sehnte er ihn sogar herbei, um endlich zur Ruhe zu kommen.

Er passierte gerade die Mautstation bei Fornebu, als ihm ein Gedanke kam. Ivers Auto, das er in letzter Zeit so oft genutzt hatte – dieses Auto hatte doch einen Mikrochip? Auf dem sämtliche Mautpassagen des Wagens registriert wurden?

Henning nahm sich vor, Bjarne darauf hinzuweisen. Möglicherweise würden sie ja bloß erfahren, dass Iver planlos in Oslo herumgefahren war, aber den Versuch war es allemal wert.

Nora lag dösend auf dem Sofa, als es klingelte. Erst schreckte sie angesichts des Schrillens auf, dann setzte sie sich auf und sah sich um.

Sie hatte die ganze Nacht auf dem Sofa gelegen.

Wie schon den Tag davor.

Sie hatte sich nicht dazu überwinden können, ins Bett umzuziehen, aus Angst, dass dort noch immer Ivers Duft im Laken oder im Kissen hinge, aus Angst, ein T-Shirt oder eine Socke von ihm zu finden. Auf seinem Nachttisch lag *Das Haus an der Moschee* von Kader Abdolah. Das hatte sie ihm geschenkt. Allein der Anblick hätte ihr die Tränen in die Augen getrieben, dabei hatte sie bereits genug geweint.

Sie schob die Decke weg und setzte die Füße auf den Boden. Dann schlurfte sie langsam zu der Gegensprechanlage im Flur.

»Hallo?«

»Hallo, Bjarne Brogeland hier.«

Der Polizist.

Nicht jetzt.

»Darf ich hochkommen?«, fragte er.

Nora antwortete nicht.

»Es dauert nur zwei Minuten«, schob Bjarne nach.

Nora seufzte und berührte mit den Fingern ihre heiße Stirn. Dann legte sie die Hand an die Hüfte, an der sie in den letzten Wochen ein bisschen angesetzt hatte. Schließlich drückte sie den Knopf mit dem Schlüsselsymbol und hörte es am anderen Ende der Verbindung summen.

»Danke.«

Nora hängte den Hörer wieder ein und wartete zwanzig Sekunden hinter der verschlossenen Tür. Dann machte sie die Tür einen Spaltbreit auf und sah sich noch mal um. Die Wohnung sah passabel aus. Allerdings hatte ihre Mutter auch kaum etwas anderes getan als aufzuräumen, ehe sie zur Arbeit gefahren war.

Kurz darauf klopfte es leise an der Tür. Bjarne schob die Tür auf und trat in den Flur, nickte ernst und begrüßte sie.

»Hallo«, sagte Nora, spürte aber sofort, dass sie seinen Blick nicht ertragen konnte. Sie drehte sich um und ging ins Wohnzimmer. Sie hörte, wie sich Bjarne im Flur die Schuhe auszog.

»Wie geht es Ihnen?«, fragte er.

Sie antwortete nicht.

»Vergessen Sie's«, sagte er. »War eine dumme Frage.«

Sie nahmen einander gegenüber am Wohnzimmertisch Platz.

»Haben Sie die Leute bemerkt, die auf Sie aufpassen?«, fragte er.

»Nein.«

»Gut«, sagte er mit einem Lächeln. »Dann machen sie ihren Job gut.«

Er zog einen Notizblock aus der Jackentasche.

»Ich muss Ihnen ein paar Fragen zu Iver stellen. Ist das in Ordnung?«

Bjarnes sanfte, warme Stimme trieb ihr wieder die Tränen in die Augen.

Sie nickte.

»Gestern Morgen«, begann Bjarne, »war Iver hier bei Ihnen, ist aber ziemlich früh zu sich nach Hause gefahren. Ist das korrekt?«

Sie nickte.

»Hat er gesagt, was er vorhatte?«

Nora schüttelte den Kopf.

»Nur dass er arbeiten müsse.«

»Wissen Sie, womit er gerade beschäftigt war?«

Sie schüttelte erneut den Kopf.

»Und Sie haben ihn auch nicht danach gefragt?«

»Doch, aber ich hab keine Antwort bekommen.«

Nora wunderte sich, wie hart ihre Stimme plötzlich klang.

»Er hat sich weder am Abend noch an den Tagen davor dazu geäußert?«

Wieder ein Kopfschütteln von Nora.

»Er war mit den Gedanken woanders, insofern wusste ich natürlich, dass er auf irgendetwas herumbrütete. Auf etwas, was so wichtig war, dass er sogar am Sonntag wegmusste.«

Bjarne machte sich eine Notiz.

»Aber ansonsten hat nichts in seinem Verhalten darauf hingewiesen, dass er Probleme irgendwelcher Art hatte?«

Nora schüttelte den Kopf.

»Er wirkte nicht nervös oder beunruhigt?«

»Nein.«

Bei der Erinnerung an den Alltag, an jedweden beliebigen Abend zusammen mit Iver, krampfte sich Noras Magen zusammen. Sie setzte sich auf und versuchte, nicht daran zu denken, dass sie sich eine halbe Stunde, nachdem er zu ihr gekommen war, schlafen gelegt hatte, teils weil ihr schlecht und sie erschöpft gewesen war, hauptsächlich aber, weil er so viel später als verabredet erschienen war.

»Es besteht eine gewisse Möglichkeit …«

Der reservierte Unterton ließ Nora aufblicken.

»… dass Iver an etwas dran war, was mit Henning zu tun hat«, fuhr Bjarne zögerlich fort. »Mit dem Brand in seiner Wohnung.«

Der Gedanke hatte die ganze Zeit direkt unter der Oberfläche rumort, seit sie Iver tot aufgefunden hatte, sie hatte sich jedoch nicht getraut, ihn zuzulassen. Ihr wurde schlagartig heiß, und sie brachte keinen Ton mehr heraus.

»Hat er Ihnen gegenüber diesbezüglich etwas angedeutet?«

Nora schüttelte den Kopf.

Sie wusste genau, was sie am liebsten geantwortet hätte, aber es ging Bjarne Brogeland nichts an, dass Iver sich zeitweise mehr mit Henning beschäftigt hatte als mit ihr.

»Haben Sie mit Henning gesprochen, nachdem …«

Nora schüttelte erneut den Kopf. Dann war es lange still.

Bjarne beugte sich über den Tisch.

»Hat Iver Ihnen gegenüber irgendwann einmal den Namen Rasmus Bjelland erwähnt?«

Sie sah ihn an.

»Wer soll das sein?«

»Ein Schreiner«, antwortete Bjarne. »Zumindest war er das früher mal.«

»Und was ist mit ihm?«

»Ich weiß es nicht«, sagte Bjarne mit einem schiefen Lächeln. Er sah auf seinen Block hinab und auf die Stichworte, die er darauf notiert hatte.

»Hat dieser Bjelland etwas mit dem Mord an Iver zu tun?«, fragte Nora. »Oder mit dem Brand in Hennings Wohnung?«

»Es ist bislang nur ein Name, der in den Ermittlungen auftaucht«, erwiderte Bjarne. »Das muss nichts bedeuten. Sie haben also noch nie von ihm gehört?«

»Nein.«

Bleischwere Stille senkte sich über sie, bis Bjarnes Telefon klingelte.

27

Henning fand direkt gegenüber vom Polizeipräsidium einen freien Parkplatz. Dass er bis ins Zentrum quasi Schritttempo hatte fahren müssen, hatte ihn erschöpft, und er war dankbar, nicht mehr weit gehen zu müssen.

Er sah auf die Uhr. Es war jetzt fünf vor vier. Er schloss Ivers Wagen ab und lief auf die Fußgängerampel zu, als er einen Pkw bemerkte, der langsam an der Bordsteinkante entlang an ihm vorbeirollte. Das Licht der Straßenlaterne spiegelte sich in der Windschutzscheibe, trotzdem erkannte er zwei Männer dahinter. Das Fenster auf der Beifahrerseite war heruntergelassen. Als Henning sah, wie sich ein Arm aus dem Fenster schob, rechnete er fast schon damit, dass der Beifahrer ihn gleich nach dem Weg fragen würde – doch dann sah er die Waffe, die sich auf ihn richtete.

Jetzt ist es aus, dachte Henning noch. Der Mann mit der Waffe – das ist Durim Redzepi. Er ist Profikiller – und vermutlich derselbe, der Iver getötet hat. Und jetzt hat er mich gefunden.

Unwillkürlich sah Henning sich um – nach irgendetwas, was er als Waffe oder Schutzschild einsetzen konnte. Das nächste Auto – und damit die nächste Deckung – war gut fünf Meter weit weg. Er hatte keine Chance mehr, niemand würde ihm noch helfen können.

Und schon im nächsten Augenblick spürte er einen scharfen Schmerz im Oberkörper. Einen Stoß, der ihn halb herumriss. Dann den Luftdruck eines zweiten Projektils direkt neben seinem Ohr.

Mehr bekam Henning nicht mehr mit. Er stürzte rücklings auf den Boden.

Als der Wagen beschleunigte, wurde Durim Redzepi in seinen Sitz gedrückt. Trotzdem gelang es ihm, den Kopf halb aus dem Fenster zu strecken und nach hinten zu schauen.

Henning Juul lag auf dem Boden.

Er rührte sich nicht.

Er hatte schon bessere Treffer gelandet, aber diesmal war der Abstand größer als üblich gewesen. Und er hatte keine Zeit gehabt, hinter ihnen waren Autos gekommen, und ein am Bordstein parkender Wagen hätte nur Verdacht bei Juul erregt. Die Frage war nun, wie gut er getroffen hatte.

Aber getroffen hatte er auf jeden Fall. Da war er sicher.

Jeton Pocoli trat das Gaspedal durch, und im Handumdrehen war das Polizeipräsidium hinter ihnen verschwunden. An der Schweigaards gate fuhren sie bei Rot über die Kreuzung und dann mit Höchstgeschwindigkeit weiter in Richtung Tøyen und am Gefängnis vorbei. Dahinter bogen sie in Richtung Carl Berners plass ab.

»Ist jemand hinter uns her?«, rief Pocoli.

»Glaube nicht«, antwortete Redzepi. »Du musst nicht mehr rasen.«

Pocoli ging vom Gas. Sie fädelten sich in den Verkehr ein und hielten vor der roten Ampel an der Kreuzung vor dem Munch-Museum. Beide checkten in einem fort die Spiegel. Dann waren Sirenen zu hören.

»Fahr nach Økern«, sagte Redzepi und umklammerte die Waffe, und Pocoli folgte seiner Aufforderung. Sobald die Ampel auf Grün umsprang, röhrte er die Steigung vor dem Tøyenbad hinauf. Wenig später waren zu beiden Seiten nur noch Bäume zu sehen.

»Wir müssen den Wagen loswerden«, sagte Pocoli, und

Redzepi nickte, aber in Gedanken war er schon wieder ganz woanders.

Juul hatte ihn gesehen. Unmittelbar bevor er abgedrückt hatte, waren sich ihre Blicke begegnet. Umso wichtiger, dass sie diesmal erfolgreich gewesen waren.

28

Na, was sagst du jetzt, Mister High? Chic, oder?

Charlie Høisæther sah sich im Spiegel an. Der weiße Anzug saß perfekt, und sein weißes Hemd war gestärkt, glatt, elegant.

»Nein, nein, nein«, hatte Mariana gesagt, als er das letzte Mal einen ähnlichen Anzug anprobiert hatte. »Darin siehst du aus wie ein Schneemann. Okay, du bist Norweger – aber du brauchst etwas, was deine schönen Augen hervorhebt. Zum Beispiel ein himmelblaues Hemd unter einem grauen Anzug.«

Er war erstaunt gewesen, dass Mariana seine Augen aufgefallen waren und dass sie sie offenbar auch noch interessant fand. Später, als er einen anderen Anzug anprobiert hatte, hatte sie sich dicht vor ihn gestellt und die Hemdsärmel aus den Jackenärmeln gezogen. Ihre schmalen Finger hatten dabei seine Haut gestreift, bevor sie einen Schritt nach hinten gemacht und ihn in Augenschein genommen hatte.

»Perfekt.«

In dem Augenblick war er sich nicht sicher gewesen, ob sie den Anzug oder ihn meinte, und das hatte ihn im

Nachhinein immer wieder beschäftigt. Auf alle Fälle hatte er insgesamt drei Anzüge mit passenden Hemden gekauft, in Farbkombinationen, die Mariana gefallen hatten. Als Belohnung hatte sie sich ein Kleid aussuchen dürfen.

Inzwischen hatte er keine Mariana mehr, die ihn beriet, keine Assistentin, die seine Bedürfnisse kannte. Als er ein paar Jahre später am Strand gestanden hatte, nach ihrer Trauung, hatte ihn ein Gefühl übermannt, das er so nie zuvor und auch später nie wieder empfunden hatte.

Das Gefühl, einen Fehler zu begehen.

Einen riesigen Fehler.

Als sie sich bei ihm für das Geschenk bedankt und es einen »Segen« genannt hatte, dass sie in derselben Branche arbeiteten, hatte sie es zum ersten Mal in seinen Augen gesehen, obwohl sie geglaubt hatte, ihn nach drei Jahren Anstellung in- und auswendig zu kennen. Dass er sie tief in seinem Innern liebte. Als sie ihn Sekunden später umarmte und ihr Haar ihn im Nacken kitzelte wie eine Feder, duftete ihre Haut nach Lavendel und Meer und einer Zukunft ganz weit weg von ihm. Nach einer Zukunft, nach der er sich seitdem immer wieder gesehnt hatte.

Das Hochzeitsfest hatte bis in die frühen Morgenstunden angedauert, trotzdem war Charlie früh gegangen. Er hatte sich einen anderen Strand gesucht und mit Lavendelduft in der Nase aufs Meer hinausgeblickt.

Als er ein paar Monate später von ihrem Tod erfuhr, weinte er zum ersten Mal. Dann kam die Wut. Und das Bedürfnis, seine Wut an jemandem auszulassen. Er unternahm eine seiner seltenen Reisen nach Norwegen und geriet prompt mit Tore aneinander.

Wieder mal.

Sie lagen sich im Großen und Ganzen schon lang wegen diverser finanzieller Angelegenheiten in den Haaren, und als Tore wieder einmal nachhakte, was ihn dazu bringen könnte, seine Meinung über diese verflixte Wohnung in Natal zu ändern, erwiderte Charlie in einem Augenblick zunehmenden und übermütigen Kokainrausches, dass er es sich für eine Nacht mit Veronica vielleicht noch mal überlegen würde.

Es war nicht einmal ernst gemeint gewesen. Und obwohl sie sich immer mal wieder irgendwelche Frauen geteilt hatten, hätte er wissen müssen, dass diese Zeiten passé waren und dass für Veronica andere Regeln galten. Mit einem glatten Kieferbruch – für den Tore noch aus Geldeintreibertagen berühmt-berüchtigt war – war er im Krankenhaus Ullevål wieder aufgewacht.

»Wie finden Sie den, Mister High?«

Die Frage holte ihn aus seinen Erinnerungen zurück. Er rieb sich die Narbe am Kinn und betrachtete sein Spiegelbild.

»Ich brauche was Dunkleres«, sagte er. »In diesem Teil sehe ich aus wie ein Schneemann.«

Mister High. So nannten ihn die Brasilianer, weil sie Høisæther nicht aussprechen konnten.

Charlie hatte der Spitzname immer gefallen, weil er ihn passend charakterisierte und suggerierte, wie weit er in den gut vierzehn Jahren, die er inzwischen in Natal lebte, aufgestiegen war. Auch wenn noch eine weniger schmeichelhafte Assoziation darin mitschwang – nämlich dass er sich in einem permanenten Rauschzustand befand. Dabei hatte er es schon lang nicht mehr nötig, sich zu berauschen. Seine letzte Line Koks hatte Charlie sich an jenem Abend im Odeon gegönnt, bevor Tore ihm den Kiefer gebrochen hatte.

Freddy hatte im Mercedes auf ihn gewartet.

»Und, erfolgreich gewesen, Chef?«, fragte er. »Das sieht nach mindestens zwei, drei Anzügen aus.«

»Zwei«, murmelte Charlie. »Diesmal nur zwei.«

Er setzt sich in den Wagen, und Freddy fuhr los. Der Wagen kämpfte sich über die holprige, gepflasterte Straße.

»Was steht heute Abend an? Das Senzuela?«

»Nein«, antwortete Charlie. »Fahr mich nach Hause.«

Zehn Minuten später hielten sie vor dem Sports Park, wo Charlie die Dachwohnung bewohnte. Er sah zu den Palmen auf der anderen Straßenseite hinüber, wo in den letzten Tagen der dunkle Audi gestanden hatte – derselbe Wagen, der am Vorabend vor dem Club davongerast war. An diesem Morgen hatte Charlie ihn nicht an der Straße gesehen. Der Wagen gehörte keinem seiner Konkurrenten aus der Gegend, aber wie er inzwischen in Erfahrung gebracht hatte, war er vor einigen Wochen als gestohlen gemeldet worden.

Und das behagte Charlie nicht.

Er war sich sicher, dass etwas im Busche war.

29

Henning hörte ein Heulen.

Irgendetwas lastete schwer auf ihm, drückte und presste, und er sah nur Nebel, wabernden Nebel, und in seiner Brust gurgelte es. Rauschen im Kopf. War es Nacht oder Tag oder Abend? Jedes Mal, wenn er die Augen aufschlug, war das Licht anders. Er hatte keine Schmerzen, spürte aber, dass er vom Boden gehoben und aus einem blau blinkenden Auto getragen wurde. Dass es irgendwie bergab ging. Räder quietschten, als er in einen Gang gerollt wurde, über dessen Decke gelbe und weiße Pfeile verliefen. Er versuchte, die Hände zu heben. Schaffte es nicht. Versuchte vergeblich zu schlucken, hatte aber einen trockenen, metallischen Geschmack im Mund.

Als er umgedreht wurde, fühlte er sich, als würde er schweben. Er fror, hörte Stimmen um sich herum, aufgeregtes Gerede, Begriffe, die er nicht verstand. Dann ein weiterer Gang, ein Raum, in dem das Licht noch greller war.

Dann spürte er nichts mehr.

Registrierte nicht mal mehr die Dunkelheit, die sich über seine Augen legte.

Henning wachte in einem Krankenzimmer auf. Er hatte keine Schmerzen, weder in den Armen noch in den Beinen. Für einen Moment hatte er Angst, gelähmt zu sein, aber dann bewegte er einen Finger und danach den ganzen Arm. Es gelang ihm sogar, ihn unter der Decke herauszuziehen und etwas anzuheben.

So fühlte es sich also an, angeschossen zu sein.

Eine Schwester kam herein, lächelte ihn an und sagte etwas, was er nicht verstand. Im Nachhinein war er sich nicht einmal sicher, ob es ein Mann oder eine Frau gewesen war – eben jemand in einem weißen Kittel. Er hörte, wie Wasser aufgedreht wurde. Die Person duftete nach irgendetwas, doch Henning hätte nicht sagen können, wonach genau.

Er schloss die Augen.

Durim Redzepi hatte versucht, ihn zu töten. Schon wieder.

Henning versuchte, sich hochzustemmen, aber sein rechter Arm war vollkommen kraftlos. Er versuchte es mit dem anderen und schaffte es tatsächlich, den Oberkörper ein Stück anzuheben und sich auf die Seite zu drehen.

»Nein, nein, nein, das dürfen Sie nicht machen!«, schimpfte die Person in Weiß. »Legen Sie sich wieder hin!«

Doch Henning legte sich nicht wieder hin. Er heftete seinen Blick auf die Person, die näher kam. Es war eine Krankenschwester. Langes braunes Haar, Pferdeschwanz. Etwa dreißig. Freundlicher Blick.

Sie schob ihn sanft zurück auf die Matratze.

»Sie haben unglaubliches Glück gehabt«, sagte sie. »Die Kugel ist hier oben eingedrungen« – sie zeigte auf eine Stelle unter ihrem Schlüsselbein – »und auf der anderen Seite wieder ausgetreten.«

Glück?, dachte Henning. Ja, mag sein.

»Direkt unter dem Schlüsselbein verläuft eine wichtige Ader – die Arteria subclavia. Wäre die getroffen worden, wären Sie …«

Dann hätte es tödlich ausgehen können, dachte Henning.

Sie kam auf ihn zu.

»Wir haben die Wunde geöffnet, gereinigt und Ihnen eine Spritze gegen Wundstarrkrampf verpasst. Aber Sie werden den Arm in nächster Zeit nicht bewegen dürfen. Er wird noch eine ganze Weile steif bleiben, weil es in Ihre Schulter eingeblutet hat. Mit der Zeit wird das Gefühl im Arm aber wiederkommen. Bis dahin werden Sie ihn in einer Schlinge tragen müssen. Wir haben Ihnen Morphium gegen die Schmerzen gegeben.«

Das erklärt die Benommenheit, dachte Henning.

»Wo bin ich?«, fragte er.

»In der Ullevål-Klinik«, antwortete die Schwester.

»Ist jemand von der Polizei hier?«

»Es sitzt jemand direkt vor Ihrer Tür.«

Die Frau machte auf dem Absatz kehrt und lief aus dem Zimmer. Henning ließ sich ins Kissen sinken. Um ihn herum drehte sich alles. Er schloss die Augen und schlief ein.

30

Immer wenn Bjarne Brogeland ein Krankenhaus betrat, musste er an seine Tochter Alisha denken und an die Frau, die sie zur Welt gebracht hatte. Die Geburt hatte zweiundvierzig Stunden gedauert, und nach der Belastung und dem Blutverlust hatte Anita ausgesehen wie eine blasse, ausgezehrte Heroinabhängige. Es hatte ewig gedauert, bis sie sich wieder gefangen hatte.

Hennings Zimmer lag im dritten Stock. Bjarne wies sich gegenüber der Wache aus, die vor dem Zimmer saß, klopfte dreimal fest an und trat ein.

Müde schlug Henning die Augen auf, als Bjarne sich auf die Bettkante setzte. Bjarne sah ihn lange an und schüttelte den Kopf.

»Ich hab schon von diversen Leuten gehört, die einen Schutzengel hatten«, sagte er. »Aber du strapazierst dein Glück ganz schön. Hast du mit jemandem da oben einen speziellen Deal?«

Bjarne zeigte zur Decke.

»Im Stock drüber?«, fragte Henning, räusperte sich und

blinzelte zum ersten Mal. »Nein, eigentlich hab ich nur hier rumgelegen.«

Bjarne lachte.

Dann wurde er wieder ernst.

»Hast du mit jemandem gesprochen, seit du hier bist?«

»Jemandem mit einer Uniform wie deiner?«

Bjarne nickte aufmunternd, doch Henning schüttelte den Kopf.

»Durim Redzepi hat auf mich geschossen«, sagte Henning schließlich – langsamer, als Bjarne es von ihm gewohnt war.

»Bist du dir sicher?«

Henning nickte müde.

»Dann habt ihr ihn immer noch nicht?«, fragte er.

»Nicht festgenommen, nein«, sagte Bjarne und schüttelte den Kopf. »Allerdings haben wir in Etterstad ein ausgebranntes Fahrzeug gefunden. Von Redzepi keine Spur.«

»Da war noch ein zweiter Mann im Auto«, sagte Henning. »Der ist gefahren.«

»Hast du den auch sehen können?«

Henning schüttelte den Kopf.

»Bei euch im Präsidium ist jetzt bestimmt die Hölle los. Erst Iver und dann auch noch ich.«

Bjarne antwortete nicht.

»Hat die Presse schon mitbekommen, dass ich angeschossen wurde?«

»Ich glaube nicht, *noch* nicht.«

Henning nickte langsam.

Es wurde still zwischen ihnen.

»Ich kann hier nicht bleiben.«

Bjarne hatte damit gerechnet, dass Henning so etwas sagen würde.

»In einem Krankenhaus gibt es zu viele Eingänge«, fuhr Henning fort.

»Wir passen natürlich auf dich auf.«

»Dann ist ein Mann vor der Tür deine Definition von Bewachung?«

Bjarne senkte den Kopf.

»Ich kann nicht bleiben«, wiederholte Henning. »Außerdem hab ich keine Zeit dafür.«

Bjarne sah ihn streng an.

»Du wirst gar nichts tun. Weder jetzt noch wenn du wieder gesund geworden bist – das überlässt du mal schön uns. Irgendwer hat es auf dich abgesehen, Henning. Du brauchst Schutz.«

»Ihr könnt ja anfangen, indem ihr mich hier rausholt.«

Henning hatte wieder etwas mehr Kraft in der Stimme.

»Du weißt doch noch nicht mal, ob du stehen kannst.«

»Ich kann, wenn ich muss.«

Bjarne schüttelte den Kopf, sagte aber nichts. Er wusste, wie dickköpfig Henning sein konnte.

Er holte tief Luft.

»Ich werde ein paar Leute anrufen«, sagte er. »Aber draußen ist noch jemand, der gern mit dir reden würde.«

»Ach ja?«, sagte Henning. »Und wer?«

Bjarne ging zur Tür, öffnete sie und gab jemandem ein Zeichen. Dann machte er die Tür weit auf.

Als Henning ihr Gesicht in der Türöffnung sah, blass und schön, versuchte er spontan, sich aufzurichten, kam aber nicht weit. Stattdessen sank er wieder auf die Matratze.

Nora betrat zögerlich das Zimmer. Sie schob sich eine Strähne aus der Stirn und trat an sein Bett.

Es gab so vieles, was Henning ihr sagen wollte – vielleicht kam ihm deshalb kein einziges Wort in den Sinn. Er folgte ihr mit dem Blick, als sie auf ihn zukam und sich dorthin setzte, wo Bjarne gerade noch gesessen hatte. Erst in sicherer Distanz, dann rückte sie ein Stückchen näher.

Keiner von beiden sagte etwas, sie sahen einander bloß an.

»Ich komm nachher noch mal«, sagte Bjarne und zog die Tür hinter sich zu.

Es wurde still im Raum. Tränen standen in Noras Augen, und sie trat ans Waschbecken und holte sich ein Papiertuch.

»Am liebsten würd ich dich verprügeln«, sagte sie und stellte ihre Tasche auf den Boden.

Ihre Stimme war angespannt, aber leise – als hielte eine innere Kraft zurück, was sie eigentlich hätte sagen wollen.

»Du kannst mich verprügeln, so lange du willst«, sagte Henning. »Nur bitte nicht hierhin schlagen.«

Er tippte sich auf die Schulter und versuchte zu lächeln, aber seine Lippen waren so trocken und rissig, dass er den Mund schleunigst wieder schloss. Statt ihre Drohung wahr zu machen, streckte Nora ihm die Hand hin. Er nahm sie.

Kalt, klamm, klein.

Es hatte eine Zeit gegeben, in der sie es nicht hatten bleiben lassen können, einander an den Händen zu halten, wo immer sie gewesen waren. Anfangs war ihm das noch fremd gewesen, öffentliche Liebesbekundungen hatte er nicht ausstehen können, Hochzeiten und Küsse vor Publikum lagen ihm nicht.

Aber mit der Zeit hatte es sich zusehends natürlich angefühlt. Genau wie später die zunehmende Distanz und die Tatsache, dass ihr Alltag nach Jonas' Geburt nicht mehr derselbe war. Ihre Hände fanden einander nicht mehr, weil immer etwas anderes gehalten werden musste – Essen, ein Rucksack, Windeln, der Kinderwagen, Post. Dass sie keine

Zeit mehr hatten, sich anzusehen und aufeinander aufzupassen, war irgendwann normal geworden.

Und so hatten sie sich zunehmend voneinander entfernt.

Henning und Nora waren bei Jonas' Tod bereits geschieden gewesen. Eigentlich hätte Jonas an jenem entscheidenden Tag bei Nora sein sollen, aber weil sie krank gewesen war, hatte sie Henning angerufen und ihn gebeten, Jonas bis zum nächsten Morgen zu sich zu holen. Sie hatte ihn nicht anstecken wollen. Eine Entscheidung aus Liebe hatte ihre Leben für immer verändert, und daran würde Nora bis ans Ende ihres Lebens denken.

»Wie fühlst du dich?«, fragte sie.

»Beschissen. Und wie geht's dir?«

»Mir?«

Sie ließ seine Hand los und putzte sich die Nase. Dann lächelte sie resigniert.

»Tja, wie geht es mir?«, fragte sie, als hätte sie sich diese Frage nie gestellt. »Ich glaube, dafür gibt es keine Worte.«

Henning sagte nichts.

»Du musst bestimmt ein paar Tage hierbleiben«, stellte sie fest.

Henning nickte nur kurz, auch wenn er ihr gern widersprochen hätte. Ihre Wangen waren ein bisschen runder als bei ihrer letzten Begegnung.

»Iver war ein feiner Kerl«, sagte Henning.

Es fühlte sich komisch an, das laut auszusprechen.

»So seltsam sich das auch anhören mag, wir … sind mit der Zeit doch ziemlich gute Freunde geworden.«

Noras Kopf schien förmlich zwischen ihre Schultern zu sinken.

»Er hat viel über dich geredet«, sagte sie.

»Hat er das?«

Sie nickte und wischte sich eine Träne weg.

»Er hat wirklich zu dir aufgesehen. Als Journalist.«

Nora stand auf und drehte sich von ihm weg. Eine ihrer Hände zuckte immer wieder zu ihrem Gesicht, und sie zog wieder und wieder die Nase hoch. Henning versuchte, sich wieder höher zu stemmen, und dieses Mal gelang es ihm. Er blieb halb aufgerichtet sitzen und stützte sein Gewicht auf den linken Ellenbogen.

Als sie sich wieder zu ihm umdrehte, hatte er plötzlich eine andere Nora vor sich. Sie wirkte wütender, entschlossener.

»Ich hab darüber nachgedacht«, sagte sie, »ob irgendwas an Ivers Verhalten in den letzten Tagen erklären könnte, was passiert ist. Ob er in irgendeinem Nebensatz etwas gesagt haben könnte … Aber …«

Sie breitete die Arme aus.

»Mir ist nichts, rein gar nichts eingefallen. Iver ist tot, und du bist auch mehr tot als lebendig.«

Henning gefiel nicht, was er in ihren Augen las.

»Also«, sagte sie und kam auf ihn zu, »was machen wir, um dieser ganzen Scheiße ein Ende zu setzen?«

Henning schüttelte den Kopf.

»Du machst gar nichts«, sagte er.

»Ich wusste, dass du das sagen würdest.«

Ihre Stimme klang hart, wütend.

»Ja, und dafür gibt es einen guten Grund«, antwortete Henning. »Du darfst nicht auch noch in diese Sache hineingezogen werden.«

Sie blieb direkt vor seinem Bett stehen.

»Ach, du meinst, ich wäre noch gar nicht mit hineingezogen worden?«

»Du weißt, wie ich das meine.«

Henning sah sie an.

»Du bist schwanger, Nora«, sagte er und versuchte, seine Stimme kontrolliert klingen zu lassen. »Das Risiko ist viel zu hoch. Diese Leute denken nicht zweimal nach, bevor sie jemanden ermorden. Ich schwöre dir, dass du schon jetzt für sie interessant bist, immerhin bist du Ivers Lebensgefährtin und meine Exfrau. Am schlauesten wäre, dich ruhig zu verhalten und abzuwarten, ob ich …«

»Ach, das ist ja wieder so typisch«, unterbrach sie ihn. »Niemand kann diesen ganzen Mist aufdecken – außer dir natürlich.«

Henning atmete tief durch.

»Ich will mich nicht mit dir streiten, Nora. Du und ich, wir können bei dieser Sache nicht zusammenarbeiten. Ich würde es mir nie verzeihen, sollte dir auch noch etwas zustoßen. Es ist schon schlimm genug, was mit J…«

Henning sah weg. Trotzdem spürte er Noras Blick auf sich. Im nächsten Augenblick kam Bjarne zurück. Er hielt einen dampfenden Plastikbecher in der Hand.

»Hallo«, sagte er, doch weder Nora noch Henning antwortete.

Intuitiv blieb Bjarne an der Tür stehen – die angespannte Stimmung zwischen den beiden hatte er sofort bemerkt.

»Es ist zu gefährlich, Nora«, sagte Henning schließlich. »Tu mir den Gefallen, misch dich nicht ein. Verhalte dich ruhig, bis das alles vorbei ist.«

Nora sah ihn lange an. Dann nahm sie ihre Tasche vom Boden und hängte sie sich über die Schulter. Auf dem Weg zur Tür sagte sie zu Bjarne: »Ich warte draußen.«

Weder Henning noch Bjarne sagte etwas. Sie warteten beide, bis Nora die Tür hinter sich ins Schloss geworfen hatte.

»Sorg dafür, dass sie sich raushält«, wandte Henning sich an Bjarne.

Der lächelte nur matt.

Henning wusste, dass Nora ebenso dickköpfig sein konnte wie er selbst, wenn sie von etwas überzeugt war.

»Pass einfach auf sie auf«, sagte er und spürte, wie müde er war. »Jetzt noch mehr als sonst.«

Bjarne nickte.

»Wird gemacht.«

31

Es war ein langer, zeitaufwendiger Rückzug gewesen, aber jetzt, zu Hause bei Flurim Ahmetaj, fühlte Durim Redzepi sich endlich sicher. Ruhig war er deshalb noch lange nicht. Er lief im Wohnzimmer auf und ab, hatte sogar die Waffe noch immer in der Hand.

»Bruder, kannst du dich nicht wenigstens setzen?«, fragte Ahmetaj.

Redzepi schüttelte den Kopf.

»Du machst mich verdammt nervös«, blaffte Ahmetaj ihn an.

»Geht nicht. Ich kann mich jetzt nicht setzen.«

Ahmetaj saß vor seinen beiden großen Bildschirmen. Was genau er dort tat und wie er es anstellte, hatte Redzepi nie verstanden, aber sein alter Freund aus Mitrovica hatte sich als unschätzbar wertvoll erwiesen, wann immer es um Computer, Kameras und Überwachung gegangen war. Das würde ihnen in den kommenden Tagen noch nützen.

Das Telefon klingelte.

Redzepi kannte die Nummer nicht, aber es konnte eigentlich nur Goofy sein.

»Hallo?«

»Juul liegt im Ullevål-Krankenhaus«, teilte Goofy ihm mit. »Du musst da rein und die Sache …«

Redzepi kniff die Augen zusammen und blendete den Rest des Satzes aus. Dann schüttelte er den Kopf.

»Ich kann da nicht einfach reinspazieren und …«

»Es ist mir vollkommen egal, wie du es anstellst, Hauptsache, du machst es – und zwar noch bevor er mit der Polizei redet.«

»Juul hat mich gesehen«, protestierte er. »Er weiß, wie ich aussehe. Es nützt niemandem, wenn sie mich schnappen. Außerdem ist morgen die Beerdigung, da kann ich nicht …«

Redzepi wurde von einem lauten Schnauben am anderen Ende unterbrochen.

»Darüber sollten wir nicht am Telefon reden«, sagte Goofy. »Finde eine Lösung, aber schnell. Du hast einen Auftrag, und der ist nicht erfüllt. Ruf mich unter dieser Nummer an, sobald du mir etwas erzählen kannst – aber von einer neuen Nummer. Und was immer du mir dann erzählst, sollten wirklich gute Nachrichten sein.«

Dann war die Verbindung tot.

Redzepi fluchte und warf das Telefon auf Ahmetajs Sofa.

»Und, alles gut gelaufen?«, fragte Ahmetaj.

Redzepi antwortete nicht und lief stattdessen auf und ab.

Was sollte er jetzt tun?

Dann trat er hinter Ahmetaj und blickte über dessen Schulter. Auf den Bildschirmen konnte er die Bilder der Überwachungskameras sehen, die sie auf dem Friedhof aufgestellt hatten. Jeder Bildschirm war in vier Fenster unterteilt – acht Kameras insgesamt.

Er trat einen Schritt näher hinter seinen Freund.

»Henning Juul hat doch eine Exfrau, oder?«

»Ja.«

Redzepi dachte noch einmal darüber nach. Weder er selbst noch Jeton Pocoli sollte sich zurzeit draußen blicken lassen. Er tippte auf einen der Bildschirme.

»Hast du noch mehr davon?«

Ahmetaj ahnte, dass Redzepi die Kameras meinte.

»Nein, aber ich kann welche besorgen. Wie viele brauchst du?«

»Zwei oder drei. Und dann brauch ich noch einen Mann, der in eine fremde Wohnung einbrechen kann, ohne dass er Spuren hinterlässt. Wenn du mir den auch noch liefern kannst, mache ich dich reich.«

Ahmetaj grinste.

»Endlich sprechen wir dieselbe Sprache, Bruder.«

Trine lief in ihrem Wohnzimmer auf und ab und scrollte durch die Online-Nachrichten auf ihrem Handy. Nirgends gab es Neuigkeiten – und auch der Nachrichtenkanal von TV2, der im Hintergrund lief, hatte nichts Neues zu bieten.

Der Name des Journalisten, der niedergeschossen worden war, war immer noch nicht bekannt gegeben worden, aber Trine war sich fast sicher, dass es nur Henning gewesen sein konnte. In den Nachrichten hatte es geheißen, er schwebe nicht länger Lebensgefahr, aber wie schwer verletzt war er tatsächlich?

Trine suchte die Nummer der Ullevål-Klinik heraus, wählte und bat darum, mit der Intensivstation verbunden zu werden. Nach einer Weile kam eine schwer atmende Frau ans Telefon.

»Intensivstation, ja?«

»Hallo«, sagte Trine zögernd. »Ich ruf an … um zu fragen … ob mein Bruder vielleicht im Lauf des Tages bei Ihnen eingeliefert wurde …«

»Wie ist denn der Name?«

»Er heißt Henning Juul«, sagte Trine.

Es wurde still am anderen Ende.

»Und Sie sind …«

»Trine«, sagte sie und fragte sich eine Sekunde, ob sie wirklich noch ihren Nachnamen nennen sollte, um der ganzen Sache Dringlichkeit zu verleihen, ließ es dann aber bleiben. »Ich heiße Trine«, wiederholte sie. »Ich bin seine Schwester.«

Erneut entstand eine lange Pause.

»Er ist um 16.04 Uhr eingeliefert worden«, sagte die Frau am anderen Ende.

Dann waren ihre Befürchtungen also berechtigt gewesen.

Sie schloss die Augen und unterdrückte ein Schluchzen.

»Können Sie mir sagen … wie es ihm geht?«, fragte sie, als sie sich wieder gesammelt hatte.

»Tut mir leid«, sagte die Frau. »Der Patient muss Sie erst als Familienmitglied benennen, bevor ich Ihnen Informationen geben darf. Und das hat er nicht getan.«

Nein, dachte Trine. Natürlich hat er das nicht.

»Aber ich kann mal zu ihm rübergehen und fragen, ob er mit Ihnen sprechen will.«

»Nein«, sagte Trine schnell. »Tun Sie das nicht. Ich wollte nur …«

Sie verstummte.

»Ja?«

Die Stimme der Frau war weicher geworden.

»Nichts. Vielleicht könnten Sie ihm einfach einen Gruß…«

Trine atmete tief durch.

»Ach, vergessen Sie's. Danke für Ihre Hilfe.«

Trine legte auf, setzte sich aufs Sofa, zog eine Decke heran und dachte nach. Sie blieb lange so sitzen, bevor sie wieder aufstand und erneut durchs Zimmer lief.

Und dann kam ihr eine Idee.

Sie fragte sich kurz, wie viel Geld sie auf dem Konto hatte. Egal – sollte es eng werden, konnte sie immer noch ihren Mann fragen. Dann drückte sie eine der Kurzwahltasten auf ihrem Handy.

Katarina Hatlem, Trines frühere Kommunikationschefin im Justizministerium, antwortete sofort.

»Trine?«

Hatlem klang, als wäre sie überrascht oder womöglich bereits auf der Hut.

»Hallo.«

Ein kurzes Zögern, dann fragte Hatlem: »Wie geht es dir?«

»Mir geht es so weit gut«, sagte Trine. »Aber ich hab ein kleines Problem, bei dem ich hoffe und glaube, dass du mir helfen kannst.«

32

Henning war nicht darauf vorbereitet, dass er so wacklig auf den Beinen sein würde, als er seinen ersten Schritt vom Bett weg machte. Das Morphium und der Blutverlust hatten ihn völlig aus dem Gleichgewicht gebracht. Obendrein war sein Arm steif und unbeweglich.

Behutsam setzte er einen Fuß vor den anderen. Der Arzt, der vor einer halben Stunde bei ihm gewesen war, hatte gemeint, es wäre reine Übungssache – bald würde er wieder allein auf die Toilette gehen, essen, duschen und sich anziehen können. Die Schmerzen würden nachlassen, hatte er behauptet, auch wenn Henning das im Augenblick vollkommen utopisch vorkam.

Angestrengt schnaufend ließ Henning sich auf der Bettkante nieder.

Es klopfte an der Tür. Bjarne steckte den Kopf zur Tür herein.

»Da bist du ja«, sagte er. »Alles klar?«

»Kommt darauf an, wie man es sieht.«

Bjarne lächelte schief.

Draußen war es inzwischen dunkel. Henning hätte nicht mit Bestimmtheit sagen können, ob es Nachmittag, Abend oder Nacht war.

»Und nur wir beide sind eingeweiht?«

Bjarne lachte nervös.

»Was glaubst du denn – dass ich meinen Job riskiere, indem ich dich hier rausschaffe, ohne das vorher mit meinen Vorgesetzten abzustimmen?«

Henning sah ihn vorwurfsvoll an.

»Eine andere Möglichkeit gab es nicht«, sagte Bjarne.

»Und keine Sorge – es wissen nur wenige, wohin wir unterwegs sind. Noch mehr Fragen, ehe wir aufbrechen?«

Henning wischte sich mit der gesunden Hand den Schweiß aus dem Gesicht und atmete tief ein.

»Nein. Ich bin so weit.«

Er stand auf, machte wieder einen Schritt nach vorn, blieb stehen. Die Wände vor ihm bewegten sich.

»Brauchst du Hilfe?«

Henning sah ihn scharf an.

»Du siehst etwas groggy aus«, sagte Bjarne. »Da kann man Hilfe ruhig annehmen.«

»Genau das tue ich ja gerade.«

Der Polizist sah sich um.

»Hast du keine Jacke?«

»Ich hatte mal eine«, murmelte Henning. »Aber die haben sie wohl aufgeschnitten und weggeschmissen, nehm ich an.«

»Irgendwas anderes, worin ich dich einwickeln könnte? Eine Decke oder so was in der Art? Es ist ziemlich kalt draußen.«

Henning schüttelte den Kopf.

»So warm, wie mir ist …«

»Genau, und du hast ja auch keine Schmerzen, da macht so eine kleine Erkältung den Braten auch nicht mehr fett.«

Henning ignorierte ihn und machte einen weiteren, schon etwas kontrollierteren Schritt. Er fühlte sich, als stünde er in einer Nussschale auf hoher See.

»Geht's?«, fragte Bjarne. »Oder soll ich einen Rollstuhl besorgen?«

»Geht schon«, antwortete Henning. »Wo sind meine Schlüssel?«

»Die hab ich«, sagte Bjarne.

Henning nickte und schnaufte. Die Wände schienen sich immer noch zu bewegen.

»Medikamente?«

Henning sah erst jetzt die Tragetasche in Bjarnes Hand. Er hob sie hoch, schüttelte sie. Pillenröhrchen klapperten aneinander. Die Laute schienen aus Hennings Kopf zu kommen.

»Die wollen dich zum Junkie machen.«

»Mhm«, sagte Henning.

Bjarne hielt ihm die Tür auf.

»Come on, Rocky. Let's get ready to rumble.«

Sie verließen das Krankenhaus über eine Wendeltreppe auf der Rückseite. Henning glühte regelrecht vor Anstrengung, da war die kühle Nachtluft wohltuend.

»Wo fahren wir hin?«, fragte Henning, als sie Bjarnes Privatwagen erreicht hatten.

»Zu einem Haus, das wir öfter benutzen, wenn wir auf jemanden aufpassen müssen. Der Eigentümer ist um diese Jahreszeit in Spanien. Dort bist du sicher.«

»Spanien«, sagte Henning. »Hört sich gut an.«

Bjarne fuhr vorsichtig und gab sich alle Mühe, nicht in irgendein Schlagloch zu fahren. Henning versuchte, sich im Sitz aufzurichten, verzog dann aber das Gesicht und bemühte sich, an etwas anderes zu denken als an den Schmerz, der in seiner Schulter pulsierte.

Sie waren erst wenige Minuten gefahren, als Bjarnes Telefon klingelte. Er nahm es hoch, legte es aber sofort wieder zurück, nachdem er die Nummer gesehen hatte.

Henning warf ihm einen Seitenblick zu.

»Arbeit«, sagte Bjarne. »Nichts, was nicht warten könnte.«

Irgendwann musste Henning eingeschlafen sein – als er

die Augen wieder aufschlug, waren sie bereits am Ziel. Die Straße hieß Tennisveien. Gleich nebenan stand eine große Tennishalle. Davor parkten mehrere Autos.

Henning versuchte, aus eigener Kraft auszusteigen – vergebens. Bjarne lief um das Auto herum und half ihm heraus.

»Vorsichtig«, sagte Henning.

Sein Arm streifte den Türrahmen, und ein stechender Schmerz schoss durch seinen Körper. Er schwankte, und allein schon bei den ersten vorsichtigen Schritten drehte sich wieder alles um ihn herum. Die Fenster des Hauses sahen aus wie Spiegel, er war nur froh, dass er sich nicht darin erkennen konnte. Er sehnte sich nach einer Dusche, aber das konnte er sich in nächster Zeit vermutlich abschminken.

Bjarne half ihm die leichte Steigung hoch und ließ ihn erst los, als der Boden unter ihren Füßen wieder eben war. Dann kramte er die Schlüssel heraus und schloss auf.

Drinnen deaktivierte er erst den Alarm und machte dann erst Licht. Mit der Hand am Türrahmen schaffte Henning es gerade so aus eigener Kraft in die Wohnung. Er streifte die Schuhe ab und sah sich um.

Es war ein fantastisches Haus.

Blanke weiße Flächen, eine riesige Küche, dahinter ein Wohnzimmer mit einem offenen Kamin in der Ecke, ein Fernseher, ein großer Esstisch. Eine Freitreppe hinauf in die obere Etage.

»Das Schlafzimmer ist oben«, erklärte Bjarne.

Henning nickte und machte sich an den Aufstieg. Solange er sich am Geländer festhielt, war alles gut. Im ersten Stock sah er ein Fernsehzimmer vor sich und eine Tür, die in ein kleineres Zimmer führte – allemal groß genug für

Henning. Dort standen ein Bett, ein Tischchen, und an der Wand hing ein kleiner Fernseher.

»Ich bin kurz unten und erledige ein paar Telefonate«, sagte Bjarne. »Ruf mich, wenn du irgendetwas brauchst.«

»Da wär wirklich was«, sagte Henning.

Bjarne drehte sich zu ihm um.

»Was?«

»Weißt du, ob bei der Polizei ein Same arbeitet?«

Bjarne runzelte die Stirn.

»Ein Same? Du meinst ein Kollege samischer Herkunft?«

»Genau.«

»Warum willst du das wissen?«

»Weil es mich interessiert.«

Bjarne sah ihn lange an.

»Ja«, sagte er schließlich. »Eine Kollegin.«

»Wer?«

Bjarne musterte ihn neugierig.

»Sie heißt Ann-Mari Sara«, sagte er. »Kriminaltechnikerin von der Kripos, auf unbegrenzte Zeit an uns ausgeliehen. Wir haben sie bei Iver Gundersen getroffen. Warum fragst du?«

Natürlich erinnerte Henning sich noch an die Frau.

»Aus keinem speziellen Grund«, sagte er.

Bjarne schnaubte.

»Klar«, sagte er. »Und ein Stück weiter die Straße hoch wohnt eine Jungfrau mit drei Kindern.«

Henning seufzte. Er hätte Bjarne nur zu gern alles erzählt, was ihm im Kopf herumging, konnte aber vorerst nichts sagen. Noch nicht.

»Danke«, sagte er stattdessen. »Für alles. Du bist ein anständiger Kerl, Bjarne.«

Bjarne lächelte und ging die Treppe runter. Es wurde

still in Hennings Kammer. Er atmete tief ein und aus und merkte, wie gut es tat, allein zu sein und nicht jeden Augenblick damit rechnen zu müssen, dass irgendjemand zur Tür hereinkam.

Er setzte sich aufs Bett. Ihm schwirrte der Kopf. Er brauchte dringend ein Schmerzmittel, konnte nicht klar denken, solange es in seinem Schädel derart hämmerte und pochte. Er nahm zwei Tabletten aus der Tüte, die Bjarne mitgebracht hatte. Darin lagen sogar ein paar Flaschen Mineralwasser. Mühsam drehte Henning den Verschluss einer Flasche auf. Er spülte die Pillen hinunter, schaltete den Fernseher an, überflog die Meldungen über ihn selbst im Teletext und stellte erleichtert fest, dass sein Name noch nicht öffentlich gemacht worden war. Die Polizeichefin Pia Nøkleby hatte allerdings bekannt gegeben, dass im Lauf des Abends eine Pressekonferenz stattfinden würde.

Und wieder durchlebte Henning jenen gestrigen Augenblick aufs Neue: sah in die Mündung von Redzepis Waffe, spürte den Stich im Oberkörper.

Er war müde, legte sich hin. Der Schmerz in seiner Schulter war mörderisch.

Er schloss die Augen, und hinter seinen Augenlidern explodierten Farben. Sekunden später überkam ihn eine schier unendliche Ruhe, und alles wurde schwarz.

33

An diesem Abend tat Roger Blystad etwas, was er schon lang nicht mehr gemacht hatte. Er schlenderte ins Zentrum von Brandbu und betrat den Sandbeck Pub.

Auf einem großen Bildschirm lief Fußball. Er setzte sich so weit weg von dem Apparat wie möglich, konnte sich der Übertragung trotzdem nicht vollends entziehen. Die Kneipe war nicht mal halb voll – er dafür innerhalb kürzester Zeit umso voller.

Der Barkeeper kam in regelmäßigen Abständen an seinen Tisch und tauschte das leere Glas gegen ein frisches aus.

Blystad musste an seine Mutter denken, die morgen beerdigt werden würde.

Als sein Großvater in den späten Achtzigern gestorben war, war Blystad in Amsterdam gewesen, weil er sich gerade um eine Dope-Lieferung nach Norwegen hatte kümmern müssen. Seine Mutter hatte ihn spätabends angerufen und ihm mitgeteilt, dass der alte Mann am Ende doch den Kampf gegen den Krebs verloren habe.

Blystad hatte nach der Nachricht in Amsterdam das überwältigende Bedürfnis verspürt, sich zu bewegen, irgendeine Kneipe aufzusuchen, die noch aufhatte, und auf den alten Mann anzustoßen. Er war im Café Pollux gelandet und hatte dort zwei Pils auf den alten Herrn getrunken. Es war ein würdiger Abschied gewesen, auch wenn er nicht eigens dafür nach Hause gefahren war.

Aus demselben Grund hatte er jetzt einfach ein, zwei Bierchen zu Ehren seiner Mutter trinken wollen. Aber als er erst mal angefangen hatte, war es ihm schwergefallen, mit dem Trinken aufzuhören.

Im Grunde war es das Dümmste, was er tun konnte – sich derart in der Öffentlichkeit zu zeigen, wo er doch viel eher die Beine in die Hand nehmen und aus Brandbu fliehen sollte. Aber es war ein dermaßen wohlig befreiendes Gefühl, auf alles zu scheißen – das Risiko, nicht mehr alles unter Kontrolle zu haben, hatte etwas unendlich Reizvolles.

Aber er wäre ein kompletter Idiot, wenn er nicht allmählich irgendwas unternähme. Die Begegnung mit Alfred im Discounter, dann Iver Gundersen – und jetzt auch noch seine Mutter.

Wie viele Hinweise bräuchte er noch?

Das Fußballspiel ging in die Halbzeitpause, und aus den Lautsprechern dröhnte Werbung. Er betrachtete die Gläser und Flaschen im Spiegel hinter dem Tresen. Auf dem Barhocker direkt vor der Zapfanlage saß ein Mann, der beide Hände um sein Glas gelegt hatte und aussah, als studierte er den Bierschaum. Blystad hörte aus der Ferne Lachen, Gesprächsfetzen, ohne irgendwelche Inhalte mitzubekommen.

Im Fernsehen weinte ein Baby. Blystads Mutter hatte auch häufig geweint, vor allem an Heiligabend, wenn die Chorknaben ihre Lieder angestimmt hatten, wobei er nie geglaubt hatte, dass die Tränen der Musik gegolten hatten.

Er trank und blieb sitzen, bis die Konturen um ihn herum verschwammen. Daher bekam er auch nur am Rande mit, dass eine Frau versuchte, seine Aufmerksamkeit zu erregen. Erst als sie direkt vor seinen Augen herumfuchtelte, hob er mühsam den Blick und sah in ein Gesicht, das ihm irgendwie bekannt vorkam, das er aber nicht zuordnen konnte.

»Du bist es wirklich«, rief sie und lächelte.

Blystad blinzelte.

»Du erkennst mich nicht wieder, oder?«

Ein aufreizendes Lächeln.

»Doch, klar«, murmelte er und versuchte, durch den dichten Nebel in seinem Schädel irgendwie darauf zu kommen, woher er die Frau kennen sollte.

»Helene«, sagte sie. »Du warst vor ein paar Monaten bei mir zu Hause und hast die Bretter an der Südwand ausgetauscht.«

Blystad schnipste mit den Fingern.

»Stimmt«, sagte er und klammerte sich ein wenig fester an sein Bierglas. »Sorry, ich …«

»Ach«, sagte sie und winkte ab. »Ich bin es gewöhnt, nicht wiedererkannt zu werden.«

Theatralisch wischte sie sich eine eingebildete Träne aus dem Gesicht, was ihm ein Lächeln entlockte. Herrgott, wie gut es tat zu lächeln!

Helene bleckte eine Reihe schiefer Zähne. Sie gefiel ihm. Außerdem sah sie aus, als würde sie rauchen. Sie trug einen weißen Cowboyhut, eine kurze Jacke, eng anliegende Jeans.

Eigentlich gefiel ihm fast alles an ihr.

»Bist du allein?«, fragte sie.

»Ja, ich …«

Er senkte den Blick.

»Ich bin mit ein paar Freundinnen hier«, sagte sie. »Wir haben uns mindestens hundert Jahre nicht mehr gesehen, aber sie erzählen alle nur von ihren Kindern.«

Sie verdrehte demonstrativ die Augen.

»Sag Bescheid, wenn dir nach Gesellschaft ist.«

Er sah wieder zu ihr rüber, ahnte die Einladung in ihrem Blick. Dann erinnerte er sich wieder daran, wie gesprächig sie damals bei seinem Schreinerauftrag gewesen war. Schon da hatte er den Verdacht gehabt, dass sie einsam sein könnte – sie war fast schon devot dankbar gewesen, als er sich nach getaner Arbeit zu einer Tasse Kaffee hatte überreden lassen.

Sie lebte allein, und das vermutlich schon eine ganze Weile. Blystad hatte jedenfalls nirgends in ihrem Haus Männerschuhe gesehen. Helene war höchstens fünfunddreißig, aber das Haus hatte wie ein Überbleibsel, ein Erbe aus den Siebzigern gewirkt. Sie hatte ein freundliches Gesicht, das mitunter strahlte wie die Sonne.

»Ich … glaub nicht«, sagte er trotzdem. »Nicht heute.«

Es hörte sich an wie eine Abfuhr, was es tatsächlich auch war. Sie blieb dennoch stehen.

»Du siehst traurig aus«, sagte sie leise. »Als könntest du ein bisschen Trost gebrauchen.«

Wieder dieser Unterton. Ein andermal, dachte Blystad. Wann auch immer – aber ein andermal. Hier und jetzt wollte er einfach nur noch allein sein.

»Sag Bescheid, wenn du es dir anders überlegst. Wir sitzen da drüben.«

Sie lächelte, er hob das Glas und prostete ihr zu, und dann lief sie, übertrieben mit dem Hintern wackelnd, quer durch das Lokal zu ihren Freundinnen zurück. Blystad schickte ihr ein vorsichtiges Lächeln nach, ehe er sich ein frisches Bier bestellte und wieder an seine Mutter dachte.

Das letzte Mal hatte er sie am Mittag des 4. August auf dem Operndach in Oslo gesehen. Er hatte sie direkt an der Kante zum Wasser gefunden. Sie hatte ihn fest an sich gedrückt und war in Tränen ausgebrochen wie so oft. Blystad hatte leise in ihr Ohr gelacht und auf sie eingeredet, dass sie nicht weinen solle.

»Ich weiß«, hatte sie gesagt, »aber ich kann nichts dagegen tun.«

Sie hatten ein paar Stunden dort verbracht; sie hatte etwas zu essen und zu trinken für sie beide dabeigehabt. Als er ihr irgendwann mitgeteilt hatte, dass er weitermüsse, hatte sie wieder geweint. Sie hatten einen neuen Treffpunkt verabredet, am 12. Dezember um 12.00 Uhr im Frognerpark. Das war einfach zu merken. Ihr Mailkontakt zwischen den Treffen beschränkte sich auf das absolut notwendige Minimum.

Ich muss mich ordentlich von ihr verabschieden, dachte Blystad. Bei der Beerdigung selbst würde er sich nicht blicken lassen können, das wäre zu riskant, aber er wollte doch zumindest in der Nähe sein. Sie sehen. Den Sarg. Ihr ein letztes Mal nahe sein. Blumen auf ihr Grab legen.

Im selben Moment spürte er deutlicher denn je, wie leid er es war, auf der Flucht zu sein. Leid, sich zurückzuhalten, keine Menschenseele an sich ranzulassen. Wie beispielsweise Helene, die Frau mit dem Cowboyhut. Eigentlich konnte er Cowboyhüte nicht mal ausstehen – weder bei Männern noch bei Frauen. Aber Helene hatte ihn mit Würde getragen. Als wüsste sie genau, dass er ihr nicht stand, aber gerade das machte es charmant. Und sie hatte ihn zum Lächeln gebracht. Blystad konnte an einer Hand abzählen, wie vielen Menschen das in den vergangenen zwei Jahren gelungen war.

Es wäre schön, einfach alles in den Wind zu schießen, all die Vorsichtsmaßnahmen, und endlich wieder zu leben – zu *sein* – und sich nicht um die Konsequenzen zu scheren. Vielleicht sollte er einfach aus der Deckung kommen und sagen: »Hier bin ich«, und dann schauen, was passierte.

Dann machte er diesem Gedankenexperiment ein Ende. Es würde nicht gut ausgehen.

Aber irgendetwas musste er sich einfallen lassen.

Er konnte so nicht länger leben.

34

Charlie Høisæther lag in der Badewanne, als das Telefon klingelte. Er ging davon aus, dass Isabel sich bei ihm entschuldigen wollte, weil sie vor der Arbeit so trotzig gewesen war. Sie wollte nicht mehr im Senzuela tanzen, nachdem jetzt alle wussten, dass sie zusammen waren. »Ich bin es leid, mich zu demütigen«, hatte sie gesagt, »und ich bin mir auch nicht sicher, ob es gut für das Geschäft ist, wenn deine eigene Geliebte eine Poledancerin ist.«

»Vielleicht sollte ich dann keine solche Geliebte haben«, hatte er geantwortet, es aber sofort bereut, als Isabel begonnen hatte zu weinen und aus der Wohnung gelaufen war.

Doch es war nicht Isabel, sondern Freddy. Charlie richtete sich in der Wanne auf und ließ das Wasser von den Armen und Händen perlen, ehe er nach seinem Handy griff.

»Was ist los?«

»Du wolltest doch wissen, wer den gestohlenen Audi gefahren hat, der in den letzten Tagen vor deiner Wohnung stand«, erwiderte Freddy. Seine Stimme klang, als wäre er unendlich weit entfernt. »Der Fahrer hockt gerade vor mir auf einem Stuhl – ist noch ein bisschen benebelt, Hansemann hat ihm eins über den Schädel gegeben. Wir können hier gern noch etwas weitermachen, aber ich dachte, du würdest vielleicht selbst mit ihm reden wollen?«

Charlie setzte sich gerade auf. Dann stieg er kurz entschlossen aus der Wanne und riss die Tür zum Flur auf.

»Hol mich in zehn Minuten ab. Hansemann soll auf ihn aufpassen.«

»Okay, Chef.«

Freddy fuhr wie immer schnell, sodass es nicht lang dauerte, bis sie vor dem halb fertigen Gebäude ankamen, zu dem Charlie sich die Schlüssel besorgt hatte. Der frühere Besitzer hatte dort ein Einkaufscenter einrichten wollen, war aber noch während der Bauphase Konkurs gegangen. Vorläufig wusste Charlie nicht, was er mit dem Grundstück anstellen sollte – es war zu klein für sein Vergnügungsprojekt –, aber während er noch auf die ultimative Idee wartete, war der Ort perfekt für Gespräche unter vier Augen. Der nächste Nachbar war deutlich jenseits der Hörweite.

Charlie und Freddy fuhren über die gewundene Einfahrt ins Untergeschoss des Gebäudes, wo ursprünglich ein Parkhaus hatte entstehen sollen, und stellten dort den Wagen ab. Der Boden war noch nicht asphaltiert, sodass bei jedem ihrer Schritte Staub aufwirbelte. Im Licht der vereinzelten Glühbirnen sahen sie weit hinten einen Mann auf einem Stuhl sitzen. Seine Arme waren auf dem Rücken gefesselt. Hinter dem Mann stand ein blonder Riese mit Ziegenbart und Tätowierungen auf den Armen. Hansemann trug ein schwarzes Kurzarmhemd und eine schwarze Leinenhose – Klamotten, auf denen man keinen Blutfleck sah.

»Mister High, I swear …«

»Schh«, sagte Charlie und ging langsam auf den Mann zu, der sicherlich nicht älter war als achtzehn oder neunzehn. Seine Haut war glatt und braun. Er schwitzte. Ein dünnes Rinnsal Blut lief aus einem seiner Nasenlöcher. Auf der Stirn hatte er eine große rote Schwellung.

Freddy hatte es also wörtlich gemeint.

»Wie heißt du?«, fragte Charlie.

»Eduardo.«

Seine Stimme klang kraftlos vor Angst.

»Und wie weiter?«

Er versuchte, sich ein Stückchen aufzurichten.

»Eduardo de Jesus Silva.«

»Und woher kommst du? Aus Nazareth?«, fragte Charlie.

Freddy und Hansemann lachten, obwohl Charlie diesen Witz schon öfter gerissen hatte.

»Aus Natal«, sagte der Mann in gebrochenem Englisch.

»Wie alt bist du, Eduardo?«

»Neunzehn.«

»Und würdest du gern zwanzig werden?«

Er nickte hektisch.

Situationen wie diese waren mit jungen Menschen immer einfacher, dachte Charlie. Ein paar simple Drohungen reichten, und man erfuhr, was man erfahren wollte.

»Dann erzähl mir jetzt mal, für wen du arbeitest. Ist es jemand aus Norwegen?«

Eduardo schüttelte den Kopf.

»Ich arbeite für niemanden.«

Freddy trat einen Schritt näher, ballte die Faust und legte sie in die andere Handfläche. Eduardo de Jesus Silva riss die Augen auf.

»Bitte, Mister High, ich weiß nicht, was Sie …«

»Offensichtlich weißt du, wer ich bin.«

Eduardo nickte.

»Jeder weiß, wer Sie sind«, sagte er.

»Für wen arbeitest du?«

»Für niemanden, ich …«

»Warum verfolgst du mich?«

»Ich …«

Er sah erst zu Freddy, dann zu Hansemann, der die Hände auf die Lehne des Stuhls legte und sich vorbeugte.

»Ich verfolge Sie nicht«, stammelte der Junge.

»Was tust du dann?«

»Ich …«

Er schloss die Augen. Ein Schweißtropfen rann über seine Wange.

»Ich träume mich weg«, stieß er nach einer Weile hervor.

Charlie sah ihn überrascht an. Die Augen des Jungen waren inzwischen so weit aufgerissen, dass er Falten auf der Stirn hatte.

»Wir haben in unserer Familie nie irgendetwas besessen. Meine Mutter und meine Schwester gehen bei reichen Leuten putzen – einige davon wohnen dort, wo Sie wohnen. So hab ich von Ihnen erfahren. Mein Vater – er ist arbeitslos und macht nichts anderes als …«

Eduardo de Jesus Silva sah für einen Moment weg.

»Und Sie …«, fuhr er fort. »Sie haben alles. Sie wohnen ganz oben, Sie … haben immer die tollsten Frauen und bezahlen nie für Ihre Drinks.«

Er atmete tief durch.

»Sie haben alles«, wiederholte er. »Und wenn ich sage, dass ich träume, meine ich, dass ich davon träume, wie Sie zu sein … dass ich irgendwann mal haben kann, was Sie haben.«

Charlie starrte ihn an. Niemand sollte sich das Leben wünschen, das er führte, dachte er bei sich.

»Warum bist du vor dem Senzuela weggerast?«, fragte er. »Als Freddy mit dir reden wollte?«

Eduardo sah zu Freddy.

»Sehen Sie ihn sich doch an«, sagte er. »Er ist groß wie ein Berg, und jeder weiß, wie gefährlich er ist.«

Freddy verzog den Mund zu einem schiefen Grinsen.

»Willst du damit sagen, dass du Angst hattest?«

Er ließ den Kopf sinken und nickte.

»Er hatte die Hand in seiner Innentasche«, fuhr Eduardo fort. »Und jeder weiß, dass da eine Waffe steckt.«

Charlie nickte langsam. Er war erleichtert, vor dem Mann im Audi musste er also keine Angst haben.

Trotzdem – Henning Juul war noch am Leben.

»Und was soll ich jetzt mit dir machen? Angsthasen kann ich nicht brauchen.«

»Bitte, Mister High, geben Sie mir eine Chance, ich weiß, dass ich eine große Hilfe für Sie sein kann«, flehte er.

»Und wie?«

»Ich kenn die Stadt«, sagte er schnell. »Ich kenn die Menschen, ich mach alles, worum Sie mich bitten.«

Charlie musterte den hageren Körper und das schmale Gesicht. Der Junge sah aus, als könnte ihn der kleinste Windhauch umwerfen. Als könnte eine Ohrfeige ihn auslöschen.

»Das Auto, das du fährst«, sagte Charlie. »Wo hast du das her?«

Eduardo de Jesus Silva holte tief Luft.

»Ein Freund von mir weiß, wo der Besitzer den Wagen für gewöhnlich abstellt. Ich bin bei ihm eingebrochen und hab die Schlüssel geklaut.«

»Ohne bemerkt zu werden?«

»Sonst würde ich kaum hier sitzen.«

Eduardo versuchte sich an einem Lächeln, wurde aber schnell wieder ernst, als der gewünschte Effekt ausblieb. Ein erster Anflug von Hochmut, dachte Charlie.

Er selbst hatte mit siebzehn sein erstes Auto geklaut. In Oslo. Und auch er hatte von einem anderen Leben geträumt. Von einem besseren Leben.

»Ich stelle keine Kriminellen an«, erwiderte er, drehte sich um und wollte sich schon wieder auf den Weg machen.

»Bitte, Mister High…«

Mit Freddy im Gefolge marschierte Charlie weiter.

»Was sollen wir denn mit ihm machen?«, fragte Freddy, als er Charlie eingeholt hatte. »Sollen wir…«

Charlie hob die Hand zum Zeichen, dass Freddy den Mund halten sollte. Als sie außer Hörweite waren, blieb Charlie stehen und drehte sich um.

»Guck mal, ob du irgendetwas findest, was er tun kann«, sagte er. »Irgendwas. Und check, was in ihm steckt.«

Freddy sah ihn überrascht an.

»Sicher, Chef?«

Charlie überlegte kurz.

»Nein«, sagte er schließlich. »Mach es trotzdem.«

35

Als Henning aufwachte, blieb er noch ein paar Sekunden liegen und blinzelte zur Decke, bis die sich vor seinen Augen langsam scharf stellte und er sich wieder daran erinnerte, wo er sich befand.

Er wusste nicht, woher dieser Gedanke so schnell nach

dem Aufwachen aufgetaucht war – doch mit einem Mal hatte ihm vor Augen gestanden, wie lange er nicht mehr bei seiner Mutter gewesen war. Nachdem sie ihn mehr oder minder beschuldigt hatte, seinen eigenen Vater getötet zu haben, war Henning auf Distanz zu ihr gegangen. Er hatte eine Pflegekraft organisiert, die sie mit dem Wichtigsten versorgte – sogar mit Zigaretten und Likör. Jetzt fragte er sich, ob sie überhaupt wusste, dass er angeschossen worden war. Ob sie es in den Nachrichten gehört oder ob es ihr jemand erzählt hatte.

Er fragte sich, ob sie sich Sorgen machte.

Langsam schob er sich zur Seite, stellte die Füße auf den Boden, schleppte sich mühsam zum Tisch, auf dem die Medikamente lagen, und fingerte zwei Tabletten hervor. Und schon wieder schien die Wand sich zu bewegen.

Dann sah er sein Spiegelbild im Fenster. Er war leichenblass und hatte dunkle Ringe unter den Augen. Es sah aus, als wäre er in den letzten Wochen um fünfzehn Jahre gealtert.

Halt noch ein bisschen aus, sagte er zu seinem Spiegelbild.

Und dachte an *6tiermes7*.

Tiermes war einer von zahlreichen Namen des samischen Donnergottes, der – glaubte man der Mythologie – über Leben und Tod der Menschen entschied. Ein Gott, der Donner hervorrufen, Trolle töten und Rache üben konnte.

Henning fragte sich, wer gewusst haben mochte, dass er um Punkt vier zur Vernehmung ins Präsidium hätte kommen sollen. Die Person musste Durim Redzepi und seinen Fahrer geschickt haben, schließlich hatte es so ausgesehen, als hätten sie auf ihn gewartet.

6tiermes7 hatte versprochen, sich am Abend wieder einzuloggen – etwa zur gleichen Zeit wie am Vortag. Henning warf einen Blick auf die Uhr am Fernseher. Er hatte noch etwas mehr als eine halbe Stunde Zeit. Er schluckte eine weitere Tablette und zog dann eine dunkelbraune Fleecejacke aus dem Kleiderschrank, die er vorsichtig über den gesunden Arm streifte, während er den restlichen Stoff einfach um die Schlinge legte. Dann ging er ins Fernsehzimmer. Er fühlte sich wie betrunken.

Das Haus war vollkommen still.

»Bjarne?«

Keine Antwort. Er ging ein paar Schritte auf die Treppe zu. Bjarne rührte sich nicht.

Henning spitzte die Ohren, hörte nur das leise Brummen des Kühlschranks. Eine der Holzwände knackte, und Henning zuckte zusammen. Er kannte dieses Geräusch aus seiner Wohnung, trotzdem jagte ihm das Geräusch Schauder über den Rücken, und er fragte sich, ob er wirklich allein war.

Er ging nach unten in die Küche. Auf dem Tisch lag ein handgeschriebener Zettel.

Musste zur Arbeit, wollte dich nicht wecken.
Nimm aus dem Kühlschrank, worauf du Lust hast.
Don't worry, du bist sicher.
BB

Henning sah aus dem Fenster, aber dort waren bloß eine Hecke zu sehen, das Haus auf der gegenüberliegenden Seite, Licht hinter den Fenstern und ein paar Sterne am Himmel. Er sah nach, ob er Geld eingesteckt hatte, fand einen Zweihunderter in seiner Hosentasche und legte ihn auf die Kochinsel in der Mitte der Küche.

Wo war sein Telefon?

Er fragte sich, ob Bjarne es mitgenommen hatte.

Kurzerhand wandte sich Henning zum Festnetztelefon im Flur um und rief sich ein Taxi.

Dann ging er zurück in die Küche und trank ein paar Gläser Wasser. Immer noch drehte sich alles um ihn herum, sodass er sich an der Anrichte festhalten musste, um nicht umzufallen. Nach ein paar Minuten wurde es besser, und er schlenderte nach draußen. An der kalten Luft spürte er, wie erhitzt sein eigener Körper war. Er schwankte, ging vorsichtig weiter zur Garage vor dem Haus. Drüben vor der Tennishalle stand ein Taxi mit angeschaltetem Taxischild. Langsam kämpfte Henning sich näher und schob sich mit letzter Kraft auf die Rückbank.

»Könnten Sie bitte eine Adresse für mich heraussuchen – und zwar die einer gewissen Ann-Mari Sara?«, fragte Henning, als sie losgefahren waren. Der Fahrer, ein Mann mittleren Alters mit asiatischen Zügen, ließ sich den Namen buchstabieren. Sekunden später fuhren sie an einem Auto vorbei, in dem zwei Leute saßen. Es ging so schnell, dass Henning die Gesichter nicht erkennen konnte, doch so viel hatte er bemerkt: Der Wagen war nicht gefahren.

»Ivan Bjørndals gate, kann das stimmen?«, fragte der Taxifahrer.

»Keine Ahnung«, sagte Henning und versuchte noch, sich umzudrehen. »Aber wenn es in Oslo nicht mehrere Leute mit diesem Namen gibt, fahren wir dorthin.«

Der Fahrer tippte die Adresse ins Navi ein. Im selben Moment schaltete der Wagen hinter ihnen die Scheinwerfer ein und fuhr ebenfalls los.

»Und es wäre toll, wenn Sie etwas schneller fahren könnten«, sagte Henning.

Der Fahrer schenkte Henning im Rückspiegel ein breites Lächeln.

Henning hielt sich fest und fragte sich, ob er den Fahrer bitten sollte, Bjarne anzurufen. Der andere Wagen folgte ihnen noch immer.

Waren das Redzepi und sein Kumpane?

»Ich leg was drauf, wenn Sie noch schneller fahren.«

Die Drehzahl ging hoch, und der Abstand zwischen den zwei Wagen wurde größer. Als sie bei Gelb über eine Ampel schossen, musste der Wagen hinter ihnen – ein Lexus – anhalten, und einen Moment später waren drei Autos zwischen ihnen. Gleich darauf bog der Fahrer auf eine breitere Straße ein, wo er noch mehr Gas geben konnte.

Das war's, dachte Henning, den sind wir los. Er verwarf den Gedanken, Bjarne anzurufen.

Zehn Minuten später hielten sie in der Ivan Bjørndals gate im östlichen Akerselva. Henning gab dem Fahrer ein großzügiges Trinkgeld und stieg aus. Die Straße war leer, er sah kein einziges sich näherndes Auto. Er lief los, so schnell er konnte, aber irgendwie wollten ihm die Muskeln nicht recht Folge leisten. Stattdessen schienen die großen Ziegelbauten zu beiden Seiten der Straße näher zu kommen und sich über ihn zu beugen.

Hinter einigen der Fenster brannte Licht.

Nebenan hatte noch ein Gemüseladen geöffnet, und ein Mann kam mit einer blauen Plastiktüte heraus. Auf der gegenüberliegenden Straßenseite befand sich ein Restaurant mit großen Fenstern. Es wirkte freundlich und einladend, trotzdem konnte Henning nicht viele Gäste ausmachen.

Er blieb stehen und holte tief Luft, dann blinzelte er zweimal und ging langsam auf das Gebäude zu, auf dem eine große 17 prangte. Ann-Mari Saras Name stand auf dem Klingelbrett.

Er klingelte und wartete, aber nichts passierte. Vielleicht war sie noch bei der Arbeit, dachte er, zog sich ein Stück zurück und stellte sich unter einen Baum. Die Fleecejacke, die er nur zum Teil hatte zuziehen können, wärmte nicht besonders, und auch die dünnen Joggingschuhe konnten der Kälte, die vom Boden heraufzog, nicht viel entgegensetzen.

Bis Ann-Mari Sara auftauchte, war Henning komplett durchgefroren. Er hatte sie zwar nur einmal kurz in Ivers Wohnung gesehen, erkannte sie aber trotz allem wieder. Klein, wilde Haare, zügiger Gang – als hätte sie es immer eilig.

Henning trat aus dem Schatten.

»Hallo, Ann-Mari.«

Sie blieb stehen und sah mit großen Augen zu ihm auf.

»Oder sollte ich Sie lieber mit Ihrem Nick ansprechen – mit *6tiermes7*?«

Sara legte den Kopf leicht schräg und blinzelte ihn an, als hätte sie ihn nicht richtig gehört.

»Kommen Sie, ich weiß, dass Sie *6tiermes7* sind.«

Sie betrachtete ihn lange.

»Und wie können Sie das wissen?«

»Samen sind stolz auf ihre Herkunft«, erwiderte Henning. »Und Sie sehen aus, als wären Sie Jahrgang 67.«

Sie starrte ihn noch immer an. Es vergingen einige Sekunden, bevor sie sich verstohlen nach links und rechts umsah und einen Schritt näher trat.

»Hab ich nicht klar gesagt, dass wir uns nie treffen dürfen?«

»Doch. Und das war mir auch sehr recht. Bis jetzt.«

»Wie meinen Sie das?«

»Sie wussten, dass ich heute noch nach Tønsberg wollte«, erklärte Henning. »Und da Sie im Präsidium Zugang zu sämtlichen Informationen haben, war es für Sie sicher auch möglich herauszufinden, dass ich um vier zur Vernehmung zurück sein wollte.«

Sara nickte langsam.

»Und jetzt glauben Sie also, dass ich diese Informationen an jemanden weitergegeben hätte? Der dann auf Sie geschossen hat.«

Henning hob die unverletzte Schulter ein Stück an.

Sara schüttelte den Kopf. Dann angelte sie ihre Schlüssel aus der Tasche und marschierte zur Tür, wo sie sich noch einmal zu Henning umdrehte.

»Sagen Sie, Henning, wie lang arbeiten wir jetzt schon zusammen?« Und noch ehe er antworten konnte: »Wie viele Fälle waren es, alles in allem? Und wie sauber waren die Infos, die ich Ihnen gegeben habe?«

»Lupenrein«, antwortete Henning.

»Und dann stehen Sie hier und wollen ernsthaft behaupten, dass …«

Sie suchte nach den richtigen Worten.

»Dass ich etwas damit zu tun haben könnte, dass auf Sie geschossen wurde?«

Sie tippte sich mit dem Daumen auf die Brust.

»Ausgerechnet auf Sie?«

Henning antwortete nicht, spürte aber, dass sich wieder alles zu drehen begann. Er musste blinzeln, um scharf sehen zu können, und sah vor sich eine Frau, die dem Gesichtsausdruck zufolge am liebsten auf ihn losgegangen wäre. Ihre Augen blitzten und funkelten, und ihre Wangen waren rot angelaufen.

»Wenn Sie das wirklich glauben, Henning, dann scheren Sie sich zum Teufel.«

Vor seinen Augen wurde Ann-Mari Sara unscharf.

»Sie dürfen mir gern das Gegenteil beweisen«, stieß er hervor und musste alle Kraft zusammennehmen, um bei Bewusstsein zu bleiben.

»Ich brauche Ihnen überhaupt nichts zu beweisen.«

Sara wandte sich zur Tür um und schob den Schlüssel ins Schloss. Kopfschüttelnd feuerte sie Flüche auf ihn ab.

Henning versuchte, ihr zu folgen, machte noch zwei schnelle Schritte, ehe sich alles schneller und noch schneller zu drehen begann und er das Gleichgewicht verlor. Wie in Zeitlupe sackte er zu Boden und glaubte noch, in einiger Entfernung die Konturen eines Autos zu erkennen. Doch mehr nahm er nicht mehr wahr, ehe sich etwas Warmes über seine Augen legte und um ihn herum alles still wurde.

36

Nora saß in der Küche und versuchte, etwas zu essen. Nicht für sich – sie hatte keinen Hunger –, sondern wegen des Kindes. Die Banane schmeckte nach Pappe, der Joghurt nach sauren Erdbeeren, aber am Ende brachte sie es doch fertig, ein paar Schluck Milch zu trinken – Kalzium und Vitamin D waren schließlich wichtig – und mit ein wenig Wasser eine Fischölkapsel hinunterzuwürgen.

Abends wirkte ihre Wohnung so viel stiller und dunkler

als sonst. Sie vermisste ihre Mutter, die erst am nächsten Abend wiederkommen würde. Wenn Agnes da war, war wenigstens Leben in ihrer Wohnung. Geräusche.

Nora beschloss, ein paar Kerzen anzuzünden. Sie lief ins Wohnzimmer, wo sie meinte, auf dem Tisch eine Streichholzschachtel liegen gelassen zu haben, aber dort war sie nicht.

Sie sah sich um, aber die Streichhölzer lagen weder auf dem Kaminsims noch dort, wo sie sie sonst immer aufbewahrte. Sie suchte sogar den Boden ab, aber die Schachtel war weder unters Sofa noch unter den Wohnzimmertisch gerutscht.

Als sie zurück in die Küche ging, fand sie sie auf der Anrichte.

Nora war felsenfest überzeugt davon, sie dort nicht hingelegt zu haben – und mit einem Mal überkam sie das Gefühl, dass jemand in ihrer Wohnung war. Sie lauschte. Keine Bewegungen, keine Geräusche, nichts, was auf die Anwesenheit eines anderen Menschen hindeutete. Aber je länger sie darüber nachdachte, umso sicherer war sie sich, dass in ihrer Abwesenheit jemand ihre Wohnung betreten haben musste. Und sie war lange weg gewesen …

Als der Gedanke erst mal Wurzeln geschlagen hatte, sah sie noch mehr Dinge, die nicht mehr so waren, wie sie sein sollten. Einer der Kühlschrankmagneten war verschoben worden. Das Ultraschallbild hing sonst direkt neben dem Flyer des Sushirestaurants und nicht unter dem Kühlschranklogo. Und auch die Zeitung lag zu weit in der Mitte der Anrichte, nicht am Rand, wo sie sie am Morgen zurückgelassen hatte.

Oder bildete sie sich das alles nur ein?

Irgendwer könnte hier etwas gesucht haben, dachte sie.

Vielleicht glaubten sie ja, dass Iver bei ihr etwas zurückgelassen hätte. Nur was?

Nora ging wieder ins Wohnzimmer, blieb stehen und lauschte. Nein, da waren keine fremden Geräusche. Trotzdem lief sie zurück auf den Flur und inspizierte das Türschloss. Es sah aus wie immer.

Da, der Regenschirm …

Er lag umgestürzt am Boden. Wann sollte ihr das denn passiert sein?

Sie kniff die Augen ein paarmal zusammen und versuchte, sich zu beruhigen. Du drehst allmählich durch, redete sie sich ein. Geh jetzt wieder ins Wohnzimmer, setz dich, atme tief durch und geh dann noch mal alles durch.

Sowie sich Nora auf dem Sofa niedergelassen hatte, konzentrierte sie sich auf ihre Atmung. Sie erinnerte sich wieder vage daran, dass ihre Mutter das Ultraschallbild vom Kühlschrank genommen und es sich angesehen hatte. Bestimmt hatte sie es anschließend an einen anderen Ort gehängt. Und die Streichholzschachtel konnte Nora selbst verlegt haben. Kein Grund zur Panik.

Außerdem saßen unten auf der Straße Leute in einem Auto und beobachteten jeden, der in ihrem Haus ein und aus ging. Sollte irgendjemand bei ihr eingebrochen sein, hätten die das doch gesehen.

Aber hatten sie auch dort gesessen, während sie weg gewesen war?

Sie sah auf die Uhr. Es war jetzt Viertel vor zwölf. Trotzdem wählte sie Bjarne Brogelands Nummer, um sicherzugehen.

»Nein, die waren nicht da«, antwortete er müde. »Die wechseln sich wie im Schichtdienst ab, aber da Sie in der Zwischenzeit ja mit mir zusammen waren …«

Er atmete durch den Mund.

»Aber warum fragen Sie?«

»Ach, ich …«

Sie dachte kurz darüber nach. Es war höchst unwahrscheinlich, dass diejenigen, die Iver getötet und Henning niedergeschossen hatten, das Risiko eingingen, in ihre Wohnung einzusteigen, solange Polizei und Presse auf sie Jagd machten. Außerdem wusste sie doch gar nichts … und würde ihnen nicht gefährlich werden.

»Ist alles in Ordnung?«, fragte Brogeland jetzt mit ein wenig mehr Kraft in der Stimme.

»Ja, schon … Ich glaub schon …«

»Glauben? Was ist denn los?«

Mit einem Mal klang er hellwach, wenn auch leicht nervös.

»Nein, ach … Ich hatte nur plötzlich so ein Gefühl … als wäre jemand in meiner Wohnung gewesen. Aber bestimmt täusche ich mich.«

»Wollen Sie, dass ich komme und das überprüfe? Oder … soll ich einen Kollegen hochschicken?«

»Nein, nicht doch«, sagte sie. »Es geht schon wieder. Ich bin nur … ein bisschen ängstlich. Oder paranoid. Ich weiß auch nicht. Es geht schon. Tut mir leid, dass ich so spät noch angerufen habe.«

Bjarne zögerte kurz. Dann sagte er: »Schon in Ordnung, ich bin ohnehin noch bei der Arbeit.«

»Wirklich? Kommen Sie denn weiter?«

»Wir folgen verschiedenen Spuren.«

Vage, dachte Nora. Aber so drückte sich die Polizei nun einmal aus, wenn sie nichts Konkretes vorzuweisen hatte.

»Okay«, sagte sie schließlich. »Dann gute Nacht.«

»Gute Nacht. Versuchen Sie, ein bisschen zu schlafen.«

»Mach ich.«

Sie beendeten das Gespräch, und Nora atmete tief durch und lehnte sich auf dem Sofa zurück.

Legte die Hand auf ihren Bauch.

Sie hätte es sich lieber nicht eingestanden, aber in den letzten zehn Minuten hatte sie richtiggehend Angst gehabt.

Als Bjarne im Lauf des Tages bei ihr gewesen war, hatte er Rasmus Bjelland erwähnt, einen Schreiner. Nora hatte eigentlich vorgehabt, ein paar eigene Recherchen anzustellen, aber war sie wirklich die Richtige, um nun ebenfalls in diese Sache einzutauchen, die ihren Lebensgefährten das Leben gekostet hatte? Waren in der Zeit, die vor ihr lag, jetzt nicht ganz andere Dinge wichtig?

Henning hatte recht, dachte sie und strich sich erneut über den Bauch. Sie musste sich heraushalten. Es war für sie beide viel zu gefährlich.

37

Roger Blystad fuhr im Kreis, drehte seine Runden. Konnte sich nicht entscheiden, den Wagen zu parken und auszusteigen. Stattdessen hielt er an einer Stelle, von wo er den Friedhof überblicken konnte, auf dem sich vielleicht dreißig Personen inklusive Pfarrer um einen Erdhaufen versammelt hatten.

Blystad schluchzte.

Er hätte gern ebenfalls dort gestanden und mitgesungen, obwohl er sonst nie sang. Hätte gern dem Pfarrer die

Hand geschüttelt und eine große Dosis Beileidsbekundungen in sich aufgesaugt, die meist so fremd und unpersönlich klangen … Selbst war er nie in der Lage, jemand anderem gegenüber ein Wort des Beileids auszusprechen. Er fragte sich, wer die Trauergäste waren und auf welche Weise sie mit seiner Mutter bekannt gewesen waren. Ob es Nachbarn oder Kollegen waren. Alte Schulkameraden. Es waren etliche Leute dort, die er noch nie gesehen hatte.

Es war ein merkwürdiger Gedanke, dass ihm völlig unbekannte Menschen zu dem wichtigsten Menschen in seinem Leben in einem Verhältnis standen, das er nicht einschätzen konnte.

Er fuhr erneut eine Runde. Als er wieder an seinem Beobachtungsposten ankam, hatte sich die Gruppe am Grab in Bewegung gesetzt. Allem Anschein nach war es vorbei, jetzt lag sie in der Erde.

Blystad schluchzte erneut.

Er hatte den Gang rausgenommen, als sie den Friedhof verließen. Er erkannte Onkel Lars und ein paar weitere Familienmitglieder wieder – sonst niemanden. Mehrere Trauergäste steuerten direkt auf ihre Wagen zu, andere unterhielten sich noch kurz. Einer lachte. Blystad wäre am liebsten ausgestiegen, um ihm die Fresse zu polieren. Arschloch. On with the show, oder was? Zurück an die Arbeit oder vor die Glotze.

Blystad legte den ersten Gang ein, gab Gas und fuhr davon.

Durim Redzepi musste wieder daran denken, wie dunkel es an ihrem Todestag in Vanja Kvalheims Wohnung gewesen war. Er erinnerte sich noch an ihre Schritte auf der Treppe, das leise Ratschen des Schlüssels im Schloss – als wäre sie nach dem langen Arbeitstag in der Majorstua-Klinik unendlich erschöpft und kaum noch in der Lage, die Tür aufzuschließen. Der Schock in ihren Augen, als sie ins Wohnzimmer trat, das bläuliche Licht des Fernsehers, als sie ihn auf dem Sofa sitzen sah.

»Mal im Ernst«, hatte er gesagt. »Sie nehmen wirklich *Glamour* auf?«

Geniale Einstiegsreplik. So harmlos.

Vanja Kvalheim hatte kein Wort herausgebracht, hatte einfach nur mit offenem Mund und stumm vor ihm gestanden.

»Wie viele Folgen gibt es von der Scheißserie? 18 000?«

»Wer sind Sie?«

»Man muss sich den Scheiß nicht einmal angucken, um zu wissen, wie's weitergeht.«

»Was wollen Sie?«

Redzepi hatte ein paar Sekunden auf den Bildschirm gestarrt, ehe er das Bild angehalten und die Fernbedienung weggelegt hatte. Kvalheim war bei dem plötzlichen Geräusch zusammengezuckt.

»Ich glaub, ich weiß, warum. Sehen Sie sich diesen Kerl an.«

Er machte einen Schritt auf sie zu und zeigte auf den Bildschirm. Blieb direkt vor ihr stehen.

»Der sieht aus wie ihr Sohn.«

Im selben Moment hatte Vanja Kvalheim angefangen zu weinen, vielleicht weil sie verstanden hatte, wieso Redzepi sich nicht die Mühe gemacht hatte, sein Gesicht zu verbergen. Wieso er Handschuhe trug. Wieso die Gardinen zugezogen waren. Wieso Jeton Pocoli einfach nur dasaß und sie anstarrte.

»Wo ist er, Vanja?«

»Wer?«

Angesichts ihrer naiven, hilflosen Reaktion musste er lachen.

»Bitte«, sagte sie, »ich weiß nicht, wo er ist.«

Er sah die Tränen, den flehenden Blick und wie die Knie unter ihr nachgaben.

»Was meinst du, Jeton – weiß sie es oder nicht?«

Jeton Pocoli machte einen Schritt nach vorn und zog die Schultern hoch. Redzepi angelte eine kleine Schachtel aus der Jackentasche und schob sie auf, nahm irgendwas heraus, was aussah wie eine Stecknadel, und legte es sich behutsam auf die gestreckte Handfläche. Aus der anderen Tasche nahm er eine kleine, durchsichtige, mit einem Korken verschlossene Glasampulle mit einer klaren Flüssigkeit.

Langsam entfernte er den Korken.

»Die Wirkung«, hob er an, »hab ich bis jetzt nur an einer Katze erprobt. Weißt du noch, Jeton?«

Jeton Pocoli nickte.

»Wirklich sehr speziell.«

»W-was meinen Sie?«

»Allerdings wissen wir, dass es auch bei Menschen wirkt.«

Vanja Kvalheims Lippen zitterten, als er die Nadel in die klare Flüssigkeit tauchte, die Spitze ins Licht hielt und ein Tröpfchen zu Boden fallen sah.

»Ich glaube Ihnen«, sagte er, »dass Sie nicht wissen, wo Ihr Sohn ist.«

Gleichzeitig nickte er Jeton Pocoli zu, und der machte einen Schritt auf sie zu und packte sie bei den Armen.

»Trotzdem werden wir Sie umbringen müssen.«

Es war ein guter, sauberer Mord gewesen, schön simpel. So hätte auch Henning Juul sterben sollen. Doch was ihn anging, ergaben sich hoffentlich noch andere Gelegenheiten.

Eigentlich hätte er im Wald bleiben sollen, da inzwischen in ganz Norwegen nach ihm gefahndet wurde. Aber die heutige Operation war schon lange geplant gewesen, und als Planer musste er persönlich anwesend sein. Doch weil es besser war, dass er sich nicht in der Öffentlichkeit zeigte, hatte er Flurim Ahmetajs Freund mitgenommen, der gestern auch schon spontan eingesprungen war, als sie jemanden gesucht hatten, der sich Zugang zu Nora Klemetsens Wohnung verschaffen konnte.

Redzepi warf einen Blick auf den Monitor. Die Beerdigung war vorbei. Flurim Ahmetaj richtete eine der Kameras neu aus, die sie in einem Baum montiert hatten, und sah dann zu, wie ein Mann das Grab mit Erde auffüllte.

Ihr Plan war gescheitert.

Der Schreiner war nicht aufgetaucht, um sich von seiner Mutter zu verabschieden.

Goofy würde sehr ungehalten sein.

Flurim Ahmetaj verschränkte die Hände hinterm Kopf. Neben ihm saß sein Freund und lockerte die Oberschenkelmuskeln, während Jeton Pocoli vornübergebeugt dasaß und sich mit den Ellenbogen auf den Knien abstützte. In dem Lieferwagen roch es nach Schweiß.

»Wie lange sollen wir hier noch hocken?«, fragte Pocoli in ihrer Muttersprache und sah auf die Armbanduhr.

»Ein bisschen noch«, sagte Redzepi.

»Und wie lang ist ein bisschen? Es ist doch wohl klar, dass er nicht mehr kommt.«

Redzepi bedachte ihn mit einem langen Blick.

»Wir sitzen hier so lange, bis ich sage, dass wir fertig sind. Hast du ein Problem damit?«

»Ja. Ich kann es nicht leiden, Zeit zu vergeuden.«

»Wer sagt, dass …«

Im nächsten Moment sprang Ahmetaj auf und tippte mit dem Zeigefinger auf den Bildschirm.

Redzepi beugte sich vor.

Und lächelte.

Kurz vor Oslo hielt Blystad an einer Tankstelle. Der Wind schlug ihm hart ins Gesicht, aber das kümmerte ihn nicht.

Es fühlte sich verkehrt an abzuhauen, ohne sich ordentlich von ihr verabschiedet zu haben. Er hatte sich nicht auf den Friedhof getraut, aus Angst, dass jemand nach ihm Ausschau halten könnte. Dabei hatte er extra Rosen gekauft, ihre Lieblingsblumen. Sogar einen Anzug hatte er sich besorgt und neue Schuhe.

Nachdem er getankt hatte, setzte er sich wieder in den Wagen und legte die Hände aufs Lenkrad.

Feigling, beschimpfte er sich selbst. Dein Leben ist ein Witz. Die Vorstellung, dass sie jetzt dort allein in ihrem Grab lag – ohne einen letzten Abschiedsgruß von ihm erhalten zu haben –, ließ ihn ganz einfach nicht mehr los.

Er ließ den Motor an, gab Gas.

Kehrte um.

Zwanzig Minuten später war er wieder am Friedhof. Das Wetter war noch genauso grau und trist, aber zumindest hatte es aufgehört zu regnen. Auf dem Parkplatz standen nirgends Autos mehr, kein Mensch war noch unterwegs.

Blystad schaltete den Motor aus und atmete tief ein und wieder aus. Er wartete eine Minute, ehe er die Tür aufschob und ausstieg. Die neuen Schuhe fühlten sich wie Fremdkörper an seinen Füßen an, als hätte er einen Gips.

Sie klackerten laut über den Asphalt und knirschten, als er den Kiesweg betrat.

Es war nicht schwer, das Grab zu finden. Blystad lief quer über den Rasen und zwischen den Grabsteinen hindurch, ohne auch nur einen einzigen Blick auf die eingravierten Namen, die Blumen und Lichter auf den anderen Gräbern zu werfen.

Vor ihrem Grab blieb er stehen. Ein frisch aufgehäufter Erdhaufen, ein Kreuz mit ihrem Namen. Blystad war dankbar, dass der Küster das Grab gleich hatte auffüllen lassen. Den Anblick des Sarges hätte er nicht ertragen. Den Anblick der Blumen, die ihr mit auf die letzte Reise gegeben worden waren.

Blystad hatte damit gerechnet, dass es wehtun würde. Trotzdem traf ihn der Schmerz tiefer als gedacht. Sein Hals war trocken, das Schlucken fiel ihm schwer. Er schluchzte, sah sich um.

Es war niemand zu sehen.

Er trat näher an den Erdhaufen heran und legte seine Blumen neben das weiße Kreuz. Senkte den Kopf und faltete die Hände. Irgendwo in der Nähe knallte eine Autotür. Eine Motorsäge heulte auf.

Er wollte etwas sagen, brachte aber nicht ein einziges Wort heraus.

Er hätte nicht sagen können, wie lange er dort gestanden hatte. Die Erde sah schwarz aus, fett, und dort unten, im Dunkeln, lag sie jetzt und war für immer fort.

Er drehte sich um, ging zurück zu seinem Wagen und hatte wieder dieses ganz bestimmte Bedürfnis, das er schon länger verspürte, das heute aber stärker war als je zuvor in seinem Leben. Er konnte und wollte heute Abend nicht allein bleiben.

Durim Redzepi sah auf den Monitor. In der Hand hielt er das winzige Mikrofon.

»Er ist jetzt am Grab«, sagte er. »Ist um dich rum irgendwas los?«

»Nein«, kam Jeton Pocolis Antwort.

»Okay, dann leg los. Du hast reichlich Zeit, aber erledige es trotzdem so schnell wie nur möglich. Und merk dir das Kennzeichen.«

»Verstanden.«

Redzepi sah die schweren Schritte des Mannes. Flurim Ahmetaj zoomte näher ran, wechselte zu einer anderen Kamera, die dem Schreiner aus einem anderen Blickwinkel folgte. Die Sonne strahlte ihn an. Der Schreiner hatte eine Hand in die Tasche geschoben und sah sich um.

Es knisterte in der Funkanlage.

»Das Päckchen ist installiert«, sagte Pocoli.

»Gut.«

»Er hat sein Handy im Auto gelassen, daran hab ich gleich auch noch einen Tracker installiert. Und dann wie besprochen an der Karosserie und in der Jacke.«

»Sehr gut. Und jetzt sieh zu, dass du dort wegkommst.«

Redzepi sah wieder auf den Bildschirm. Der Mann stand jetzt vor dem Grab seiner Mutter. Ein Haufen Erde. Es wäre durchaus verlockend gewesen, ihn gleich vor Ort zu erledigen und einfach zu seiner Mutter zu werfen – aber das wäre doch zu dreist gewesen. Mal ganz abgesehen von dem Risiko, dass es doch irgendwo Zeugen gab.

Redzepi zuckte zusammen, als die hintere Tür des Lieferwagens aufging. Jeton Pocoli stieg ein, setzte sich und nahm die Ohrstöpsel heraus.

»Hier«, sagte er und reichte Redzepi einen Zettel mit zwei Buchstaben und fünf Zahlen. »Das Kennzeichen.«

Redzepi reichte den Zettel an Ahmetaj weiter.

»Eine Adresse wäre gut«, sagte er, »falls wir ihn verlieren.«

»Wir verlieren ihn nicht.«

Trotzdem nahm Ahmetaj den Zettel. Redzepi folgte mit dem Blick den Bewegungen des Schreiners.

Was Henning Juul anging, hatten sie zu früh geschossen.

Sie hatten nicht auf den besten Moment gewartet.

Das würde ihnen nicht noch mal passieren.

Diesen Kerl hier würden sie aus nächster Nähe ausschalten. Wenn er am wenigsten damit rechnete.

38

Er fuhr langsam, trotzdem schepperte es im Wagen. Blystads Werkzeugkiste stieß in einem fort irgendwo dagegen – vermutlich gegen die Nagelpistole. Irgendwann verwandelte sich das Scheppern in ein einschläferndes Hintergrundgeräusch.

Es sah aus, als würde die Straße auf ihn zugleiten. Er wusste nicht – und es war ihm auch egal –, wie lange er für die Rückfahrt nach Brandbu gebraucht hatte. Seine Hände am Lenker und der Fuß auf dem Gaspedal hatten nach einer Weile förmlich einen eigenen Willen entwickelt. Im nächsten Moment tauchte ihr Haus vor ihm auf, und erst da nahm er wieder zur Kenntnis, wo er sich befand.

Er durchquerte die Wohnsiedlung. Haus an Haus, in Reih und Glied. Gärten, Hecken, Garagen mit Kiesauffahrten. Es war Herbst, aber nach der Farbenpracht um ihn herum zu urteilen, hätte es ebenso gut noch immer Sommer sein können. Alles wirkte so grün und frisch, in manchen Gärten bogen sich die Apfelbäume schwer unter dem Gewicht der überreifen Früchte. Es war ein stiller Nachmittag.

Er nahm den Fuß vom Pedal und ließ den Wagen bis zu ihrem Haus ausrollen. Er hielt an, war plötzlich unentschlossen, ob er nicht doch besser umdrehen sollte. Dann drehte er den Zündschlüssel herum und stieg aus.

Lass es bleiben, sagte eine Stimme in seinem Kopf. Sie erklärt dich doch nur für verrückt.

Trotzdem ging er auf das Haus zu.

Helene stand am Fenster und blickte ihm entgegen.

Zu spät, jetzt kann ich nicht mehr gehen.

Sie schien überrascht darüber zu sein, ihn zu sehen. Dann verzogen sich ihre Lippen zu einem Lächeln. Selbst aus der Entfernung konnte er sehen, dass sie weich und rot waren. Sie machte das Fenster auf und steckte den Kopf heraus.

»So eine Überraschung«, sagte sie. »Wohin bist du denn unterwegs?«

Ihm wollte keine plausible Antwort einfallen. Er hatte doch einfach hierhergewollt, zu ihr.

»Hast du dich verfahren?«

»Nein, ich …«

Inzwischen hing sie fast schon mit dem Oberkörper aus dem Fenster.

»Warte, ich komm raus.«

Sie wich zurück und schob das Fenster zu. Blystad blieb stehen und sah sich um, strich sich mit der Hand über den glühenden Schädel. Wischte sie am Hosenbein ab. Steckte sie in die Tasche und machte einen Schritt nach hinten.

Im selben Moment ging die Tür auf.

Helene, heute ohne Cowboyhut, dafür in Gummistiefeln und Jogginghose, Tunika und Jacke, hatte sich das Haar zu einem Pferdeschwanz zusammengebunden.

Er machte einen Schritt auf sie zu, hielt inne, strich sich erneut mit der Hand übers Haar. Was für eine saudämliche Idee, dachte er, aber ihr Lächeln sorgte dafür, dass er den Blick trotzdem nicht mehr von ihr abwenden konnte.

»Wow, nobel siehst du aus«, sagte sie, als sie auf ihn zukam.

Sie lächelte breit.

»Jemand gestorben?«

Blystad wollte schon etwas sagen, hatte den Mund schon geöffnet, doch dann kam kein Laut über seine Lippen. Sie musste es an seinem Blick gesehen haben, an dem offenen Mund. Sie beschleunigte ihren Schritt und schlug gleichzeitig die Hand vor den Mund.

»O mein Gott«, flüsterte sie. »Entschuldige, ich wollte nicht …«

Dann hielt sie inne.

»Oje, ich hab echt ein Talent für Fettnäpfchen«, sagte sie betreten und sah ihn mitfühlend an. »Tut mir leid.«

»Kein Problem.«

Sie knabberte an einem Fingernagel, während sie ihn schweigend ansah. Blystad wusste nicht, wohin mit seinen Händen.

»War es … jemand aus der Familie … ein Freund?«

»Meine Mutter«, antwortete Blystad.

»Ach, Roger …«

»Ist schon okay.«

»Tut mir echt leid. Ich bin so ein Trampeltier.«

»Alles in Ordnung. Wirklich.«

Während Helene ihn so ansah, hatte Blystad das Gefühl, irgendetwas sagen zu müssen, aber ihm fiel nichts ein. Er konnte nur noch an seine Mutter denken und daran, dass er sich in diesem Augenblick an einem Ort befand, an dem er gar nicht sein sollte. Er war völlig aus der Übung, wenn es darum ging, mit anderen Menschen zu reden.

»Habt ihr euch … nahegestanden?«, fragte sie schließlich.

Er nickte.

»Oder …«

Die Worte und Erinnerungen in seinem Kopf ließen sich in keine Reihenfolge bringen. Er bekam nicht heraus, was er gern gesagt hätte.

»Ja, doch, ich glaube schon.«

»Magst du auf eine Tasse Kaffee reinkommen?«

Wieder sah er sich um. Im Nachbarhaus bewegte sich eine Gardine.

»Das wäre gut«, sagte er schließlich und lächelte sie an.

Helene erwiderte sein Lächeln, drehte sich um und ging auf die Haustür zu.

»Ich hab auch noch ein bisschen Mittagessen übrig, falls du magst.«

»Nein danke, ich … bin nicht hungrig.«

Er folgte ihr nach drinnen. Fühlte sich fehl am Platz. Zwei Jahre lang hatte er sich aus einem Schatten in den anderen bewegt, über das Allernotwendigste hinaus keinen zwischenmenschlichen Kontakt zugelassen, nur zu seinen wenigen Kunden und da höchstens ein Händeschütteln. Und natürlich die Leute im Sägewerk, klar, die hatte er sogar recht häufig gesehen, ab und zu hatten sie sich über den Tresen hinweg unterhalten, allerdings nie über Privates.

Er schlüpfte aus seinen Schuhen, obwohl sie sofort abwinkte und sagte, er könne sie ruhig anlassen. Doch er war froh, aus ihnen rauszukommen. Als Nächstes stieg ihm der Duft von grüner Seife in die Nase. Wieder musste er an seine Mutter denken. Sie hatte es mit dem Putzen immer sehr genau genommen. Freitags musste das Haus sauber sein, damit sie guten Gewissens ins Wochenende gehen konnte.

Er folgte Helene in die Küche.

»Setz dich«, sagte sie.

Es kam ihm vor wie eine Ewigkeit, dass er zuletzt hier gesessen hatte. Damals hatte er die Paneele an der Südwand ausgetauscht.

»Ich würd dir gern was Stärkeres als Kaffee anbieten, aber …«

Blystad sah sie an. Schwang darin eine Frage mit? Eine Einladung?

»Danke, nein«, sagte er. »Ich trinke eigentlich nicht mehr.«

»Ich dachte nur, um auf deine Mutter anzustoßen. Hast du es weit bis nach Hause? Ach, das weiß ich doch – du wohnst ja auch hier in Brandbu.«

»Ja«, sagte er bloß.

Sie stellte sich auf die Zehenspitzen und angelte einen Becher aus dem Hängeschrank. Die Tunika rutschte ihr so weit über die Taille, dass er einen schmalen Streifen nackter Haut sehen konnte. Im Licht, das durch das Küchenfenster fiel, hatte ihre Haut die gleiche Farbe wie die Strände in Natal.

»Erzähl«, sagte er.

Sie drehte sich zu ihm um.

»Hm?«

»Du meintest, du hättest ein Talent für Fettnäpfchen. Gib mir ein Beispiel.«

Sie lächelte. Zierte sich ein wenig.

»Nein, ich mag nicht …«

»Bitte. Es täte mir gut, ein bisschen zu lachen.«

Sie schenkte ihnen beiden Kaffee ein, schüttelte den Kopf und lächelte, als sie sich an die Spüle lehnte und so tat, als würde sie das Für und Wider abwägen.

»Ich war mal in so einem Badeparadies«, sagte sie dann und stieß sich von der Arbeitsplatte ab, hob die freie Hand und schob die Ponyfransen aus der Stirn, »wo es eine Menge zu sehen gab, wenn man sich nur… richtig umschaute. Das macht ihr Männer doch bestimmt genauso.«

Blystad konnte sich nicht daran erinnern, wann er zuletzt in einer öffentlichen Badeanstalt oder in einer Gemeinschaftsdusche gewesen war; vermutlich Anfang der Neunziger, als er eingesessen hatte. Was er da an Muskeln und an Tätowierungen gesehen hatte, hatte nicht unbedingt dem Querschnitt der norwegischen Bevölkerung entsprochen. Trotzdem nickte er.

»Egal, ich stand also unter der Dusche neben einem kleinen Mädchen – sie war vielleicht drei, vier Jahre alt, und sie wollte unter keinen Umständen nass werden, um nichts auf der Welt. Sie war in Tränen aufgelöst. Ihre Mutter war… ein ziemlicher Brocken, um es mal so zu sagen. Ich habe erst im Nachhinein begriffen, dass sie nicht schwanger war – und zwar nachdem ich dem Mädchen vorgeschlagen hatte, sie könnte sich ja unter den Bauch der Mutter stellen.«

Blystad legte den Kopf in den Nacken und lachte aus voller Kehle, und Helene lachte mit. Zum ersten Mal hörte er jetzt, wie ihr Lachen klang: vorsichtig, als traute sie sich nicht richtig.

»Du kannst dir den Blick der Mutter vorstellen«, sagte sie nach einer Weile.

Blystad wischte sich die Tränen aus den Augen.

»Oh, verdammt«, keuchte er.

Das Lachen verebbte langsam. Ihr Lächeln blieb. Und da saß er nun, linkisch wie jemand, der noch nie von einer Frau angelächelt worden war – doch sein Herz schmolz dahin, dieser Eisblock, der so lange kalt und unberührt in seiner Brust gelegen hatte.

»Da kann man sich nicht mehr so einfach rausreden.«

»Wie wahr. Ich hab mich schleunigst ins Schwimmbecken verzogen, das kannst du mir glauben.«

Blystad kicherte. Dann war der Augenblick wieder vorbei. Er nahm ein paar kleine Schlucke Kaffee, während Helene sich wieder gegen die Spüle lehnte und ihn mit ihren blauen Augen über den Tassenrand hinweg musterte. Sie hatte geschwungene Wimpern und perfekt gezupfte Augenbrauen.

»Und was ist mit dir?«, fragte sie. »Hast du dich auch schon mal so richtig in die Nesseln gesetzt?«

»Ich?«

Er grinste, fing wieder an zu kichern.

»Ich doch nicht.«

Sie lachte.

»Noch nie?«

Wieder dieser provozierende Unterton, dachte er, als wollte sie ihn zu irgendetwas verführen.

»Nein, höchstens wenn ich mich bei Leuten für Geschenke bedankt habe, die sie mir nicht gemacht haben und so.«

»Ach«, sagte sie. »Das gilt nicht.«

»Nein«, sagte er. »Wahrscheinlich nicht.«

Es wurde kurz still. Helene ließ ihn nicht aus den Augen.

»Magst du über sie reden?«

Er hob abrupt den Kopf, spürte ein Ziehen in der Magengegend. Dann senkte er den Blick und war sich nicht ganz sicher, wo er überhaupt anfangen sollte. Er atmete tief durch und begann dann ganz vorne: wie seine Eltern sich kennengelernt hatten – auf der Fähre nach Dänemark, in der Schlange vor der Kasse, wo sie jeweils ein Tellergericht und ein Glas Wein bezahlen wollten. Sie waren miteinander ins Gespräch gekommen und anschließend nur widerwillig zu den Leuten zurückgekehrt, mit denen sie dort gewesen waren. Über die Tische hinweg hatten sie sich lange Blicke zugeworfen. Und als sie sich dann später in einem Laden in Fredrikshavn wiedersahen, hatten sie beide das Gefühl gehabt, dass es ein Wink des Schicksals war. Sie verabredeten, sich in Oslo wiederzutreffen.

»Aber mein Vater war niemand, der es lange an einem Ort aushielt«, sagte Blystad. »Er war immer unterwegs irgendwohin. Sogar nachdem er und Mama ein Paar geworden waren und ich zur Welt gekommen war …«

Er dachte kurz nach.

»Er hat Mama verlassen, als ich vier war. Hat es ganz einfach nicht mehr ausgehalten. Seitdem hab ich ihn nicht mehr gesehen.«

»Nicht mal bei der Beerdigung?«

»Nein. Ich …«

Er schüttelte den Kopf.

»Ich glaube, er ist zur See gefahren oder so. Bestimmt ist auch er nicht mehr am Leben.«

Helene nickte nachdenklich.

»Dann hast du keine Familie mehr?«

Ihre Stimme klang so verletzlich, so sanft, schmerzlich

schön anzuhören. Sein Brustkorb krampfte sich zusammen.

Er schüttelte den Kopf.

»Aber du hast doch sicher Freunde, an die du dich wenden kannst?«

Freunde? Das war einmal.

»Nein, ich … Da gibt es nicht mehr viele.«

Helene stellte ihre Tasse behutsam in der Spüle ab und kam mit langsamen und doch zielstrebigen Schritten auf ihn zu. Als sie sich zu ihm vorbeugte und ihn auf den Mund küsste, ließ er es geschehen. Er überließ ihr die Führung, ließ sich mitreißen, und als sie wenig später miteinander schliefen, ging es schnell und heftig zur Sache. Sie krallte sich in seinen Rücken und presste sich an ihn. Es tat unglaublich gut, nach so langer Zeit wieder die Hände einer Frau auf sich zu spüren.

Hinterher drehte er sich auf die Seite und sah sie an.

»So«, sagte er. »Und jetzt erzähl du mir deine Geschichte.«

Sie drehte sich zu ihm herum. Gerötete Wangen, rotflammiger Hals. Zerzauste Haare. Schön.

»Jetzt, da wir es uns so gemütlich gemacht haben?«

Sie versuchte, sich aus der Situation herauszulachen, aber so einfach wollte er sie nicht davonkommen lassen.

»Du hast mir doch genau genommen auch nichts von dir erzählt«, wandte sie ein.

»Doch, ich hab dir von meiner Mutter erzählt.«

»Ja, aber du bist nicht deine Mutter.«

»Das stimmt. Aber ich hab dir Dinge erzählt, mit denen ich normalerweise nicht hausieren gehe. Ich bin also in Vorleistung gegangen. Du bist dran.«

Blystad konnte ihr ansehen, dass ihr irgendetwas auf der

Zunge lag, doch sie schluckte die Bemerkung runter. Stattdessen starrte sie zur Decke empor.

»Hast du eine Kippe?«, fragte sie.

»Ja, ich …«

Blystad setzte sich auf.

»Ich hab jetzt seit vier Jahren nicht geraucht«, sagte sie.

Er hielt inne und drehte sich zu ihr um.

»Dann solltest du jetzt nicht wieder damit anfangen.«

»Ich will aber rauchen, Roger. Und zwar genau jetzt.«

»Helene, ich …«

Nun setzte auch sie sich gerade auf.

»Please, Roger. Mach einfach, okay?«

Er konnte ihr ansehen, dass sie drauf und dran war loszuheulen. Er eilte in den Flur und holte eine Schachtel Zigaretten aus seiner Jackentasche und das Feuerzeug aus seiner Hose. Dann zündete er zwei Zigaretten an und reichte ihr eine.

Blystad war nackt, und doch war es ihm kein bisschen peinlich. Sie nahm die Zigarette, hob sie sich zwischen die Lippen und schloss die Augen. Sie hustete, bevor sie einen zweiten Zug nahm. Und einen dritten.

»Aaaah«, sagte sie und blies den Rauch langsam aus. »Ich hatte ganz vergessen, wie gut das ist.«

»Oh ja, das ist gut«, sagte Blystad und nahm ebenfalls einen Zug.

»Aber ich denke, eine reicht«, sagte sie und atmete mehr Nikotin ein. »Mir wird jetzt schon schwindlig.«

Sie kicherte.

Blystad kroch wieder unter die Decke. Drehte sich auf die Seite und sah sie und die Aschespitze an, die immer länger wurde.

Auf dem Nachttisch stand eine leere Coladose. Sie

streckte sich danach aus und benutzte die Dose als Aschenbecher.

»Ich hab früher immer im Bett geraucht«, sagte sie und stellte die Dose zwischen sie auf die Matratze, doch Blystads Blick war auf etwas anderes gerichtet als auf die Dose, den Rauch oder ihre Augen.

Er sah ihren Arm an.

Dass sie die Tunika hatte anbehalten wollen, hatte er nicht weiter hinterfragt, aber im Eifer des Gefechts war der Knopf am Ärmelbündchen aufgegangen und hatte ihren Unterarm entblößt. Und all die Narben – kreuz und quer.

Helene bemerkte seinen Blick, zupfte eilig den Ärmel hinunter und schob den Arm unter die Decke.

»Wir müssen nicht darüber reden«, sagte er. »Wir müssen über gar nichts reden, worüber du nicht reden willst.«

Sie drehte sich auf den Rücken und starrte zur Decke, als hätte sie dort etwas entdeckt, wonach sie schon lange gesucht hatte. Es vergingen ein paar Sekunden, ehe sie wieder an ihrer Zigarette zog.

»Wie heißt du eigentlich mit Nachnamen?«

»Weißt du das nicht mehr?«, sagte sie enttäuscht. Blystad war sich nicht sicher, ob sie ihn auf den Arm nahm oder nicht.

»Du hast dich nur mit Vornamen gemeldet, als du mich damals angerufen hast«, sagte er.

»Kann sein«, sagte sie und starrte unverwandt nach oben. »Næss. Ich heiße Næss mit Nachnamen.«

»Helene Næss«, sagte Blystad. »Weißt du was, Helene Næss?«

Er wartete, bis sie sich zur Seite drehte und ihn ansah.

»Ich heiße gar nicht Roger.«

39

Henning schlug die Augen auf.

Er blinzelte, trotzdem schaffte er es nicht, scharf zu sehen. Dennoch kam der Raum ihm irgendwie bekannt vor. Die Farben. Die Größe.

Er hob den Kopf – schwer wie nach einem langen, tiefen Schlaf –, und ihm dämmerte, dass er wieder im Krankenhaus lag. Womöglich sogar wieder in exakt demselben Raum wie beim letzten Mal, auf jeden Fall war die Einrichtung die gleiche. Der Tisch hatte die gleiche karamellbraune Farbe, die Wände waren eierschalenfarben, und die Lampe mit den zwei Leuchtstoffröhren war ebenso grell. Auf einem Kunstdruck an der Wand war eine Topfpflanze auf einem runden Kaffeetisch abgebildet.

Was zum Henker war geschehen?

Wie war er hierhergekommen?

Ann-Mari Sara? Hatte sie ihn hergefahren oder die Polizei alarmiert? Nein, das hätte sie nicht getan. Sonst hätte die Polizei von ihr wissen wollen, was Henning an dem Tag, an dem er angeschossen worden war, bei ihr zu suchen hatte. Sara hätte mit Sicherheit nicht preisgegeben, dass sie ihn seit Jahren mit Informationen versorgte. Die Tatsache aber, dass er wach und noch am Leben war, musste andererseits bedeuten, dass die Vorwürfe, die er ihr gemacht hatte, unberechtigt gewesen waren.

Aber wie hatte Redzepi ihn dann gefunden?

War er von jemand anderem bei der Polizei informiert worden?

Bei dem Gedanken wurde Henning erneut schwindlig, und er fragte sich, was die Ärzte ihm gegeben hatten. Er schloss die Lider und spürte, wie ihn eine dumpfe Schwere überkam.

Als Henning das nächste Mal die Augen öffnete, saß Bjarne Brogeland auf einem Stuhl an seinem Bett.

»Guten Morgen«, sagte Bjarne. »Oder … vielleicht sollte ich dir lieber einen guten Nachmittag wünschen. Es ist halb sechs. Fast Abend.«

Bjarne lächelte schief.

Henning brauchte einen Augenblick, um sich zurechtzufinden. Er versuchte, sich aufzurichten – bis ihm wieder einfiel, dass sein Arm in einer Schlinge steckte. Schmerzen zuckten durch seine Schulter, und er musste einen Aufschrei unterdrücken. Ihm brach der Schweiß aus.

»Wie geht es dir?«, fragte Bjarne.

»Wie lange bin ich schon hier?«

Bjarne sah auf seine Armbanduhr.

»So siebzehn, achtzehn Stunden etwa.«

Henning starrte ihn an. Fast einen ganzen Tag?

Das war verdammt lang.

»Ich glaube, sie haben dir etwas zum Schlafen gegeben. Irgendwas mussten sie ja tun, um dich in Schach zu halten.«

Er lächelte wieder.

»Was hast du dir dabei gedacht, am selben Tag, an dem du angeschossen wurdest, gleich wieder loszuziehen und draußen herumzulaufen? Du hast förmlich um Probleme gebettelt.«

Henning blinzelte ein paarmal.

»Ich musste etwas überprüfen … dringend«, sagte er.

»Was?«

»Das spielt jetzt keine Rolle mehr. Ich hab es rausgefunden. Es hatte nichts zu bedeuten.«

Bjarne sah ihn ein paar Sekunden lang skeptisch an.

»Weißt du, wie du hierhergekommen bist?«

Henning zögerte kurz und schüttelte dann den Kopf.

»Du weißt es nicht?«

Bjarne wirkte überrascht.

»Nein«, antwortete Henning. »Weißt du es?«

Der Polizist wartete einen Moment, bevor er sagte: »Der Pförtner der Notaufnahme hat dich draußen in einem Rollstuhl zusammengesackt aufgefunden.«

Ann-Mari Sara, dachte Henning wieder und fragte sich, was er zu Bjarne sagen sollte. Zum Glück stellte der keine weiteren Fragen.

Henning fragte sich, was er im Lauf der letzten achtzehn Stunden verpasst hatte. Waren Durim Redzepi und sein Kumpane mittlerweile verhaftet worden?

Als er sich danach erkundigte, schüttelte Bjarne den Kopf.

»Die scheinen untergetaucht zu sein«, sagte er.

»Das hätte ich an ihrer Stelle auch getan«, murmelte Henning.

Für einen Moment sagte keiner von beiden etwas.

»Wir haben Iver Gundersens Autoschlüssel gefunden, Henning. In deiner Hosentasche.«

Henning senkte den Blick. Er war noch immer benebelt. Jede seiner Bewegungen war extrem langsam.

»Das war nicht besonders klug von dir. Ich könnte dich wegen Behinderung einer polizeilichen Untersuchung festnehmen. Das Präsidium würde mir da volle Rückendeckung geben, weißt du?«

Henning antwortete nicht.

»Warum hast du die Schlüssel an dich genommen?«

Henning überlegte, was er sagen sollte.

»Ich brauchte ein Auto«, sagte er schließlich.

»Tut's dein eigenes nicht mehr?«

Henning schüttelte den Kopf. Er war sich nicht sicher, ob Bjarne ihm die Lüge ansehen konnte.

Die Tür ging auf, und Ella Sandland kam herein und begrüßte ihn mit einem knappen Lächeln. Sandland war dünn und auf fast maskuline Art durchtrainiert, selbst ihre Bewegungen wirkten irgendwie machohaft. Sie schob beide Daumen unter den Gürtel ihrer Uniform.

Henning wusste, dass Sandland eine von Bjarnes Alliierten im Präsidium war und über Hennings Verdacht gegen Preben Mørck Bescheid wusste. Deshalb erzählte er ihnen von seinem Treffen mit dem Anwalt, von dem Parkschein und der Visitenkarte, die er in Ivers Auto gefunden hatte.

»Dass er leugnet, dass Iver dort gewesen ist, finde ich schon seltsam«, murmelte Henning, froh darüber, dass sein Kopf wieder zu funktionieren schien. »Und noch was: Tore Pulli wusste offensichtlich, von wem er den Mordauftrag in den Neunzigern bekommen hatte. Womöglich musste er deshalb sterben – Mørck wollte sicherstellen, dass Tore ihn nicht irgendwann entlarvte.«

Bjarne und Sandland sahen einander an. Dann nickte Bjarne ihr zu.

»Ich habe Ørjan Mjønes vor ein paar Tagen vernommen«, sagte sie. »Wie erwartet hat er geleugnet, von Mørck für den Mord an Tore Pulli beauftragt worden zu sein, aber er hat eindeutig reagiert, als wir Mørcks Namen genannt und ihm ein Bild von ihm gezeigt haben.«

Mørck und Goofy müssen ein und dieselbe Person sein, dachte Henning. Aber war es wirklich Mørck, der bei Tore im Auto gesessen hatte, als das Feuer bei ihm ausgebrochen war? Und der dafür gesorgt hatte, dass sein Name aus der Indicia-Datenbank gelöscht wurde? Mørck hatte nach Tores Tod sicher nicht mehr mit ihm in Verbindung gebracht werden wollen.

Gleichzeitig fragte Henning sich, ob Mørck nicht vielleicht doch nur der Mittelsmann war. Denn hatte dieser Kerl wirklich die Finanzkraft, selbst einen Mord in Auftrag zu geben?

Auf jeden Fall blieb die Frage, wie Durim Redzepi hatte wissen können, dass Henning sich am Nachmittag um vier vor dem Präsidium einfinden würde.

»William Hellberg hat Mørck als einen durch und durch ehrlichen Menschen bezeichnet«, fuhr Henning fort, »aber das muss natürlich nichts heißen. Wenn Mørck Hellbergs Mutter schon in den Neunzigern bei einem Mord geholfen hat, führt er schon lange ein Doppelleben.«

»Trotzdem können wir Mørck nicht einfach vorladen«, wandte Bjarne ein. »Wir müssen erst etwas Konkretes gegen ihn in der Hand haben. Etwas Handfestes, wie Iver es vielleicht gehabt hat. Mørck ist schon lange an diesem Spiel beteiligt – er weiß, wie er auf unsere Fragen antworten muss, solange wir im Trüben fischen.«

Henning versuchte, sich ein Stück hochzustemmen, doch ihn durchzuckten neuerliche Schmerzen.

»Hört sich an, als hättet ihr in den kommenden Tagen mehr als genug zu tun.« Henning verzog das Gesicht. »Und was passiert jetzt mit mir?«

»Der Arzt meint, es wäre das Beste, du würdest über Nacht hierbleiben«, sagte Bjarne. »Und ich finde wirklich, das hört sich vernünftig an. Wir haben jemanden zu deiner Sicherheit hier drinnen abgestellt, und auch draußen ist jemand postiert.«

Henning legte sich wieder hin. Er war völlig erschöpft,

wusste aber, dass seine Gedanken ihm keine Ruhe lassen würden. Nicht jetzt, da sie ihrem Ziel so nah waren.

»Und was macht ihr in der Zwischenzeit?«, wollte er wissen.

Sandland und Bjarne sahen einander an.

»Wir werden ein bisschen in Preben Mørcks Leben wühlen«, antwortete er. »Mal sehen, was wir finden. Ich würde mir aber keine großen Hoffnungen machen, Henning. Wir haben ihn schon mal gründlich unter die Lupe genommen. Seine Weste ist blütenweiß. Alle reden nur gut über ihn.«

»Aber da muss etwas zu finden sein«, entgegnete er. »Iver hat es rausgefunden – und uns muss das auch gelingen.«

Bjarne trat einen Schritt näher an Hennings Bett und legte ihm die Hand auf die Schulter.

»Wir tun, was wir können.«

40

Als Roger Blystad wieder nach Hause fuhr, bereute er es – nicht die Stunden in Helenes Bett, die waren einfach wunderbar gewesen, sondern die Tatsache, dass er sich derart entblößt hatte. Dabei hatte er gar nicht viel gesagt: kein Wort über Tore oder Charlie, nur dass jemand hinter ihm her sei und er nicht wisse, ob die Gefahr vorüber sei – und dass er deshalb eine andere Identität angenommen und sich eine ganze Weile möglichst unauffällig verhalten habe.

Womöglich war es dumm gewesen, dachte er, so schnell wieder gefahren zu sein. Aber er hatte die Unruhe in seinem Körper gespürt, das Feuer unter seinen Füßen, sodass er nur noch nach Hause gewollt hatte, um in aller Ruhe darüber nachzudenken, wie er mit seiner Vergangenheit umgehen sollte. Und mit der Zukunft.

Mit der Gegenwart.

Vielleicht war es an der Zeit, die Vergangenheit hinter sich zu lassen. Einfach nicht mehr davor wegzulaufen.

»Wenn du willst, dass wir uns noch mal treffen«, hatte er zu Helene gesagt, ehe sie sich verabschiedet hatten, »musst du mich weiterhin Roger nennen. Sonst verwirrt mich das total.«

Sie hatte ihn lang angesehen.

Vielleicht hatte auch sie bloß eine Schulter gebraucht, an die sie sich anlehnen konnte, dachte er, jemanden, von dem sie eine Zigarette schnorren konnte. Sie sei dankbar für seine Offenheit, hatte sie gesagt. Er wusste nur nicht, ob das ein gutes oder schlechtes Zeichen war.

Zum ersten Mal seit Langem hatte er Lust, etwas zu essen, deshalb machte er auf dem Rückweg an einem Laden Halt und kaufte Brot, Aufschnitt, Obst und Gemüse. Daheim aß er zwei Scheiben Brot, ehe er sich vor den Fernseher setzte. Er zappte ein bisschen hin und her und landete bei einer Leichtathletikmeisterschaft, und während er den Sportlern beim Laufen zusah, dämmerte ihm, dass er selbst seit Tagen nicht mehr trainiert hatte.

Also zog er sich um, lief nach unten in den Keller und bereitete sich auf sein fünfundvierzigminütiges Weightloss-Programm vor. Er suchte sogar die Filmmusik zu *Rocky IV* heraus, die er beim Training gern hörte.

Die meiste Zeit seines Lebens hatte Blystad gut 110 Kilo gewogen. Irgendwann war er aus seiner Badewanne gestiegen und hatte den Körper, den der Spiegel ihm so gnadenlos gezeigt hatte, nicht mehr ausstehen können. Er hatte sich ein Laufband gekauft, über seine Trainingseinheiten Statistik geführt und aufgeschrieben, was er gegessen und beim Sport verbrannt hatte. Es war zu seinem großen Projekt geworden abzunehmen. Sein Ziel waren 80 Kilo. So viel hatte er gewogen, als er auf die weiterführende Schule gekommen war. Er war nur noch fünf Kilo von seinem Ziel entfernt.

Der Keller war schmutzig. Kahle, schiefe Wände, von denen der Putz bröckelte. Es grenzte an ein Wunder, dass er dort überhaupt eine ebene Fläche gefunden hatte, um das Laufband aufzubauen. Aber ihm gefiel es hier: Der Raum erinnerte ihn an Rocky und daran, wie der für seinen Kampf gegen Ivan Drago trainiert hatte. Es lief *Training Montage* von Vince DiCola. *Eye of the Tiger* von den Survivors. Der nüchterne, maskuline Trainingsraum war an sich schon inspirierend und machte ihm immer wieder Lust, sich den Film noch mal anzuschauen.

Es lief gerade Robert Teppers *No Easy Way Out*, als ein Schatten über das Kellerfenster huschte. Er hob den Blick und sah, wie eine zweite Gestalt draußen vor der Haustür stehen blieb. Blystad drückte auf Stopp und sprang vom Laufband.

Durch das Kellerfenster sah er, wie die Männer draußen die Köpfe zusammensteckten und miteinander redeten. Allerdings hörte er nicht, was sie sagten. Beide trugen Schwarz, der eine einen Kapuzenpulli, der andere eine Jeansjacke.

Der Mann, der gleich neben dem Fenster stand, schob die Hand in die Jackentasche, holte irgendwas heraus und hantierte damit herum. Es sah aus, als würde er irgendeinen Gegenstand ein ums andere Mal herumdrehen.

Dann ließ er den Arm sinken.

Blystad hielt die Luft an.

Es war eine Waffe mit Schalldämpfer. Blystad wusste augenblicklich, was geschehen war und was als Nächstes geschehen würde.

Sie hatten ihn gefunden.

Was zum Henker sollte er jetzt tun?

Irgendwie hier rauskommen und abhauen. Mit dem Rucksack, der für alle Fälle bereitsteht.

Das Problem war nur, dass der Rucksack in seinem Schlafzimmerschrank stand. Im Stockwerk über ihm. Es gab keinen anderen Weg aus diesem Haus hinaus als die Tür, auf die seine beiden Verfolger gerade zumarschierten. Sie klingelten nicht, stattdessen hörte Blystad, wie das Glas in der Haustür zersplitterte.

Er sah sich im Trainingsraum um. Die Gewichte waren zu schwer, um sie als Waffe benutzen zu können. Matten, Medizinbälle – nichts, was ihm als Schutzschild dienen könnte. Und die Schlüssel für den Vorratsschrank hatte er auch nicht bei sich.

Er versuchte, seinen Atem unter Kontrolle zu bringen, aber es fiel ihm denkbar schwer. Sein Herz hämmerte wie wild, als wollte es aus seiner Brust springen. Er war sich plötzlich nicht einmal mehr sicher, ob er den Fernseher ausgeschaltet hatte. Aber auch so war es nur noch eine Frage von Minuten, vielleicht Sekunden, bis sie in den Keller kamen. Und was sollte er dann tun? Er konnte doch nicht einfach darauf warten, dass sie ihn hinrichteten?

Das Kellerfenster, dachte er. Würde er es schaffen, nach oben zu klettern und auf die Straße zu kriechen?

Nein.

Es war zu klein, zu eng, da würde er niemals hindurchpassen.

Kurz entschlossen wählte Blystad den Notruf der Polizei und legte das Handy auf das Laufband. Er würde nichts sagen, wollte die Männer im Stockwerk über ihm nicht auf sich aufmerksam machen. Wenn er nicht redete, würde die Polizei den Anruf hoffentlich zurückverfolgen und – vielleicht – eine Streife vorbeischicken. Das mussten sie doch, oder?

Aber bis dahin würde es sicher ewig dauern. Blystad wusste nicht mal, wo sich die nächste Wache befand, und ihm blieb unter Garantie nicht mehr viel Zeit.

Er legte das Headset weg und sah sich um. Er hatte ein paar Seile, die er vielleicht nutzen konnte – aber die Männer hatten Schusswaffen. Er brauchte irgendwas, womit er sie überrumpeln konnte, etwas, was sie unmittelbar außer Gefecht setzte.

Schritte über ihm. Jetzt waren sie also im Schlafzimmer. Bald würden sie die Tür finden, die in den Keller führte.

Blystad schlich so lautlos wie nur möglich aus dem Trainingsraum. Im Gang stand eine Eishacke, aber auch die war unhandlich und viel zu schwer. Ein Gartenschlauch, Autoreifen, Eimer und ein Stapel Brennholz. Pinsel und Farbe.

Wie stark war er?

Würde es ihm gelingen, ihnen die Waffen abzunehmen?

Wie gut waren sie im Nahkampf?

Blystad hatte sich seit seiner Jugend mit niemandem mehr geprügelt. Seine Größe hatte die Menschen immer abgeschreckt. Andererseits war er jetzt besser trainiert als je zuvor im Leben. Vielleicht war das sein Vorteil.

Er würde nicht die Treppe hinaufgehen können, um das

Licht auszumachen – da würden sie ihn hören. Und unten war kein Schalter für die Lampe über der Kellertreppe. Aber zumindest die Lampen im Trainingsraum und auf dem Kellerflur konnte er ausknipsen, sodass am Ende nur noch über der Treppe Licht brannte.

Vermutlich würden sie trotzdem darauf kommen, dass er sich in den Keller geflüchtet hatte. Und sie wären auf einen Überraschungsangriff gefasst.

Im nächsten Moment fiel Blystads Blick auf einen Spaten. Er griff danach und stellte sich neben den Holzstapel, sodass er von der Kellertreppe aus nicht gleich zu sehen war. Er zog die Schuhe aus. Dann hörte er, wie oben die Kellertür geöffnet wurde.

Ein Schritt auf die oberste Treppenstufe.

Er atmete tief ein und hielt die Luft an, ehe er langsam wieder auszuatmen versuchte, aber es ging nicht. Sein Herz hämmerte zu heftig.

Weitere Schritte. Es war nur einer von ihnen. Vorläufig.

Dann ein Geräusch.

Blystad wusste, was das zu bedeuten hatte. Er hob den Spaten an – gleich würde er zuschlagen. Mit der Schulter wischte er sich den Schweiß von der Stirn und achtete darauf, mit dem Spaten nicht die Wand zu berühren.

Schritte über den Betonboden.

Dann trat der Mann auf Sand oder abgebröckelten Putz, der unter seinen Sohlen knirschte. Neuerliche Schritte. Jetzt oben auf der Treppe. Blystad ahnte, dass es nur noch eine Frage von wenigen Sekunden war, bis er zwei Gegner hätte statt nur einen. Als der Schalldämpfer wie ein verlängerter Finger vor ihm zum Vorschein kam, hieb er den Spaten mit aller Kraft auf die Hand, die die Waffe hielt.

Die Waffe fiel zu Boden, der Mann wirbelte rückwärts

und schrie laut auf. Blystad dachte nicht daran, noch einmal zuzuschlagen. Stattdessen warf er den Spaten von sich, schnappte sich die Waffe vom Boden, richtete sie blind in Richtung Treppe, von wo aus ein kleiner, kahlköpfiger Mann auf ihn zustürmte. Blystad dachte nicht mehr nach, er drückte nur noch den Abzug durch. Drei Schüsse kurz hintereinander – und aus der Farbe, die plötzlich über die Wand spritzte, schloss er, dass er getroffen hatte. Der Mann kippte nach vorn und landete direkt vor Blystads Füßen.

Dann prallte etwas gegen seinen Kopf, sodass er für einen kurzen Moment das Gleichgewicht verlor und für eine Sekunde den zweiten Mann vollständig vergaß – doch jetzt sah er ihn wieder schemenhaft vor sich und richtete die Waffe auf ihn. Er wollte gerade abdrücken, als eine Hand die Waffe nach oben drückte. Als der Schuss sich löste, rieselte Putz von der Decke und legte sich wie Mehl auf Blystads verschwitztes Gesicht. Ein wenig landete auch in seinen Augen. Fieberhaft versuchte er zu blinzeln, während er mit dem Angreifer rang.

Ihm kamen die Tränen – und die spülten endlich den Dreck aus seinen Augen, er sah wieder klar und atmete tief durch. Er war schwerer als sein Gegner, konnte ihn in den Trainingsraum und mit dem Rücken in Richtung Wand drücken. Der Mann stöhnte auf, riss dann das Knie hoch und traf Blystad so heftig im Bauch, dass ihm die Luft wegblieb. Die Waffe rutschte ihm aus den Fingern, und noch ehe er reagieren konnte, hatte der andere sich gebückt und sie sich geschnappt. Blystad stürzte sich auf ihn und konnte gerade noch die Finger um den Lauf legen, ehe sich ein weiterer Schuss löste. Er spürte den Luftzug vor seinem Gesicht und drückte die Hand des Mannes zur Seite, während weitere Projektile in die Wand krachten. Ihre Gesichter waren jetzt nur noch wenige Zentimeter voneinander entfernt. Blystad legte alle Kraft in einen Kopfstoß. Dann drehte er seinen Angreifer wieder herum und drückte ihn gegen die Wand. Er verpasste ihm noch eine Kopfnuss, spürte, wie der Mann unter seinem Griff zusammensackte, und schlug den Arm und die Hand des Manns mehrmals gegen die Wand, bis die Waffe erneut zu Boden fiel.

Dann ging er auf das Gesicht und den Oberkörper seines Angreifers los, schlug hart und schnell auf die Nase des Manns ein, bis das Nasenbein unter seinen Fingern brach und der Mann vollends zu Boden ging.

Blystad rang nach Atem. Er stützte die Hände auf die Knie. Er wusste, dass er nicht mehr viel Zeit hatte, sondern so schnell wie möglich von hier wegmusste. Er richtete sich auf, wischte sich Schweiß und Blut und Gipskrümel aus dem Gesicht. Seine Hände zitterten.

Er hatte keine Zeit mehr nachzudenken. Er trat ans Laufband, warf einen Blick auf das Display seines Handys und stellte erleichtert fest, dass die Verbindung immer noch stand. Doch um jetzt noch mit der Polizei zu sprechen, war es zu spät. Auch wenn es Notwehr gewesen war. Er hatte jemanden umgebracht … und auch seine Vergangenheit sprach nicht gerade für ihn.

Blystad rannte hinaus auf den Flur – und blieb dort wie angewurzelt stehen. Der Tote … Blystad traute sich kaum, ihn anzusehen, tat es dann schließlich trotzdem. Ein Schuss hatte ihn in der Brust getroffen, der andere ein Stück weiter unten. Das dritte Projektil steckte direkt neben dem roten Fleck in der Wand. Es sah aus, als hätte dort jemand einen dicken, ausgefransten Pinsel ausgestrichen.

Im nächsten Augenblick hörte er den Mann im Trainingsraum stöhnen. Blystad stieg über den Toten hinweg und lief, so schnell er konnte, die Treppe hinauf. Oben holte er den Rucksack aus dem Schlafzimmer. Was er im Haus zurückließ, spielte keine Rolle mehr – er würde ohnehin nicht sämtliche Spuren vernichten können. Er nahm nur das Nötigste mit: Autoschlüssel, Kreditkarte, ein Paar Schuhe, die er direkt anzog, ehe er seine Jacke nahm und nach draußen lief. Es wehte ein kalter, unbarmherziger Wind, der seinen Schweiß trocknete. Er wollte sich gerade in seinen Wagen setzen, als der Außenspiegel zersplitterte.

Der Mann, den er zuvor ohnmächtig geschlagen hatte, stand jetzt mit der Waffe im Anschlag in der Tür seines Hauses. Er musste noch immer benommen sein, denn er hielt sich am Türrahmen fest, als er das nächste Mal zum Schuss ansetzte. Das Projektil zischte direkt über Blystads Kopf hinweg. Dann taumelte der Mann über die Treppe nach unten und über den Kies.

Blystad würde sich nirgends verstecken können – ihm blieb nur das Auto. Doch auch darin würde er nicht lange Schutz finden. Dort lagerte nur Werkzeug, eine Menge Werkzeug…

Für einen Moment war er wie gelähmt. Dann tat er das Erstbeste, was ihm einfiel – er riss die Tür zum Wagenfond auf und sah sich um.

Die Nagelpistole.

In seiner Aufregung wollte ihm nicht mehr einfallen, ob er sie geladen hatte oder nicht. Trotzdem nahm er sie zur Hand. Das Ding allein wog drei Kilo, aber dem Gewicht nach mussten noch Nägel darin stecken. Er würde weder das Kabel noch den Kompressor anschließen, er schaltete einfach die Pistole ein, hob sie in den Anschlag, zielte und feuerte los – er wusste, dass die Nagelpistole bis zu sechzig Nägel pro Minute abfeuern konnte, und ließ es darauf ankommen.

Und er traf. Damit hatte der Mann, der von der Haustür auf ihn zutaumelte, nicht gerechnet. Schreiend ging er zu Boden, schlug beide Hände vors Gesicht. Die Waffe war neben ihm in den Kies gefallen.

Blystad warf die Nagelpistole beiseite, hastete zu dem Mann hinüber und kickte die Waffe weg. Einer der Nägel war in sein Auge eingedrungen.

Blystad rannte zu seinem Wagen. Er hatte nur noch einen Gedanken.

Weg hier.

41

Durim Redzepi wartete.

Und wartete.

Es war ein einfacher Job: Jeton Pocoli und Flurim Ahmetajs Kumpel – rein und wieder raus. Zwei gegen einen. Zwei Experten gegen einen nichts ahnenden Idioten.

Also wo zum Teufel blieben sie? Das konnte doch nicht so schwer sein.

Redzepi fuhr sich mit den Fingern durchs Haar. Sah Ahmetaj an, der entspannt zurückgelehnt dasaß, als gäbe es auf der Welt keinerlei Probleme. Für ihn ging es einzig und allein darum, den Job zu erledigen, auf den er angesetzt war, dann das Honorar zu kassieren und den nächsten Job anzugehen. Dieses Mal hatten sie Überstunden machen müssen, und das nicht zu knapp. Er langweilte sich.

Redzepi zog die Brieftasche aus der Jacke und klappte sie auf, nahm die Bilder seiner Mädels heraus. Er hatte sie schon so oft in den Händen gehalten, dass sie schon ganz abgegriffen waren.

Am Vortag hatte er mit seinem Bruder Jetmir telefoniert, der erst nicht mit ihm hatte reden wollen, wie es schien – zumindest hatte er das Gespräch gar nicht schnell genug wieder beenden können. Er hatte behauptet, Mischa würde im Schlafzimmer kreischen, dabei hatte Redzepi im Hintergrund das Mädchen gar nicht schreien hören.

Jetmir hat wahrscheinlich einfach nur die Nase voll, dachte Redzepi, ständig angerufen zu werden und immer dieselbe Frage gestellt zu bekommen. »Nein, Durim, wir haben deine Mädchen nicht gefunden.« Er wusste genau, was sein Bruder über ihn dachte.

Aber Jetmir wusste nicht, wie es sich anfühlte, mit unbeantworteten Fragen herumzulaufen. Mit der Zeit tat es weniger weh, aber tief in ihm drin brannte immer noch das Feuer.

»Denkst du manchmal an deine Leute daheim?«, fragte Redzepi unvermittelt, und Ahmetaj sah ihn träge an. Zögerte die Antwort hinaus.

»Da gibt es nicht viel, woran man denken könnte.«

»Wie meinst du das?«

»Ich hab ein anderes Leben. Sie sind dort, und ich bin hier.«

Redzepi nickte bedächtig.

»Dann hast du nicht vor zurückzugehen?«

Ahmetaj schüttelte den Kopf.

»Warum sollte ich?«

»Ich dachte nur … Du hast hier genauso wenig Wurzeln geschlagen wie ich. Du hast keine Familie.«

Ahmetaj lehnte sich zurück und schloss die Augen.

»Mir geht es hier gut«, sagte er. »Ich brauche keine Familie.«

Es wurde still. Redzepi dachte immer noch an seine Heimat, den Kosovo, als plötzlich Ahmetajs Rechner zu piepsen begann. Sie setzten sich beide gerade auf. Die GPS-Tracker hatten sich in Bewegung gesetzt. Alle.

Redzepi sah Ahmetaj an.

»Wie kann das sein?«

Er rief Jeton Pocoli an, bekam aber keine Antwort. Probierte es bei Flurim Ahmetajs Freund – mit dem gleichen Resultat.

»Verdammt.« Redzepi startete den Wagen und legte den ersten Gang ein. »Wohin ist er unterwegs?«

»Gleich hat er die Hauptstraße erreicht«, sagte Ahmetaj. »Dann werden wir es sehen.«

Sie starrten auf den Monitor. Warteten. Es verging eine Minute.

»Shit«, sagte Ahmetaj. »Er kommt hierher!«

Fieberhaft überlegte Redzepi, was sie jetzt tun sollten. Sah auf die Waffe hinunter, die neben ihm lag. Er konnte keinen Menschen durchs Autofenster erschießen – nicht bei voller Fahrt. Außerdem könnte irgendjemand sie dabei beobachten, sie oder ihren Wagen, und die Polizei alarmieren.

»Da kommt er …«

Ahmetaj zeigte durch die Windschutzscheibe, und Redzepi folgte dem roten Lieferwagen mit dem Blick. Sah den Schreiner in der Führerkabine – und sonst niemanden.

Was zum Teufel war passiert?

Redzepi durchbohrte ihn förmlich mit dem Blick, als er an ihnen vorbeifuhr.

»Sollen wir ihm nicht folgen?«, fragte Ahmetaj, als das Auto des Schreiners auf die Bundesstraße einbog.

Redzepi schüttelte den Kopf.

»Wir haben ihn doch per GPS.«

Redzepi machte sich eher Sorgen um seine Kollegen, die beide immer noch nicht auf seine Anrufe reagiert und allem Anschein nach auch ihren Job nicht erledigt hatten.

Kurz entschlossen gab er Gas und fuhr in Richtung der Siedlung, wo er sie zwanzig Minuten zuvor abgesetzt hatte. Vor dem rot gestrichenen Haus hielt er an und sah als Erstes Jeton Pocoli reglos auf dem Vorplatz liegen.

»Beobachte weiter, wo er hinfährt«, sagte Redzepi und zeigte auf den Monitor. Dann lief er hinüber zu seinem Freund, der mit Blut an den Schläfen auf dem Boden lag.

»Bring mich weg«, wimmerte Pocoli. »Ich muss in ein Krankenhaus. Es tut so verdammt weh…«

Redzepi wandte den Blick ab.

Dachte über die Konsequenzen nach. Ein Krankenhausaufenthalt, Verhöre, die potenzielle Gefahr, sich zu verplappern…

Das Risiko war zu groß.

Er hob die Waffe hoch, die neben Jeton Pocoli lag, und musste wieder daran denken, was Goofy in derlei Pattsituationen predigte: *Damage control.*

Im nächsten Augenblick richtete er die Waffe auf den Kopf seines Freundes.

Und drückte ab.

Roger Blystad fuhr deutlich schneller, als zulässig war. Adrenalin pumpte durch seine Adern. Er starrte auf seine vom Kampf blutverschmierten Knöchel.

Immer wieder spielten sich die Szenen vor seinem inneren Auge ab: der Schlag mit dem Spaten, die Schüsse, wie der Mann zu Boden gestürzt war, der Kampf danach und die Projektile, die ihn wie durch ein Wunder verfehlt hatten. Eine Endlosschleife, die nicht mehr anhalten wollte. Das schrecklichste Bild waren jedoch die weit aufgerissenen, leblosen Augen. Jetzt war ihm klar, wieso man toten Menschen immer die Augen zudrückte.

Und dann das Blut.

Das viele Blut.

Blystad hatte bislang nur ein einziges Mal einen toten Menschen gesehen, und das auch nur aus weiter Ferne, aus dem vierten Stock eines Wohnblocks an der Eckersbergs gate. Er hätte nie gedacht, dass es so intensiv wäre, so an die Nerven ginge, ihm auf den Magen schlagen würde.

Und jetzt? Was sollte er jetzt tun? Wo sollte er jetzt hin?

Die Notrufzentrale hatte tatsächlich zurückgerufen, aber da hatte er sich zumindest so weit beruhigt gehabt, dass er ihnen erklärt hatte, sein dreijähriger Sohn hätte sein Telefon in die Finger gekriegt und willkürlich auf den Tasten herumgedrückt. Blystad hatte dem Mann am anderen Ende mehrfach versichert, dass wirklich alles in Ordnung sei.

Er überholte einen Kleinwagen, der sich akkurat ans Tempolimit hielt, schaute immer wieder in den Rückspiegel, konnte aber keine Verfolger entdecken. Wie auch – die zwei Typen, die ihn zu Hause aufgesucht hatten, um ihn umzubringen, konnten ihn schließlich nicht mehr verfolgen. Und es war nicht sehr wahrscheinlich, dass es noch mehr von ihnen gab.

Oder vielleicht doch?

Er hatte vor dem Haus kein Auto gesehen, und sie waren garantiert nicht zu Fuß gekommen. Sein Lieferwagen war eine lahme Kiste, darin wäre er leicht einzuholen. Er beschloss, den Wagen so schnell wie möglich zu entsorgen, aber erst musste er sich in Sicherheit bringen.

Sollte er freiwillig zur Polizei gehen? Das wäre in dieser Lage das einzig Richtige.

Aber er hatte mit einer Nagelpistole auf einen Mann geschossen und einen zweiten Mann getötet. Natürlich könnte er sich auf Notwehr berufen, aber würden sie ihn da nicht trotzdem festnehmen? Noch mehr Jahre im Gefängnis würde er nicht überleben.

Nein, definitiv nicht. Dann doch lieber versuchen, in freier Wildbahn zu überleben. Er war auf dem Weg nach Oslo, Norwegens größter Stadt, in der man hervorragend untertauchen konnte. Er würde sich einen abgelegenen Parkplatz suchen, in einem billigen Hotel einchecken und sich dort überlegen, wie er weiter vorgehen sollte. Vielleicht würde er den Zug nach Göteborg nehmen. Und von dort aus weiter nach Osten. Er hatte viele Möglichkeiten.

In Norwegen gab es nichts mehr, was ihn hielt. Mariana war tot. Seine Mutter war tot. Es gab nichts mehr, wofür es sich zu kämpfen lohnte.

Oder vielleicht doch, wenn er es sich recht überlegte.

Unwillkürlich hämmerte Blystad die Faust aufs Lenkrad. Wäre es nicht endlich an der Zeit, sich seinen Problemen zu stellen, sie ein für alle Mal aus dem Weg zu räumen? Er war nicht mehr derselbe – nicht seit er einen Menschen getötet hatte. Er wollte kein Opfer mehr sein, das sich für den Rest seines Lebens versteckte. Er war oft genug geflüchtet.

Es war an der Zeit, wieder ins Leben zurückzukehren.

Und er hatte auch schon eine Idee, was er tun könnte, mit wem er reden müsste. Es hatte sich zwei Jahre lang bewusst von ihm ferngehalten. Aber jetzt führte kein Weg mehr daran vorbei.

42

Charlie Høisæther schaufelte gerade eine Take-away-Mahlzeit in sich hinein – frittierte, mit Shrimps und Zwiebeln gefüllte Acarajé –, als das Telefon klingelte. Er kaute fertig und spülte den Bissen mit zwei Schluck Bier hinunter, ehe er sich die weißen Ohrhörer seines Headsets in die Ohren schob und gleichzeitig die Zeitung umblätterte.

»Ich höre«, sagte er bloß.

»Wir haben einen passenden Ort gefunden«, teilte Freddy ihm mit.

Charlie überflog die Schlagzeilen. Er hatte in den gut vierzehn Jahren, die er jetzt in Natal lebte, ein wenig Portugiesisch gelernt, traute sich aber noch immer nicht, die Sprache auch zu sprechen.

»Wofür?«, fragte er.

»Für die Halle, die du bauen willst.«

Charlie griff zu der Bierdose vor ihm auf dem Tisch und leerte sie.

»*Wir* haben einen passenden Ort gefunden?«

»Ja, Eduardo und ich.«

Eduardo, dachte Charlie. Der Jungspund.

»Hattet ihr einen entsprechenden Auftrag?«

»Nein, aber wir haben uns trotzdem umgesehen. Das kommt dir doch entgegen – immerhin suchst du doch schon seit einer ganzen Weile nach einem geeigneten Platz.«

Charlie blätterte zur nächsten Seite um.

»Und wo?«

»An der Avenida Bernardo Vieria, nicht weit von der Midway Mall.«

Charlie runzelte die Stirn.

»Mitten im Zentrum?«

»Ja, da sind die Chancen größer, dass Kunden auf dich aufmerksam werden und zu dir kommen.«

Charlie wäre ein Platz lieber gewesen, wo kein so dichter Verkehr herrschte – ein Ort, für den die Leute sich bewusst entschieden, nicht weil sie zufällig dort vorbeifuhren.

»Parkmöglichkeiten?«

»Vorhanden«, sagte Freddy. »Vielleicht müssen wir ein paar Häuser abreißen, aber das kriegen wir schon hin.«

Schon wieder dieses Wir, dachte Charlie.

»Es war übrigens Eduardos Tipp«, fuhr Freddy fort. »Früher lag direkt nebenan eine Tankstelle und eine Autowaschanlage. Sein Vater hat dort gearbeitet. In einem der Gebäude in der Nachbarschaft ist noch ein Elektrohandel, aber Eduardo meint, der Eigentümer sei für einen nicht übermäßig hohen Preis sicher bereit zu verkaufen.«

Charlie kratzte sich am Kopf.

»Mit Eduardo läuft es gut?«

»Sehr gut. Er zeigt Einsatz. Tut alles, was ich von ihm verlange, und mehr.«

Freddy lachte.

Charlie schob das Telefon in die Tasche seiner Shorts, erhob sich von dem weißen Stuhl an der Kücheninsel und trug den Teller und die Bierdose zur Spüle.

»Soll ich dich abholen?«, fragte Freddy.

»Gib mir eine Viertelstunde.«

Fünfundzwanzig Minuten später war er unten auf der Straße – in Shorts, Sandalen und einem weißen T-Shirt. Es war glühend heiß, aber in Freddys klimatisiertem Coupé war es angenehm kühl.

»Wo ist Eduardo?«, fragte Charlie.

»Er wartet dort auf uns«, antwortete Freddy.

Sie fuhren an weißen Flachbauten vorbei, rot und grün gestrichenen Läden mit Blechen vor den Fenstern. Auf den Wänden prangten die üblichen Graffiti. Charlie hatte sich inzwischen an die holprigen Wege gewöhnt. Sie überholten Mopedfahrer, die ohne Helm unterwegs waren, Slalom zwischen den anderen Autos fuhren und wild hupten – eine Sitte, die Freddy schnell begeistert übernommen hatte, nachdem er vor bald zwei Jahren nach Natal gekommen war.

Er hielt am rechten Straßenrand. Zwei junge Frauen in kurzen Röcken lehnten an der Wand eines Kleiderladens.

»Hier soll das sein?«, fragte Charlie.

»Jepp«, sagte Freddy und stieg aus.

Charlie nahm erst mal die beiden Mädchen ausgiebig in Augenschein. Die könnten auch im Senzuela tanzen, dachte er.

Der angrenzende Laden schien leer zu stehen, die Bleche vor den Fenstern waren ewig nicht mehr geputzt worden.

Freddy trat an einen Zaun und zeigte hinüber zu einem Gelände von der Größe eines halben Fußballfelds. Zwischen herumliegenden Brettern und Steinen wuchsen vereinzelt Grasbüschel, ansonsten war der Untergrund geschottert, grau und trocken.

»Was denkst du?«, fragte Freddy enthusiastisch. »Wär das was?«

»Wo ist Eduardo?«

»Drinnen«, antwortete Freddy.

»Ich will mit ihm reden.«

Freddy sah Charlie lange an.

»Okay.«

Die Mädchen vor dem Kleiderladen waren verschwunden, als Charlie und Freddy sich umdrehten. Freddy öffnete eine grün gestrichene Gittertür neben dem Laden und ging vor Charlie eine Treppe hinunter.

»Fahrräder und Autos können hier unten parken«, erklärte Freddy, und seine Stimme hallte von den Wänden wider. »Ich hab mir vorgestellt, dass man durch einen Eingang mit Schranke oder so auf das Gelände fährt und dann direkt hier runter…«

Charlie sagte nichts.

Sie erreichten einen Raum, der entfernt an ein Parkhaus erinnerte. Große, offene Flächen, Säulen, die den Rest des Gebäudes stützten, verstreute Lichtquellen, die gelbweiße Flecken auf die Wände malten.

»Ist der Eigentümer da?«, wollte Charlie wissen.

»Nein, der…«

Im nächsten Moment trat Eduardo de Jesus Silva hinter einer Säule hervor. Charlie hätte erwartet, dass der Bursche breit lächelnd auf ihn zukäme.

Aber das tat er nicht.

Stattdessen sah er ihn mit ernstem Gesicht an.

»Mister High«, sagte er. »I'm so sorry.«

Charlie blieb abrupt stehen und starrte ihn an.

Nur einen Wimpernschlag später hörte er ein Geräusch hinter sich – ein Geräusch, das er in den vergangenen zwei Jahren immer wieder aus unmittelbarer Nähe gehört hatte. Das Knarzen von Freddys Schulterholster, sobald er seine

Waffe zog, und dann der Ring, der über den Griff der Waffe klackerte.

Charlie drehte sich langsam um und sah direkt in die Mündung einer Glock 17.

»Freddy«, sagte Charlie. »Verdammt …«

Freddy zielte auf Charlies Kopf.

»Dieses Gebäude wird morgen dem Erdboden gleichgemacht«, sagte er. »Es wird in die Luft gesprengt.«

Er sah Charlie mit eiskaltem Blick an.

»Ob hier später eine Vergnügungshalle stehen wird« – er breitete die Arme aus – »das weiß kein Mensch. Aber ich werd es mir ganz sicher anschauen. Vielleicht bau ich ja stattdessen auch ein Fitnesscenter.«

Sein Arm war schnurgerade ausgestreckt und zitterte kein bisschen. Kein Zögern. Keine Emotion.

Charlie wirbelte zu Eduardo de Jesus Silva herum, der mit der Spitze seines Laufschuhs auf irgendwas am Boden einhackte.

»I'm sorry, Mister High«, sagte er noch mal. »I didn't know.«

»Was hat er dir versprochen?«, fragte Charlie.

Er kannte die Antwort. Geld. Alles, wovon Eduardo sein Leben lang geträumt hatte. Womit er seinen Vater würde unterstützen können. Seine Mutter, die Geschwister.

»Ich brauche jemanden, der sich in der Stadt auskennt«, sagte Freddy. »Der die Leute hier kennt. Hansemann kann mir sicher auch helfen, aber du weißt ja selbst, dass Ortskenntnis unbezahlbar ist.«

Charlie drehte sich wieder zu ihm um.

»Du hast also vor, meine Geschäfte zu übernehmen – geht es darum?«

Freddy nickte.

»Einfach so, ohne Weiteres?«

»Nein«, sagte Freddy ernst. »In erster Linie ist das hier Goofys Auftrag. Aber es ist natürlich auch eine Riesenchance für mich.«

Goofy, dachte Charlie.

Er konnte sich beim besten Willen nicht vorstellen, dass der Mordauftrag von ihm gekommen war.

»Du kannst…«

Charlie brachte den Satz nicht zu Ende. Er wusste, dass er Freddy nichts würde bieten können, was ihn jetzt noch dazu brächte, es sich anders zu überlegen. Charlies Tod mit all den sich daraus ergebenden Möglichkeiten wäre für ihn in jedem Fall lukrativer.

»Lass zumindest Isabel die Wohnung behalten«, sagte er. »Sie hat sonst nichts.«

Freddy sah aus, als würde er darüber nachdenken, sagte aber nichts.

Charlie senkte den Blick und holte tief Luft. Dann breitete er die Arme aus.

»Bringen wir es hinter uns«, sagte er.

43

Goofy saß an seinem Schreibtisch, als das Telefon klingelte. Er warf einen flüchtigen Blick auf das Display und nahm dann das Gespräch entgegen.

»Es ist total in die Hose gegangen«, jaulte Durim Redzepi. »Der Schreiner ist abgehauen. Wir wissen, wo er ist, aber Jeton und Nikolai sind tot.«

Goofy schloss die Augen und schüttelte langsam den Kopf. Redzepi hatte seine Geduld allmählich überstrapaziert. Schon die Sache bei Juul vor zwei Jahren war nicht als Warnung gedacht gewesen. Der Journalist hätte bei dem Feuer umkommen sollen. Doch Redzepi hatte mitbekommen, dass Ørjan Mjønes Juuls Schwester versprochen hatte, ihm nur einen kleinen Schrecken einjagen zu wollen, und er hatte das Versprechen für bare Münze gehalten.

Er hätte diesen Leuten keine zweite Chance geben dürfen, dachte Goofy, bevor er fragte: »Wo bist du jetzt?«

»Auf dem Weg nach Oslo«, antwortete Redzepi. »Wir haben ihn auf dem GPS.«

Goofy wischte sich mit der freien Hand übers Gesicht und seufzte. Dann sah er zu dem Mann hinüber, der mit gefalteten Händen vor ihm auf dem Sofa saß.

»Ich will nichts mehr von dir hören, bevor der Job nicht erledigt ist«, sagte er. »Hast du das verstanden?«

Es wurde still.

»Hast du das verstanden?«

»Ja, ja.«

Goofy legte auf und warf das Handy auf den Schreibtisch. Er schüttelte den Kopf.

»Probleme?«, fragte der Mann auf dem Sofa.

Goofy nickte.

»Der Schreiner hat sich als guter Gegner erwiesen. Damit hatten sie nicht gerechnet.«

»Bald ist nur noch Juul übrig«, kam es vom Sofa, »und der weiß von nichts.«

Goofy stand auf, trat an den Schrank hinter dem Schreibtisch und nahm eine Flasche Talisker und zwei Gläser heraus.

»Willst du?«, fragte er über die Schulter.

Goofys Gast schüttelte den Kopf.

»Nein, ich bin mit dem Auto da.«

Goofy goss sich ein Glas ein und nahm einen Schluck. Es brannte wohlig im Hals. Er schmatzte zufrieden und gönnte sich noch einen weiteren Drink.

»Wie läuft es in Natal?«, kam es vom Sofa. »Um Charlie hat sich mittlerweile jemand gekümmert, oder?«

»Ja. Kurz bevor du gekommen bist, hab ich einen Anruf aus Brasilien bekommen«, sagte Goofy. »Charlie macht uns keine Probleme mehr.«

Goofy stellte die Flasche zurück in den Schrank und schob die Schranktür zu.

»Sehr gut.«

Dann drehte er sich zum Sofa um, blieb dann aber wie angewurzelt stehen, als er den ausgestreckten Arm mit der Waffe vor sich sah, die direkt auf ihn gerichtet war. Dann hörte er ein dumpfes Ploppen, und alles um ihn herum verschwamm: der Boden, die Decke, die Wände. Das Whiskyglas splitterte. Er ging zu Boden. Er versuchte noch, Luft zu holen, aber da war keine Luft mehr.

In seiner Jugend hatte Goofy Theater gespielt und immer davon geträumt, eines Tages auf der Bühne seinen Tod zu inszenieren. Er hatte sich gefragt, wie er es würde anstellen müssen – und ob er mit offenen Augen sterben oder noch ein paarmal zucken und irgendwelche Geräusche machen sollte.

Jetzt wusste er, dass nichts davon nötig gewesen wäre. Man musste einfach nur ganz ruhig daliegen und darauf warten, dass der Vorhang fiel.

Durim Redzepi schlug hart auf das Lenkrad.

»Scheiße!«

Flurim Ahmetaj rutschte auf dem Rücksitz hin und her und beugte sich dann zu ihm vor.

»Was ist?«

Redzepi erzählte ihm, was gerade passiert war und welchen Befehl er erhalten hatte. Ahmetaj schüttelte den Kopf und lehnte sich wieder zurück.

»I'm out«, sagte er.

Redzepi versuchte, Ahmetajs Blick im Rückspiegel aufzufangen.

»Wie meinst du das?«

»Wenn wir in der Stadt sind, lässt du mich in der Nähe des Bahnhofs raus. Ich hau ab.«

»Was? Du kannst jetzt doch nicht einfach so gehen, Flurim!«

»Und ob ich das kann. Und das solltest du auch tun. Soll Goofy seine Probleme doch selbst lösen. Ich bin diese ganze Sache so was von leid. Zwei unserer Freunde sind tot – da wäre es doch Wahnsinn, jetzt in Oslo zu bleiben, Durim. Die Polizei hat ein Phantombild von dir veröffentlicht, es ist doch nur noch eine Frage der Zeit, bis wir gefasst werden.«

Redzepi hieb erneut auf das Lenkrad ein und fluchte vor sich hin. Er wusste insgeheim, dass Ahmetaj recht hatte. Gleichzeitig war ihm bewusst, was er zu verlieren hatte. Wenn er jetzt davonliefe, würde er nie erfahren, was Goofy über Svetlanas und Doruntinas Schicksal herausgefunden hatte.

Dort irgendwo vor ihnen auf der Straße war der Mann, den sie suchten und umbringen mussten.

Redzepis Blut rauschte, als hätte es ein eigenes Bewusstsein, einen eigenen Willen. Es forderte Rache.

Aber immer der Reihe nach.

»Ist er weit vor uns?«, fragte Redzepi.

Vom Rücksitz kam keine Antwort. Redzepi sah Ahmetaj im Rückspiegel an. Er starrte hinaus über die Felder, an denen sie vorbeifuhren, als hätte er die Frage nicht gehört.

»So soll das also laufen?«, fragte er.

»Was?«

»Hilfst du mir nicht mal, solange du noch kannst?«

»Du bist wirklich ein Idiot, wenn du diese Sache zu Ende bringen willst, Durim.«

»Das ist dann aber doch wohl mein Problem.«

Redzepi nahm eine Hand vom Lenkrad und legte sie auf die Waffe, die neben ihm auf dem Beifahrersitz lag.

»Das würd ich an deiner Stelle nicht machen«, sagte Ahmetaj, ohne ihn anzusehen. »Dafür kennen wir uns zu gut.«

Doch Redzepi ließ die Hand auf der Waffe liegen.

Erneut beugte Ahmetaj sich ein Stück vor und sah ihn an.

»Ich weiß echt nicht, was du glaubst, aus dieser Sache rausholen zu können, Bruder, aber jetzt sei doch mal vernünftig. Hau ab, solange du noch kannst. Du kannst doch irgendwann wiederkommen.«

Redzepi zögerte kurz, dann hob er die Hand wieder ans Lenkrad. Ahmetaj hatte ja recht. Er mochte nur einfach keine halben Sachen. Und so kurz vor dem Ziel aufzugeben gefiel ihm auch nicht.

»Dann leih mir wenigstens deinen PC«, sagte er. »Damit ich den GPS-Tracker verfolgen kann.«

Ahmetaj schüttelte den Kopf.

»Dann krieg ich den nie wieder. Und du würdest doch nicht wissen, was du damit anstellen sollst.«

Redzepi seufzte.

Und wieder hatte Ahmetaj recht. Zum dritten Mal.

44

Boxen aus einem Sushirestaurant lagen mit Wasabi, Sojasoße und Ingwer bekleckert am Boden. Unwillkürlich musste sie an Iver denken. Anfangs war er dem rohen Fisch gegenüber skeptisch, am Ende dann kaum noch zu halten gewesen. Jetzt würde er beerdigt werden, und sie hatte noch nicht mal angefangen, an Vorbereitungen zu denken.

Seltsamerweise vermisste sie ihn noch nicht. Sie war immer noch wie gelähmt bei dem Gedanken, dass er tot war und sie ihn nie wiedersehen würde. Und sie machte sich Vorwürfe, weil sie in den Stunden unmittelbar vor seinem Tod so schlecht über ihn gedacht hatte. Es war alles andere als sicher gewesen, ob sie den Rest ihres Lebens miteinander verbringen würden, aber sie hätte den Versuch gewagt. Dem Kind zuliebe.

Sich selbst zuliebe.

Nora stand auf und ging hinaus in den Flur. Eine seiner Jacken hing noch dort, und sie nahm sie vom Haken. Die Cordjacke war an den Ellenbogen abgewetzt, und sie roch immer noch nach ihm. Obwohl sie viel zu groß für sie war, zog sie sie an.

Die Jacke musste er schon viele Jahre besessen haben. Sie kam ihr jetzt vor wie ein Teil von ihm – er hatte sie immer getragen, wenn er zur Arbeit gegangen war. Wie eine Uniform.

Zurück im Wohnzimmer steckte Nora die Hände in die Taschen. Sie war nicht überrascht, als sie ein Feuerzeug darin ertastete. Eine halb volle Kaugummipackung. Ein Fetzen Papier. Eine Quittung?

Sie nahm sie heraus. »Small & Beautiful«. Irgendwas für

149 Kronen. Worum genau es sich handelte, war dem Kassenbon nicht zu entnehmen. Doch in der Innentasche der Jacke steckte eine kleine, knisternde Tüte mit dem gleichen Logo. »Small & Beautiful« in altmodischer Schrift. Irgendwas Weiches steckte in der Tüte. Als sie hineinblickte, schlug sie die Hand vor den Mund und begann, hemmungslos zu weinen.

Es war ein Babymützchen, Größe 52. Weiß und weich und süß.

Für das Kind, das seinen Vater nie kennenlernen würde. Das nie erfahren würde, wie lustig er hatte sein können, wie warmherzig, zärtlich und liebevoll.

Sie setzte sich aufs Sofa und zog die Beine an. Dann griff sie nach Jonas' Schneekugel. Jetzt hatte sie zwei Dinge, an denen sie sich festhalten konnte. Zwei Dinge, die sie fest an sich drücken konnte.

Das Baby würde bald anfangen, sich zu bewegen, dachte sie. Ein Teil von Iver würde dann weiterleben. Als ein anderes Wesen. Ein magerer Trost, aber im Moment klammerte sie sich an jeden Strohhalm.

Durim Redzepi fuhr durch den Wald.

Er war wieder allein.

Jeton Pocoli und Flurim Ahmetajs Freund waren tot, und Ahmetaj selbst hatte sich nach Schweden abgesetzt. Mitsamt seiner Technik, die ihm dort würde helfen können.

Er hatte niemanden. Nichts.

Durim Redzepi parkte vor der Hütte, aber statt hineinzugehen, blieb er draußen stehen und lauschte den Geräuschen des Abends, der Nacht, des Lebens, das ihn umgab. Es war viel Zeit vergangen, seit seine beiden Mädchen verschwunden waren.

Zu viel Zeit.

Er war müde. War es leid zu jagen, zu warten, zu hoffen. Auf was denn auch?

Auf eine endgültige Antwort? Auf irgendwas, womit er sich würde versöhnen können, damit er im Leben weiterkäme?

Eigentlich hast du deine Antwort doch längst bekommen, oder? Sie sind 1999 verschwunden. Ist doch klar, was da passiert ist. Sie wurden ermordet, wie alle anderen auch. Vergiss Goofy, sagte er zu sich selbst, er kann dir nichts sagen, was du nicht längst selbst weißt.

Aber die Hoffnung… war immer noch da.

Diese verfluchte Hoffnung.

Er hatte doch nicht so lange ausgehalten, um jetzt aufzugeben. Er musste weitermachen, musste diesen verfluchten Schreiner finden und ihn ins Jenseits befördern.

Und dafür musste er nachdenken.

Redzepi war gern in Bewegung, wenn er schnell eine kluge Lösung finden musste. Also beschloss er, ein bisschen aufzuräumen und seinen baldigen Aufbruch vorzubereiten. Dabei wurde ihm bewusst, wie viel Zeug er im Lauf der vier Monate, die er jetzt hier in dieser Hütte wohnte, bereits angehäuft hatte. Das meiste war Material für die Arbeit: Werkzeug, Seile, große schwarze Müllsäcke – Sachen, die er gut gebrauchen konnte. Munition, Ersatzkleider, Rucksäcke, ein Koffer. Er würde auch daran denken müssen, die Hütte gründlich zu reinigen. Allein das würde Stunden in Anspruch nehmen, wenn er es ordentlich anginge.

Er setzte Wasser auf und suchte nach dem Salmiakreiniger und der Neutralseife, nach einem Putzlappen und einem Schrubber.

Was wird der Schreiner jetzt wohl machen?, fragte er sich. Immerhin weiß er, dass er verfolgt wird.

Vermutlich abhauen und sich wieder verstecken, dachte er. Laut Goofy hatte er sich schon über zwei Jahre versteckt und dabei einen verdammt guten Job gemacht. Er hatte es also schon mal geschafft und würde es wieder tun.

Er selbst würde das Problem wohl direkter angehen, dachte Redzepi, die Leute finden, die Jagd auf ihn machten, und dann selbst zum Angriff übergehen.

Aber war der Schreiner der Typ dafür? Tief im Innern? Am Vortag war er offensichtlich spontan zu der Erkenntnis gelangt, dass Angriff die beste Verteidigung war. Und er lebte noch, seine Strategie hatte also Erfolg gehabt.

Bis Durim Redzepi mit dem Putzen fertig war, wurde es im Osten schon wieder langsam hell. Er war müde, trotzdem nahm er sich die Zeit, die Online-Nachrichten auf dem Handy zu studieren, ehe er sich für ein paar Stunden aufs Ohr legen wollte. Danach würde er sich in sein Auto setzen und ebenfalls nach Schweden fahren.

Seine toten Komplizen waren gefunden worden. Die Polizei war ausgerückt, nachdem jemand von der betreffenden Adresse aus angerufen hatte. Die Polizei folge konkreten Spuren, hieß es auf der Webseite der *Aftenposten*, doch aus ermittlungstechnischen Gründen könne sie noch nicht ins Detail gehen.

Redzepi überflog eine Meldung über einen weiteren Mord, der in der Hauptstadt verübt worden war. Das Opfer war ein Anwalt. Ein Leser hatte in das Kommentarfeld einen Link hineinkopiert: »Hier, das Opfer.«

Redzepi klickte den Link an – und erstarrte.

Das konnte doch nicht wahr sein!

Es war Goofy.

Er war … tot? Wie … war das möglich?

Aber es gab keinen Zweifel. Das war eindeutig der Mann, der eines Tages mit seinem Aktenkoffer zu ihm gekommen war und ihm das Foto des Schreiners überreicht hatte. Aber wenn Goofy tot war, dachte er – erfahre ich dann je, was mit Svetlana und Doruntina passiert ist?

Er hämmerte die Faust auf den Tisch, legte das Gesicht in beide Hände und spürte, wie ihm die Hoffnung förmlich durch die Finger rann. Jetzt würde er die Antworten, die ihm versprochen worden waren, nie erhalten.

»Verdammte Scheiße!«, schrie Redzepi, sprang auf, schnappte sich die Autoschlüssel und marschierte resolut nach draußen.

45

Henning saß aufrecht im Bett, wie schon während der ganzen Nacht.

Wie erwartet hatte er nicht schlafen können. Seine Gedanken waren immer wieder um Durim Redzepi gekreist und darum, wie dieser hatten wissen können, dass Henning an jenem Nachmittag um vier Uhr am Präsidium auftauchen würde. Er selbst war dermaßen besessen von Ann-Mari Sara und Preben Mørck gewesen, dass er an das Offensichtlichste gar nicht gedacht hatte – an die Person, die tatsächlich mit Gewissheit darüber Bescheid gewusst hatte, dass die Befragung verschoben worden war.

Der Mann, der höchstpersönlich den Vernehmungsraum reserviert hatte.

Bjarne Brogeland.

Konnte Bjarne mit den Mördern unter einer Decke stecken?

Henning war in Gedanken alles x-mal durchgegangen, was er in den vergangenen Wochen und Monaten gemeinsam mit Bjarne unternommen hatte – von ihrer ersten Begegnung im Präsidium über ihre Telefonate bis zu den zahlreichen persönlichen Treffen. War seiner Körpersprache irgendetwas zu entnehmen gewesen?

Nein.

Henning wollte einfach nicht glauben, dass Bjarne irgendwas damit zu tun hatte.

Im Lauf der Nacht hatte Henning versucht, sein Handy in die Finger zu bekommen, um online nach möglichen Verbindungen zwischen Bjarne und Mørck zu recherchieren, aber keiner der Beamten, die ihn bewacht hatten, hatte einen Schimmer gehabt, wo sein Handy gelandet war. Und ihre eigenen wollten sie ihm nicht leihen. Also musste er warten.

Nur war er dafür nicht der Typ. Nichtstun lag ihm nicht. Er wollte raus, sich bewegen, versuchen, Ann-Mari Sara zu erreichen, und herausfinden, was passiert war, nachdem er das Bewusstsein verloren hatte. Natürlich war es möglich, dass sie nach den Beschuldigungen, die er gegen sie erhoben hatte, nicht mehr mit ihm reden wollte. Das würde er ihr kaum zum Vorwurf machen können.

Bjarne kam direkt nach dem Frühstück, diesmal jedoch ohne Sandland im Schlepptau. Der Polizist wirkte energischer als tags zuvor, und Henning fragte sich, welchen Grund es dafür geben mochte. Er suchte nach Anzeichen von Nervosität oder irgendetwas anderem, was entlarven mochte, dass Bjarne andere Ziele hatte, als bloß auf Henning aufzupassen oder seinen Fall zu Ende zu ermitteln. Aber es war ihm rein gar nichts anzumerken.

Bjarne nickte dem Beamten vor dem Krankenzimmer zu, der sichtlich müde aufstand.

»Du glaubst nicht, was passiert ist«, sagte Bjarne und trat an Hennings Bett. Noch ehe Henning reagieren konnte, nahm er die Fernbedienung und richtete sie auf den Fernseher, der an der Stirnseite des Raumes hing.

Henning musterte Bjarne, dessen Blick zwischen Fernbedienung und Fernseher hin- und herhuschte. Er war genau wie immer. Dann signalisierte er Henning, er solle sich auf den Fernseher konzentrieren.

»Tödlicher Angriff auf Anwalt«, lautete die Tickerzeile.

Bjarne wählte Seite 102 des Teletextes an. Henning kniff die Augen zusammen, um lesen zu können, was dort stand.

Bekannter Anwalt ermordet

In der Nacht auf Donnerstag ist ein Osloer Anwalt einem Gewaltverbrechen zum Opfer gefallen. Der Mann wurde von einer Putzhilfe in seiner Kanzlei erschossen aufgefunden. Der Mord geschah nach Angaben der Polizei am späten Abend des Vortags. »Für konkrete Angaben ist es noch zu früh, zurzeit sichten wir die Mandantenkartei und sämtliche Fälle, in denen der Anwalt aktiv war«, sagte Polizeichefin Pia Nøkleby zum Sender *NTB*.
Mehr auf: *nrk.no*

»Der Tote ist Preben Mørck«, sagte Bjarne und zeigte mit der Fernbedienung auf den Fernseher. Henning hob überrascht den Blick.

»Wie bitte?«

»Ich komme direkt vom Tatort«, sagte Bjarne.

Henning fragte sich, was das bedeutete. Am Vorabend hatte er mit Bjarne über seinen Verdacht gegen Mørck gesprochen. Nur Stunden später war der Mann erschossen worden.

Henning war sich nicht sicher, ob er sein Misstrauen vor Bjarne verbergen konnte. Wenn Mørck Goofy gewesen war – und da war sich Henning sicher –, hatte er auf wertvollen Informationen über sämtliche Leute gesessen, denen er über die Jahre geholfen hatte, und womöglich hatte er auch ihre Motive durchschaut. Bestimmt hatten da gewisse Leute Angst gehabt, was er bei einer Befragung durch die Polizei hätte preisgeben können.

»Er wurde erschossen?«, fragte Henning zögernd.

Bjarne nickte.

»Ein Kopfschuss, zwei in die Brust. Damit es keinen Zweifel gibt.«

Hennings Gedanken wanderten zu Iver, der allem Anschein nach nur wenige Tage vor seinem Tod bei Mørck gewesen war. Wenn Henning Iver richtig einschätzte, dann hatte er Fragen gestellt, die bei Mørck Alarm ausgelöst hatten. Möglicherweise ja auch bei der Person, für die Mørck gearbeitet hatte?

Aber wer sollte das gewesen sein?

»Und das ist noch nicht das Einzige, was gestern passiert ist«, sagte Bjarne und tippte wieder auf der Fernbedienung herum. Eine weitere Teletextmeldung erschien auf dem Bildschirm.

Doppelmord in Brandbu

Am Donnerstagabend wurden zwei Personen ausländischer Herkunft tot in einer Wohnung außerhalb des Stadtzentrums von Brandbu (Bezirk Oppland) gefunden. Dem Polizeisprecher der Gemeinden Gran und Lunner zufolge handelt es sich dabei um ein Kapitalverbrechen. Details wurden vorläufig noch nicht bekannt gegeben.

»Eins der Opfer heißt Jeton Pocoli«, fuhr Bjarne fort. »Und der hatte eine Verbindung zu Durim Redzepi. Am Tatort sind eine Schusswaffe und mehrere Patronenhülsen gefunden worden, und die Ballistiker haben sofort aufgemerkt. Die Waffe stimmt mit derjenigen überein, die bei dem Attentat auf dich verwendet wurde.«

Henning versuchte, die neuen Informationen zu verarbeiten.

»Dann war Redzepi vor Ort?«

»Zumindest die Waffe, mit der auf dich geschossen wurde«, erwiderte Bjarne. »Wir versuchen, den Mann zu finden, der in dem Haus gewohnt hat. Der Besitzer ist ein alter Mann, aber der hat es an einen Schreiner vermietet.«

Hennings Blick huschte zum Fernseher und zurück zu Bjarne.

Ein Schreiner.

»Es war also ein ziemlich wilder Tag, um es mal so auszudrücken.«

»Wie heißt er?«, fragte Henning.

»Wer?«

»Der Schreiner.«

»Er heißt …«

Bjarne holte einen Notizblock aus seiner Tasche.

»Roger Blystad.«

Henning ließ sich den Namen auf der Zunge zergehen. Phonetisch gar nicht weit entfernt von Rasmus Bjelland… Er hatte schon lange vermutet, dass Bjelland einen anderen Namen angenommen hatte.

»Und ihr wisst nicht, wo er steckt?«

Bjarne schüttelte den Kopf.

»Nach Blystad wird im ganzen Land gefahndet. Die Chance, dass er uns ins Netz geht, steht also halbwegs gut.«

Henning fragte sich, was da passiert sein mochte. Irgendwer mit einer Verbindung zu Durim Redzepi war in Brandbu gewesen, war dort getötet worden…

»Es könnte Notwehr gewesen sein«, sagte Henning unvermittelt.

»Den Gedanken hatte ich auch schon. Und es gibt Anzeichen für ein Handgemenge im Keller, wo eine der Leichen gefunden wurde. Auch dort sind mehrere Schüsse abgefeuert worden.«

»Und von Redzepi gibt es noch immer keine Spur?«

Bjarne schüttelte den Kopf.

»Ich hätte an seiner Stelle das Land schon vor einiger Zeit verlassen. Sein Gesicht war mittlerweile in allen Zeitungen – und allem Anschein nach ist er eine Art Söldner. Und die werden ja bekanntlich nicht gern inhaftiert.«

Und wenn mit Goofy sein Auftraggeber tot war, hatte Redzepi auch keinen Grund mehr zu bleiben, dachte Henning.

»Konntet ihr inzwischen mehr über Ivers letzte Aktivitäten in Erfahrung bringen?«, fragte er. »Mit wem er Kontakt hatte und so?«

Bjarne warf einen langen Blick in Richtung des Beamten an der Tür.

»Die PC- und Handyspur ist tot«, sagte Bjarne. »Da sind alle Daten weg.«

»Aber wo ist er gewesen? Sein Auto – geht da nicht irgendwas?«

»Das überprüfen wir natürlich auch. Nur war ich in den letzten Stunden mit ein paar anderen Dingen beschäftigt. Ich hab's einfach noch nicht geschafft.«

Henning fragte sich, welche anderen Dinge Bjarne meinte.

»Ich muss wieder zurück ins Präsidium«, sagte Bjarne. »Du weißt ja, wie das ist: eine Sitzung nach der anderen.«

»Bevor du fährst …«, ging Henning dazwischen. »Du weißt nicht zufällig, wo mein Handy ist?«

»Nein«, sagte Bjarne und schaltete den Fernseher aus. »Aber gib mir zwei Sekunden, dann hören wir, ob es irgendwo hier in der Nähe liegt.«

»Gut, danke.«

46

Roger Blystad sah auf die Uhr. Kurz vor acht. Als er das letzte Mal nachgeschaut hatte, war es … auch kurz vor acht gewesen.

Mit einem Seufzer sank er zurück aufs Hotelbett und starrte an die Decke. In den vergangenen zwölf Stunden hatte er kaum etwas anderes gemacht. Er hatte schlecht geschlafen in dem fremden Bett, und irgendwann in der

Nacht war er hochgeschreckt. Er war sich sicher gewesen, nicht mehr allein im Zimmer zu sein. Er hatte nach einer Waffe gegriffen, die er nicht besaß, und nach den Eindringlingen gesucht. Erst als die eingebildete Gefahr vorüber gewesen war, hatte er wieder halbwegs normal atmen können.

Blystad schloss die Augen.

Der letzte Tag steckte ihm mächtig in den Knochen. Unter normalen Umständen hatte er nie Schlafprobleme, doch jetzt kamen seine Gedanken nicht ansatzweise mehr zur Ruhe. Die Bilder, die sich in sein Hirn eingebrannt hatten, flackerten immer wieder vor ihm auf.

In letzter Zeit haben ganz schön viele Menschen deinetwegen ihr Leben verloren, dachte Blystad und setzte sich auf. Und den Zeitungsschlagzeilen zufolge war auch Henning Juul dem Tod nur knapp von der Schippe gesprungen.

Blystad sah erneut auf die Uhr. Kurz nach acht und noch immer keine Antwort.

Viel länger kann ich nicht mehr hierbleiben, dachte er.

Er würde noch eine Stunde warten und dann aufbrechen.

Bjarne kam zurück ins Zimmer und wedelte gut gelaunt mit dem Telefon.

»Ich hab's gefunden«, sagte er. »Es ist nach deinem letzten Besuch hier liegen geblieben. Eine Krankenschwester hat es sogar für dich aufgeladen. Das nenn ich Sonderbehandlung!«

Mit ein paar langen Schritten stand Bjarne an Hennings Bett und drückte ihm das Handy in die Hand. Henning nahm es nachdenklich entgegen.

Nein, wirklich.

Bjarne war genau wie immer.

Nur das Handy hatte einen Schmiss im Display abbekommen.

Im nächsten Moment klingelte Bjarnes eigenes Telefon. Er zog es aus der Innentasche und ging ran, entfernte sich dabei ein paar Schritte von Hennings Bett.

Henning sah erneut auf sein Handydisplay hinab und checkte die verpassten Anrufe. Veronica hatte vier-, Bjarne siebenmal angerufen. Da nicht allzu viele seine neue Nummer hatten, war es nicht weiter verwunderlich, dass nicht mehr Anrufe eingegangen waren. Trotzdem war er insgeheim enttäuscht, dass Nora nicht unter den Anrufern gewesen war.

Henning klickte sich zu seinem E-Mail-Konto durch. Es dauerte etwa eine halbe Minute, bis sämtliche Eingänge aktualisiert waren.

Die vier oberen Mails waren Spam, doch bei der fünften stockte er. Er warf einen raschen Blick hinüber zu Bjarne, der hoch konzentriert seinem Gesprächspartner zu lauschen schien.

Henning klickte die E-Mail auf.

Von: roger.blystad@gmail.com
An: henning.juul@123nyheter.no
Betreff: Rasmus Bjelland

Hallo, Henning,
irgendwas sagt mir, dass uns dieselben Leute auf den Fersen sind. Können wir uns noch mal treffen?
Antworten Sie so schnell wie möglich. Ich muss bald weiterziehen.
Rasmus Bjelland

Roger Blystad, dachte Henning. Der Schreiner. Der in dem Haus gewohnt hatte, in dem gestern Abend zwei Kosovoalbaner erschossen worden waren.

Er versuchte, eine Antwort zu schreiben, was angesichts des unbeweglichen Arms nicht einfach war – und er schaffte es tatsächlich nicht mehr, auf Senden zu drücken, ehe Bjarne auch schon wieder zurück war.

»Brauchst du sonst noch was?«

Henning schüttelte den Kopf.

»Dann ruh dich jetzt aus und werd wieder gesund«, sagte er. »Wir unterhalten uns später weiter.«

Und damit verschwand er aus dem Raum.

Endlich schickte Henning seine E-Mail an Bjelland ab und wartete dann noch fünf Minuten. Dann zog er an der Schnur, die draußen über der Tür ein grünes Licht aktivierte, und eine weitere Minute verstrich, ehe eine Krankenschwester den Kopf zur Tür hereinsteckte.

Henning stemmte sich von der Bettkante hoch.

»Müssen Sie zur Toilette?«, fragte die Schwester.

»Nein«, antwortete Henning und spürte augenblicklich, wie wacklig er noch immer auf den Beinen war. Er taumelte auf den Stuhl zu, auf dem seine Kleider lagen.

»Ich brauche Hilfe beim Anziehen.«

Der Polizeibeamte hob den schläfrigen Blick von seinem Buch.

»Warum wollen Sie sich denn anziehen?«, fragte die Krankenschwester.

»Weil ich hier rausmuss.«

Die Krankenschwester zögerte.

»Da muss ich aber erst mit Ihrem Arzt sprechen.«

Henning schüttelte den Kopf und begann, das Krankenhaushemd aufzuknöpfen.

»Mir tut die Schulter weh, aber alles andere funktioniert. Ich hab wirklich keine Zeit, länger zu bleiben.«

Der Beamte legte sein Buch weg und stemmte sich von seinem Sitz hoch.

»Oh nein«, wandte Henning sich an ihn. »Sie brauchen auch niemanden zu fragen, ob es in Ordnung ist. Ich bin sehr wohl imstande, selber zu bestimmen, ob ich hier sein will oder nicht.«

Der Beamte sagte nichts, zog aber sein Handy aus der Tasche und schlenderte hinaus auf den Gang.

»Wir können Sie natürlich nicht dazu zwingen hierzubleiben«, sagte die Schwester. »Aber lassen Sie mich trotzdem kurz mit Ihrem Arzt reden, ehe sie gehen, damit wir sicher sein können, dass Sie nichts tun, was Sie später bereuen könnten.«

Nachdem sie das losgeworden war, half die Krankenschwester ihm, sich anzuziehen, was eine Weile dauerte.

Henning ließ sich überreden, auf die Schwester und den Polizisten zu warten, der seinen Vorgesetzten informiert hatte. Die Schwester war als Erste zurück. Sie begnügte sich mit einem kurzen Nicken und einem Lächeln.

Danach kam der Beamte. Er hielt sein Handy in die Luft.

»Brogeland will wissen, was Sie vorhaben«, brummte er.

Das kann ich mir vorstellen, dachte Henning.

»Sagen Sie ihm, dass ich mich bei ihm melde, sobald ich das selber weiß«, antwortete er.

Dann machte er sich auf den Weg.

47

Das Radio empfing immer noch den norwegischen Sender P4, obwohl Durim Redzepi die Grenze nach Schweden schon vor einer ganzen Weile überquert hatte. Immer zur vollen Stunde kamen Nachrichten und erinnerten ihn von Neuem an die Ereignisse des Vorabends. Jedes Mal sah er Jeton Pocolis schmerzverzerrtes Gesicht vor sich, und genauso oft kam er zu dem Schluss, dass er gar keine andere Wahl gehabt hatte. Es war eine Mischung aus Barmherzigkeit und Notwendigkeit gewesen.

Er hoffte nur, alle Spuren in der Waldhütte beseitigt zu haben. Am Ende hatte alles zügig gehen müssen, er hatte gar nicht schnell genug dort wegkommen können. Jetzt da Goofy tot war, durchleuchtete die Polizei sein Leben vermutlich von allen Seiten, und weil er es gewesen war, der Redzepi im Frühjahr die Waldhütte organisiert hatte, stand zu befürchten, dass sie früher oder später dort auf der Matte stünden.

Dabei spielte es im Grunde keine Rolle mehr, ob sie noch Spuren von ihm fanden oder nicht. Er würde nie wieder dorthin zurückkehren. Seine erste Anlaufstelle würde Göteborg sein. Dort wollte er das Auto entsorgen und einen Freund aufsuchen, der unzählige Kosovoalbaner in Skandinavien kannte, und schauen, ob es irgendwo Arbeit für ihn gab.

Es war ein schöner Morgen zum Autofahren. Klare Sicht, leichter Wind. Redzepi fuhr knapp über dem Tempolimit. Er überholte gerade einen Sattelschlepper an einer lang gezogenen Steigung, als sein Handy in der Mittelkonsole zu vibrieren begann.

Redzepi hatte das Handy, das er in den vergangenen Tagen benutzt hatte, weggeschmissen. Dieses hier war sein altes Handy, das er benutzt hatte, ehe Goofy ihn aufgefordert hatte, das Gerät zu wechseln. Auf dem Display stand eine unbekannte Nummer, aber egal, es konnte ohnehin nichts Wichtiges sein.

Er fädelte rechts ein und versuchte, sich wieder auf die Straße und auf den Verkehr zu konzentrieren, was ihm für vielleicht hundert Meter gelang.

Das Telefon vibrierte hartnäckig weiter.

Entnervt griff Redzepi danach und drückte es sich ans Ohr.

»Hallo?«

Er drehte die Lautstärke des Radios runter.

»Durim?«, fragte eine ihm unbekannte Stimme. »Wo stecken Sie?«

»Wer will das wissen?«, blaffte er ins Telefon.

»Derjenige, der Ihre Rechnungen bezahlt.«

Redzepi nahm den Fuß vom Gas und ließ den Wagen ein Stück ausrollen, während er überlegte, ob er die Stimme schon einmal gehört hatte. Sie klang klar, weder besonders hoch noch sehr tief, weder zornig noch sanft. Einfach neutral.

Beende sofort das Gespräch, schrillte eine Stimme in Redzepis Kopf. Das könnte die Polizei sein.

»Was wollen Sie?«, fragte er. »Wer sind Sie?«

»Goofy ist tot.«

»Das weiß ich.«

»Er wurde gestern Nacht erschossen.«

Redzepi ließ bereits die Seitenscheibe herunter, um das Handy hinauszuwerfen, als der Mann fortfuhr: »Ich hab ihn getötet.«

Was sollte das? Und wie war dieser Mann an seine Nummer gekommen?

»Und jetzt verlange ich, dass Sie Ihren Job zu Ende bringen.«

»Wer sind Sie?«, fragte er erneut, und dann tauchte eine vage Erinnerung vor seinen Augen auf. Ein Zimmer im Scandic-Hotel Asker, der Laptop des zu Tode verängstigten Polizisten, der Name, den er aus dem Indicia-Bericht gelöscht hatte.

Das war er.

»Zerbrechen Sie sich darüber nicht den Kopf«, sagte er. »Das Einzige, woran Sie jetzt noch denken sollen, ist Ihr Auftrag, den Sie noch nicht zu Ende gebracht haben.«

Redzepi schüttelte den Kopf und dachte an seine Mädchen, an Goofys Versprechen.

»Nicht jetzt, nach Goofys Tod. Bringen Sie das selbst zu Ende. Mich geht das nichts mehr an.«

Er wollte schon auflegen.

»Sind Ihnen Doruntina und Svetlana wirklich so egal?«

Redzepi verschlug es für eine Sekunde die Sprache.

»Was haben Sie gesagt?«

Er krallte sich ins Lenkrad.

»Ich bin über Ihre Familie im Bilde, Durim.«

Er schluckte.

»Wovon reden Sie?«

Für einen Moment herrschte Stille.

»Henning Juul und Rasmus Bjelland sind beide noch am Leben«, fuhr der Mann fort. »Bringen Sie Ihren Job zu Ende, dann werde ich Ihnen alles erzählen, was Goofy über Ihre Frau und Ihre Tochter herausgefunden hat.«

Redzepi riss das Lenkrad nach links, um nicht von der Fahrbahn abzukommen. Hektisch wischte er sich mit der

Hand über den geschorenen Schädel. Das Vernünftigste wäre, sich aus Norwegen fernzuhalten und den Typen seine Probleme allein lösen zu lassen.

Allerdings hatte er gewusst, wie seine Mädchen hießen …

»Sie müssen mir schon etwas mehr geben«, sagte Redzepi.

»Hm?«

»Wer garantiert mir, dass Sie tatsächlich Informationen über meine Familie haben?«

Wieder wurde es still.

»Ihr Wort allein reicht mir nicht«, fuhr Redzepi fort. »Sie müssen mir mehr geben.«

Es rauschte in der Verbindung.

Der Mann am anderen Ende holte Luft.

»Goofy hat jemanden überprüfen lassen, was Ihr Bruder mit dem Geld macht, das Sie ihm regelmäßig schicken«, sagte er schließlich.

Redzepis Herz setzte für einen Schlag aus.

»Warum hat er das getan?«

»Weil Wissen eine sichere Währung ist, Durim. Wir müssen immer genau wissen, was mit unseren Investitionen passiert.«

Er dachte nach.

»Und was hat Goofys Mann herausgefunden?«

»Das werd ich Ihnen erzählen, wenn Sie Ihren Job erledigt haben.«

Redzepi schüttelte den Kopf.

»Das reicht mir nicht. Geben Sie mir irgendetwas, was mich davon überzeugt, dass Sie die Wahrheit sagen.«

Am anderen Ende war ein kurzer Seufzer zu hören.

»Ihr Bruder heißt Jetmir, seine Frau Justyna und die gemeinsame Tochter Mischa. Sie sind Nachbarn eines großen Möbelfabrikanten in Kolovica e Re am Stadtrand von Pristina. Mehr Informationen gebe ich Ihnen nicht, weil mir das Risiko zu groß ist, dass Sie einfach abhauen, wenn Sie alles wissen und keinen Grund mehr haben, Ihren Auftrag zu Ende zu bringen. Die Zeit läuft, Durim. Es wird allmählich knapp.«

Redzepi dachte fieberhaft nach. Die Angaben zur Familie seines Bruders stimmten. Vielleicht wusste der Kerl ja tatsächlich etwas über seine Mädchen?

Als der Sattelschlepper links an ihm vorbeizog, dämmerte Redzepi, dass er die ganze Zeit kein Gas mehr gegeben hatte.

»Und, was sagen Sie, Durim?«

Bei der Vorstellung, nach Norwegen und Oslo zurückzukehren, wo die Polizei nach ihm fahndete, pumpte sein Herz Hitzewellen durch seinen gesamten Körper. Er wischte sich den Schweiß von der Stirn. Dachte an seine toten Freunde. Und daran, dass er sie würde rächen können.

Er setzte den Blinker und bog rechts auf eine Straße ab, die über eine Brücke führte. Dahinter würde er wenden.

»Ich bin dabei«, sagte er mit brüchiger Stimme.

»Gut. Haben Sie eine Idee, wie wir an sie rankommen können?«

»Ich denke schon. Zumindest an den Schreiner. Juul auf die Schnelle zu finden wird nicht ganz einfach sein, aber ich hab eine Idee, wie ich ihn aus der Deckung locken kann.«

Dann legte Redzepi dem anderen seinen Plan dar. Der Mann am anderen Ende war skeptisch.

»Das bringt uns Juul nicht näher. Allerhöchstens führt es dazu, dass er sich raushält.«

»Was Besseres kann ich momentan nicht bieten.«

Es wurde still.

»Dann legen Sie los.«

Nach ein paar weiteren Instruktionen beendete Redzepi das Gespräch und fuhr auf einen Rastplatz. Dann wählte er die Nummer seines Göteborger Freundes und bat ihn, Kontakt zu Flurim Ahmetaj herzustellen. Zehn Minuten später kam ein Anruf einer weiteren unbekannten Nummer.

»Bruder«, sagte Ahmetaj auf Albanisch. »Was gibt's?«

Redzepi holte Luft.

»Wenn ich dir jetzt sage, dass du genau dort, wo du gerade bist, und vorausgesetzt, du hast deinen Rechner dabei, mit minimalem Zeitaufwand einen Haufen Geld verdienen könntest… Was würdest du sagen?«

Stille.

Redzepi wusste, dass Ahmetaj bei schnell verdientem Geld selten Nein sagte.

»Zehntausend«, sagte Redzepi.

»Wenn du Euro meinst, haben wir einen Deal.«

Redzepi dachte noch eine Weile nach.

»Okay.«

Er hörte ein kurzes Lachen am anderen Ende.

»Jetzt sprichst du meine Sprache, Bruder. Was brauchst du?«

»Du sollst eine E-Mail für mich verschicken.«

»Eine E-Mail? Kein Problem.«

»Und dann brauche ich die exakte Position des Schreiners«, sagte Redzepi. »Du hast die GPS-Tracker hoffentlich noch nicht deaktiviert?«

48

Es war noch kälter geworden, dachte Henning, als er nach draußen kam. Er versuchte, die Fleecejacke irgendwie enger um sich zu ziehen, aber sie wärmte nicht hinreichend. Es war ungewohnt, wieder auf den Beinen zu sein, und er hatte weiche Knie wie nach einem langen, feuchtfröhlichen Abend in der Stadt. Mit einem Taxi fuhr er in die Seilduksgaten. Er war sich sicher, dass weder Durim Redzepi noch einer seiner Kumpanen die Wohnung beobachtete – nicht mehr nach allem, was passiert war.

Trotzdem konnte er sich nicht ganz sicher sein. Also blieb er noch kurz draußen auf der Straße stehen. Er hoffte, im Hausflur niemandem zu begegnen.

Der randvolle Briefkasten musste warten. Er hinkte die Treppe hoch und schloss die Tür zu seiner Wohnung auf. Es war seltsam, wieder zu Hause zu sein. Er hatte schon seit Ewigkeiten nicht mehr hier geschlafen. Als er das letzte Mal in seiner Wohnung gewesen war, hatte er gerade noch eine Gasexplosion verhindern können. Eins der Fenster stand noch immer offen, sodass es drinnen genauso kalt wie draußen war.

Henning war sich sicher, dass niemand in der Wohnung war. Es war still, es brannte kein Licht, und alles war exakt so, wie er es zurückgelassen hatte.

Eilig lief er durch die Wohnung, um zusammenzusuchen, was er brauchte – eine zusätzliche Jacke, ein Paar Handschuhe, Geld und seine Autoschlüssel. Er war sich nicht ganz sicher, wo er seinen Wagen geparkt hatte – den gelben, den er sich erst wenige Wochen zuvor gekauft hatte. Er fand ihn schließlich unweit der alten Segeltuchfabrik.

Henning hatte sich gerade erst auf den Fahrersitz gesetzt, als sein Handy in der Jackentasche vibrierte.

Eine SMS von Bjarne.

Charlie Høisæther ist von seiner Lebensgefährtin in Natal vermisst gemeldet worden. Er ist gestern Abend nicht nach Hause gekommen. BB

Was hieß das denn nun wieder?, fragte sich Henning. War Charlie von seiner Vergangenheit eingeholt worden? War die Wahrheit über die Vorgänge in Natal ans Licht gekommen? Hatte sich jemand an ihm gerächt?

Wo bist du?

Statt zu antworten, fuhr Henning los.

Mit nur einem funktionierenden Arm den Wagen zu steuern war nicht leicht, aber irgendwie gelang es ihm. Zwanzig Minuten später war er da und parkte auf dem großen Huk-Parkplatz. Dort hatten sich Bjelland und er auch schon im Herbst 2007 getroffen. Sie hatten sich damals vor das weiße Strandrestaurant gesetzt, das während des Zweiten Weltkriegs ursprünglich als Vidkun Quislings Badehaus errichtet worden war. Die Möwen hatten gekreischt, und draußen auf dem Fjord waren die Boote lautlos vorbeigeglitten. Flugzeuge hatten weiße Streifen in den blauen Himmel gemalt.

In vielerlei Hinsicht war es passend, sich heute wieder hier zu treffen, wo alles begonnen hatte. Und wo jetzt auch noch die letzten Puzzleteile an ihren Platz fallen würden. Hoffentlich.

Henning war zu früh dran. Zum einen hasste er es, zu

spät zu kommen, zum anderen wollte er sich erst versichern, dass sie wirklich allein sein würden. Im Sommer war dies hier die wohl beliebteste Badestelle von ganz Oslo. Da wimmelte es dort nur so von Menschen. Sie kamen mit Grills, Frisbees, Gitarren, ganz zu schweigen von Alkohol und sicher auch Drogen. Doch jetzt war außer einem Mann, der über den schmalen asphaltierten Weg auf ihn zukam, niemand weit und breit zu sehen. Der Mann schien die Umgebung wachsam zu überprüfen.

Das muss Bjelland sein, dachte Henning. Bei ihrer letzten Begegnung hatte Charlie Høisæthers Schreiner untersetzt gewirkt. Hohe Geheimratsecken, dünnes Haar. Inzwischen waren Kilos und Haare verschwunden, nur die Wachsamkeit war geblieben. Und der schnelle Gang.

Eine halbe Minute später blieb der Mann ein bisschen zögerlich vor Henning stehen, als wäre er sich nicht ganz sicher, ob er am richtigen Ort war. Vorsichtig hielt er ihm die Hand hin.

»Ich hätte Sie kaum wiedererkannt«, sagte Bjelland und musterte Henning, dem schlagartig bewusst wurde, dass auch er nicht mehr so aussah wie noch vor zwei Jahren.

»Tja, das Leben geht nicht spurlos an einem vorbei«, antwortete er.

Bjelland zog die Hand zurück und drehte sich um. Sie waren allein.

Bjelland wandte sich wieder an Henning.

»Ich war mir nicht sicher, ob Sie … mich noch einmal treffen wollen würden«, murmelte er.

»Warum denn nicht?«

»Weil …«

Er hob den Blick, sah übers Wasser. Eine Welle klatschte gegen die Ufersteine.

»Wegen Ihrer Narben«, sagte er.

Henning wusste, woran er in Wahrheit dachte. Ihre letzte Begegnung war der Startschuss für alles gewesen – auch für Jonas' Tod. Natürlich hätte er Rasmus Bjelland deshalb Vorwürfe machen können, ihn hassen, aber wozu? Das brachte ihm Jonas auch nicht wieder zurück, und die Entscheidung, Tore Pulli unter die Lupe zu nehmen, hatte er selbst getroffen. Wenn irgendjemand Schuld an Jonas' Tod trug, dann war das Henning selbst – und natürlich die Leute, die den Brand in seiner Wohnung gelegt hatten.

Er zeigte auf einen Felsen am Ufer. »Setzen wir uns?«

Bjelland sah Henning an, dann nickte er und blickte sich noch einmal um. Eine Fähre glitt im Schneckentempo hinter einer Landzunge hervor. Sie setzten sich und blickten eine Weile wortlos über den Fjord.

»Sie sind nicht leicht zu finden«, sagte Henning.

»Das war der Sinn der Übung«, erwiderte Bjelland.

Henning sah ihm ins Gesicht, wartete darauf, dass er begann zu erzählen.

»Nach unserer letzten Begegnung«, hob Bjelland mit einem Seufzer an, »und erst recht nachdem ich mitbekommen hatte, was Ihnen und Ihrem Sohn zugestoßen war, musste ich untertauchen, wenn ich überleben wollte. Mir blieb gar keine andere Wahl. Ich hatte zwar nicht viel, wofür es sich noch gelohnt hätte zu leben, aber … so leicht gibt man trotzdem nicht auf, stimmt's? Die Angst zwingt einen, sich selbst zu beschützen.«

Henning nickte.

»Ich hab das mit Ihrer Frau herausgefunden«, sagte Henning.

Bjelland sah einen Augenblick lang weg.

»Sie hat damals meinen Wagen genommen«, fuhr er

nach einer Weile mit belegter Stimme fort. »Ich hätte nie gedacht, dass wir so schnell auf der Abschussliste stehen würden, aber … da hab ich mich wohl leider geirrt.«

Er schüttelte den Kopf.

»Ich versuche immer, mich damit zu trösten, dass sie vermutlich nichts mehr mitbekommen hat. Es ging ja alles furchtbar schnell.«

Bjelland hob einen kleinen Stein auf und rollte ihn zwischen den Fingern hin und her. Er wirkte genauso müde, wie Henning sich fühlte, und hatte dunkle Ringe unter den Augen.

»Und deshalb wollten Sie vor zwei Jahren mit mir reden?«, fuhr Henning fort. »Sie wollten Ihre Frau rächen?«

Bjelland sah zu ihm rüber.

»So in etwa.«

»Und jetzt haben Sie wieder Kontakt zu mir aufgenommen. Was ist in der Zwischenzeit passiert?«

Bjelland seufzte.

»Gestern Abend standen zwei Kerle vor meiner Tür«, sagte er und schlug den Blick nieder. »Sie haben versucht, mich zu ermorden. Ich …«

Henning sah auf Bjellands Hände. Auf den Knöcheln waren frische Wunden.

»Ich bin das alles so leid«, fuhr Bjelland fort. »Ich will nicht länger weglaufen. Ich will mich nicht andauernd umschauen müssen. Allerdings bin ich mir ziemlich sicher, dass Sie und ich dieselben Leute im Nacken haben.«

Auch Henning war dieser Meinung, wollte aber zunächst Bjellands Argumente hören, um ganz sicher zu sein, dass sie mit seinen übereinstimmten.

»Besonders nach dem, was mit Ihrem Kollegen passiert ist.«

Bjelland warf den Stein ins Wasser.

»Iver Gundersen hat meine Mutter angerufen«, fuhr Bjelland fort. »Er hat versucht, Kontakt zu mir aufzunehmen. Meine Mutter und ich, wir …«

Wieder sah er weg.

Atmete schwer aus.

»Mama hatte eine geheime E-Mail-Adresse, die sie nur von der Arbeit aus nutzte«, sagte er langsam. »Und ich … Tja. Ich hab in den letzten zwei Jahren eine andere Identität angenommen. Immer wenn irgendwas passiert ist, was mit mir zu tun hatte, hat sie mich vorgewarnt.«

»Dann hat Ihre Mutter Ihnen mitgeteilt, dass Iver mit Ihnen sprechen wollte?«

Bjelland nickte.

»Auch wenn ich untergetaucht war, hab ich ja mitverfolgt, was draußen passiert ist – erst recht seit dem Mord an Tore Pulli. Ich hab mitgekriegt, dass Sie wieder aktiv waren und eng mit Iver Gundersen zusammengearbeitet haben. Meine Mutter hat mir geschrieben, dass Gundersen mit mir über Charlie Høisæther und meinen Konkurs 1996 sprechen wollte und über Charlies und meine anschließende Zusammenarbeit in Brasilien. Da war mir sofort klar, dass er mit Ihnen gesprochen hatte und über Tore und all das Bescheid wusste. Genau wie Sie vor zwei Jahren.«

Als Bjelland eine Pause einlegte, ergriff Henning das Wort: »Dann haben Sie also Kontakt mit Iver aufgenommen?«

Bjelland nickte.

»Ich hab ihm eine E-Mail geschickt, ja.«

»Aber warum?«

»Weil ich irgendwann begonnen habe nachzudenken.«

Bjelland seufzte, beugte sich vor und zupfte an ein paar Grashalmen, die unter dem Felsen wuchsen.

»Erst war ich einfach nur froh, dass Tore gestorben war. Bis zu seiner Ermordung war ich mir sicher, dass er es war, der in Brasilien diese Gerüchte in Umlauf gebracht hatte.«

»Bevor Sie weiterreden«, fiel Henning ihm ins Wort, »erklären Sie mir das bitte. Warum sollte Tore ein Interesse daran gehabt haben? Soweit ich weiß, hatte er damals doch nur seine Osloer Geschäfte.«

»Ach was, viel mehr als das«, entgegnete Bjelland. »Als Geldeintreiber hatte er Kontakte zu einer Menge Leuten gehabt, die illegalen Machenschaften nachgingen und die ihr Schwarzgeld ja irgendwo unterbringen mussten. Diese Leute wandten sich an Tore, und Tore schickte sie weiter zu Charlie nach Brasilien – der wiederum das Geld in Immobilienprojekte investierte.«

»Also Geldwäsche.«

»Richtig. Tore hat dafür eine Provision gekriegt, aber nachdem der Kontakt zu Charlie erst mal bestand, mussten diese Leute ihre Geschäfte irgendwann nicht mehr über Tore machen – sie hatten ihren direkten Draht zu Charlie. Und einige von ihnen haben dann früher oder später drüben in Natal selber was aufgezogen. Für Tore blieb immer weniger Geld übrig. Keine Ahnung, ob Sie das wissen, aber er hatte gegen Ende gewaltige Geldsorgen. Unter anderem wegen hoher Spielschulden.«

Henning sah einer Möwe nach, die an ihnen vorbeijagte. »Hab ich gehört, ja.«

»Wie dem auch sei, Tore und Charlie haben sich oft über Geld gestritten. Zumindest in der Zeit, als ich noch mit ihnen zusammengearbeitet habe. Tore fand es ungerecht, dass seine Provisionszahlungen ausblieben, obwohl Charlie doch so gut verdiente. Ich weiß, dass er unter anderem eine Wohnung wollte – als Bezahlung oder als eine Art Anerkennung. Allerdings hatte ich in meinem letzten halben Jahr Natal nicht mehr sehr viel mit ihnen zu tun. Mariana und ich hatten da inzwischen unser eigenes Geschäft gegründet.«

»Was vermutlich nicht gern gesehen war, oder?«

Bjelland schüttelte den Kopf.

»Nein, zwischen Charlie und mir hat sich danach alles verändert. Ich glaube, dass er vor unserer Hochzeit ebenfalls ein Auge auf Mariana geworfen hatte. Dass er sich das aber niemals eingestanden hat. Ich glaube, er fühlte sich von uns betrogen… womöglich vor allem von Mariana. Aber aus demselben Grund hab ich auch nicht daran geglaubt, dass Charlie die Gerüchte gegen mich in Umlauf gebracht hatte. Er hätte Mariana nie bewusst geschadet oder in Gefahr gebracht.«

Vielleicht ist das der wahre Grund, warum Charlie und Tore sich entzweit haben, dachte Henning. Charlie hat die Frau geliebt, für deren Tod Tore mitverantwortlich war.

»Tore wollte also mehr Geld«, fasste Henning zusammen. »Er wollte weniger Akteure in Natal, damit potenzielle Neukunden zu ihm kämen und nicht zu anderen und damit alles wieder so wie früher wäre.«

»Das hab ich auch geglaubt, ja.«

Bjelland stand auf und sah sich um. Bedächtig nahm er wieder Platz.

»Wie gesagt, ich war mir lange sicher, dass es Tore war, der dort die Strippen gezogen hat – genau wie immer dann, wenn er und Charlie gemeinsam Geschäfte gemacht haben.«

Bjelland strich mit den Fingern über ein paar Grashalme und wischte sich anschließend die Hände an der Hose ab.

»Nach dem ausgeklügelten Mord an Tore hab ich mir dann immer mehr Gedanken gemacht.«

Er drehte sich zur Seite, sodass er Henning direkt ansah.

»Ich weiß nicht, ob Sie in der Zwischenzeit herausgefunden haben, an welchem Mord Tore beteiligt war, aber …«

»Ich denke schon«, unterbrach ihn Henning. »Bodil Svenkerud, 1996.«

Bjelland nickte und verzog das Gesicht.

»Und ich hab es mit angesehen«, sagte er. »Von einem Fenster im vierten Stock aus. Ich hatte gerade mit der Renovierung einer Wohnung in dem Haus begonnen, und dann … dieser Unfall … Sie wurde zielgerichtet überfahren.«

Er schüttelte den Kopf.

»Der Mord war Tores Idee gewesen. Das hat Charlie mir einige Jahre später mal im Suff erzählt. Wenn man aber mal darüber nachdenkt, war es ganz und gar nicht klug, eine alte Frau auf diese Art und Weise auf offener Straße umzubringen. Das hätte jeder sehen können …«

»Aber nun hatten eben nur Sie es gesehen und … die Polizei anschließend nicht verständigt«, mutmaßte Henning.

»Doch, doch, hab ich – und ich hab dann auch ausführlich mit ihnen gesprochen. Zu dem Zeitpunkt wusste ich noch nicht, dass es Tores und Charlies Werk gewesen war. Aber egal – sie sind davongekommen, und anschließend waren sie klug genug, ein paar Jahre lang keine gemeinsame Sache mehr zu machen – zumindest nicht in Norwegen. Charlie zog nach Brasilien, und erst da haben sie dann ihre Zusammenarbeit wieder aufgenommen, über die sie dann auch ein Vermögen gemacht haben, insbesondere Charlie. Eigentlich eine ziemlich kluge Sache. Und es funktionierte wirklich gut.«

Henning rutschte auf dem Felsen hin und her, der sich mittlerweile unangenehm kalt anfühlte.

»Jahrelang brummte es wirklich. Dann kam diese Polizeiaktion 2007. Wer immer dort unten in der Immobilienbranche tätig war, wurde von der Polizei hochgenommen. Nur wenige durften anschließend wieder gehen. Charlie war einer davon. Und dann machte plötzlich das Gerücht die Runde, *ich* hätte gesungen, weil auch ich einer von denen war, gegen die aus unerfindlichen Gründen keine Anklage erhoben worden war. Objektiv betrachtet war das ein ziemlich kluger Schachzug. Mit ein bisschen Glück würde ich umgebracht werden, dann hätte das Milieu in Natal seinen Sündenbock gehabt, und die Sache wäre wieder aus der Welt gewesen – mal davon abgesehen, dass es so ja auch weniger Konkurrenz gegeben hätte.«

»Dann wurde Ihre Frau an Ihrer Stelle ermordet, und Sie gingen zurück nach Norwegen.«

Bjelland nickte.

»Woran ich, wann immer ich nachdenke, ein ums andere Mal und wieder und immer wieder hängen bleibe: dass Tore und Charlie in gewissen Zusammenhängen wie komplette Idioten vorgegangen sind, während sie an anderer Stelle wirklich gerissen waren. Auch wenn Menschen mit den Jahren klüger werden, traue ich ihnen all das, was sie erreicht haben sollen, insgeheim einfach nicht zu. Ich will einfach nicht glauben, dass ausgerechnet diese beiden sich derart gerissene Manöver selbst ausgedacht haben.«

Henning musste wieder daran denken, was Trine erwähnt hatte – damals, als sie den entscheidenden Drohanruf erhalten hatte, war jemand so klug gewesen, ein vorangegangenes Telefonat mitzuschneiden und den Mitschnitt dann Jahre später gegen sie zu verwenden, sodass sie plötzlich mit einem unaufgeklärten Mord in Verbindung gebracht werden konnte. In den Händen einer Zeitungsredaktion wäre dies vermutlich das Ende ihrer Karriere gewesen. Eine verdammt kluge Vorsichtsmaßnahme, die so gar nicht zu ihrem sonst halbwegs plumpen Vorgehen zu passen schien.

Henning dämmerte, worauf Bjelland hinauswollte.

»Sie meinen also, dass jemand anderes als Tore für die Gerüchte gegen Sie verantwortlich war… die dann letztlich zum Tod Ihrer Frau geführt haben. Jemand, der in Natal die ganze Zeit dabei gewesen war – also seit 1996.«

Bjelland nickte.

»Natürlich könnte Tore das Gerücht gestreut haben – aber die Idee dazu hat er von jemand anderem bekommen.«

»Dann haben Sie deshalb Kontakt zu Iver aufgenommen? Hätte er für Sie herausfinden sollen, wer damals dahintersteckte?«

Bjelland nickte wieder.

»Und Sie haben wirklich keinen Verdacht, wer das gewesen sein könnte? Selbst nach all den Jahren in Brasilien?«

Bjelland schüttelte den Kopf.

Sollte das stimmen, musste es einen unsichtbaren Hintermann geben, dachte Henning. Möglicherweise Goofy, wobei Henning eigentlich immer geglaubt hatte, dass Goofy selbst nur Mittelsmann gewesen war. Außerdem war auch er inzwischen ermordet worden.

Und Charlie wurde vermisst…

Hatte Iver eine Spur zu dieser Person aufgenommen?

»Sie und Iver haben einander E-Mails geschrieben, richtig?«

Bjelland nickte.

»Er wollte alles Mögliche wissen, aber ich konnte ihm ja nicht mehr sagen, als ich Ihnen gesagt habe. Ich weiß schließlich immer noch nicht, wer dahintersteckt.«

Deshalb waren Ivers PC und Handy geklaut worden, dachte Henning. Sie hatten Angst, dass er seine Mutmaßungen irgendwo niedergeschrieben haben könnte und sie möglicherweise publik machen würde – auch wenn dabei der Hintermann anonym geblieben wäre.

»Okay«, sagte Henning. »Dann sind wir wieder am selben Punkt, nur dass mein Kollege mittlerweile tot ist und irgendwer jetzt Jagd auf uns macht.«

»Stimmt«, sagte Bjelland. »Trotzdem dachte ich, wir könnten unsere Kräfte vielleicht auf andere Weise bündeln.«

»Und wie?«

Bjelland breitete die Arme aus.

»Ich weiß es nicht«, sagte er dann. »Vielleicht könnten Sie meine Geschichte erzählen – entweder in Ihrer Zeitung oder bei jemandem von der Polizei, dem Sie vertrauen. Ich selbst gehe das Risiko nicht ein, mit denen zu reden. Ich hab seit gestern zwei Menschen auf dem Gewissen – und in einem norwegischen Gefängnis, egal in welchem, würde ich keine Woche überleben. Die Gangmitglieder, die dort einsitzen, glauben doch alle, ich wäre der Verräter aus Natal.«

»Dann wollen Sie mich als Sprachrohr benutzen?«

Bjelland seufzte.

»Nennen Sie es, wie Sie wollen. Etwas anderes ist mir nicht eingefallen. Aber ich hab Angst und keine Lust mehr, für den Rest meines Lebens unterzutauchen.«

Er wischte sich über die Oberschenkel, als müsste er sich aufwärmen.

»Uns fehlen Beweise«, wandte Henning ein. »Und auch in meinem Umfeld sterben Leute…«

Bjelland bückte sich nach einem neuen Stein, musterte ihn kurz und warf ihn dann ins Wasser. Gemeinsam betrachteten sie die Ringe, die immer größer wurden und verebbten.

Als wüsste er nicht, was er sonst tun sollte, angelte Henning sein Handy hervor.

Bjarne hatte wieder mal versucht, ihn anzurufen. Und auch eine neue E-Mail war gekommen. Abwesend klickte er sie an. Erst konnte er angesichts des scharfen Lichts und der Reflexionen auf dem Wasser kaum etwas sehen. Er kniff die Augen zusammen.

Im Betreff stand: NORA.

Sonst nichts.

Die E-Mail war von einer Adresse versandt worden, die nur aus Zahlen und Zeichen bestand. Von so einem Account hatte Henning noch nie etwas gehört.

Der Text bestand aus nur zwei Wörtern – die aber in Großbuchstaben:

LETZTE WARNUNG

Die Botschaft war klar.

Am Abend des Feuers hatte eine ganz ähnliche Nachricht an seiner Tür gehangen – eine Nachricht, die Henning nur vage zur Kenntnis genommen hatte, ehe er durch die Flammenwand hindurch in Jonas' Zimmer gestürzt war.

Die Nachricht stammte von Durim Redzepi.

Dem Mann, der das Feuer gelegt hatte.

Als Attachment war ein Bild mitgeschickt worden. Henning öffnete es und hielt sich das Telefon noch dichter vors Gesicht, um irgendwas erkennen zu können.

Es war ein abfotografiertes Bild.

Ein Ultraschallbild.

Es lag auf einem Küchentisch. Henning wusste intuitiv, dass es bei Nora zu Hause abfotografiert worden war. Neben dem Bild von Noras ungeborenem Kind lag eine Streichholzschachtel.

»Was ist?«, fragte Bjelland, doch Henning antwortete nicht. Nora – was in aller Welt sollte er machen? Was das Bild aussagen sollte, war vollkommen klar: Durim Redzepi würde Nora und ihr ungeborenes Kind töten – er würde sie in eine Flammenhölle schicken, genau wie er es mit Jonas getan hatte. Sofern Henning keine Ruhe gab.

»Was ist?«, fragte Bjelland noch einmal.

Die E-Mail enthielt auch einen Link. Henning klickte ihn an. Vor ihm baute sich ein körniges, unruhiges Bild auf – trotzdem erkannte er sofort, dass es Livebilder aus Noras Wohnung waren, aufgenommen von einer Kamera an der Decke oder in einer Lampe. Er sah sie zu Hause bei sich herumlaufen. Sie hatte Kartons auf den Boden gestellt, und überall lagen Klamotten herum. Kindersachen.

Henning schloss die Mail und wählte ihre Nummer, sprang auf, rannte vor Bjelland auf und ab. Zum Glück dauerte es nicht lang, bis sie ans Telefon ging.

»Hallo, Henning«, sagte sie.

»Nora«, sagte er und machte ein paar Schritte von Bjelland weg. »Bist du allein?«

»Ja?«

»Hast du deine Tür abgeschlossen?«

Nora zögerte.

»Ja«, sagte sie. »Das mach ich immer. Warum fragst du?«

»War in der letzten Zeit jemand bei dir zu Hause?«

Es wurde still am anderen Ende.

»Niemand außer Mama und Bjarne«, sagte sie. »Was ist denn los, Henning? Warum fragst du?«

Bjarne, dachte Henning. Bjarne sollte für ihre Bewachung sorgen.

»Nichts«, sagte er leise. »Ich wollte nur… sichergehen. Was machst du gerade?«, fragte er, um sie auf andere Gedanken zu bringen. »Wie geht es dir?«

»Ich räum ein bisschen auf«, antwortete sie »Und schau nach, was noch an Babykleidern da ist. Das hab ich bis jetzt nicht geschafft. Er hatte so viele schöne Sachen.«

Henning schloss die Augen. Auch er hatte es nicht fertiggebracht, die Sachen durchzugehen, die er von Jonas noch besaß. Beeindruckend, dass Nora ausgerechnet jetzt dazu imstande war – nach allem, was passiert war.

»Erinnerst du dich noch an den Matrosenanzug?«, fragte sie.

Henning nickte. Er konnte regelrecht hören, wie sie bei dem Gedanken lächelte.

»Wie unglaublich süß er in den Sachen war«, fuhr Nora fort. Dann wurde sie wieder still, und er hörte sie schniefen.

»Iver hat mich auf die Idee gebracht, Jonas' Klamotten durchzugehen.«

»Wie das?«

»Er hatte unmittelbar vor seinem Tod eine Babymütze gekauft.«

Henning nickte, hörte aber in Wahrheit schon nicht mehr richtig hin. Er fragte sich nur noch, wie er auf die Drohung reagieren sollte.

Er fluchte in sich hinein.

»Aber eigentlich versuche ich nur, mir die Zeit zu vertreiben«, sagte Nora. »Und was ist mit dir? Wo bist du? Hört sich an, als wärst du am Meer?«

»Ja, ich…«

Dann hielt er inne.

»Kannst du mir einen Gefallen tun, Nora?« Und noch ehe sie antworten konnte: »Kannst du irgendwohin fahren, wo du dich für ein paar Tage verstecken kannst? Ohne dass es jemand mitbekommt? Vor allem nicht diejenigen, die auf dich aufpassen?«

Wieder wurde es still.

»Was geht hier vor, Henning?«

»Ich… weiß es nicht«, sagte er. »Noch nicht.«

Er machte ein paar Schritte, drehte sich im Kreis. Irgendwas ging ihm im Kopf herum, er konnte es nur nicht greifen.

»Du hörst dich seltsam an, Henning. Was ist passiert?«

»Ich hab jetzt keine Zeit, es dir zu erklären«, sagte er. »Kannst du das bitte machen? Kannst du für ein paar Tage untertauchen?«

Nora antwortete erst nicht, sagte dann aber: »Ich weiß gar nicht, wohin ich gehen sollte. Außerdem macht mir Angst, was du da gerade sagst.«

»Ich kann im Moment leider nicht mehr sagen«, erwiderte er.

»Willst du, dass ich mal mit Bjarne rede?«

»Nein«, sagte Henning schnell. »Tu das nicht. Schleich dich aus der Wohnung und versteck dich irgendwo, wo dich niemand finden kann. Wenn du einen solchen Ort kennst.«

Nora seufzte.

»Henning, du kannst doch nicht von mir erwarten, dass ich das mache, ohne dass du mir auch sagst, warum.«

Ich versuche nur, dich zu beschützen, dachte Henning und seufzte.

»Nur zur Sicherheit«, sagte er.

»Aber irgendwas ist doch passiert, Henning, das kann ich dir doch anhören. Kannst du nicht einfach sagen, was los ist?«

Er schüttelte den Kopf, wusste nicht, was er noch sagen sollte. Immerhin kannte er Nora nur zu gut. Er wusste, wie starrköpfig sie war.

»Bedroht dich jemand?«

Er antwortete nicht.

»Drohen sie dir, mir etwas anzutun?«

Nora, dachte Henning und schloss die Augen. Er hätte wissen müssen, dass sie eins und eins zusammenzählen würde.

»Könnte sein, ja«, sagte er leise.

»Aber … warum willst du dann nicht, dass ich mit Bj…«

Sie sprach nicht weiter. Der Groschen war gefallen.

»Glaubst du ernsthaft, er könnte etwas damit zu tun haben?«

Er atmete tief aus.

»Ich weiß es nicht. Ich fände es nur nicht richtig, irgendwelche Risiken einzugehen.«

Es wurde lange still. Eine Bö knisterte im Handy.

»Kriegst du das hin?«, wiederholte er. »Kannst du bitte abhauen, ohne dass dich jemand dabei sieht?«

Sie seufzte wieder.

»Ich weiß es nicht«, sagte sie nach einer Weile. »Aber ich könnte es versuchen.«

Die Fähre, die zuvor hinüber zu den Inseln gefahren war, kam wieder zurück. Bjelland stand auf, sah übers Wasser und sah sich wieder prüfend um. Henning tat es ihm gleich. Ein Stück entfernt ging eine Frau mit einem Kinderwagen vorüber. Sie blieb kurz stehen, beugte sich über den Wagen und zupfte die Mütze des Babys zurecht.

Henning stand mit dem Handy in der Hand da, als es ihm mit einem Mal wie Schuppen von den Augen fiel.

»Die Mütze«, sagte er leise, fast zu sich selbst.

»Was hast du gesagt?«, fragte Nora.

»Du hast erwähnt, Iver hätte eine Babymütze gekauft. Vor seinem Tod. Weißt du, wo er sie gekauft hat?«

Nora antwortete nicht gleich.

»Warum willst du das wissen, Henning?«

»Bitte, Nora, sag es einfach.«

Sie holte tief Luft, atmete langsam wieder aus.

»Ich hab hier eine Quittung«, sagte sie. »Der Laden heißt ›Small & Beautiful‹. Muss irgendwo in Tønsberg sein.«

In Tønsberg.

»Er hat die Mütze am Samstag gekauft …«

Henning merkte nicht mal, wie ihm die Kinnlade runterklappte.

Verdammt!

»Okay«, sagte er beherrscht. »Ich muss jetzt los. Kannst du bitte tun, worum ich dich gebeten habe?«, fragte er noch mal. »Könntest du dich irgendwo verstecken, wo dich niemand kennt?«

Nora zögerte, ehe sie antwortete.

»Ich versuch's.«

Von allen Seiten prasselten Gedanken auf ihn ein.

»Aber was ist mit dir, Henning? Du wirst doch auch bedroht …«

»Ich weiß es nicht«, antwortete er. »Bring dich erst mal in Sicherheit. Dann reden wir weiter.«

Henning legte auf und hastete zurück zu Bjelland.

»Ich muss los«, sagte er. »Sofort. Ich muss was überprüfen.«

»Aber …«

»Ich weiß noch nicht, wie Sie und ich in dieser Sache weiter vorgehen sollen«, fiel er ihm ins Wort. »Aber Sie haben es geschafft, sich gestern Abend zu verstecken. Halten Sie das noch ein bisschen länger durch? Ich melde mich per E-Mail, sobald ich … Ich muss das wirklich sofort überprüfen.«

Bjelland sah ihn mit großen Augen an.

»Ja, doch … Ich glaube, das schaffe ich.«

»Gut. Tut mir leid, dass ich Sie jetzt hier stehen lassen muss, aber … es geht nicht anders.«

Er machte auf dem Absatz kehrt und lief, so schnell er konnte, zurück zu seinem Wagen. Fragte sich, welcher Tag heute war. Donnerstag, oder?

Er rutschte hinters Steuer und gab Gas, ohne den Lexus bemerkt zu haben, der unweit des Parkplatzes mit laufendem Motor am Straßenrand gestanden hatte. Und auch den silbergrauen Lieferwagen, der in diesem Moment auf den Parkplatz fuhr, sah er nicht mehr.

49

Trine stand vor dem Eingang des Wohnblocks, in den sie seit dem 11. September 2007 keinen Fuß mehr gesetzt hatte. Sie hätte nicht gedacht, dass sie je wieder freiwillig an diesen Ort zurückkehren würde.

Na ja, aber was hieß in diesem Zusammenhang schon freiwillig.

Es lag nur wenig freier Wille darin. Was sie gleich zu tun gedachte, war eher ihrer Not geschuldet. Doch sie hätte es schon viel früher tun sollen.

Sie hätte nicht sagen können, warum sie den Schlüssel nie zurückgegeben hatte. Vielleicht um sich selbst daran zu erinnern, was damals geschehen war – als eine Art Strafe. Wie auch immer, jetzt wollte sie dort rein.

Sie schob den Schlüssel ins Schloss und drehte ihn herum. Zog die Eingangstür auf und trat ins Treppenhaus. Eine Mischung aus Zigarettenqualm und dem Geruch längst verzehrter Mahlzeiten stieg ihr in die Nase. Sie atmete tief durch und ging dann los, erst auf die Treppe zu, obwohl ihr die Beine schier den Dienst verweigerten, und dann mühsam hinauf ins Stockwerk ihrer Mutter.

Was würde sie erwarten, wenn sie die Tür öffnete? Trine hatte keine Ahnung, wie sie beim Anblick der alten Schabracke reagieren, was sie denken oder empfinden würde. Zum Glück war es noch relativ früh am Tag, da war die Chance, dass ihre Mutter dem Likör noch nicht allzu sehr zugesprochen hatte, zumindest einigermaßen groß.

An der Wohnungstür schob Trine den Schlüssel ins Schloss, klopfte diesmal aber gleichzeitig an. Dann öffnete sie die Tür. Trat ein. Sah Schuhe im Flur. Nachlässig hingeworfen. Die Fußmatte schief, der Wandschrank offen, darin hingen alte Mäntel und Jacken, ein Regenschirm, und auf dem Boden lagen Schuhe, die samt und sonders ausgetreten waren.

»Hallo?«

Ihre Stimme trug nicht. Sie schob die Wohnungstür hinter sich zu und rief noch einmal, diesmal lauter. Ein Geräusch aus der Küche ließ sie aufhorchen. Kleiderrascheln, jemand, der sich bewegte. Trine schaute um die Ecke.

Und da saß sie.

Christine Juul.

Sie glotzte Trine mit weit aufgerissenen Augen und mit offenem Mund an. Die Hände lagen gespreizt auf der Tischplatte, als müsste sie sich abstützen. Ehe sie auch nur irgendetwas sagen konnte, begann sie zu schluchzen und brach in Tränen aus. Im nächsten Moment stand Christine Juul auf und kam auf wackligen Beinen auf Trine zu, während auch ihr die Tränen über die Wangen liefen.

»Trine«, sagte sie. »Trine, Trine, mein Mädchen!«

Dann schlang sie die hageren Arme um ihre Tochter, klammerte sich an ihr fest, streichelte ihr die Wange, umarmte sie erneut. Trine konnte sich nicht dazu durchringen, die Begrüßung zu erwidern.

Ihre Mutter schob sie ein Stück von sich weg, um sich zu versichern, dass es wirklich wahr war.

Trine blickte ihr in die glasigen Augen.

Ein glücklicher Seufzer streifte ihr Gesicht – Alkoholatem, ein Hauch von Essen.

»Bist du es wirklich?«

Trine sagte immer noch nichts. Ihr war schlecht. Es war genau wie bei ihrem letzten Besuch – damals, als Trine gekommen war, um Hennings Ersatzschlüssel zu holen. Sie hatte im Wohnzimmer gestanden und hatte sich das inhaltsleere Jammern ihrer Mutter angehört: über die Nachbarn, die Leute von der anderen Straßenseite, die Autos, die viel zu früh am Morgen Krach machten, den Lastwagenfahrer, der unter ihr wohnte und in den Wochen, wenn er frei hatte, immer spät nach Hause kam. Und dann die Fragen zu ihrer Arbeit – ob sie eng mit dem Ministerpräsidenten zusammenarbeite, mit diesem fabelhaften Mann …

Die Wohnung war noch immer genauso, wie sie sie in Erinnerung hatte. Eng, ein winziges Wohnzimmer, das nicht genutzt wurde, die Sitzecke in der Küche, in der immer das Radio lief, Zeitungen und Zeitschriften auf dem Tisch, eine Batterie Flaschen am Boden und über Tage gesammeltes Geschirr in der Spüle.

»Setz dich, setz dich doch«, sagte ihre Mutter aufgeregt und schob sich an ihr vorbei, um den Kühlschrank aufzuziehen und nach irgendetwas Essbarem zu suchen, was sie ihrer Tochter anbieten konnte. Sie fand nichts. Schaute stattdessen in den Hängeschränken nach.

»Nur kein Aufwand, Mama. Ich will nichts.«

»Aber natürlich willst du was!«

»Ich bleib nicht lange.«

Christine Juul schien sie nicht zu hören. Sie öffnete einen Schrank nach dem anderen, schob den Inhalt hin und her.

»Magst du lieber Kaffee oder Tee, Trine?«

»Nichts von beidem, Mama, ich …«

»Ein Glas Wasser?«

Sie drehte sich zu Trine um.

»Ich hab leider keinen gelben Saft mehr da.«

Sie bleckte ihre nikotingelben Zähne zu einem breiten Lächeln.

Trine verspürte wieder den alten Widerwillen, den sie schon früher ihrer Mutter gegenüber empfunden hatte.

»Kannst du dich nicht einfach hinsetzen, Mama?«

Aber die Frau vor Trine wollte nicht hören, sie öffnete den nächsten Schrank, schob ein Paket Knäckebrot beiseite, Soßengläser, Konserven.

»Ach, ich find es nicht«, murmelte sie vor sich hin, füllte Wasser in den Wasserkocher und stellte ihn an. Dann nahm sie ihre Tasse und spülte sie hastig aus. »So eine Überraschung«, sagte sie, hatte Trine aber immer noch den Rücken gekehrt.

Trine antwortete nicht.

»Wie geht es dir?«, redete ihre Mutter weiter.

»Bestens, Mama. Aber deinem Sohn geht es nicht gut.«

Trines Mutter drehte sich um. Das Lächeln war auf ihrem Gesicht gefroren, ehe es sich vollends verflüchtigte.

»Und wie geht es deinem lieben Mann?«

Trine seufzte. Antwortete auch darauf nicht und wartete darauf, dass ihre Mutter sich setzte. Was nicht passierte, ehe das Wasser gekocht hatte, der Tee aufgegossen war und zwei Tassen auf dem Tisch standen. Dann schob Christine Juul eine Tasse auf Trine zu.

»Mama«, begann Trine, ohne die Tasse anzurühren. Sie musste sich zusammenreißen, um ihren rasenden Zorn zu bändigen. »Das ist heute das letzte Mal, dass wir uns sehen.«

Christine Juuls Unterkiefer sackte langsam nach unten.

»Aber bevor ich gehe«, sagte Trine, »hab ich noch ein paar Fragen an dich. Und die wirst du mir beantworten, ob du willst oder nicht.«

50

Pia Nøkleby studierte gerade Vanja Kvalheims vorläufigen Obduktionsbericht, als Ermittlungsleiter Arild Gjerstad ihr Büro betrat.

»Hast du etwas gefunden?«, fragte er.

Er stellte sich hinter sie und las kurz über ihre Schulter mit.

»Eine abnorme Verletzung im Nacken«, murmelte sie. »Ein winziger Punkt direkt unterhalb des Haaransatzes.«

Sie drehte sich zu ihm um. Gjerstad schien sofort begriffen zu haben, worauf sie hinauswollte. Tore Pulli war mit einer Piercingnadel umgebracht worden, auf die ein tödliches Nervengift aufgebracht worden war, das – zumindest lag der Verdacht nahe – Ørjan Mjønes aus Kolumbien mitgebracht hatte. Und wenn das stimmte, dann hatte er damals bestimmt mehr als nur eine Dosis mit nach Norwegen gebracht. Dieses Gift sorgte für einen ungeheuer raschen, fast sofortigen Tod und wurde bei einer Obduktion nicht standardmäßig getestet, sodass man ein Verbrechen leicht vertuschen konnte.

»Die Rechtsmedizin soll ganz gezielt nach Batrachotoxin suchen«, sagte Nøkleby.

Gjerstad nickte.

»Ich veranlasse das sofort«, sagte er und verschwand wieder in seinem Büro.

Pia Nøkleby lehnte sich in ihrem Stuhl zurück.

Ohne es zu wollen, hatte Gjerstad sie an eine Frage erinnert, die Henning Juul ihr unmittelbar nach Tore Pullis Tod gestellt hatte.

Ob sie herausfinden könne, mit wem Tore Pulli, noch

während er im Osloer Gefängnis saß, telefoniert hatte. Damals hatte Nøkleby der Frage keine Wichtigkeit beigemessen, sie war eher genervt gewesen, weil Henning ihr allem Anschein nach zu sagen versucht hatte, wie sie ihre Arbeit zu machen hatte.

Henning war nämlich der Meinung gewesen, Pulli müsste aus dem Gefängnis jemanden angerufen und erpresst haben, ihm zu helfen. Dass er am Ende ausgerechnet bei Henning gelandet war – demselben Journalisten, der gerade an einer Enthüllungsstory über ihn und seine Machenschaften gesessen hatte –, ließ den Schluss zu, dass er zu dem Zeitpunkt enorm verzweifelt gewesen war und vermutlich alle anderen Alternativen ausgeschöpft hatte.

Mit wem außer mit Henning, dem Anwalt und seiner Frau hatte Tore Pulli also aus dem Gefängnis heraus Kontakt gehabt?

Nøkleby drehte sich auf ihrem Schreibtischstuhl um und zog einen Ordner mit der Aufschrift »OFFENER STRAFVOLLZUG« aus dem Regal. Sie schlug ihn auf und blätterte vor bis zu der Seite mit den Kontaktdaten. Mit dem Finger fuhr sie die Spalten entlang, bis sie beim Namen Knut Olav Nordbø hängen blieb.

»Nordbø?«, meldete der sich sofort am Telefon.

»Hei, hier Pia Nøkleby, Polizeidirektorin der Polizei Oslo.«

»Hallo.«

»Ich hab mal eine Frage. Das Telefondatenprotokoll … Nein, anders. Ich weiß, dass Angestellte von Justizvollzugsanstalten Zugang zu sämtlichen Protokollen des internen Datenverkehrs haben und dass diese Protokolle gelöscht werden, sobald ein Insasse entweder stirbt oder entlassen wird. Sind die Daten danach ein für alle Mal verschwunden, oder würden sie sich bei Bedarf wiederherstellen lassen?«

Der Stuhl, auf dem Nordbø saß, knarrte hörbar.

»Doch, das ist möglich«, sagte er. »Innerhalb eines Zeitraums von etwa sechs Monaten.«

Nøkleby richtete sich gerade auf.

»Können Sie so etwas?«

»Nein, dafür sind hier Administratoren zuständig.«

»Könnten Sie denn so jemanden für mich auftreiben?«

»Ja, das … sollte machbar sein. Aber ich kann ihm dann nicht sagen, dass er die von Ihnen angeforderten Daten einfach an Sie weitergeben soll. Da brauchen Sie …«

»… eine richterliche Verfügung, ich weiß. Gar kein Problem. Sorgen Sie für einen Administrator in Ihrem Büro oder wo auch immer, wo wir an die Daten kommen können. Ich mache mich jetzt sofort auf den Weg zu Ihnen.«

Es war einen Moment still.

»Nordbø, das hier ist wirklich wichtig – und ich wäre Ihnen sehr, sehr dankbar, wenn Sie es ganz zuoberst auf Ihre Prioritätenliste setzen würden.«

Sein Stuhl knarrte wieder.

»Hier ist heute nicht viel los, insofern …«

»Wunderbar«, sagte Nøkleby. »Dann bis gleich.«

51

Rasmus Bjelland. Roger Blystad.

Er hatte sich so an seinen neuen Namen gewöhnt, dass er sich in Gedanken sogar selbst Roger nannte. Doch in dem neuen Leben, das jetzt anbrechen würde und in dem er frei wäre, war einfach sonnenklar, wie er heißen würde.

Bjelland wartete noch zehn Minuten, nachdem Juul gegangen war, ehe auch er sich auf den Weg machte. Seine Schultern waren jetzt entspannter, seine Beine leichter. Es hatte ihm gutgetan, seine Geschichte zu erzählen, die Gedanken rauszulassen, die er so lang in sich hineingefressen hatte. Er hatte den Glauben und die Hoffnung zurückgewonnen, irgendwann wieder ein normales Leben führen zu können.

Vielleicht könnte Juul ihm ja tatsächlich helfen und den Hintermann oder die Hintermänner öffentlich an den Pranger stellen, damit die aus der Luft gegriffene Behauptung, Bjelland wäre Polizeispitzel gewesen, ein für alle Mal vom Tisch wäre. Vielleicht würde die Polizei es ja tatsächlich als einen mildernden Umstand ansehen, dass er den Mann in Notwehr getötet hatte. Vielleicht würde er nicht wieder in den Knast müssen, wenn er zugäbe, was er getan hatte.

Er würde sein neues Leben ohne Mariana führen müssen, ohne seine Mutter, wahrscheinlich sogar ohne Helene, aber zumindest wäre es ein selbstbestimmtes Leben. Er könnte versuchen, eine neue Firma zu gründen, klein anfangen und sich nach und nach hocharbeiten. Mal sehen, wie die Dinge sich entwickelten. In Brandbu oder anderswo.

Er hielt sich auf dem asphaltierten Weg, kickte einen

Fichtenzapfen beiseite. Ein Mann mit weißen Ohrstöpseln kam auf ihn zugejoggt. Als er näher kam und schließlich an ihm vorbeizog – und mit ihm das gedämpfte Geräusch eines Schlagzeugs, einer Gitarre und einer aggressiven Stimme –, sah Bjelland ihm kurz nach.

Auch er würde bald wieder joggen gehen, ohne dass ständig ein Damoklesschwert über ihm schweben und er Gefahr laufen würde, wiedererkannt zu werden. Ohne die dumpfe Gewissheit, dass für alle Zeiten jeder Tag wie der vorherige wäre.

Er dachte kurz darüber nach, einen Spaziergang durch Bygdøy zu machen, nachdem er schon mal in diesem mondänen Viertel war, beschloss dann aber, sich im Moment noch so wenig wie nur möglich in der Öffentlichkeit zu bewegen.

Bjelland war mit dem Taxi gekommen. Am Taxistand stand derzeit allerdings kein Wagen bereit. Er sah nach, wann der nächste Bus fahren würde. In dreizehn Minuten.

Im selben Moment hörte er Schritte hinter sich und jemanden, der in gebrochenem Schwedisch rief: »Nicht bewegen!«

Bjelland fuhr trotz der Aufforderung herum. Der Mann, der ihn angesprochen hatte, hielt eine Waffe in der Hand, die nur teilweise von seiner Jacke verdeckt war.

»Zum Parkplatz«, forderte der Mann ihn auf, doch Bjelland schien am Boden festgewachsen zu sein.

»Wer sind Sie?«, stammelte er. »Was wollen Sie?«

Der Mann antwortete nicht.

Bjelland versuchte zu begreifen, was gerade passierte. Der Mann vor ihm hatte ähnliche Gesichtszüge wie die beiden Kerle, die versucht hatten, ihn umzubringen.

Er schluckte schwer.

»Ich kann Sie gern jetzt gleich erschießen«, sagte der Mann. »Das wäre kein Problem für mich.«

Widerstrebend setzte sich Bjelland in Bewegung. Der Mann folgte ihm. Kurz darauf hatten sie den Parkplatz erreicht.

»Halt«, sagte der Mann.

Bjelland blieb stehen, schaute sich um, ob irgendjemand in der Nähe war, aber er konnte niemanden entdecken.

»Hände hinter den Rücken.«

Bjelland folgte der Aufforderung. Etwas Hartes, Scharfes schnürte sich um seine Handgelenke. Dann zog der Mann die Seitentür eines silbergrauen Lieferwagens auf und bedeutete Bjelland mit einem Nicken, sich auf die Rückbank zu setzen. Er tat wie geheißen, und die Tür knallte zu. Der Mann setzte sich auf den Fahrersitz.

»Wo fahren wir hin?«, fragte Bjelland. »Und wer sind Sie?«

»Das hat Sie nicht zu interessierten.« Der Mann fing Bjellands Blick im Rückspiegel auf.

Und da erkannte er ihn wieder. Er hatte das Gesicht in den letzten Tagen mehrmals in der Zeitung gesehen.

Durim Redzepi.

Der Mann, von dem die Polizei annahm, dass er hinter Iver Gundersens Ermordung steckte.

Derselbe Mann, der versucht hatte, auch Henning Juul umzubringen.

Bjelland schluckte und sah sich nach etwas um, was er als Waffe würde benutzen können. Womit er die Kabelbinder auffeilen könnte, mit denen er gefesselt war. Er musste irgendetwas finden, irgendetwas tun, wenn er nicht sterben wollte.

Durim Redzepi wartete, bis er auf der Autobahn war, dann erst wählte er die Nummer. Es dauerte ein bisschen, ehe die Verbindung stand.

»Ich hab den Schreiner«, sagte er. »Und ich hab Juul die Mail geschickt, weiß aber nicht, ob das ausreicht.«

Es blieb kurz still.

»Okay«, sagte der Mann am anderen Ende nach einer Weile. »Kümmern Sie sich um Bjelland. Wir reden später weiter.«

Redzepi schüttelte den Kopf.

»Wer garantiert mir, dass Sie Ihr Wort halten, wenn ich den Job erledigt hab?« Und ehe sein Gesprächspartner etwas erwidern konnte: »Ich will Sie treffen. Ich will Ihnen in die Augen sehen, wenn Sie mir erzählen, was Sie über meine Mädchen wissen. Ich werde mit dem Schreiner rein gar nichts unternehmen, ehe Sie einem Treffen mit mir zugestimmt haben. Und ich will mein Geld. Die Summe, die wir bei unserem letzten Gespräch vereinbart haben.«

Der Mann am anderen Ende seufzte.

»Und ich will Euro. Cash.«

Wieder Stille.

»Okay«, sagte der Mann. »Fahren Sie mit Bjelland in die Hütte. Ich komm direkt dorthin.«

Redzepi runzelte die Stirn. Wie konnte der Kerl von der Hütte wissen?

Egal, dachte er und fädelte hinter einem Taxi ein.

»Und – Durim?«

»Ja?«

»Kümmern Sie sich gefälligst um Bjelland, bevor ich da bin.«

52

Henning wusste, dass er zu schnell fuhr, aber das Adrenalin, das durch seinen Körper pulste, hatte die Kontrolle übernommen.

Alles stimmte.

Alles passte.

Und jetzt da er Nora gewarnt und über den Link gesehen hatte, dass sie nicht mehr in ihrer Wohnung war, sondern sich hoffentlich in Sicherheit gebracht hatte, konzentrierte er sich nur noch darauf, was ihm während des Telefonats durch den Kopf geschossen war.

Henning fragte sich, ob er jemanden anrufen sollte, aber bei der Polizei hatte er nur zu Bjarne näheren Kontakt, und er wusste nicht, ob er ihm oder noch irgendeinem anderen im Präsidium trauen konnte. Allerhöchstens würde er mit Pia Nøkleby reden können, aber noch fehlten ihm die Beweise. Und wie er sich die beschaffen sollte, war ihm immer noch nicht klar.

Henning brauchte dieses Mal nur etwas mehr als eine Stunde bis Tønsberg, trotz eines Tankstopps. Im Handumdrehen hatte er das Kinderbekleidungsgeschäft »Small & Beautiful« gefunden, in dem Anne Cecilie Hellberg arbeitete. Das Geschäft war in einem Einkaufszentrum untergebracht, das direkt neben Hellbergs Maklerbüro lag. Wie passend, dachte Henning. Er hoffte nur, dass niemand in der Maklerfirma ihn gesehen hatte, als er vorbeigefahren war und den Wagen geparkt hatte.

Es schien ihn jedoch niemand zu verfolgen, als er kurz darauf das Einkaufszentrum betrat und auf den kleinen Laden neben einem Blumengeschäft zusteuerte. Der Laden war nicht groß, höchstens fünfzig Quadratmeter, die dafür aber vollgestopft waren mit Babykleidung. Unwillkürlich hatte Henning einen Kloß im Hals, als er daran dachte, was mit Nora passieren könnte, wenn er in den nächsten Stunden nicht extrem vorsichtig wäre.

Henning konnte die Frau, mit der er sprechen wollte, nirgends entdecken, weshalb er sich in dem kleinen Laden erst einmal umsah, bis eine Angestellte zu ihm kam, um ihn zu beraten.

»Ich bin auf der Suche nach Babymützchen«, sagte Henning.

»Gern. Kommen Sie mit.«

Er folgte ihr, sah sich dabei erneut um und dachte fieberhaft nach.

»Suchen Sie nach etwas Speziellem?«, fragte die Frau.

»Nicht wirklich«, antwortete Henning. »Aber am Samstag war ein Freund von mir hier, der ein Mützchen gekauft hat. Ein ziemlich großer Mann, halblange schwarze Haare, Cordjacke.«

Ein Lächeln huschte über ihre Lippen.

»An den erinnere ich mich, ja.«

Henning stellte sich vor, wie Iver durch den Laden geschlendert war und Kunden und Angestellte angelächelt hatte.

»Anne Cecilie hat ihn bedient. Sie haben sich lange unterhalten.«

Henning nickte.

»Ist sie denn heute da?«, fragte er. »Sie arbeitet doch donnerstags und samstags, oder nicht? Ich würde gern kurz mit ihr reden.«

Die Frau musterte ihn kurz, dann drehte sie sich um und ging in Richtung Kasse.

»Ich schau mal, ob sie schon aus der Mittagspause zurück ist«, sagte sie über die Schulter.

»Danke«, erwiderte Henning. »Ich warte hier.«

Die Frau verschwand im Hinterzimmer. Keine Minute später war sie wieder da, gefolgt von Anne Cecilie Hellberg, die auf der Stelle stehen blieb, als sie Henning erkannte.

Wie zuletzt schien alle Farbe aus ihrem Gesicht zu weichen. Das freundliche Verkäuferinnenlächeln, mit dem sie den Verkaufsraum betreten hatte, war schlagartig wie weggefegt.

»Hallo. Schön, Sie wiederzusehen«, sagte Henning.

Er hatte eine rosa Babymütze vom Gestell genommen.

»Hätten Sie vielleicht zwei Minuten?«

Anne Cecilie Hellberg sah zu ihrer Kollegin hinüber, die mit den Schultern zuckte – im Laden waren nur er und ein verliebtes Pärchen, das an den Regalen entlangspazierte und sich wegzuträumen schien.

Hellberg kam näher.

»Was tun Sie hier?«, fragte sie.

Henning betrachtete ihre Hände, ihr Gesicht, ihre Augen. Sie wirkte – wenn das überhaupt möglich war – noch dünner als bei ihrer letzten Begegnung.

»Hat er auch so eine gekauft?«

Henning hielt das Mützchen hoch.

»Wer?«

»Iver Gundersen. Mein Kollege. Er war am Samstag hier. Und wurde tags darauf ermordet.«

Sie riss die Augen auf.

»Ihre Kollegin hat gerade bestätigt, dass er hier war«, sagte Henning.

Anne Cecilie Hellberg sah zu der jungen Frau hinüber, aber die hatte sich inzwischen dem Pärchen zugewandt.

»Was hat er Sie gefragt, Anne Cecilie? Worüber haben Sie gesprochen?«

Wieder begann ihr Blick zu flackern. Sie sah aus, als würde sie jeden Moment in Tränen ausbrechen. Henning wusste noch genau, wie sie sich bei sich daheim verhalten hatte – aus dem Zittern ihrer Hände hatte er darauf geschlossen, dass sie krank sei, außerdem hatte sie in seiner Anwesenheit kaum ein Wort herausgebracht.

Jetzt verstand er ihr Verhalten besser.

Sie hatte Angst.

War nervös.

Aber warum? Weil er herausgefunden hatte, dass Iver bei ihr gewesen war?

»Ich möchte, dass Sie gehen«, sagte sie leise.

Henning schüttelte den Kopf.

»Erst wenn Sie mir gesagt haben, worüber Sie gesprochen haben.«

Wieder wanderte ihr Blick hilfesuchend zu ihrer Kollegin. Henning stellte sich direkt vor sie, sodass sie nur noch ihn ansehen konnte.

»Warum ist er hergekommen?«

Sie hob die Hand an ihren Arm.

»Wir können gerne woandershin gehen, um zu reden, wenn es Ihnen dann leichter fällt.«

Henning versuchte, ihren Blick aufzufangen, aber sie sah weg.

»Sollen wir vielleicht dahinten reingehen?«

Er nickte in Richtung Hinterzimmer.

Und endlich schien Anne Cecilie sich einen Ruck zu geben.

Er ließ sie vorgehen. Es wirkte fast so, als hätte sie Schwierigkeiten, sich auf den Beinen zu halten. Ihr Oberkörper war nach vorn gebeugt, als zöge ein Gewicht sie nach unten.

Sie schoben sich hinter der Kasse hindurch in einen kleinen Raum, in dem es nach abgestandenem Kaffee roch. Auf einem Tischchen standen eine Kaffeetasse mit dem Logo von Hellberg Immobilien und eine Schüssel mit Salatresten. Anne Cecilie Hellberg nahm auf der einen Seite des Tischs Platz, Henning ihr gegenüber. Dann beugte er sich vor, setzte vorsichtig den verletzten Arm auf und sah sie dann auffordernd an. Wartete darauf, dass sie anfing zu erzählen.

Sie faltete die Hände und starrte auf die Tischplatte.

»Ihr Kollege hat eine kleine weiße Mütze gekauft«, sagte sie. »Er kam mit der Mütze zur Kasse und sagte: Die will ich haben. Und dann hat er mich angelächelt.«

Henning sah die Situation regelrecht vor sich. Iver hatte wirklich charmant sein können.

»Und dann hat er mich auf einmal gefragt, ob ich in letzter Zeit in Natal gewesen wäre.«

Sie starrte weiter auf die Tischplatte.

»Ich hab das nicht begriffen und nachgefragt, und da sagte er, er wisse über unsere Wohnung dort drüben Bescheid und auch, dass sie auf meinen Namen eingetragen sei. Dann fragte er mich noch nach einer Reihe anderer Dinge, die angeblich auf meinen Namen liefen.«

»Welche anderen Dinge denn?«

Sie zögerte, bevor sie antwortete: »Unter anderem eine Luxusjacht in Frankreich. Zwei Stiftungen – eine in Singapur, die andere in der Schweiz. Er hat mir Ausdrucke vorgelegt, die das alles belegten. Ich hab überhaupt nichts mehr verstanden und ihm das auch gesagt.«

»Und wie …«

»Es war immer … William, der sich um die Finanzen der Familie gekümmert hat. Ich hab Ihrem Kollegen gesagt, dass er mit ihm reden müsse.«

Henning musterte sie eine Weile. Wartete auf eine Fortsetzung.

»Dann hat er mich wieder angesehen und gelächelt. Das war alles – er hat sich bedankt und ist wieder gegangen.«

Henning sah sie aufmerksam an. Sie war nervös, wirkte aber aufrichtig. Und ganz so, als hätte sie Angst, dass er ihr etwas antäte.

Im nächsten Moment steckte Anne Cecilie Hellbergs Kollegin den Kopf zur Tür herein.

»Ach, da bist du. Könntest du für zwei Minuten die Kasse übernehmen? Es sind mehrere Kunden im Geschäft.«

Hellberg sah flüchtig zu Henning hinüber, der stumm nickte, und verschwand nach draußen, während er allein im Pausenraum sitzen blieb.

Iver war direkt zum Punkt gekommen, wie jedes Mal, wenn er einen unvorbereiteten Interviewpartner vor sich gehabt hatte. Um eine unverstellte Reaktion heraufzubeschwören. Und in diesem Fall: um herauszufinden, wie viel sie gewusst hatte.

Und er hatte seine Antworten bekommen. Sie hatte ihn an William Hellberg verwiesen. Und Iver hatte ja bereits gewusst, dass Tore und Charlie all die Jahre Hilfe von jemandem bekommen hatten, der einen glasklaren Verstand hatte – jemandem, der sie und die Immobilienbranche kannte. Und Goofy.

Deshalb war Iver auch zu Preben Mørck gefahren, dachte Henning. Vielleicht hatte er auch ihn mit seinem Wissen konfrontiert, um zu sehen, ob er auf der richtigen Spur war. Um einen O-Ton für den Artikel zu bekommen, an dem er schrieb. Um Mørck nervös zu machen. Und um sich vielleicht eine zusätzliche Quelle zu sichern, die ihm helfen würde, genug gegen William Hellberg zusammenzutragen.

Klar, dass das nicht geklappt hatte. Schließlich hatte Mørck nicht wesentlich weniger zu verbergen gehabt als Hellberg. Und Iver hatte seine Fragen mit dem Leben bezahlt.

So musste es gewesen sein.

Ein paar Minuten später war Anne Cecilie Hellberg zurück. Sie setzte sich wieder an den Pausentisch, wirkte jetzt aber noch steifer und blutärmer als zuvor.

»Was haben Sie gemacht, nachdem Iver hier war?«, fragte Henning. »Haben Sie mit Ihrem Mann geredet?«

Sie fingerte an ihren Fingerkuppen herum, bevor sie nickte.

»Er hat bloß gesagt, dass er das alles gemacht hat, damit wir nicht so viele Steuern zahlen müssten.«

»Und dann ist nur ein Tag vergangen, bis mein Kollege ermordet wurde.«

Diesmal stellte Henning keine Frage. Er sah sie lediglich an. Sie schien dagegen anzukämpfen, nicht vollends zusammenzubrechen.

»Was ist Ihnen durch den Kopf gegangen, als Sie davon erfahren haben?«

Sie antwortete nicht.

»Haben Sie an einen Zufall geglaubt?«

Auch jetzt blieb sie ihm die Antwort schuldig. Ihre Finger nestelten an der Tischkante herum.

»Darf ich Ihnen noch eine andere Frage stellen? War Ihr Mann gestern Abend zu Hause?«

Anne Cecilie Hellberg sah überrascht zu ihm auf. Er

konnte ihr ansehen, dass ihr die Antwort auf der Zunge lag, doch dann hielt sie sich zurück. Henning fragte sich, ob sie bereits ahnte, worauf er hinauswollte, und nicht antwortete, um ihren Mann zu beschützen.

»Preben Mørck ist gestern Abend ermordet worden«, sagte er.

Sie schlug den Blick nieder. Henning machte sich einen Moment lang Sorgen, dass ihre Kollegin wieder hereinkommen und das Gespräch unterbrechen könnte, aber nichts passierte. Stattdessen begann Anne Cecilie Hellberg zu weinen.

Sie sah hinauf zu einer Wanduhr. Wischte sich die Tränen weg.

Im nächsten Moment hörte Henning draußen Stimmen. Er rechnete schon wieder mit Anne Cecilies Kollegin – doch diesmal war es William Hellberg.

Henning riss die Augen auf. Drehte sich abrupt zu Anne Cecilie um, die den Blick gesenkt hatte. Im selben Moment dämmerte ihm, was passiert war, als Anne Cecilie ein paar Minuten zuvor hinaus ins Geschäft gegangen war.

Sie hatte ihn gewarnt.

In einem maßgeschneiderten blauen Anzug betrat William Hellberg das kleine Hinterzimmer. Weißes Hemd, blauer Schlips, schwarze Lederhandschuhe.

Dunkelbraune Schuhe.

»Hallo, Henning«, sagte Hellberg und seufzte schwer. »Sie geben wirklich nicht auf.«

Henning brachte kein Wort heraus. Er sah zu Anne Cecilie Hellberg hinüber und dachte an Nora.

»Sie haben doch eben erst eine E-Mail bekommen«, sagte William Hellberg. »Haben Sie die noch gelesen, bevor Sie hergekommen sind?«

Henning senkte den Kopf. Nickte.

»Bitte«, sagte er leise. »Tun Sie ihr nichts.«

»Das hab ich auch nicht vor«, erwiderte Hellberg. »Zumindest nicht jetzt gleich. Aber das kann sich jederzeit ändern.«

»Bitte«, wiederholte Henning. »Nicht…«

Mehr brachte er nicht heraus.

»Sie wissen, was jetzt gleich passiert?«, fragte Hellberg.

Henning schlug den Blick nieder und nickte.

Hellberg wandte sich zu seiner Frau um.

»Es gibt hier einen Hinterausgang oder? Damit wir nicht wieder durch den Laden müssen?«

Sie nickte.

»Weiter hinten ist eine Tür«, stammelte sie. »Sie führt hinters Einkaufszentrum.«

Henning wusste, was ihm gleich bevorstand… sein Ende. Es gab für ihn keinen anderen Ausweg mehr. Er würde niemanden mehr anrufen, konnte nichts mehr tun, rein gar nichts, denn es würde sonst auf Noras Kosten gehen. Womöglich nicht heute, womöglich nicht mal morgen.

Aber eines Tages ganz bestimmt.

»Und was passiert jetzt?«, fragte er und hob den Blick.

»Jetzt«, sagte William Hellberg, »machen wir einen kleinen Ausflug.«

53

Es war nicht weit vom Präsidium bis zum Osloer Gefängnis. Polizeichefin Pia Nøkleby war gespannt, was sie in den nächsten Minuten erwarten würde. Der Strafvollzugsbeamte Knut Olav Nordbø, mit dem sie zuvor telefoniert hatte, hatte einen Systemadministrator erreicht, der jetzt in seinem Büro auf sie wartete und imstande war, Tore Pullis Telefonverbindungen wiederherzustellen.

Nordbø holte sie persönlich am Eingang ab. Sie begrüßten einander kurz, marschierten dann aber umgehend weiter.

»Danke, dass Sie das so schnell regeln konnten«, sagte sie.

»Gern geschehen.«

Nordbø, ein Mann Mitte vierzig, fuhr sich über den schwarzen Vollbart, in den sich bereits erste graue Strähnen geschlichen hatten. Er fragte Nøkleby, worum es denn genau gehe. Sie antwortete ausweichend.

In Nordbøs Büro roch es nach Schweiß und verbranntem Kaffee. Der Administrator, ein gewisser Reidar Linnerud, stand so schnell auf, dass der dicke Bauch unter seinem Polohemd zitterte. Sein Gesicht war rund, rot, und auf dem Kopf hatte er nur noch ein paar wenige dünne Strähnen. Nøkleby schätzte ihn auf mindestens 120 Kilo.

Sie begrüßten sich per Handschlag.

»Ich kenne Sie aus dem Fernsehen«, sagte Linnerud. »In der Realität sind Sie noch sehr viel schöner.«

Er lächelte breit.

Nøkleby versuchte zurückzulächeln, aber es wollte ihr nicht recht gelingen. Flirts und Komplimente prallten an ihr ab, sobald sie ihre Uniform angelegt hatte. Linnerud ruderte sofort zurück und nahm leicht beschämt wieder auf Nordbøs Schreibtischstuhl Platz, der unter seinem Gewicht bedenklich knackte.

»Dann schauen wir doch mal«, murmelte er und tippte auf die Tastatur ein. »Gut übrigens, dass Sie gerade jetzt danach gefragt haben. In Kürze wäre alles endgültig gelöscht worden. Wolf Communications …«

Er hob den Blick und sah sie an.

»Das sind die, die den Server verwalten«, fuhr er fort. »Nicht gerade der seriöseste Laden, aber …«

»Reidar …«, murmelte Nøkleby.

»Hm?«

»Tore Pulli – ich muss wissen, mit wem er vor seinem Tod telefoniert hat.«

»Ja. Klar.« Er klatschte sich mit der Hand auf den Oberschenkel. »Natürlich. Ich wollt nur kurz erklären, dass die Insassen in diesem System nur eine Nummer haben, sodass Außenstehende, zum Beispiel Angestellte von Wolf Communications, sich nicht einloggen und die hiesigen Insassen identifizieren können. Jeder hat sein eigenes Konto.«

»Verstehe«, sagte Nøkleby. »Und Nordbø hier hat Ihnen Pullis Nummer gegeben?«

Sie sah zu Nordbø hinüber.

»Ich hab die Nummer schnell noch rausgesucht, ja. Sie sagten, das mit dem Gerichtsbeschluss wäre nur eine Formalität?«

Nøkleby reichte ihm den Umschlag, den sie bei sich hatte. Nachdem Nordbø den Inhalt inspiziert hatte, nickte er Linnerud zu und schob ihm einen Zettel hin.

Er nahm ihn entgegen und tippte die Zahlen ein.

Konzentriert sah Nøkleby auf den Bildschirm. Reihe um

Reihe von Telefonnummern. Nur Zahlen, nirgends Namen, aber damit hatte sie gerechnet und eine Liste mit den Nummern von Personen aus Tore Pullis engstem Umgangskreis vorbereitet.

Veronica Nansens Nummer erkannte sie sofort wieder, ebenso die von Pullis Anwalt und von Henning. Abgesehen von diesen dreien gab es nur noch eine Handynummer, die Pulli in den Wochen vor seinem Tod mehrmals angerufen hatte – insgesamt viermal.

Nøkleby nahm ihr Handy, tippte die Nummer in eine Suchmaschine ein und zog die Stirn kraus. War sie damit wirklich auf der richtigen Spur?

Sie drehte sich zu Nordbø und Linnerud um.

»Herzlichen Dank für Ihre Hilfe, die Herren. Das bringt mich wirklich weiter.«

William Hellberg ging vor, und Henning folgte ihm. Anne Cecilie wiederum lief hinter Henning her, und ihre hohen Absätze klapperten unrhythmisch über den Asphalt, als zögerte sie bei jedem Schritt.

Henning drehte sich kurz zu ihr um, aber auch jetzt wich sie seinem Blick aus. Trotzdem glaubte er zu verstehen, was in ihrem Kopf vorging.

Vermutlich hatte sie ganz tief in ihrem Innern schon lange den Verdacht gehabt, dass ihr Mann in illegale Machenschaften verwickelt war, hatte dies aber verdrängt. Vielleicht hatte sie die Fakten einfach nicht an sich herangelassen. Es nicht gewagt. Oder sie versuchte, sich und die Familie zu beschützen. Sie hatten schließlich einen Sohn. Womöglich hatte sie sich bis jetzt auch nie die Frage gestellt, wie sie ihr Leben mit einem Mann fortsetzen sollte, von dem sie wusste, dass er andere umgebracht hatte. Im Augenblick ging es ihr auf jeden Fall nur noch darum, ihr akutestes Problem aus der Welt zu schaffen – Henning.

Gleich darauf hatten sie den Parkplatz erreicht. William Hellbergs großer SUV sah aus, als käme er gerade aus der Waschanlage.

»Sie fahren«, wandte Hellberg sich an Henning.

»Ich?«

»Ja. Es ist ja nicht ganz leicht, Sie unter Kontrolle zu behalten und gleichzeitig auch noch am Steuer zu sitzen. Ich glaub zwar nicht, dass Sie so dumm sind, irgendwas zu unternehmen, aber man weiß ja nie …«

Henning warf einen Blick auf Hellbergs ausgebeulte Anzugtasche. Bestimmt eine Waffe, dachte er. Hatte er damit auch Preben Mørck erschossen?

Er nahm die Autoschlüssel entgegen.

»Wo … Wohin fahrt ihr überhaupt?«, mischte sich jetzt Anne Cecilie Hellberg ein.

William drehte sich zu ihr um.

»Besser, du weißt darüber nicht Bescheid«, entgegnete er.

Sie begann wieder zu weinen.

»Wirst du …«

Sie sah zu Henning.

»Wirst du …«

William Hellberg zog sie an sich.

»Fahr nach Hause«, sagte er. »Koch etwas Leckeres für Oscar. Wir reden heute Abend.«

Er machte einen Schritt von ihr weg, lächelte und küsste sie auf die Stirn. Sie wischte sich die Tränen weg. Bevor sie sich umdrehte und zurückging, sah sie noch einmal kurz zu Henning.

Sah ihn an, als wollte sie ihn um Entschuldigung bitten.

Henning hob den Blick zum Himmel und atmete tief ein. Er meinte, das Wasser unten am Anleger riechen zu können – modrig, als würde dort etwas … verwesen. Inzwischen war er sich vollends sicher, dass dies sein letzter Tag sein würde.

54

Henning fuhr so langsam wie nur möglich und nahm alles in sich auf, woran sie vorbeifuhren: angeleinte Hunde auf Gehwegen, Kinder auf Fahrrädern auf dem Heimweg von der Schule. Ein Traktor auf einem Acker. Eine Katze, die sich an ihre Beute anschlich. Ein alter Mann, der die Brille abnahm und sich die Augen rieb. Eine junge Frau, die allein spazieren ging und zu singen schien. Ein Vogelschwarm auf der Jagd nach der nächsten Mahlzeit. Der graue Himmel mit den feinen dunklen Kondensstreifen, die aussahen, als wären sie mit einem Pinsel gezogen.

Alle seine Sinne waren geschärft.

Er nahm jede Nuance im Innenraum des Wagens wahr. Den Duft alter Lutschpastillen. Einen Hauch kalten Zigarettenrauchs. Rasierwasser. Hellbergs teuren Anzug.

»Wo fahren wir hin?«, wollte Henning wissen, als sie Tønsberg hinter sich gelassen hatten.

»Ich sag Ihnen schon, wann Sie abbiegen müssen«, antwortete Hellberg. »Es ist noch ein Stück.«

Ein paar Minuten fuhren sie schweigend zwischen riesigen Feldern hindurch, die sich nach der Ernte nackt und trist zu beiden Seiten erstreckten. Vor einem Herrenhaus, das ein Stück von der Straße zurückversetzt war, bauschte sich malerisch die norwegische Flagge und weckte in ihm ein Gefühl, das er bislang von sich nicht kannte – die Sehnsucht, hierbleiben zu dürfen.

Hellberg angelte sein Handy hervor und sah nach, ob Nachrichten oder Anrufe eingegangen waren, ehe er es zurück in seine Tasche schob. Dann zeigte er auf das Hinweisschild nach Oslo. Henning setzte den Blinker und fuhr auf die E18 in Richtung Hauptstadt.

Währenddessen dachte er über den Mann auf dem Beifahrersitz nach, der über Jahre hinweg sowohl Tore als auch Charlie aus allen möglichen brenzligen Situationen herausgeholfen hatte. Bestimmt war er für seine Ratschläge und Dienste großzügig honoriert worden – und das Geld hatte er wiederum in Boote, in Stiftungen, in weiß der Teufel was investiert, während er sich hinter den Kulissen wohl und sicher gefühlt hatte. Hinter der biederen Familienfassade.

Wahrscheinlich war das die Würze seines Alltags – die Gewissheit, über ein brillantes Gehirn zu verfügen, das bestens zu kriminellen Aktivitäten taugte, und trotzdem nie gefasst zu werden.

»Warum haben Sie sich an dem Tag mit Tore getroffen?«, fragte Henning.

Hellberg sah ihn von der Seite an.

»Welchen Tag meinen Sie?«

»Den Tag, an dem mein Sohn gestorben ist.«

Er drehte sich so auf dem Sitz herum, dass er Henning ins Gesicht blicken konnte.

»Sie haben in Tores Auto gesessen«, fuhr Henning fort. »Ihr Name stand in dem Indicia-Bericht.«

Hellberg antwortete immer noch nicht.

»Kommen Sie schon«, sagte Henning. »Was spielt das

jetzt noch für eine Rolle? Ich kann doch ohnehin nichts mehr erzählen.«

Hellberg schnipste einen Fussel oder was auch immer von seinem Hosenbein.

»Ich dachte erst, Preben Mørck hätte sich mit Tore getroffen«, redete Henning weiter, als Hellberg immer noch keine Anstalten machte, irgendwas zu sagen. »Dass er es gewesen wäre, der um jeden Preis nicht in dem Bericht auftauchen wollte, nicht zuletzt weil Mørck ja Ørjan Mjønes angeheuert hat, um Tore aus dem Weg zu räumen.«

Henning sah zu Hellberg hinüber, der jetzt aus dem rechten Fenster starrte.

»Mørck war nie was anderes als der Mittelsmann. Der im Auftrag anderer Leute handelte.«

Hellberg zupfte sich etwas von seiner Lippe.

»Tun Sie mir einen Gefallen, Hellberg«, sagte Henning. »Sie haben gesagt, wir müssten noch ein Stückchen fahren. Da kann es doch nicht so schwer sein, wenn wir uns ein bisschen unterhalten.«

Hellberg sah wieder zu ihm rüber. Henning ahnte, dass er ihn bald so weit hätte.

Hellberg griff in seine Innentasche und zündete sich eine Zigarette an. Henning unterdrückte ein Husten.

»Ich wollte sie miteinander versöhnen«, sagte Hellberg nach einer Weile.

»Tore und Charlie?«

Hellberg nahm noch einen Zug und nickte.

»Dass sie sich zerstritten hatten, nützte niemandem – sie wussten einfach zu viel voneinander. Nicht zuletzt über mich und Preben.«

»Und da haben Sie sozusagen die Rolle des Mediators übernommen.«

»Nennen Sie es ruhig so. Aber die beiden waren solche Sturköpfe – tickende Zeitbomben! Sie können sich gar nicht vorstellen, was für einen Blödsinn die beiden sich mit den Jahren ausgedacht haben.«

Er schüttelte den Kopf.

»Und dann kam diese Streife«, sagte Henning, »die Tore und Sie überprüft hat… und damit war Ihr Name im Indicia-Bericht gelandet.«

Aus dem Augenwinkel sah er, dass Hellberg nickte.

»Und der durfte da nicht stehen bleiben. Nicht nachdem Sie den Mord an Tore in Auftrag gegeben hatten.«

Hellberg warf Henning einen flüchtigen Blick zu.

»Er hat versucht, Sie zu erpressen, war es so? Aus dem Gefängnis heraus?«

Hellberg antwortete nicht.

»Tore hatte anderthalb Jahre lang für einen Mord gesessen, den er nicht begangen hatte. Außer Preben Mørck und Charlie Høisæther wusste nur er Bescheid, welche Rolle Sie bei den Ereignissen in Natal und bei alledem gespielt haben, was nach Bodil Svenkeruds Ermordung hier daheim passierte. Zum Beispiel die Erpressung meiner Schwester.«

Henning konnte ihm ansehen, dass er mit seinen Schlussfolgerungen ins Schwarze getroffen hatte.

»Außerdem saß Tore auf wichtigen Informationen über Ihre Familie. Er hatte im Auftrag Ihrer Mutter einen Menschen umgebracht. Und er wusste, wieso sie ihre Schwiegertochter aus dem Weg haben wollte.«

Henning musste wieder an den Umschlag in Tores Tresor denken, an den Brief mit hinreichenden Beweisen, dass Hellberg Immobilien – William Hellbergs Firma – mithilfe von Blutgeld finanziert worden war.

Hellberg nahm noch einen tiefen Zug von seiner Zigarette und schüttelte den Kopf, ehe er energisch ausatmete.

»Tore wollte, dass ich einen Privatermittler in seinem Fall anheuere«, sagte er. »Was natürlich ausgeschlossen war. Das hätte nur eine Reihe unangenehmer Fragen aufgeworfen.«

Er schnaubte und seufzte schwer, schob sich erneut die Zigarette zwischen die Lippen und nahm dann wieder sein Handy heraus, um es auf Nachrichten zu checken.

»Als Tore dann auch noch Kontakt zu Ihnen aufgenommen hat – einem Journalisten, der ihn dazu bringen würde, alles auszuplaudern, und hinterher in seiner Zeitung darüber schreiben würde –, da hab ich keinen anderen Ausweg mehr gesehen.«

Er nahm noch einen tiefen Zug.

»Meine größte Befürchtung war, dass er von den Vorfällen in Natal erzählen würde«, sagte er und blies von Neuem Rauch aus, »dass er erzählen würde, es wäre meine Idee gewesen, Bjelland nach der Polizeiaktion 2007 alles in die Schuhe zu schieben. Tores Wort hatte in kriminellen Kreisen nach wie vor Gewicht, und ein potenzieller Rachefeldzug von deren Seite hätte auch meine Familie treffen können. Das konnte ich nicht zulassen.«

Hennings Gedanken wanderten zu Bjelland, der seine Überlegungen mit Iver geteilt hatte. Was Iver wiederum das Leben gekostet hatte. Bjelland war nach wie vor gefährlich für Hellberg. Henning durfte unter keinen Umständen erwähnen, dass sie wieder in Kontakt getreten waren.

Mit dem Ellenbogen auf der Fensterleiste und der Zigarette zwischen den Fingern schaute Hellberg aus dem Fenster.

»Und darum haben Sie sich einfach sämtlicher Mitwisser

entledigt, die sie hätten auffliegen lassen können«, sagte Henning. »Tore, Preben, Charlie … Was tun Sie eigentlich nach heute Abend, wenn Sie mich ebenfalls umgebracht haben?«

Hellberg breitete die Arme aus.

»Den Rest Ihres Lebens als rechtschaffener Bürger verbringen?«

Hellberg zuckte mit den Schultern.

»Wer weiß«, murmelte er.

»Ich glaube nicht, dass Sie das durchhalten«, sagte Henning. »Das liegt Ihnen nicht im Blut. Sie werden es vermissen, die Probleme anderer Leute zu lösen und sich selbst zu beweisen, was für ein brillanter Kopf Sie sind. Menschen wie Sie ändern sich nicht.«

Hellberg schnaubte, sagte aber nichts.

Es wurde wieder still. Henning wäre gern auf eine schmalere Straße abgebogen, wo die Zeit langsamer verstrichen wäre, wo er in langsamerem Tempo die Bäume und die herbstlich gefärbten Blätter besser hätte erkennen können, die Risse in den Steinen und Felsen … Jonas hatte immer auf alles gezeigt, woran sie vorbeigefahren waren, und die Farben der Autos kommentiert, besonders wenn sie aussahen, als könnten sie mächtig Gas geben.

Der Gedanke an Jonas holte Henning zurück in die Wirklichkeit.

»War es auch Ihre Idee, in meiner Wohnung Feuer zu legen?«

Hellberg drehte sich wieder zu ihm um, nahm einen letzten Zug und drückte die Kippe im Aschenbecher aus. Dann ließ er das Fenster komplett runter, und der Wind donnerte durch den Wagen. Er fuhr es wieder hoch. Es wurde still.

»Charlie hatte gefragt, ob ich nicht einen Vorschlag

hätte«, sagte Hellberg, verstummte dann aber wieder. Doch er musste auch gar nicht mehr sagen, weil Henning sich den Rest zusammenreimen konnte.

Hellberg hatte den Plan geliefert und Mørck die geeigneten Leute angeheuert – wie er es immer getan hatte –, während Hellberg selbst sich in der Folge bedeckt im Hintergrund gehalten hatte. Darum wusste er auch nicht in allen Einzelheiten, was genau sich am 11. September 2007 in Hennings Straße abgespielt hatte – am selben Abend, an dem er zwischen Tore und Charlie zu vermitteln versucht hatte. Am selben Abend, an dem Jonas gestorben war.

Links überholte sie ein Wagen. Die Frau auf dem Beifahrersitz warf ihnen einen langen Blick zu. Sie hatte Noras Kurzhaarfrisur, und unwillkürlich fragte Henning sich, wo Nora jetzt wohl steckte. Was hiernach mit ihr passieren würde.

»Ich frage mich nur eins«, hob Henning wieder an, und Hellberg sah zu ihm rüber. »Der Tag, an dem ich niedergeschossen wurde … und die Information, dass ich auf dem Weg nach Oslo war. Kam die von Ihnen?«

Hellberg antwortete nicht unmittelbar.

»Ich war vorher bei Ihnen«, fuhr Henning fort. »Wahrscheinlich haben Sie gesehen, mit welchem Wagen ich gefahren bin. Sie haben das Kennzeichen gesehen.«

Hellberg schmunzelte.

»Haben Sie nur vermutet, dass ich anschließend ins Polizeipräsidium fahren würde, oder haben Sie es gewusst?«

»Ohne ein gewisses Maß an Intuition hätte ich es sicher nicht so weit gebracht im Leben. Aber Sie haben mir selbst erzählt, dass Sie noch nicht mit der Polizei über Preben gesprochen hätten. Also war es nur eine Frage der Zeit, bis Sie dort vorsprechen würden.«

Henning nickte.

Dann schoss ihm durch den Kopf, dass er das Lenkrad herumreißen und gegen eine Felswand oder einen entgegenkommenden Lastwagen fahren könnte. So wäre alles auf einen Schlag vorbei – und als Bonus würde er Hellberg gleich mit in den Tod reißen. Es wäre seine Art der Blutrache.

Er hatte sich so oft ausgemalt, was er machen würde, wenn er dem Menschen gegenüberstünde, der für Jonas' Tod verantwortlich war. Und jetzt da es passiert war, jetzt da er endlich die Chance hatte, etwas gegen diesen Menschen zu unternehmen, musste er sich eingestehen, dass er nicht dazu imstande war, über Leben und Tod eines anderen Menschen zu entscheiden. Und dass er selbst so lange wie möglich leben wollte.

Die Hoffnung starb zuletzt.

Er hoffte nur, dass der Tod, wenn er denn käme, nicht zu schmerzhaft sein würde.

Und nicht zu lange dauerte.

Er hatte keine Ahnung, wie lange sie schon unterwegs waren. Zwei Stunden sicherlich. Sie waren an Oslo vorbeigefahren und weiter gen Osten. Hellberg hatte irgendwann das Handy gezückt, eine Nummer gewählt und jemandem mitgeteilt, dass sie unterwegs waren. Der Wald um sie herum wurde dichter, der Verkehr lichtete sich. Kurz darauf forderte Hellberg ihn auf, von der Straße auf einen Waldweg abzubiegen.

Es knirschte unter den Reifen. Henning fuhr langsam, als wollte er das Unausweichliche so lang wie nur möglich hinauszögern. Über ihnen trieben immer dunklere Schatten über den Himmel, die einen finsteren, eisigen Abend verhießen.

55

Bjarne wartete noch immer auf einen Anruf, als Pia Nøkleby an seine Bürotür klopfte und eintrat, ohne seine Antwort abzuwarten.

»Zeit für eine spontane Sitzung?«, fragte sie.

»Ähm … eigentlich nicht«, antwortete Bjarne.

Nøkleby machte einen Schritt in den Raum hinein und sah ihn an, wartete auf eine Erklärung, die jedoch nicht kam.

»Okay, dann kriegst du jetzt eine kurze Zusammenfassung, bevor ich die anderen briefe. Tore Pulli hatte in den Wochen vor seinem Tod regen Telefonkontakt mit einem gewissen William Hellberg. Weißt du, wer das ist?«

Bjarne nickte und setzte sich in seinem Schreibtischstuhl gerade auf.

»Es muss natürlich nichts heißen, aber den Mann müssen wir genauer unter die Lupe nehmen«, fuhr Nøkleby fort. »Preben Mørck war sein Anwalt. Ich gehe davon aus, dass da ein Zusammenhang besteht.«

Wird schon so sein, dachte Bjarne.

Nøkleby wartete auf eine Reaktion. Als jedoch nichts kam, sagte sie: »Okay … Komm einfach so schnell wie möglich nach.«

Bjarne konnte ihr ansehen, dass sie aufgewühlt war. Sie hatte hektische Flecken am Hals, wie so oft, wenn sie in Fahrt kam.

Sie machte auf dem Absatz kehrt und zog Bjarnes Bürotür hinter sich zu.

Er starrte sein Telefon an.

Komm schon, dachte er. Jetzt ruf schon an!

Durch den Wald zu fahren erinnerte Henning an einen Mordfall, über den er vor Jahren berichtet hatte. Auf einem Scheiterhaufen mitten im Wald war die Leiche eines Manns gefunden worden, der von seinem Schwager getötet worden war. Es war um einen Familienstreit gegangen, um ein Erbe, darum, wem was gehören sollte. Er war erschüttert darüber gewesen, wie viel in einer Familie schieflaufen konnte und wie wenig dazu nötig war: eine Grundstücksgrenze hier, ein Zaunverlauf dort. Dabei hatte sich der Mann, der den Mord letztlich gestanden hatte, im Wald nie sonderlich wohlgefühlt.

Fälle, dachte Henning.

Über Jahre hatte es in seinem Leben kaum etwas anderes als Kriminalfälle gegeben.

Er hatte Menschen getroffen, in ihren Leben gestöbert, ihr Vertrauen gewonnen, um ihre Geschichten zu hören, und sich dann mit regelrecht juckenden Fingern zurück an seinen Schreibtisch begeben. Das Resultat tags darauf in der Zeitung oder in einem Wochenendmagazin zu sehen – ausgewalzt auf fünf, sechs Spalten –, die Gewissheit, den einen oder anderen mit seiner Geschichte berührt zu haben, irgendetwas verändern zu können … All das hatte ihm etwas bedeutet.

Allerdings war das jetzt schon eine Ewigkeit her. Er war inzwischen ein anderer Mensch. Er hatte eine lange, schmerzhafte Reise hinter sich gebracht, war erschöpft, angeschlagen. Er war es leid, immer an seine Grenzen getrieben zu werden, hatte die Jagd satt.

Trotzdem war er innerlich jetzt ganz ruhig.

Es hatte eine Zeit gegeben, da er überall nach dieser inneren Ruhe gesucht, sie aber nur sporadisch gefunden hatte. Auf der Fußballtribüne von Dælenenga oder in seiner Wohnung. Er hatte sich in die Melancholie verirrt, an Wände gestarrt, war kaum noch vor die Tür gegangen. Nicht mal Musik hatte er mehr gehört.

Er hätte alles dafür gegeben, all das noch einmal erleben zu dürfen: Musik zu hören, selbst zu musizieren. Noch einmal das Meer zu sehen. Die Ruhe zu empfinden, die ihn beim Blick über eine weite, ebene, endlose Fläche überkam. Er wäre jetzt gern auf dem Wasser gewesen, um zu angeln, um die Sonne hinterm Horizont versinken und den Mond über den Hügeln aufgehen zu sehen, die sich weiß-grün in der schwarzen Ewigkeit spiegelten. Wie gern würde er noch einmal die Sterne am Himmel sehen, die nirgends so klar leuchteten wie über Stavern. Er würde mit den Nachbarn reden, sie besser kennenlernen, er würde Dinge tun, die ihn zum Lachen brachten. Mehr Bücher lesen. Teure Weine probieren. Eine fette Zigarre rauchen. Und er würde in die Flammen starren und seinen Sohn dort sehen, ohne weinen zu müssen.

»Dort drüben ist es«, sagte Hellberg und zeigte zu einer rot gestrichenen Hütte.

Henning schob seine Gedanken beiseite. Vor der Hütte stand ein silbergrauer Lieferwagen.

Der Weg war schmal und holprig, doch William Hellbergs Wagen war auch mit nur einem gesunden Arm problemlos zu manövrieren.

Er hielt an und schaltete den Motor aus. Hellberg schob die Beifahrertür auf und stieg aus, schlug sie fest hinter sich zu. Der Wagen wackelte leicht.

Henning blieb noch ein paar Sekunden still sitzen.

Er fragte sich, ob er sich gegen den Tod wehren würde, wenn er käme, wenn die Schmerzen einsetzten und alles auf das Finale zuliefe.

Er war gespannt, ob er Angst haben würde.

Ob er weinen würde.

Er stieg aus, atmete den Duft des Walds und des Abends ein, der beißend war und kalt. Im nächsten Moment ging die Tür zur Hütte auf, und Durim Redzepi trat über die Schwelle. Er hielt eine Schusswaffe in der Hand.

Henning wollte ihm in die Augen sehen, doch unwillkürlich wanderte sein Blick zu den roten Flecken auf Redzepis T-Shirt. Auch seine Hände waren rot gefleckt. Energisch kam er auf sie zu.

56

Pia Nøkleby war zufrieden mit dem Verlauf der Sitzung. Sie war effektiv gewesen, und die ersten Maßnahmen wurden bereits umgesetzt. Es war jetzt wichtig, William Hellberg nicht zu früh aufzuschrecken. Erst mussten sie herausfinden, weshalb genau er so häufig mit Tore Pulli telefoniert hatte, ob und in welcher Form sie sich von früher gekannt hatten.

Ermittlungsleiter Arild Gjerstad würde sich mit der Polizei in Tønsberg in Verbindung setzen, um Informationen über Hellberg einzuholen. Hellbergs Telefonkontakte würden überprüft werden – wer immer mit ihm in der letzten Zeit zu tun gehabt hatte. Sie würden herausfinden müssen, wo Hellberg gewesen war, als Preben Mørck ermordet wurde, und wo er jetzt in diesem Moment steckte.

Sie hatten also einiges zu tun, während sie gleichzeitig mit unverminderter Stärke nach Durim Redzepi fahndeten. Entsprechend brauchten sie alle zur Verfügung stehenden Kräfte. Daher hatte Pia Nøkleby auch erneut an Bjarne Brogelands Bürotür angeklopft. Wieder trat sie ein, ohne seine Antwort abzuwarten.

Doch das Büro war leer.

Nøkleby lief hinaus auf den Flur und entdeckte Ella Sandland auf dem Weg in ihr Büro.

»Was gibt's?«, fragte Sandland, als Nøkleby ihr nachrief.

»Hast du Bjarne irgendwo gesehen?«

Sandland schüttelte den Kopf.

»Hast du schon versucht, ihn auf dem Handy zu erreichen?«, gab sie zurück.

»Nein, aber er war vor Kurzem noch in seinem Büro mit irgendwas beschäftigt. Er sollte zu unserer Sitzung dazustoßen, sobald er damit fertig wäre.«

Sandland zuckte mit den Schultern.

»Keine Ahnung, was er gerade treibt.«

Henning rechnete fest damit, dass Durim Redzepi die Waffe auf ihn richten und ihn niederschießen würde. Doch das passierte nicht. Stattdessen blieb er vor ihnen beiden stehen.

»Hallo, Durim«, sagte Henning. »Freut mich, Sie wiederzusehen.«

Redzepi antwortete nicht, starrte stattdessen Hellberg an.

»Haben Sie das Geld dabei?«

»Liegt im Auto«, erwiderte Hellberg.

»Holen Sie es.«

Als Hellberg zögerte, zuckte Redzepi mit dem Pistolenlauf.

»Entspannen Sie sich«, sagte Hellberg. »Ich hol es ja.«

Hellberg marschierte zurück zum Auto.

Es war nur allzu offensichtlich, in welchem Verhältnis Hellberg und Redzepi zueinander standen. Doch bis zu Preben Mørcks – Goofys – Tod hatten sie gar keines gehabt, und jetzt überlegte Henning fieberhaft, wie er diesen Umstand für sich nutzen könnte, um Zeit zu gewinnen.

Hellberg öffnete den Kofferraum, nahm eine kleine schwarze Sporttasche heraus und kam zurück.

»Wollen Sie es gleich nachzählen?«

Redzepi schien kurz abzuwägen.

»Ich glaube nicht, dass Sie so dumm sind und mich reinlegen«, erwiderte er. »Nicht nachdem ich Ihr Gesicht gesehen habe. Obwohl ich zugeben muss, dass ich meine Zweifel hatte, weil Sie so lang bis hierher gebraucht haben.«

Hellberg zeigte auf Henning.

»Dieser Kerl ist unerwartet bei mir aufgetaucht. Glück für uns – so sparen wir uns die Suche und die Ungewissheit, ob er sich wohl aus der Sache raushält.«

Hellberg warf Redzepi die Tasche vor die Füße.

»Das sollte Sie doch freuen, oder? So müssen Sie nicht länger hierbleiben als unbedingt notwendig.«

Redzepi sah ihn an.

»Wo ist Bjelland?«, fragte Hellberg.

Henning wirbelte zu ihm herum.

Bjelland?

Hellberg hob beide Hände, als wollte er ihm sagen: Ich hatte keine Wahl.

»Im Boot«, antwortete Redzepi.

Henning drehte sich erneut um. Erst jetzt sah er das Wasser zwischen den Bäumen glitzern. Er blickte auf Redzepis Hände hinab. Auf die roten Spritzer, auf das T-Shirt.

Er schloss die Augen. Was hatte er vor noch nicht allzu

langer Zeit zu Bjelland gesagt? Dass auch um ihn herum die Leute starben.

»Es war eine ziemliche Schweinerei«, sagte Redzepi. »Und ich hatte die Hütte so schön sauber gemacht. Den Scheiß putz ich nicht mehr weg.«

»Und was ist mit ihm?«

Hellberg nickte zu Henning hinüber.

»Jetzt da die Hütte doch ohnehin …«

»Nein«, sagte Redzepi. »Er kommt direkt mit ins Boot. Machen wir es in ein und demselben Aufwasch. Ich bin schon viel zu lang hier und will endlich weg.«

Henning schlug die Augen wieder auf.

»Sie wissen, dass nach Ihnen gefahndet wird?«, wandte er sich an Redzepi.

Redzepi sah ihn mit zusammengekniffenen Augen an.

»Was, wenn Sie hier fertig sind? Dann sind Sie der Einzige, der Hellbergs Gesicht kennt und weiß, dass er der Drahtzieher ist. Sie haben für Ørjan Mjønes gearbeitet, für Preben Mørck – oder Goofy, wie Sie ihn vermutlich genannt haben. Sie wissen eine ganze Menge. Und dieser Kerl dort« – Henning nickte zu Hellberg hinüber – »hat dafür gesorgt, dass inzwischen so gut wie niemand mehr am Leben ist, der noch gegen ihn aussagen könnte. Aus welchem Grund sollte er *Sie* verschonen?«

Redzepi warf Hellberg einen raschen Blick zu.

»Glauben Sie wirklich, dass er Sie sang- und klanglos mit dem Geld abziehen lässt?«

Henning zeigte auf die Sporttasche.

»Er lebt für sein Geld«, fuhr er fort. »Und er wird alles tun, um seine Familie zu beschützen.«

»Ich hab keinerlei Interesse, Ihnen etwas anzutun, Redzepi«, mischte Hellberg sich mit seinem Verkäuferlächeln ein. »Juul will Sie nur verunsichern. Sie können ganz beruhigt sein. Sobald wir hier fertig sind, fahre ich nach Hause. Dann ist die Sache abgeschlossen, und Sie können dorthin verschwinden, wo immer Sie hinwollen.«

Er machte eine beschwichtigende Geste.

»Er hat eine Waffe in der Innentasche«, sagte Henning immer noch an Redzepi gewandt. »Warum, glauben Sie, hat er die wohl dabei?«

»Ihretwegen«, sagte Hellberg und sah Henning an. »Für den Fall, dass Sie nicht freiwillig mitgekommen wären.«

»Wollen Sie wirklich das Risiko eingehen und abwarten, ob Hellberg tatsächlich zu seinem Wort steht?«

Henning sah Redzepi eindringlich an.

»Glauben Sie allen Ernstes, er würde die Waffe am Ende nicht doch auf Sie richten?«

Henning schüttelte den Kopf.

»So leichtsinnig wäre ich an Ihrer Stelle nicht.«

Henning konnte sehen, wie verunsichert Redzepi war. Noch war er derjenige, der seine Waffe im Anschlag hielt.

»Sie haben etwas von einem Boot gesagt«, fuhr Henning fort. »Ist es groß genug für vier Personen? Haben Sie vor, Hellberg mitzunehmen?«

Redzepi sah aus, als wöge er seine Möglichkeiten ab.

»Ich warte hier, bis Sie wieder zurück sind«, versicherte ihm Hellberg. »Machen Sie sich deshalb keine Gedanken.«

»Aus welchem Grund sollte er hier warten, während wir rausrudern?«, warf Henning ein.

Redzepi sah Hellberg an.

»Ich kenne Sie nicht«, sagte der Kosovoalbaner schließlich. »Wer garantiert mir, dass Sie wirklich hier warten?«

Hellberg seufzte.

»Ich verstehe Ihre Skepsis durchaus, aber …«

»Nehmen Sie die Waffe raus«, sagte Redzepi hart. »Machen Sie schon, los!«

Hellberg sah ihn entnervt an, ehe er zögerlich der Aufforderung folgte. Demonstrativ legte er die Waffe vor sich auf den Boden, richtete sich langsam auf und nahm die Hände hoch. Redzepi machte ein paar Schritte auf ihn zu, klaubte die Waffe vom Boden auf und warf sie in die Sporttasche.

»Sie kommen mit runter zum Wasser. Im Boot ist kein Platz für Sie. Sie warten am Ufer.«

»Sie bestimmen, wo es langgeht. Aber lassen Sie uns einen Zahn zulegen. Es wird allmählich dunkel, und ich möchte gern vor Sonnenuntergang zu Hause sein.«

Redzepi sah Henning an und gab ihm mit einem Nicken zu verstehen, dass er sich in Bewegung setzen sollte.

»Wohin?«, fragte Henning und stellte sich dumm.

»Da runter«, sagte Redzepi und zeigte zum Wasser. »Und ein bisschen dalli!«

Er stolperte über eine Wurzel, die sich über den Pfad wand. Hellberg ging direkt hinter ihm, Redzepi als Letzter. Vor ihnen schimmerte das schwarze Wasser. Irgendwo rief eine Eule.

Es war kalt geworden.

Im seichten Uferwasser des Waldsees dümpelte ein Boot, in dem vage ein längliches Bündel zu erkennen war.

»Setzen Sie sich dorthin«, sagte Redzepi, nickte Hellberg zu und zeigte zu einem Baum.

»Ehrlich gesagt, Redzepi, ich…«

»Ich scheiß drauf, was Sie sagen. Mit zur Mitte des Sees und zurück dauert es zehn Minuten. Zehn Minuten wären mehr als genug Zeit, um sich aus dem Staub zu machen. Setzen Sie sich also vor den Baum dort drüben.«

Redzepi marschierte auf das Boot zu, griff zu einem Messer, das dort bereitlag, und schnitt ein zwei Meter langes Stück Tau ab. Auf halbem Weg zurück zu Hellberg blieb er abrupt stehen.

»Was ist?«, fragte Hellberg.

»Ich dachte, ich hätte was gehört«, murmelte Redzepi.

Keiner von ihnen rührte sich.

Es herrschte absolute Stille um sie herum.

»*Was* haben Sie gehört?«, fragte Hellberg alarmiert.

»Ich weiß es nicht«, antwortete Redzepi, und Henning konnte ihm ansehen, wie verunsichert er war. Er spitzte erneut die Ohren, hörte aber nichts.

Einen Moment lang hoffte Henning, dass es Bjarne wäre – dass er sie auf wundersame Weise aufgespürt hätte. Dann schob er den Gedanken beiseite.

Womöglich hätte sich das Ganze anders entwickelt, wenn er Bjarne gewarnt oder über seine Schritte auf dem Laufenden gehalten hätte, ehe er nach Tønsberg gefahren war, um mit Anne Cecilie Hellberg zu sprechen.

Vielleicht …

Vielleicht aber auch nicht.

Nora wäre auf jeden Fall noch immer in Gefahr und William Hellberg nach wie vor Durim Redzepis Auftraggeber. Selbst wenn Hellberg zu einem früheren Zeitpunkt aufgeflogen und verurteilt worden wäre, hätte er Nora sogar aus dem Gefängnis heraus schaden können, indem er Redzepi geschickt hätte. Sei es nun aus Rache oder als Strafe.

Nur so, wie es jetzt war, konnte sich Henning sicher sein, dass Nora und das Kind überleben würden – weil sie nichts wusste. Sie konnte Hellberg nichts anhaben.

Redzepi packte Hellberg am Arm, zerrte ihn zu dem Baum und zwang ihn auf den Boden.

»Ist das wirklich nötig, Redzepi?«

Hellberg atmete schwer und schnell und schien sich maßlos darüber zu ärgern, dass sein Anzug feucht und dreckig wurde.

»Ja. Hände auf den Rücken!«

Hellberg verdrehte die Augen.

Redzepi fesselte ihn an den Baum. Dann sah er sich um, spähte zwischen die Bäume, lauschte.

Anschließend sah er Henning an und nickte in Richtung Boot. Zögerlich machte Henning einen Schritt darauf zu.

Das Boot neigte sich zur Seite, als er einstieg. Er warf einen Blick zurück zu Hellberg, während auch Redzepi ins Boot kletterte und sich mit dem Fuß abstieß.

Lautlos glitten sie vom Ufer weg. Unter dem Rumpf gluckerte es leise.

Die letzte Reise, schoss es Henning durch den Kopf, und er sah Nebelschwaden über das stille, abenddunkle Wasser treiben.

Redzepi setzte sich auf die Ruderbank und griff nach den Riemen.

57

Mit Vollgas raste Bjarne aus der Stadt. Er war sich nicht sicher, ob der Wagen der Belastung standhalten würde. Die letzte Inspektion lag schon eine Weile zurück, und in der letzten Zeit waren ihm seltsame Motorengeräusche aufgefallen. Zum Glück war der Feierabendverkehr fast vorüber, und die meisten Fahrer machten gehorsam Platz, als er sich hupend von hinten näherte. Wenn es sich doch noch stauen sollte, würde die Sirene helfen.

Sein Telefon klingelte. Es war Pia Nøkleby.

»Hei, Bjarne«, sagte sie. »Wo bist du gerade?«

Bjarne erklärte ihr, warum er so Hals über Kopf aufgebrochen war und wohin er unterwegs war.

»Okay«, sagte sie. »Tu jetzt nichts Unüberlegtes. Warte, bis wir zu dir aufgeschlossen haben.«

Ein Traktor tauchte vor ihm auf. Wegen des Gegenverkehrs musste er bremsen, bis der Traktorfahrer auf ihn aufmerksam wurde und Platz machte.

»Ich glaube nicht, dass ich noch Zeit haben werde, auf euch zu warten«, entgegnete er.

»Tu, was du für angemessen hältst«, sagte Nøkleby. »Wo genau bist du jetzt?«

»Gerade an Grønmo vorbei.«

»Okay. Viel Glück!«

»Danke.«

Bjarne gab wieder Gas und vergrößerte den Maßstab des Navi. Auf der Karte waren überall Waldwege und kleinere Seen zu erkennen – ideal, wenn man jemanden beseitigen wollte.

Er befand sich auf der Landstraße 155. Zu beiden Seiten waren nur noch Bäume zu sehen. Bei seinem Tempo wirkten sie wie eine Wand, wie ein Tunnel, aus dem es kein Entkommen gab.

Zehn Minuten später studierte er die Karte erneut und entdeckte nur ein paar hundert Meter vor sich eine Stichstraße. Er bremste, bog ab und tauchte umso tiefer in den Wald ein. Die Lichtkegel der Scheinwerfer wurden von Baumstämmen zerschnitten. Er schaltete das Abblendlicht aus, fuhr aber noch ein gutes Stück weiter, ehe er auf die

Bremse stieg. Keine hundert Meter weiter vorn war vor ihm eine Hütte aufgetaucht, vor der zwei Wagen standen: ein silbergrauer Lieferwagen und ein schwarzer SUV. In der Hütte brannte Licht.

Bjarne angelte sein Fernglas aus dem Handschuhfach und nahm die beiden Wagen ins Visier. Dann schaltete er kurzerhand den Motor ab, lief um sein Auto herum zum Kofferraum und schloss die Waffenbox auf.

Vorsichtig schlich er den Weg entlang in Richtung Hütte. Dass er an einem weiteren Wagen vorbeikam, einem Lexus, der im Schutz einiger Bäume parkte, bemerkte er nicht.

Redzepi sah Henning Juul in der Tiefe verschwinden.

Er wartete eine halbe Minute. Dann schob er die Ruder wieder in die Halterungen, drehte das Boot und ruderte in Richtung Ufer. Nebel waberte über den See, sodass er nicht weiter als zehn Meter sehen konnte. Er hörte nur das Plätschern des Wassers an der Bootswand und seinen schnellen, aber unangestrengten Atem.

Dann glaubte er wieder, ein Geräusch zu hören, und hielt inne. Es war vom See gekommen. Er blinzelte durch den Nebel, konnte aber nichts erkennen.

Vielleicht die letzten Zuckungen, dachte er. Luftblasen, die an die Oberfläche gestiegen waren.

Er ruderte weiter und suchte mit dem Blick nach William Hellberg.

»Wie ich sehe, ist alles gut gegangen«, rief Hellberg zu ihm rüber und nickte zufrieden.

Statt zu antworten, steuerte Redzepi das Ufer an. Der Bug schob sich knirschend auf den Sand, und er drückte ein Ruder in den weichen Seeboden. Dann stieg er aus, ohne das Boot festzumachen.

Er marschierte auf Hellberg zu und löste dessen Fesseln.

»So, ich hab meinen Teil der Abmachung erfüllt«, sagte er. »Wo sind meine Frau und meine Tochter? Wo sind Svetlana und Doruntina?«

Hellberg stand auf und begutachtete die Schäden, die sein Anzug genommen hatte, wischte Dreck und Gras von seinen Hosenbeinen und strich sie glatt.

»Gehen wir in die Hütte?«, fragte er.

»Nein«, sagte Redzepi. »Hier und jetzt. Ich warte schon lange genug. Hab genug Scheiße durchgemacht, um endlich zu erfahren, was Sie über meine Mädchen wissen.«

Er zog die Waffe und richtete sie auf Hellberg.

»Entspannen Sie sich«, sagte Hellberg mit einem Seufzen. »Ich sag Ihnen ja, was Sie wissen wollen. Ich bin mir nur nicht sicher, ob Sie es wirklich hören wollen.«

Redzepi legte den Kopf leicht schief. Hellberg fischte seine Zigaretten aus der Jackentasche und zündete sich eine an. Er bot auch Redzepi eine an, der aber den Kopf schüttelte.

»Ihr Bruder«, begann Hellberg und zog das Nikotin tief in die Lunge, »ist kein guter Mensch.«

Redzepi runzelte die Stirn.

»Ich hab Ihnen ja schon am Telefon gesagt, dass Goofy ihn überprüft hat. Er wollte wissen, was er mit dem Geld unternommen hat, das Sie ihm geschickt haben. Und wissen Sie, was er herausgefunden hat?«

Redzepi sah ihn abwartend an.

»Wissen Sie, was Ihr Bruder gemacht hat?«

Hellberg nahm noch einen Zug von seiner Zigarette.

»Nichts, Durim. Schlichtweg gar nichts.«

Redzepi wusste nicht, was er darauf erwidern sollte.

»Es gibt zwei mögliche Erklärungen dafür«, fuhr Hellberg fort und machte sich auf den Weg in Richtung Hütte und zu den Autos. »Entweder er hatte keine Lust zu suchen und findet es unendlich praktisch, dass Sie ihm Geld schicken – er weiß schließlich, dass Sie nicht mehr nach Hause kommen können, weil Sie dort wegen eines Doppelmords gesucht werden …«

Er wedelte beim Reden mit beiden Händen.

Redzepi folgte ihm.

»… oder aber er hat sie tatsächlich gefunden und es Ihnen verschwiegen. Letztlich ist der Grund aber der gleiche. Das Geld, das Sie ihm schicken, kommt ihm sehr gelegen. Ob er sie aber gefunden hat, konnte Goofy nicht herausfinden.«

Redzepi blinzelte nervös, während er nachdachte. All die Jahre hatte er sich darauf vorbereitet, eine Todesnachricht zu erhalten. Er war längst selbst zu dem Schluss gekommen, dass sie gestorben sein mussten. Doch auf diese Antwort war er nicht vorbereitet gewesen.

Nicht im Geringsten.

Im nächsten Augenblick knackte ganz in der Nähe ein Zweig.

»Keine Bewegung«, rief eine laute Stimme. »Alle beide!«

Redzepi wirbelte herum und sah, wie rechter Hand eine Gestalt aus der Dunkelheit trat. Sie hielt irgendwas in der Hand.

»Waffe runter!«

Die Stimme war klar vernehmbar.

Tu was, bevor es zu spät ist, gellte es in Redzepis Kopf. Schieß – immerhin waren sie zwei gegen einen, vielleicht klappte es ja.

Andererseits war der Mann, der jetzt direkt vor ihnen stand, ein Polizist, und seine Waffe war auf Redzepis Brust gerichtet. Er würde nicht mehr dazu kommen, etwas zu unternehmen. Vermutlich hatte der Polizist auch seine genaue Position durchgegeben, sodass Verstärkung auf dem Weg war.

Redzepis Gedanken wanderten zu seinem Bruder. Wollte er ihn wiedersehen, wollte er jemals Gewissheit bekommen, was mit Svetlana und Doruntina passiert war, dürfte er es auf einen Schusswechsel nicht ankommen lassen. Er würde mitspielen müssen. Er war erst vierzig, und selbst wenn er ins Gefängnis käme, hätte er nach seiner Freilassung noch viele Jahre zu leben. Jahre, die er darauf verwenden könnte, seinem Bruder das Leben zur Hölle zu machen.

Redzepi kniete sich hin und legte seine Waffe auf den Boden. Der Polizist war sofort zur Stelle und trat sie weg.

»Wo ist Henning?«, fragte er.

Redzepi spürte, wie sich Handschellen um seine Handgelenke legten. Der Polizist sah sich um.

Weder Hellberg noch Redzepi antwortete.

»Wo ist Henning Juul?«

Der Polizist wandte sich erneut um.

»Henning!«

Der Ruf verhallte über dem kleinen See, wurde vom Nebel verschluckt.

Redzepi drehte den Kopf in Richtung des blau-weißen Lichts, das zwischen den Bäumen hindurchtanzte. Es würde nur noch Sekunden dauern, bis hier alles voller Autos wäre und es von uniformierten Polizisten nur so wimmelte.

»Wo ist Henning?«, schrie der Polizist und sah zwischen Redzepi und Hellberg hin und her.

Keiner von beiden antwortete.

Ein Schatten schien sich über Hellbergs Gesicht zu legen.

Dann beugte sich der Polizist zu Redzepi hinab und schüttelte ihn.

»Wo ist er? Wo ist Henning Juul?«

Redzepi holte tief Luft.

Dann drehte er den Kopf in Richtung See.

»Da draußen«, sagte er. »Er ist tot.«

EPILOG

Acht Tage später

Die Kirche von Ullensaker war vielleicht halb voll.

Trine hätte mehr Gäste erwartet, mehr Medienvertreter, aber so war es ihr nur recht. Noch mehr Aufregung hätte sie gerade nicht ertragen.

Es waren harte Tage gewesen. Wochen, wenn sie es genau nahm. Sie hatte keine Ahnung, wie lange es dauern würde, bis sie die jüngsten Geschehnisse verdaut hätte. Womöglich würde das niemals passieren.

Pål Fredrik hakte sich bei ihr unter. Sie saßen vorn zur Linken, und direkt vor ihnen vor dem Altar stand der Sarg mit dem wunderschönen Blumenschmuck. Sie drehte sich um, wollte nun doch sehen, wer gekommen war. Erkannte ein paar Gesichter aus ihrer Kindheit wieder. Vereinzelt waren Schluchzer zu hören. Andere unterhielten sich leise, während der Organist eine getragene Melodie anstimmte.

Das Stück hätte Henning gefallen, dachte Trine, und eine Erinnerung aus Kindertagen tauchte in ihrem Kopf auf. Das Begräbnis von Leonid Breschnew, dem Staatschef der Sowjetunion, Anfang der Achtziger. Henning hatte auf dem Bauch unter dem Wohnzimmertisch gelegen, andächtig der Musik gelauscht und hinterher gesagt, die schwere, traurige Melodie habe seinen ganzen Körper beruhigt.

Katarina Hatlem kam den Mittelgang entlang. Sie schob das lange rot gelockte Haar nach hinten und begegnete Trines Blick mit einem mitfühlenden, verzagten Lächeln. Trine stand halb auf, winkte ihre ehemalige Kommunikationschefin zu sich. Hatlem zögerte kurz und flüsterte dem Mann an ihrer Seite etwas zu, ehe sie sich wieder in Bewegung setzte. Trine schob sich aus der Bankreihe und breitete die Arme aus.

»Mein Beileid«, flüsterte Hatlem.

»Danke«, sagte Trine mit einem schiefen Lächeln. »Und danke, dass du gekommen bist. Wir reden hinterher, okay?«

Hatlem lächelte.

Dann drehte sie sich um und ging wieder zurück.

Im nächsten Moment entdeckte Trine Nora Klemetsen, die allein gekommen war. Am liebsten wäre Trine zu ihr gelaufen und hätte sie umarmt, aber sie begnügte sich mit einem freundlichen Nicken, weil der Organist gerade aufhörte zu spielen.

Sie erhaschte auch noch einen flüchtigen Blick auf Bjarne Brogeland, der in ihrer Jugend mal in sie verliebt gewesen war. Sie hatten in den vergangenen Tagen lange Unterredungen geführt.

Dann setzten die Kirchenglocken ein. Trine setzte sich wieder und faltete die Hände, was sie sonst nie tat. Die Glockenschläge hallten in ihrem Kopf wider, ehe eine schwere Stille sich über die versammelte Trauergemeinde senkte.

Der Pastor kam auf sie und nahm erst ihre Hand, dann die von Pål Fredrik. Er sagte kein Wort, drückte sein Beileid lediglich mit seinem Händedruck und seinen Blicken aus.

Er war ein feiner Mensch, ein guter Pastor. Er hatte bei

seinem Hausbesuch mit sanfter, freundlicher Stimme mit ihnen gesprochen, war bis nach Ullern rausgefahren, obwohl die Gemeinde genau genommen außerhalb seines Dienstbereichs lag. Er hatte mit ihnen Kaffee getrunken und aufmerksam zugehört. Keine bohrenden Fragen gestellt, sich nur ganz beiläufig Notizen gemacht.

Der Pastor trat ans Redepult und ließ den Blick durch den Kirchenraum schweifen. Trine wusste jetzt schon, dass sie ihm nicht zuhören würde. Sie würde die Lieder mitsingen, würde dem Mann lauschen, der *Clair de Lune* auf dem Klavier spielen wollte, würde nicken und sich bedanken, draußen auf dem Friedhof die Umarmungen und tröstenden Worte entgegennehmen.

Alles in allem dauerte die Trauerfeier eine Dreiviertelstunde, auch wenn es sich anfühlte, als wären Stunden vergangen.

Pål Fredrik trug mit ein paar anderen den Sarg.

Es war ein schöner Herbsttag. Am Horizont schwebten Flugzeuge im Landeanflug auf Gardermoen zu. Die Hügel im Hintergrund warteten mit wunderbaren Herbstfarben auf.

Trine setzte ihre schwarze Sonnenbrille auf und war froh, dass sie sich dahinter verstecken konnte. Sie schlug den Blick nieder, konzentrierte sich auf dem Weg zum Grab darauf, niemandem in die Ferse zu treten.

Am Grab blieben sie stehen. Die Trauergäste verteilten sich in einem großen Kreis. Dann wurde der weiße Sarg auf ein Gestell herabgelassen, mit dessen Hilfe er hinunter in die Erde fahren würde. Doch erst stellte sich der Pastor direkt neben den Sarg und stimmte ein letztes Lied an. Ein paar Anwesende legten rote Rosen auf den Sargdeckel, ehe er schließlich hinabgelassen wurde.

Danach versammelten die Leute sich um Trine und Pål Fredrik.

Trine ließ sich gerade von einer Frau umarmen, die sie noch nie zuvor gesehen hatte, als sie ihn oben auf dem Pfad zwischen den Grabsteinen entdeckte – an der Seite von Bjarne Brogeland. Er hatte die Hände in die Hosentaschen geschoben und blickte zu ihnen herunter. Unwillkürlich überkam sie das Gefühl, er würde sie ins Visier nehmen. Und vielleicht war es ja tatsächlich so.

Als Nächstes wurde sie von einem Mann mit Dreitagebart umarmt. Sie bekam nicht mit, was er ihr zuraunte, bedankte sich trotzdem dafür, dass er gekommen war.

Und immer noch stand Henning oben auf dem Pfad. Schwarzer Anzug, Sonnenbrille. Nach einer gefühlten Ewigkeit setzte er sich in Bewegung und kam auf sie zu, langsam, als fürchtete er sich vor der Begegnung. Sein verletzter Arm lag immer noch in einer Schlinge. Einige Trauergäste traten auf ihn zu und gaben ihm die Hand. Er nickte, bedankte sich artig.

Es dauerte noch etwa eine Viertelstunde.

Selbst als die letzten Gäste sich verzogen hatten, blieb Trine vor dem Grab stehen, das mit Erde gefüllt würde, sobald sie weg wären. Sie drehte sich zu Henning um, der sich ein paar Meter entfernt neben Nora Klemetsen gestellt hatte.

In seinem Blick war nicht die geringste Spur von Trauer zu erkennen, nur vollkommene Erschöpfung, als hätte ihn alle Kraft verlassen. Sie selbst empfand bodenlos tiefe Trauer – nicht etwa, weil nun ihre beiden Eltern fort waren, sondern weil jetzt keiner von ihnen mehr Familie hatte. Zumindest keine heile. Sie selbst hatte Pål Fredrik eine Familie verweigert und dazu beigetragen, dass Henning seine verloren hatte.

Sie wandte sich zu ihm um.

»Hallo, Henning.«

»Hallo, Trine.«

»Wie …«

Sie konnte nicht weitersprechen.

»Mir geht es gut«, sagte er. »Und wie geht's dir?«

Trine hob beide Hände zu einer ergebenen Geste und versuchte zu lächeln.

»Ich weiß nicht, was ich sagen soll.«

Sie drehte sich wieder zum Grab um.

»Ich hab dich in der Kirche nicht gesehen«, murmelte sie.

»Nein, ich kann so was nicht mehr, seit …«

Er warf einen raschen Blick zu Nora hinüber, dann senkte er den Blick.

Trine war nicht bei Iver Gundersens Beerdigung gewesen. Aber sie wusste, dass sie gerade erst ein paar Tage zuvor stattgefunden hatte. Henning war sicher dort gewesen, aber vermutlich so wie hier – im Hintergrund.

Der Polizist, der Christine Juul gefunden hatte, hatte erzählt, sie habe am Boden gleich neben dem Stativ gelegen, an dem das Sauerstoffgerät gehangen hatte, und selbst die Atemmaske hatte sie schon in der Hand gehabt. Vermutlich hatte sie es im Suff nicht mehr geschafft, das Gerät anzustellen. Sie war am selben Tag gestorben, als Trine bei ihr gewesen war, und insgeheim fühlte Trine sich schuldig wegen all dem, was sie ihr an den Kopf geworfen hatte.

»Henning, ich muss mit dir reden«, sagte sie.

»Du warst das«, sagte er.

»Bitte?«

»Die diese Leute beauftragt hat, die mir gefolgt sind«, fuhr er fort. »Die auf mich aufgepasst haben. Die Männer im Lexus.«

Trine senkte den Blick und suchte einen Punkt am Boden, den sie anstarren konnte.

»Bjarne hat mir alles erzählt«, sagte er. »Dass du das mit ihm vereinbart hättest. Ehe er mich am Abend nach den Schüssen aus dem Krankenhaus geholt hat.«

Trine spürte seinen Blick auf sich, der sich tief in ihren Kopf zu bohren schien.

»Sie sind mir gefolgt, als ich vor Ann-Mari Saras Wohnung das Bewusstsein verloren habe, und haben mich ins Krankenhaus gefahren.«

Trine lief eine Träne übers Gesicht.

»Dann hat Bjarne dir also alles erzählt«, flüsterte sie.

Henning nickte.

Sie hatten ihn oberservieren lassen, nachdem er sich selber aus dem Krankenhaus entlassen hatte. Sie waren ihm bis zum Huk gefolgt, wo er sich mit Rasmus Bjelland getroffen hatte. Sie waren ihm nach Tønsberg gefolgt, wo sie mit angesehen hatten, wie er in einen SUV gestiegen und zu einem Ferienhaus unweit von Ytre Enebakk gefahren war. Auf dem Weg dorthin hatten sie Bjarne informiert.

Trine hatte die Interviews mit Henning gelesen, in denen er behauptet hatte, er habe sich mit seinem Schicksal versöhnt, sich einfach in die tiefe Dunkelheit sinken lassen und auf den Tod gewartet. Doch selbst Menschen, die beschlossen haben, ihrem Leben ein Ende zu setzen, beginnen im Angesicht des Todes zu kämpfen, um sich in letzter Sekunde aus der Schlinge zu befreien. Zumindest war genau das irgendwo dort in der Tiefe mit Henning geschehen.

Als er fast keinen Sauerstoff mehr in der Lunge gehabt hatte, war sein Überlebensinstinkt wiedererwacht, und er hatte versucht, nach oben an die Oberfläche zu kommen.

Es war ihm nicht gelungen. Er hatte sich daran erinnert, dass das Ufer höchstens dreißig Meter entfernt war und dass er es womöglich schaffen könnte, das Gewicht über den Grund zu schleppen. Also hatte er sich losgekämpft, trotz der Gewissheit, dass Durim Redzepi ihn garantiert erschießen würde, sobald er aus dem Wasser käme. Aber zumindest wäre das ein schnellerer Tod gewesen.

Und plötzlich hatte er ein Licht gesehen – grelle Pfeile, die kreuz und quer durchs trübe Wasser geschossen waren, und hatte Bewegungen über sich wahrgenommen, fuchtelnde Arme, und hatte kaum gewusst, wie ihm geschah, als ein Paar starke Hände ihn gepackt und nach oben gezogen hatten. Zurück ins Leben.

Trines frühere Leibwächter waren unbewaffnet gewesen und hatten sich daher im Hintergrund gehalten. Zwischendurch waren sie sich beinahe sicher gewesen, dass Durim Redzepi sie gesehen oder gehört hatte. Sie hatten so vorsichtig wie nur möglich aus dem Wald heraus beobachtet, was bei den Männern vor der Hütte passiert war, und Mutmaßungen angestellt, worauf dies alles hinauslaufen würde. Und irgendwann waren sie dann, so leise sie nur konnten, ins Wasser hinausgewatet. Im Schutz des dichter werdenden Nebels waren sie zu dem Boot hinübergeschwommen, und als sie sahen, dass sich Durim Redzepi auf den Weg zurück ans Ufer machte, tauchten sie und zogen Henning schließlich herauf.

Einer der Sicherheitsmänner, der hinterher interviewt worden war, meinte, der Waldsee sei gar nicht sonderlich tief und Henning allerhöchstens anderthalb Minuten unter Wasser gewesen, ehe sie ihn wieder an die Oberfläche geholt hatten.

Tatsächlich hatte Redzepi sie in dem Nebel zwar nicht

sehen, aber hören können. Wie er später bei der Vernehmung durch Bjarne Brogeland behauptete, habe er sich jedoch nicht darum geschert. Er habe es viel zu eilig gehabt wegzukommen.

Henning machte einen Schritt auf Trine zu.

»Du hast mir das Leben gerettet«, sagte er.

Wortlos sah Trine ihn an.

Dann schluchzte sie.

»Nein, nicht ich …«

»Doch«, sagte er. »Du hast mich gerettet. Danke.«

Trines Augen füllten sich mit Tränen. Sie musste sich zusammenreißen, um nicht loszuschluchzen.

»Ich wollte es dir eigentlich gar nicht erzählen«, sagte sie und zog die Nase hoch.

Henning sah sie verwirrt an.

»Und es gäbe sicher einen passenderen Zeitpunkt«, fuhr sie fort. »Aber andererseits passt dieser Ort doch wieder … und dass die beiden ebenfalls hier sind.«

Sie zeigte auf das offene Grab, auf den Grabstein, und dann gab sie Pål Fredrik ein Zeichen, der daraufhin den Arm um Noras Schultern legte und ihr vorschlug, ein paar Schritte zu gehen und die beiden Geschwister allein zu lassen.

»Wartest du oben auf mich?«, rief Henning Nora nach.

Sie nickte.

Trine und Henning blieben allein zurück. Seite an Seite machten sie ein paar Schritte auf das Grab ihrer Mutter zu. Blieben vor der Grube stehen, in dem jetzt der Sarg der Mutter neben dem des Vaters lag.

Jakob.

Gestorben im Alter von 44 Jahren, auf ewig von seiner Frau geliebt und vergöttert, die nach seinem Tod nie aufgehört hatte, ihr Leben als Witwe zu hassen. Und die zeit ihres Lebens Henning für dieses Leben die Schuld gegeben hatte.

Am Morgen, nachdem ihr Vater sich das Leben genommen hatte, hatte Trine weder klar denken noch irgendetwas sagen können. Dass ihre Mutter geschrien und weitergeschrien und auch in den Tagen und Wochen danach alle Aufmerksamkeit gebraucht hatte, hatte es sicher nicht leichter gemacht.

Doch bei all dem Leid musste selbst sie tief in ihrem Innern gewusst haben, was ihr Mann Henning angetan hatte.

Eines Nachts war Trine von Geräuschen in Hennings Zimmer aufgewacht. Sie war über den Flur geschlichen, war dem Licht und den Geräuschen gefolgt. Sie hatte durch den Türspalt gespäht und den Vater dort mit geschlossenen Augen und hinuntergelassener Hose dasitzen sehen.

Trine war wie angewurzelt stehen geblieben und hatte auf seine Hand gestarrt, den halb offenen Mund, die geschlossenen Lider.

Im selben Moment hatte der Boden unter ihren Füßen geknarrt.

Ihr Vater war regelrecht aus einer Trance erwacht. Eilig hatte er sich die Hose hochgezogen und war hinter ihr hergelaufen. Trine hatte es gerade so in ihr Zimmer geschafft und die Tür hinter sich abgeschlossen, ehe er sie einholen konnte.

Mit dem Rücken zur Tür hatte sie gehört, wie ihr Vater – leise, damit er niemanden weckte – gebettelt hatte, sie möge die Tür aufmachen. Doch Trine hatte die Tür erst am nächsten Tag wieder geöffnet, lange nachdem er zur Arbeit gegangen war.

Als sie am Nachmittag von der Schule gekommen war,

hatte sie alles darangesetzt, nicht mit ihm allein zu bleiben. Und Jakob war stumm durch die Wohnung geschlichen, ohne auch nur ein Wort mit seiner Frau, mit Henning oder mit Trine zu wechseln. Sie war sich wie in einem Totenhaus vorgekommen.

Tage später lauerte Jakob ihr auf. Er war nicht zur Arbeit gefahren und hatte stattdessen in der Garage gewartet, wo Trine für gewöhnlich ihr Fahrrad abstellte.

»Trine«, sagte er. »Wir müssen reden.«

Trine antwortete nicht.

»Ich hab Henning nie angefasst, ich hab ihm nie etwas getan.«

Und dann versuchte er kleinzureden, was er getan hatte. Natürlich war ihm bewusst, dass es verkehrt gewesen war und dass er das niemals hätte tun dürfen. Doch in seinen Augen hatte Henning in keinem Moment einen Schaden davongetragen – weil er doch gar nichts davon mitbekommen hätte.

Jakob Juul liefen die Tränen übers Gesicht, er schüttelte den Kopf, murmelte, ihre Mutter werde das niemals verstehen, sie sei schon immer eifersüchtig auf Henning gewesen, weil Jakob ihn mehr liebe als sie, das habe sie ihm oft, unendlich oft vorgeworfen, ohne je gewusst zu haben, welche Form diese Liebe angenommen hatte. Die Wahrheit würde sie nur kaputt machen. Und er würde geächtet, wenn es ans Licht käme.

Trine stand nur da und starrte ihn an. Er wusste genau, dass sie ihn nicht damit davonkommen lassen konnte, und das war sicher mit ein Grund, warum er an einem der folgenden Abende, als alle schon im Bett lagen, sich selbst mit einer Überdosis Insulin das Leben nahm.

Trine war der festen Überzeugung, dass ihre Mutter es

die ganze Zeit insgeheim gewusst hatte. Und genau das war es auch, womit Trine sie an ihrem letzten Tag konfrontiert hatte.

Henning sah zu dem Grabstein des Vaters hinüber, während er versuchte zu verdauen, was Trine ihm gerade erzählt hatte. Womöglich hätte es wehtun müssen, er hätte Abscheu empfinden müssen oder zumindest Wut, aber keines dieser Gefühle meldete sich.

Er fühlte … nichts.

Was Trine erzählt hatte, hatte in seinen Ohren geklungen wie ein Bericht aus dem Leben eines Fremden, vielleicht weil es schon so lang her war und weil er selbst nur noch vage Erinnerungen an seinen Vater hatte.

Er blickte hinab in das offene Grab. Eine dünne Erdschicht lag über dem hübschen weißen Sarg. Ein paar Rosen waren vom Deckel gerutscht und lagen kreuz und quer um den Sarg herum. Er fragte sich, wo das Kopfende sein mochte.

Dann musste er an die Blicke der Mutter denken, die immer so anklagend gewesen waren. An ihren stets schweren Atem. Es wollte ihm beim besten Willen nicht gelingen, sie sich mit einem Lächeln im Gesicht vorzustellen.

Sie müssten jetzt eigentlich ein Gläschen St. Hallvard auf sie trinken, dachte er. Im Andenken an den bemitleidenswerten Menschen, der ihre Mutter gewesen war. Womöglich hatte Trine ja sogar ein paar Flaschen gekauft für den Leichenschmaus.

Er bot ihr seinen gesunden Arm an, als sie sich auf den Weg in Richtung Parkplatz machten, und Trine hakte sich bei ihm unter. Schweigend spazierten sie an den Grabsteinen vorüber.

Nora und Pål Fredrik erwarteten sie schon bei den Autos.

»Ich komm nicht mit zum Leichenschmaus«, sagte Henning zu Trine.

Sie ließ seinen Arm los.

»Damit hab ich eigentlich auch nicht gerechnet«, sagte sie und lächelte verunsichert.

Eine Weile blieben sie noch voreinander stehen und sahen sich wortlos an. Über ihnen rauschte ein Flugzeug vorbei. Dann machte Trine einen Schritt auf ihn zu und schlang die Arme um seinen Hals. Henning ließ es geschehen.

Es war ein merkwürdiges Gefühl, seine Schwester mal wieder zu umarmen. Das letzte Mal war sicher zwanzig Jahre her. Und doch hatte sie ihn jahrelang beschützt, die Wahrheit für sich behalten. Dass sie so lang nichts miteinander zu tun gehabt hatten, war vielleicht ihre Art gewesen, auch sich selbst zu beschützen und nicht ständig daran erinnert zu werden, was damals geschehen war.

Trine machte einen Schritt zurück und wischte sich eine Träne aus dem Gesicht. Ging rückwärts, Stück für Stück, hob die Hand und winkte zum Abschied.

»Mach's gut«, sagte sie.

Und auch Henning hob die Hand.

»Du auch. Mach's gut.«

Seite an Seite sahen Henning und Nora dem Wagen nach, in dem Trine und Pål Fredrik vom Parkplatz fuhren.

»War es gut?«, fragte Nora.

Henning drehte sich zu ihr um.

»Was?«

»Euer Gespräch eben.«

»Ach so«, sagte Henning. »Ja, doch … Kann man so sagen. Irgendwie.«

Nora zog den grauen Mantel enger um ihren Leib. Wie immer, wenn sie im Herbst länger draußen war, hatte sie leuchtend rote Wangen. Ihre Lippen waren trocken.

Sie standen noch eine Weile nebeneinander und lauschten der Friedhofstille.

»Und wie geht es jetzt weiter?«, fragte sie schließlich.

Henning holte tief Luft.

»Durim Redzepi hat sich bei den Vernehmungen vorbildlich verhalten«, sagte er. »Ich glaube, er rechnet sich einen guten Deal aus. Was es für William Hellberg und Ørjan Mjønes umso schwieriger macht. Redzepi verfügt über entscheidende Informationen …«

»Ich meinte eigentlich dich«, fiel Nora ihm ins Wort. »Wie geht es mit dir weiter?«

Henning sah sie lange an.

»Ich weiß es nicht, Nora.«

Die Sonne verschwand hinter einer Wolke. Schlagartig wurde es kälter. Nora legte sich die Hand auf den Bauch und verzog das Gesicht.

»Ist es …«

Henning nickte hinab zu ihrem Babybauch.

»Mir ist nur ein bisschen schlecht«, sagte sie.

Er nickte.

»Soll ich dich nach Hause bringen?«

Sie schüttelte den Kopf, zeigte hinüber auf ein Auto, das ein Stück entfernt parkte. Wieder vergingen Sekunden, ohne dass jemand etwas sagte.

»Okay«, hob er schließlich an. »Dann sehen wir uns … irgendwann. Danke, dass du gekommen bist.«

Die ersten Tage, nachdem er aus dem Waldsee gefischt worden war, hatte er in seiner Wohnung im Bett gelegen. Er hatte geschlafen. Gegessen. Wieder geschlafen. Er hatte einen Kaffee mit seinem alten Nachbarn getrunken, und der alte Gunnar Gomar hatte ihm vom Krieg erzählt, von all seinen Damenbekanntschaften und erklärt, wieso er immer noch diverse Cafés in Grünerløkka besuchte – immer mit Nitroglyzerin in der einen und einem Zahnschutz in der anderen Tasche, um eine Frau in Not verteidigen zu können. Henning hatte geschmunzelt. Wie er selbst wohl im Alter werden würde?

Er hatte sich eine Wokpfanne gekauft und endlich den Gasherd eingeweiht, der seit seinem Einzug unbenutzt in der Küche gestanden hatte, weil er so lange ein Problem mit Flammen gehabt hatte. Er hatte Schweinefleisch gebraten, Hühnchen, Gemüse – sogar Fisch hatte er ausprobiert.

Er war spazieren gegangen.

Und er hatte nachgedacht. Über Iver und Jonas. Über Trine.

Was er jetzt machen sollte.

Nur eins hatte er immer noch nicht erledigt – eine Sache, vor der ihm graute und auf die er sich gleichzeitig freute. Er hatte sich fest vorgenommen, diese Sache gleich als Allererstes zu erledigen, sobald er von der Beerdigung wiederkäme.

Er lief zum Vinmonopol und kaufte eine Flasche Cognac – dieselbe Marke, die er an dem Abend getrunken hatte, als Jonas gestorben war. Zu Hause entkorkte er die Flasche, schenkte sich ein üppiges Glas ein und stellte das Glas aufs Klavier. Dann zündete er eine Kerze an und setzte sich.

Eher er den Deckel hochklappte und seine alten Freunde betrachtete – weiß und schwarz, 88 an der Zahl –, schloss er die Augen und angelte eine Melodie aus seiner Erinnerung herauf, ein Lied, das er am selben Abend für Jonas geschrieben hatte, als Nora ihm eröffnet hatte, dass sie schwanger war.

Am selben Abend, da seine Welt auf den Kopf gestellt worden war und ab dem nichts je wieder so gewesen war wie zuvor.

Henning warf einen Blick hinauf zum Glas, zur Kerze, zu der Wand, vor der das Klavier stand. Er nahm einen Schluck, fühlte das Brennen am Gaumen, in der Brust, musste sich beinahe zwingen, das Glas erneut anzusetzen. Er schluckte. Bedächtig. Schloss die Augen. Dachte an alles, was hinter ihm lag, und all das, was ihn erwartete.

Dann stellte er das Glas ab, sah auf seine Hände hinab, auf die Narben, die Spuren der Flammen auf seiner Haut, die stellenweise aussah wie geschmolzener Kunststoff. Einige Narben waren bleicher geworden.

Er fragte sich, was er mit diesen Händen noch machen wollte. Besonders ansehnlich waren sie nicht.

Aber sie funktionierten noch.

Wie so vieles andere.

DANKSAGUNG

Ich habe sechs Jahre meines Lebens der Henning-Juul-Serie gewidmet – sechs Jahre, die in vielerlei Hinsicht mein Leben verändert haben, angefangen bei meiner Frisur. (Ja, die Haare sind grauer und schütterer geworden.) Es war eine lange, strapaziöse Reise, und ohne Unterstützung wäre ich nie am Ziel angekommen.

Kari Marstein und Trude Rønnestad: Ich weiß, dass ihr euren Namen nicht hier lesen wollt. Aber diesmal mache ich von meinem Vetorecht Gebrauch. Ich schulde euch großen Dank. Danke für Begegnungen, E-Mails, wilde Diskussionen, einen regen Gedankenaustausch und gute Ideen. Und nicht zuletzt danke für eure stetige Hilfe. Letzteres gilt selbstredend auch für meinen Verlag, Gyldendal. Danke für alles, danke, dass ihr meinen Träumen Flügel verliehen habt.

Einen speziellen Dank möchte ich auch Jørn Lier Horst aussprechen, der auf meine polizeitechnischen Fragen stets hilfsbereite Antworten parat hatte. Danke, Petter Anthon Næss, für unzählige Beratungsstunden und wertvolle Kommentare zur Lektüre früher Textentwürfe. Danke, Kristin Birgithe Jensen (Kikki), für Antworten auf zahllose medizinische Fragen, und Arztschwester Hege, wenn Kikki mal keine Zeit oder keine Möglichkeit hatte zu antworten. Danke, Vibeke Ødegård Sør-Reime, für die Hilfe bei juristischen Fragestellungen und für das Polizeifachwissen.

Meine Schwäger Tor-Magnus Økstad und Nils Petter Granholt: Herzlichen Dank für euren Beistand vielfältigster Art – sei es in Sachen Vestfolder Geografie, Bootsterminologie (ich weiß jetzt, was eine Flybridge ist!) oder bei Fragen zu den norwegischen Botschaften im Ausland. Schade, dass ihr so schlechte Angler seid!

An alle, die mir geholfen haben, meine aberhundert Fragen zu beantworten, groß und klein – ich bräuchte ein extra Buch, um euch alle namentlich zu nennen (und würde selbst da sicher noch jemanden vergessen). Also begnüge ich mich damit, euch allen hier tausend Dank zu sagen. Ich weiß hoch zu schätzen, dass ihr mich unterstützt habt.

Jeder, der sich der Herausforderung stellt, ein Buch zu schreiben (in diesem Fall fünf, die miteinander auch noch eng zusammenhängen sollen), braucht eine Fangemeinde. Ich hatte das Glück, auf dieser Reise vielen begeisterten Menschen zu begegnen. Tausend Dank für eure E-Mails mit all den freundlichen Worten und den Smileys. Tausend Dank für das kontinuierliche Löchern, wann denn nun das nächste Buch komme. Tausend Dank für all die Freundlichkeiten.

Und tausend Dank, ihr lieben Verlage dort draußen in der Welt, die meine Bücher so vielen Menschen zugänglich gemacht haben. Es war und ist ein großes Abenteuer, eine Ehre und ein Privileg, von euch veröffentlicht zu werden.

Der größte Dank geht an meine Familie – Benedicte, Theodor und Henny –, weil ihr es all die Jahre mit mir ausgehalten habt. Ich fürchte, es werden noch ein paar Jahre dazukommen. Einen Extradank an Benedicte für ihre Ideen und Plot-Lösungen. Das hier wäre ohne dich nie möglich gewesen.

Meine Eltern Brith und Henning – wie froh ich sein kann, euch in meiner Nähe zu haben! Tausend Dank für eure Unterstützung über all die Jahre. Und an die übrige Familie und Freunde: Danke, dass es euch gibt.

Oslo, 1. September 2015
Thomas Enger